Bente Mott

Silver Blood

Buch 2: Zerrissen

Impressum

Bibliografische Information der Deutschen Nationalbibliothek:
Die Deutsche Nationalbibliothek verzeichnet diese Publikation
in der Deutschen Nationalbibliografie; detaillierte
bibliografische Daten sind im Internet über http://dnb.dnb.de
abrufbar.

Herstellung und Verlag: BoD – Books on Demand, Norderstedt
ISBN: 9783757819163

„Die Grenze ist überschritten, der Spiegel ist zerbrochen. Aber es reflektieren die Scherben."

– *Edgar Allan Poe*

Kapitel 1: Das verräterische Herz

Bum bum. Bum. Bum bum. Bum.

Ein pulsierendes Geräusch weckte mich langsam aus meinem tiefen Schlaf. Es dauerte einen Moment, bis ich wusste, an was es mich erinnerte. Die Augen noch immer geschlossen, lauschte ich dem beruhigenden Klang erst noch eine Weile. *Ist das vielleicht ... Der Schlag eines Herzens?*, dachte ich, noch mehr im Traum als in der Wirklichkeit angekommen.

Bum bum. Bum. Bum bum. Bum.

Irgendetwas daran kam mir komisch vor. *Wie ... ungewöhnlich ... Der Rhythmus ... Er gehört weder Menschen noch Vampir ...*

Bum bum. Bum. Bum bum.

Dann fiel mir auf, was daran nicht stimmte. Es war nicht das Geräusch EINES Herzens. Es waren zwei, die in ihrem jeweiligen Rhythmus miteinander schlugen. Das eine war schneller als das andere, wenn auch beide langsamer schlugen, als es das Pochen eines menschlichen Herzens normalerweise gewesen wäre.

Ich blinzelte angestrengt und öffnete die Augen. Fahles Licht fiel durch den Spalt der schweren Vorhänge, die vor den bodentiefen Fenstern hingen. Die Wände des Raums waren mit bunten Mosaikfliesen verziert worden und sahen exotisch und fremd aus. Ich saß vornübergebeugt auf einem Stuhl, mein Haupt ruhte auf der weichen Matratze des Bettes, dass vor mir stand. Müde hob ich den Kopf, denn mir fiel wieder ein, weswegen ich in so einer unkomfortablen Situation eingeschlafen war. Mein Meister lag in diesem Bett, verwundet von dem Angriff des Halbteufels, der eigentlich mir gegolten hatte. Als ich Avalon ansah, bemerkte ich zu meiner

Überraschung, dass dieser mich mit seinen roten Augen düster anstarrte. Erschrocken zuckte ich zusammen.

„Ihr seid wach!", rief ich erleichtern, während ich mich fragte, wie lange er mich schon so beobachte hatte. Und warum.

Als von ihm keine Reaktion kam, dachte ich schon, dass er vielleicht mit offenen Augen schlafen würde. Doch dann drehte die Statue vor mir den Kopf zur anderen Seite und blickte sich ebenfalls in dem kunstvollen Raum um. Mir fiel wieder ein, dass Sefraim uns nach dem Verschwinden des Teufels in dieses Zimmer teleportiert hatte. Zu dieser Zeit war Avalon schon fast nicht mehr bei Bewusstsein gewesen, also hatte ich ihm schnell und ohne zu zögern mein Handgelenk an die Lippen gehalten. Es war wohl mehr einer unbewussten Reaktion geschuldet, dass Avalon trotz seiner Ohnmacht, seine Zähne tief in mein Fleisch hinein grub. Doch wie viel er auch trank, seine Wunde schien sich nicht zu schließen. Als ich ebenfalls fast das Bewusstsein verlor, griff Sefraim ein und zog Avalon von mir fort. Danach erinnere ich mich an kaum etwas, außer, dass ich darauf bestanden hatte, nicht von Avalons Seite zu weichen.

Der alte Vampir musste sich um die Wunden meines Meisters gekümmert haben, denn um seinen nackten Oberkörper spannten sich weiße Mullbinden. Der Hühnergott, denn ich ihm geschenkt hatte, hob und senkte sich mit jeden seiner langsamen Atemzüge.

„Wie fühlt Ihr Euch, Meister?"

Seine Vampiraugen wanderten wieder zu mir herüber. „Die Wunde hatte sich nicht geschlossen?"

Er hat also schon wieder meine Gedanken gelesen. Bedauernd schüttelte ich den Kopf, dabei fiel mir wieder ein, was der alte Vampir noch zu mir gesagt hatte. „Leider nein. Sefraim meinte, etwas in dem Speichel der Teufel scheint die

Selbstheilungskräfte eines Vampirs zu unterdrücken, bis sich seine Zellen irgendwann selbst zerstören. Er versucht herauszufinden, ob es eine Möglichkeit gibt, das Gift darin zu neutralisieren und ..."

Als ich sah, wie mein Meister sich mit einem schmerzverzerrten Gesicht versuchte aufzurichten, fuhr ich erschrocken auf. Wie in einem Reflex fasste ich ihm mit der Hand an die verbundene Schulter, um ihn zurückzuhalten. „Bleibt liegen! Ihr seid noch zu schwach dafür."

Der böse Blick, den er mir daraufhin zuwarf, ließ mich augenblicklich zurückzucken.

„Ich entscheide selbst, was ich kann und was nicht, Vampirschülerin", entgegnete er mir mit so kalter Stimme, dass ich augenblicklich auf meinen Stuhl zurückwich und mir stumm auf die mit Lippenstift verschmierten Lippen biss. Avalon stand jedoch zu meiner Überraschung fast ohne Probleme auf und schritt aufrecht und ohne eine Miene zu verziehen, zu einem großen Wandspiegel neben dem Bett herüber. Auf einmal drehte er sich um und riss sich mit einem Ruck den Verband vom Oberkörper. Während er über die Schulter in die spiegelnde Oberfläche starrte und stumm die Ausmaße seiner Verletzungen betrachtete, sog ich bei dem Anblick seines Rückens scharf die Luft ein. Die Wunde hatte sich zu meiner Erleichterung zwar geschlossen, aber sein gesamter Rücken war nun mit einem schwarz verfärbten Narbengewebe bedeckt. Die dunklen, dicken Hautwülste hatte Ähnlichkeit mit dem Netz einer Spinne. Ich hörte das Knurren, das aus Meister Avalons Kehle drang, während er die Verletzung eingehend musterte.

Plötzlich kam ein lautes Schluchzen zwischen meinen Lippen hervor und ich merkte, dass ich weinte. Der Vampir drehte sich mir zu und betrachtete mich für einen Augenblick stumm.

„Warum weinst du?", fragte er verwirrt.

Schnell versuchte ich, mir dir Tränen mit dem Handrücken fortzuwischen, doch die Alten wurden nur durch Neue ersetzt, sodass ich es irgendwann aufgab.

„Das ist Wahnsinn!", presste ich zwischen zusammengebissenen Zähnen hervor.

„Was meinst du?" Avalons Blick wurde starr und es kam mir vor, als würde er bereits ahnen, worauf ich hinauswollte.

„Ist Euch mein Silberblut so viel Wert? Ist es das alles Wert? Nicht nur die Dämonenkönigin will es, jetzt trachten auch die anderen Vampire danach. Ihr riskiert Euer Leben, wenn Ihr mich weiterhin als Eure Schülerin behaltet. Der Bund des Blutes zwischen uns wird früher oder später Euer Todesurteil sein. Es bringt nichts, dagegen anzukämpfen. Weder ich noch Ihr werden jemals stark genug sein, um das Chaos und die Zerstörung aufzuhalten, die ich heraufbeschwöre."

„Du vertraust meinen Fähigkeiten also immer noch nicht? Willst du das sagen?", erwiderte Avalon ernst.

„Es geht nicht darum, dass ich Euch nicht vertraue. Es geht darum, dass ich Euren Tod besiegle, wenn ich es tue! Euer Hunger nach Macht, Meister Avalon, wird Euer Verderben sein. ICH werde Euer Verderben sein! Daher solltet Ihr Euch fragen, ob mein Silberblut Euch wichtiger ist als Euer Leben. Denn es wird ab jetzt garantiert noch mehr bedroht werden als jemals zuvor."

Ich sah, wie ein freudloses Grinsen sich auf seinem Gesicht abzeichnete. „Die anderen Vampire sind keine Gefahr für mich, falls du das meinst."

„Aber ..."

„Ich gehe nicht", sagte er bestimmt.

„Warum?" Ich sah ihn herausfordernd an und wartete auf eine Antwort. Doch anstatt etwas zu sagen, lief er plötzlich direkt auf mich zu. Er kam mir so nahe, dass es irgendwann unangenehm wurde und ich weiter zurückwich, bis mein Rücken die Wand dahinter berührte.

„Vielleicht bin ich nicht der herzlose Vampir, für den du mich hältst?", fragte er und strich mit seiner Hand fast schon zärtlich über meine Wange bis hin zu meinem Haaransatz.

„Ihr habt kein Herz", flüsterte ich und legte dabei meine Hand auf seine und presste sie so gegen meine Wange. Ich hätte ihn in seinem Tun aufhalten sollen, das wusste ich. Aber stattdessen schmiegte sich mein Kopf wie von selbst an seine warme Handfläche und meine Hand begann, den Druck seiner Hand auf meine Wange noch zu verstärken. Es war, als würde mein Körper mich verraten, während mein Verstand darum kämpfte, mich nicht von seinem Aussehen und seinem angenehmen Geruch betören zu lassen. Ich musste etwas finden, mit dem ich den Bann, der meinen Körper zu ihm zog, brechen konnte, sonst würde ich alle Zurückhaltung Avalon gegenüber vergessen. Und das durfte nicht passieren, denn ich wusste, dass ich sonst mein eigentliches Ziel aus den Augen verlieren würde. Als die folgenden Worte aus mir hervorquollen, schämte ich mich dafür, aber ich konnte nicht anders. Ich musste mich gegen ihn zu Wehr setzen.

„Sonst hättet Ihr verstanden, dass Meister Irvin damals nur das Beste für Euch gewollt hatte. Er drängte sich, seine Gefühle vor Euch zu verbergen, aber Ihr habt ihn trotzdem dafür gehasst, oder?"

Avalons Gesicht verhärtete sich auf einen Schlag und ich konnte sehen, dass er genau wusste, wovon ich sprach. Er zog seine Hand von meiner Wange fort.

„Du hast keine Ahnung," knurrte er, „wie es ist, von seinem Blut zu trinken und jedes Mal das zu sehen, was er so angestrengt versucht hatte, vor mir zu verheimlichen. Mir wird schlecht, wenn ich nur daran denke. Dass er niemals versucht hatte, mir körperlich nahezukommen, war dabei nur ein schwacher Trost gewesen. Er sollte ein Vater für mich sein, aber stattdessen ..." Er brach ab und seine unruhigen Augen fokussierten wieder die meinen. Ich konnte seinen hasserfüllten Blick kaum ertragen. „Und durch die unbedachten Regeln des Zwielichts war es mir auch noch unmöglich, den Meister zu wechseln und das Geschenk der Unsterblichkeit von jemand anderem zu erhalten. Ich musste also wählen, ob ich stark genug war, so lange durchzuhalten, bis mich Irvin zum Vampir machte, oder nicht. Ich habe es keinen einzigen Tag bereut, aber dennoch hasse ich ihn dafür, dass er es mir so schwer gemacht hatte."

Mit entsetzten hörte ich die Worte, die aus seinem Mund kamen. Mir war nicht bewusst, dass Avalon derart darunter zu leiden gehabt hatte. *Aber vielleicht,* so dämmerte es mir langsam, *ist das meine einzige Chance, sein kostbares Leben zu retten.* Wenn ich nicht mehr unterhaltend für ihn war, würde der Vampir es sich vielleicht noch einmal überlegen, mich als seine Schülerin zu behalten. *Aber wenn er das tut, werde ich meine Rache nicht bekommen. Mehr noch, ich würde mich ihnen allen ausliefern. Nein, ich muss hierbleiben und sein Leben riskieren. Ohne seine Hilfe werde ich nicht zum Vampir und damit nie stark genug werden, Irvins und Mariens Mörder zu töten. Ich habe keine Wahl.* Dieser Gedanke hinterließ in meinem Mund einen bitteren Nachgeschmack.

„Ich kann mir nicht vorstellen, warum das so schlimm gewesen sein sollte." Und trotzdem versuchte ich, ihn weiter zu provozieren. *Was mache ich denn da? Ist mir Avalon etwa wichtiger als meine Rache? Wichtiger als mein Leben?,* fragte ich mich plötzlich, irritiert und verwirrt von meinem eigenen Worten. Doch anstatt sich aufzuregen, beugte der Vampir sich plötzlich näher zu mir herab. Mein Herz begann zu klopfen und ich verfluchte meinen Körper, dass er so ein schändlicher Verräter war.

„Weil du es an meiner Stelle genossen hättest?"

Erschrocken starrte ich ihn an. „Nein! Ich …" Er musterte mich, als würde er meinen Geist nach einer Antwort durchsuchen. Und wahrscheinlich tat er das gerade auch. „Oder weil du gerne hättest, dass ich so von dir denken würde?" Ein grausames Lächeln bildete sich auf seinen Lippen. „Du und Irvin seid wahrlich Vater und Tochter."

„Hört auf damit", flüsterte ich angsterfüllt. Er kam so nah, dass sich unsere Lippen fast berührten. Mein Atem ging schwer und sein angenehmer Duft ließ mir die Knie weich werden. „Ich will einfach nicht, dass Ihr Euer Leben wegen mir verliert", erwiderte ich mit zitternden Lippen. „Ich könnte es nicht ertragen. Nicht noch einmal."

Der Vampir grinste bei diesen Worten zynisch. „Wie äußerst heroisch von dir. Es ist mein Leben, oder? Ich kann damit machen, was ich will", antwortete mein Meister mit leiser Stimme.

Ich hatte Schwierigkeiten, einen klaren Gedanken zu formen. „Ihr seid grausam." War das Einzige, dass ich noch hervorbrachte. Dabei sah ich die Belustigung, die in seinen roten Augen aufleuchtete. „Und wessen Schuld ist das?", fragte er grollend.

Während er mir so nah war, spürte ich, wie ich einen unglaublich Durst nach Avalons Blut bekam. Und so, wie er mich anstarrte, wusste ich, dass es bei ihm genauso sein musste. Er fuhr mit seinen Fingern durch mein weißblondes Haar. „Du hättest es nicht so kurz schneiden sollen. Wann immer ich einen Blick auf deinen nackten Hals erhasche, bekomme ich Lust, meine Zähne darin zu vergraben." Seine Worte lösten in mir solch eine Sehnsucht aus, dass meine Zweifel und mein Schmerz mit einem Mal verdrängt wurden.

Für diesen Moment gab es weder eine Dämonenkönigin noch die Vampirgesellschaft, die nach Avalons Leben und meinem Silberblut trachtete. Auch meine Rachegedanken fielen in den Hintergrund. In diesem Augenblick gab es nur ihn, mich und die verzehrende Gier nach dem Blut des jeweils anderen. Ich schloss die Augen und legte stumm den Kopf zur Seite. Wenige Sekunden später spürte ich Avalons heißen Atem an meinem Hals. Ich erwartete seinen Biss, als es plötzlich an der Tür klopfte. Von einer Sekunde zur anderen, war der Moment, den wir hatten, verflogen und mein Meister hatte wieder einen deutlichen Abstand zu mir eingenommen. Mein Herz pochte noch wie wild in meiner Brust, als sich die Tür öffnete und Sefraim ins Zimmer trat. Als sein Blick auf Avalon und mich fiel, zog er fragend die Augenbrauen nach oben.

„Komme ich ungelegen? Ich kann auch später wieder kommen." Sefraims Worte ließen mich mit erröteten Wangen den Kopf schütteln. Avalon überkreuzte genervt die Arme vor der Brust und sah seinen Großvater auffordernd an.

„Nun sag schon, was du herausgefunden hast. Die Wächter des Zwielichts haben bestimmt unermüdlich daran gearbeitet, um mehr über die Halbteufel und das Erwachen der Dämonenkönigin herauszufinden."

Der alte Vampir musterte meinen Meister überrascht. „Wie ich sehe, geht es dir schon besser. Offensichtlich unterbindet der Speichel der Halbteufel zwar die Wundheilung eines Vampirs, allerdings scheint dieser Zustand nicht von Dauer zu sein."

Ich hörte, wie ein leichtes Knurren aus der Brust meines Meisters kam. „Nicht ganz," zischte er und drehte sich um, um Sefraim seinen vernarbten Rücken zu zeigen. Der Verwalter des Zwielichts sog scharf die Luft ein. „Wenn von einem Halbteufel solche Narben zurückbleiben, will ich nicht erfahren, wie es bei einem vollwertigen Teufel ausgesehen hätte."

Mein Meister bleckte die Zähne. „Das wird nicht ein weiteres Mal passieren. Hätte ich gewusst, dass meine Schnellheilungskräfte versagen, hätte ich anders gehandelt."

Sefraim sah Avalon nachdenklich an. „Sicher hättest du das. Vielleicht ist es auch Vidas Silberblut in deinen Adern zu verdanken, dass du überhaupt wieder so vital vor uns stehst."

Daran hatte ich noch gar nicht gedacht, schoss es mir durch den Kopf. Ich blickte kurz zu Avalon herüber, der ebenfalls in dieser Sekunde zu mir herübersah. Ihm musste der gleiche Gedanke gekommen sein, wie mir.

„Wo sind wir hier eigentlich, Sefraim? Und was wird das Zwielicht jetzt tun?", fragte ich den alten Vampir direkt. Dieser seufzte lautstark. „Ihr seid hier in meinem Haus in Bagdad. Nach den gestrigen Ereignissen ist das hier der sichersten Orte für euch beide. Ich befürchte, dass ihr nicht mehr in das alte Schloss zurückkehren könnt. Jedenfalls nicht in absehbarer Zeit."

„Soll das heißen, wir werden hier festgehalten?" Ich bemerkte den warnenden Unterton in Avalons Stimme. Sefraim schüttelte entschieden den Kopf.

„Nein, ganz und gar nicht. Aber du wirst mir zustimmen, mein lieber Enkel, dass es dort zu gefährlich ist, jetzt, da wahrscheinlich mittlerweile jeder Vampir des Zwielichts von Vidas besonderem Blut weiß."

Ich bemerkte, wie die Feindseligkeit in Avalons Blick allmählich schwand und er schließlich widerwillig nickte.

„Aber was ist mit Gronna und den anderen Gnomen dort? Und mit Nimmer? Ich kann sie unmöglich zurücklassen!", rief ich aufgebracht. Der alte Vampir lächelte verständnisvoll. „Ich weiß, Vida, deshalb habe ich veranlasst, deinen Raben von jemanden abholen zu lassen. Er wartet bereits in deinem Zimmer auf dich."

Verdutzt sah ich ihn an. „In meinem Zimmer?"

Sefraim nickte. „Was die Gnome angeht, sie haben sich geweigert, von dort fortzugehen. Tut mir leid."

Mein Meister zuckte mit den Achseln. „Ich hatte es auch nicht anders erwartet. Gnome verlassen ihr Heim nur unter wirklich extremen Bedingungen. Und ich glaube nicht, dass jemand ernsthaft daran interessiert ist, ihnen Schaden zuzufügen. Allerdings hoffe ich, dass es hier eine adäquat ausgestattete Bibliothek gibt, sonst wird es mich hier nicht lange halten." Mein Meister ging zu einer Kommode herüber und zog sich das graue T-Shirt über, dass dort fein säuberlich zusammengelegt lag und wahrscheinlich eigens für ihn dort platziert worden war.

„Das wird sich einrichten lassen", entgegnete der alte Vampir, während ich in Gedanken noch bei der Gnomin Gronna war, die sich mit ihrer herzlichen Grobheit so sehr um mich gekümmert hatte. *Ich hoffe, sie weiß, was sie tut.*

Der Verwalter räusperte sich und wechselte das Thema. „Was allerdings die Organisation angeht ... Die Lage ist schwierig. Der Rat hat für heute Nachmittag eine Notsitzung einberufen. Und ich muss euch bitten, daran teilzunehmen. Es gibt einiges zu besprechen. Und Vida spielt darin eine entscheidende Rolle."

Avalon und ich sahen Sefraim ernst an. Ohne die Antwort meines Meisters abzuwarten, nickte ich.

„Wir werden da sein." Der Vampir hinter mir schnaubte bei meinen Worten nur verächtlich, was Sefraim jedoch einfach ignorierte.

„Bis es so weit ist, könnt ihr euch auf euren Zimmern etwas frisch machen. Meine Sicherheitschefin wird euch alles zeigen."

Ich wollte schon nachfragen, von wem er da eigentlich redete, als plötzlich die Zimmertür aufging und eine großgewachsene Frau den Raum betrat. Sie hatte kurzes, welliges, schwarzes Haar, dass ihr Gesicht wie einen Helm umschloss. Die Farbe ihrer katzenhaften Vampiraugen glich dem Rot eines Sonnenuntergangs. Auf ihrem flachen, durchaus hübschen Gesicht war ein selbstbewusstes Lächeln zu sehen. Sie trug eine dunkelblaue Leggings und ein schwarzes, hoch aufgeschlossenes Top, dass, wie ich später bemerkte, hinten einen umso tieferen Ausschnitt besaß. Ich konnte ebenfalls sehen, dass ihr muskulöser Körper über und über mit Tattoos bedeckt war.

„Das hier ist Onishi. Sie hat die Aufgabe, insbesondere auf dich, Vida, ein Auge zu haben."

Verblüfft sah ich zu der Vampirin herüber, die meinen Blick selbstbewusst erwiderte.

„Schön dich kennenzulernen Silberblut. Wir werden uns bestimmt gut verstehen."

Sie reichte mir die Hand, die ich nach kurzem Zögern ergriff. Ihre offene Art ließ mich schnell auch die letzte Scheu vor ihr verlieren. Aus den Augenwinkeln bemerkte ich, wie Avalon abweisend erneut die Arme vor der Brust verschränkte.

„Eine Leibwache? Du scheinst deinen eigenen Leuten wohl ebenfalls nicht zu trauen. Außerdem ..." Er musterte die Sicherheitschefin feindselig. „ ... Brauche ich keinen Aufpasser. Aber versteht mich nicht falsch, ich weiß, dass Vida ein zweites Paar Augen, dass auf sie Acht gibt, durchaus gebrauchen kann." Er schwenkte den Blick wieder zu seinem Großvater herüber. „Aber woher weiß ich, dass dein Zerberus sich im Griff hat? Woher kann ich wissen, dass sie dem Silberblut widerstehen kann?"

Mir lag eine bissige Bemerkung aufgrund seines Kommentars über meine Fähigkeit, den Ärger magisch anzuziehen, auf der Zunge, doch ich hielt mich zurück. Schließlich lag es auch in meinem Interesse zu erfahren, ob ich der Vampirin vertrauen konnte.

Der alte Vampir lächelte verständnisvoll. „Eine berechtigte Frage. Aber keine Sorge. Onishi hier, wurde ausgebildet, ihren Blutdurst unter völliger Kontrolle zu halten. Sie wurde von mir persönlich konditioniert. Außerdem trinke ich regelmäßig von ihr. Daher würde ich jede Veränderung in ihrem Wesen sofort bemerken."

Überrascht musterte ich die Sicherheitschefin erneut. *Wenn sie ihm als Vampirin ihr Blut trinken lässt, weiß er alles über sie. Er kann sie beliebig nach seinem Willen manipulieren, wenn er das wünscht. Warum lässt sie so etwas freiwillig zu? Sie begibt sich damit ganz in seine Gewalt. Auch wenn ich nicht glaube, dass jemand wie Sefraim die Situation missbrauchen würde, aber ...*

„Sie ist also deine Marionette. Jetzt verstehe ich, warum du ihr vertraust."

„Eine Marionette? So würde ich das nicht sehen." Onishi starrte Avalon geradeaus an. „Ich bin Master Sefraims Werkzeug. Ich würde alles für ihn tun. Völlig freiwillig." Mein Meister lächelte sarkastisch.

„Eine freiwillige Marionette, bleibt für mich eine Marionette."

Die Vampirin schüttelte den Kopf. „Traurig, dass du den Unterschied nicht kennst."

Ich sah, wie sich Avalons Augen wütend verengten und blickte hilfesuchend zu Sefraim herüber. Als wäre er die Ruhe selbst, musterte er die Streithähne. „Onishi, wenn du die beiden nun auf ihre Zimmer geleiten würdest. Und weiche Vida nicht von der Seite, hast du mich verstanden?"

Onishi verbeugte sich vor dem alten Vampir. „Ja, Herr."

„Moment mal! Was bedeutet, nicht mehr von meiner Seite weichen? Soll das heißen, dass ich jetzt überhaupt keine Privatsphäre mehr haben werde?", fragte ich den Verwalter entsetzt.

Sefraim schüttelt den Kopf. „Keine Sorge, du wirst überhaupt nicht bemerkten, dass sie da ist. Onishi ist besonders begabt darin, mit den Schatten zu verschmelzen. Und wenn Avalon bei dir ist, wird sie sich zurückziehen."

Ich seufzte nur und schielte dabei hilfesuchend zu meinem Meister herüber. Doch dieser schien gerade seinen eigenen Gedanken nachzuhängen und beachtete mich nicht. Sefraim verabschiedete sich von uns und wir wurden von Onishi auf unsere Zimmer geführt, die zu meinem Entsetzen genau nebeneinanderlagen. Tür an Tür mit meinem Meister zu schlafen war für mich ungewohnt. *Allerdings*, so dachte ich im Stillen, *heißt das nicht unbedingt, dass ich ihn dadurch öfter sehen werde. Wahrscheinlich wird er es auch hier wieder schaffen, nur wenn es für ihn notwendig erscheint, bei mir aufzutauchen. Außerdem habe ich größere Probleme, als mir darüber Gedanken zu machen. Die Schergen der Dämonenkönigin machen jagt auf mich. Und ich weiß, dass sie nicht eher Ruhe geben werden, bis sie bekommen werden, was sie wollen. Wenn nicht noch mehr wegen mir sterben sollen, muss etwas geschehen. Und das so schnell wie möglich.*

Kapitel 2: Was ich wollte

Onishi begleitete mich in einen exotisch eingerichteten Raum hinein. Ein großer mit verschnörkelten Mustern bestickter Teppich zierte den gefliesten Boden und in einer Ecke des Zimmers stand ein großes Doppelbett, dass mit roter Bettwäsche bezogen worden war. Von der Decke hing ein kitschiger Kronleuchter. Alles in allem sah es ganz gemütlich aus, wenn es mir auch übertrieben prunkvoll vorkam. Schließlich entdeckte ich Nimmer auf einer, wohl eigens für sie angebrachten Greifstange, die gleich neben einem massiven, aus dunklem Holz gefertigtem Schreibtisch stand. Zwischen ihren scharfen Krallen klemmte ein Knochen, von dem sie gerade dabei war, mit ihrem massiven Schnabel das Fleisch abzuziehen. Sie krächzte zur Begrüßung lautstark und ich ging eilig zu ihr herüber. Erleichtert kraulte ich den weißen Raben, während sie mir liebevoll mit dem Schnabel gegen die Wange stupste, dann lief ich neugierig zu der offenen Balkontür hinüber, um einen Blick nach draußen zu werfen. Es war Tag und eine trockene Hitze ließ die Luft in der Ferne flimmern. Vor mir erstreckte sich eine riesige Stadt. Altertümliche Gebäude mit quadratischen Flachdächern lagen vor meinen Füßen und etwas weiter weg konnte ich den Turm einer Moschee hoch über den anderen Häusern aufragen sehen. Zu meiner Irritation erkannte ich, nicht weit davon entfernt, eine dunkle Rauchwolke gen Himmel aufsteigen.

„Menschen", hörte ich Onishi hinter mir seufzen und drehte mich um. Meine neue Leibwächterin starrte an mir vorbei nach draußen. „Die Kämpfe gehen schon eine ganze Weile. Streiten sich um die Wahrheit wie Kinder, die niemals erwachsen werden wollen. Der Fluch der Kurzlebigkeit." Sie blickt zu mir herüber und lächelte entschuldigend. „Nicht persönlich nehmen."

Ich schüttelte den Kopf. „Tue ich nicht. Aber wie könnt ihr hierbleiben, wenn sich um euch herum ein Krieg abspielt?"

Onishis Augen begannen zu strahlen. „Wegen Master Sefraim. Er schützt uns mit seiner mächtigen Vampirsicht. Er hat so etwas wie eine kognitive Barriere um das Gebäude errichtet. Drohende Bomben oder andere Gefahren werden von ihm vorzeitig bemerkt und eliminiert. Wir sind hier vollkommen sicher."

„Aber was ist, wenn er einmal nicht da ist?"

Die Vampirin lächelte mich wissend an. „Er ist immer da. Sein Geist ist mit mir und einigen anderen Vampiren hier verbunden. Es ist, als wäre er gleichzeitig an zwei Orten. Unglaublich, was?"

Ehrfürchtig sah ich erneut nach draußen. „Ja, das ist es." *Sefraim ... Er ist noch viel mächtiger, als ich es für möglich gehalten hätte. Jemand wie er hätte wahrscheinlich auch allein die Herrschaft über das Zwielicht an sich reißen können. Ich frage mich, warum er es nicht getan hat.*

„Ich weiß, was du denkst."

Ich schreckte aus meinen Gedanken auf. „Was?"

Onishi lehnte sich an die alte Kommode gleich neben der Tür und musterte mich mit einem frechen Lächeln auf den Lippen. „Du fragst dich, warum jemand wie er seine Macht nicht nutzt, um ganz allein die Wesen des Zwielichts anzuführen, nicht wahr?"

Zögerlich nickte ich. Das Grinsen meiner Leibwächterin wurde breiter. „Nun, mein Herr ist einfach nicht der Typ dafür. Ganz einfach. Master Sefraim strebt weder nach Macht, noch nach Ansehen. Er strebt danach, das Zwielicht zu beschützen. Und dafür bewundere ich ihn." Sie musterte mich erneut und ihr Lächeln verschwand etwas. „Und da wir gerade von Typen reden, was ist dein Meister für einer?"

„Warum willst du das wissen?"

„Ich bin einfach neugierig."

Grübelnd starrte ich zur Wand auf der anderen Seite, wo, schätzte ich, Avalon jedes Wort, das wir sprachen, gerade mithören konnte. Ein rachsüchtiges Lächeln zog sich über mein Gesicht.

„Er ist eher von der emotional eingeschränkten, leicht zu reizenden Sorte. Zudem ist er ein ziemlicher Sadist. Aber wenn man weiß, wie man mit ihm umzugehen hat, ist er schon in Ordnung."

Onishi lachte bei diesen Worten laut auf. „Das dachte ich mit bereits. Kaum zu glauben, dass die beiden aus der gleichen Familie stammen sollen."

„Und was ist mit dir?"

„Mit mir? Das musst du schon selbst herausfinden."

„Nein, ich meinte eigentlich ... Warum lässt du Sefraim freiwillig von dir trinken, obwohl du eine Vampirin bist?"

Sie zuckte mit den Achseln. „Warum denn nicht? Mein Master ist jemanden, dem es Wert ist zu folgen."

„Aber ... Er weiß alles über dich. Macht dir das denn keine Angst?"

Sie schüttelte den Kopf. „Sefraim weiß alles über mich, und trotzdem lässt er sein Leben und das seiner Schützlinge von mir bewachen. Was für eine größere Anerkennung könnte man von einem anderen Wesen bekommen? Ich liebe ihn und würde ihn niemals verraten. Und er weiß das ganz genau."

Bei ihren Worten wurde ich rot. Jemanden zu treffen, der so offen über seine Gefühle sprach, war mir fremd.

„Du und Sefraim ... Seid ihr ein Paar?"

„Ein Paar? Nein. Aber das heißt nicht, dass wir nicht ein bisschen Spaß miteinander haben können." Sie zwinkerte mir vielsagend zu und ich blickte sie überrascht an. Ich hatte Sefraim noch nie in diesem Licht gesehen, aber wenn ich so darüber nachdachte ... Er war durchaus attraktiv und äußerlich sah er vielleicht höchstens aus wie Mitte dreißig.

„Und was ist mit dir und Avalon?"

„Was? Nein ... Er ist mein Vampirvater. Mehr nicht." Verstohlen sah ich erneut zu der Wand herüber, die mein Zimmer von Avalons abgrenzte.

Onishi überkreuzte belustigt die Arme vor der Brust. „Von so einem verkorksten Vampir wie ihn solltest du dich wohl auch besser fernhalten. Das bringt nur Probleme."

„Na ja", erwiderte ich seufzend. „Ich bin ebenfalls verkorkst. Wahrscheinlich hält er sich deswegen eher von mir fern als ich von ihm."

Die Vampirin wollte gerade grinsend etwas erwidern, als sie plötzlich innehielt. Den Blick lauschend zu Boden gerichtet, wusste ich, dass sie gerade eine telepathische Nachricht bekommen musste. Angespannt wartete ich. Als sie wieder aufsah, zeichnete sich ein entschuldigender Ausdruck auf ihrem Gesicht ab.

„Es ist Zeit, zur Zusammenkunft des Rats zu gehen. Tut mir leid, jetzt habe ich dich davon abgehalten, etwas zur Ruhe zu kommen und dich zu duschen."

Ich schüttelte den Kopf. „Schon gut ich ..."

„Aber umziehen können wir dich noch", unterbrach sie mich und plötzlich bewegte sie sich so schnell, dass ich sie fast nicht mehr sehen konnte. Noch bevor ich die Chance bekam zu protestieren, hatte sie mir auch schon die dreckigen Klamotten vom Körper gerissen.

„Was zum ...?" Schnell bedeckte ich mit den Händen das Nötigste.

„Genierst du dich etwa?", hörte ich Onishi amüsiert lachen. Empört starrte ich die Vampirin an. Diese stand mittlerweile neben dem Bett und trug auf einmal frische Kleidung für mich in den Händen. „Keine Sorge das haben wir gleich. Streck am besten deine Arme hoch.“

Entsetzt und sogleich schockiert schüttelte ich den Kopf. „Was? Nein! Gib her, ich mache das selbst!“

Die Leibwächterin seufzte nur, dann legte sie die Sachen auf das Bett. „Bitte, aber es wäre deutlich schneller gegangen, hättest du es mich machen lassen.“

Peinlich berührt ging ich zu ihr hinüber und begann, mich anzuziehen.

„Beeile dich, ich lasse Sefraim ungern warten.“

Genervt streckte ich die Hand nach den Klamotten aus und sah sie an. „Bist du immer so zurückhaltend? Oder ist das nur bei mir so?“, fragte ich sie sarkastisch.

Onishi schüttelte lachend den Kopf. „Jetzt verstehe ich, warum dich dein Meister so gerne quält.“

Perplex starrte ich sie an, von dem plötzlichen Themenwechsel total überrascht.

„Dein Gesichtsausdruck, wenn du dich ärgerst. Einfach hinreißend.“

Flirtet Sie etwa mit mir? Dachte ich kurz, doch dann verwarf ich den Gedanken wieder. *Es ist wohl einfach ihre Art. Es kommt mir vor, als hätte sie überhaupt keine Hemmungen zu sagen, was sie denkt. Immerhin, in dieser Hinsicht ist sie freier als Avalon, auch wenn sie Sefraim gehörig sein muss. Er hat sich selbst erfolgreich zu seinem eigenen Gefängniswärter gemacht und lässt niemanden auch nur annähernd an sich ran. Anders als Onishi, die freiwillig in ihren Käfig geflogen kam.*

Ich hatte mir gerade erst die kurze Hose und das grüne T-Shirt übergezogen, als mich die Vampirin bereits am Arm packte.

„Gehen wir, bevor wir wirklich noch zu spät kommen.“ Von einer Sekunde zur anderen waren wir plötzlich in einem großen

Raum mit einer hohen, spitzen Decke gelandet. Ein Mosaik aus blauen und grünen Farben erstreckte sich auf dem Boden und vor den Fenstern konnte ich die Wedel von Palmen sehen, die im Wind leicht hin und her wankten. Vor uns befand sich ein großer, runder Tisch. Seine glatte Oberfläche spiegelte das schwache Licht des Kronleuchters darüber wider. In dem Moment, als wir auftauchten, drehten sich die Köpfe aller Anwesenden an diesem Tisch in unsere Richtung. Ich erkannte die Mitglieder des Rats, die mich interessiert musterten. Die Herrin von Venedig nickte mir zur Begrüßung zu, während Badrik und Hina mich nur finster anstarrten. Den Blick Letzterer wich ich aus, damit sie mich nicht erneut auf irgendeine Weise Manipulieren konnte. Artemis war wie gewohnt die am schlichtesten Gekleidete von allen. In ihren langen braunen Haaren waren Blätter und Blumen geflochten und sie lächelte mich freundlich an. Die Ratsmitglieder und Anführer des Zwielichts umrandeten den Tisch in einem Halbkreis. Etwas weiter von ihnen entfernt, standen zwei leere Stühle, die wohl für mich und meinen Meister bestimmt waren.

„Vielen Dank, Onishi. Das wäre vorerst alles." Sefraim stand mir am anderen Ende des Tisches gegenüber und setzte sich nun.

„Natürlich."

Während sich die Vampirin neben mir davonteleportierte, fragte ich mich, wo Avalon eigentlich blieb. Doch ich musste nicht lange warten. Kaum war Onishi gegangen, tauchte stattdessen er neben mir auf. Mein Meister hatte sich umgezogen und ich konnte den Geruch von Seife an ihm riechen. Im Gegensatz zu mir hatte er anscheinend die Zeit gehabt, zu duschen. Sefraim nickte ihm respektvoll zu.

„Da wir nun vollzählig sind, können wir anfangen. Ich eröffne hiermit offiziell die Sitzung des Rats."

Ich sah kurz zu Avalon hoch, und unsere Blicke trafen sich für eine Sekunde. Dann spürte ich, dass etwas gegen die Mauern meines Geistes drückte und öffnete sie vorsichtig.

Emotional eingeschränkt, ja?, hallte seine Stimme beleidigt in meinen Gedanken wider. Ich schmunzelte, bis mir wieder einfiel, dass wir weitaus wichtigere Dinge zu diskutieren hatten. Mein Lächeln verschwand.

Wenn Ihr nicht wollt, dass Ihr etwas hört, das euch nicht gefällt, dann solltet Ihr besser nicht lauschen, entgegnete ich kühl.

Ich habe nicht gelauscht, knurrte er. *Ihr wart so laut, dass ich euch nicht überhören konnte. Kein Vampir hätte das können.*

Ich zuckte nur mir den Achseln, dann nahm ich meinen vorgesehenen Platz auf einem der Stühle ein. Mein Meister folgte mir und setzte sich neben mich. Nervös starrte ich auf den Tisch. *Wenn ich es recht bedenke, könnte hier nun über mein Schicksal entschieden werden. Und damit auch über das Schicksal des Zwielichts.* Kurz kam mir ein schockierender Gedanke. *Was, wenn sie mich doch opfern wollen? Sefraim hat es zwar verneint, aber wenn sie darüber erneut abstimmen würden?* Ich sah zu Avalon auf, der die Ratsmitglieder mit düsterer Miene musterte. *Was würde er tun? Wenn er vernünftig wäre, würde er das Weite suchen. Aber ich kenne ihn. Er würde mich verteidigen. Schließlich gehört ihm mein Silberblut, das würde er sich nicht nehmen lassen. Dafür ist er zu Stolz und dem Zwielicht zu feindlich gesinnt. Selbst dann noch, wenn es sein Ende bedeuten könnte.* Ich schielte heimlich zu dem Großvater meines Meisters herüber. *Sefraim weiß das. Die Frage ist eher, würde Sefraim zulassen das der Rat mich und Avalon tötet? Das würde darauf ankommen, ob er sich mehr als Verwalter des Zwielichts, oder als Avalons Großvater sieht.*

„Um eines gleich am Anfang klarzustellen," hörte ich meinen Meister neben mir mit fester Stimme sprechen. „Auch wenn ich Vida als meine Schülerin aufgenommen habe, bin ich kein Teil der Organisation. Obwohl ich eure Spielchen als ihr Meister mitspielen muss, damit ich von euch in Ruhe gelassen werde. Solange ich gegen keines eurer Gesetze verstoße, kann ich mit Vida hier verschwinden, wenn mir eure Entscheidung nicht gefällt. Und daran könnt ihr nichts ändern."

Ich sah, wie sich die Gesichter der übrigen Anwesenden bei diesen Worten verhärteten. Ausgenommen Badrik, der wie gewohnt keinerlei Regung zeigte. Als er dann plötzlich lächelte, blinzelte ich überrascht. *Das hat nichts Gutes zu bedeuten,* dachte ich und meine Gedanken wurden auch sogleich bestätigt, als der schmächtige Vampir sich erhob.

„Nur, wenn du damit nicht die Stabilität der Barriere oder die Organisation gefährden würdest. Und das, Avalon, ist reine Auslegungssache."

Erschrocken beobachtete ich den mörderischen Blick, den mein Meister dem Verbundsratsmitglied zuwarf. Er wollte gerade etwas erwidern, als die Herrin von Venedig ihm ins Wort fiel.

„Beruhigt euch", sprach sie tadelnd, dann fixierte ihr Blick kurz mich. „Du sprichst etwas an, Avalon, was mich gleich zum Punkt kommen lässt. Vielleicht hörst du zuerst an, was ich zu sagen habe? Ich glaube, dass durch meinen Vorschlag viele Unsicherheiten vernichtet werden können."

Mein Meister knurrte nur und gab mit einer Handbewegung zu verstehen, dass sie fortfahren sollte. Badrik setzte sich wieder. Sein Gesicht war so undeutbar wie zu Beginn. Donna Ferrana nickte zufrieden und sah dann auffordernd zu Artemis herüber. „Würdest du uns einen kurzen Lagebericht über die Grenzwacht geben, meine Liebe?"

Die schlichte Vampirin erhob sich. „Die Wächter berichten über immer mehr Instabilitäten. Immer mehr Halbteufel sind gesichtet worden und mehr von ihnen werden noch die Grenze übertreten. Sie halten sich bedeckt und bisher ist es noch zu keiner Konfrontation gekommen, aber das ist nur eine Frage der Zeit. Da wir davon ausgehen, dass der Dämonenkönigin durch Serezars Flucht bekannt ist, dass wir wissen, was Vida für sie bedeutet, schickt sie mehr ihrer Kinder durch die Barriere. Ihr ist bewusst, dass ihr sonst die Zeit davonläuft."

„Ihr die Zeit davonläuft? Warum?", fragte ich Artemis und war von mir selbst überrascht, dass ich den Mut dafür aufbringen konnte, ihr ins Wort zu fallen. Die schöne Dryade sah mich unschlüssig an. Doch jemand anderes antwortete an ihrer Stelle.

„Als schwacher Mensch bist du eine leichte Beute für sie. Jetzt, da wir wissen, dass sie dich tatsächlich sucht, gibt es nur zwei Optionen, die wir haben." Hina saß gelangweilt auf ihrem Stuhl und starrte auf ihre Fingernägel. „Ist das nicht offensichtlich?"

„Es gibt mehr als diese beiden Möglichkeiten, Hina." Sefraim sah tadelnd zu der Vampirin mit den kurzen Haaren und den stechenden Augen herüber. Sie trug ein cremefarbenes enges Kleid, das ihre schlanke Figur betonte.

„Ach ja? Und was für Möglichkeiten sollen das sein?"

Es war Donna Ferrana, die auf einmal erneut das Wort ergriff. Ihr rotes wallendes Haar fiel ihr dabei offen über die Schultern. „Wichtig ist jetzt nur eins: Vida ist in Gefahr und was auch immer die Dämonenkönigin von ihr will, es wird zu unserem Nachteil sein. Darauf könnt ihr Gift nehmen."

„Aber warum?", fragte ich sie direkt. „Warum seid ihr euch so sicher, was sie will?"

Die Herrin von Venedig sah mich mit einem leichten Lächeln auf den Lippen an, fast so, wie man ein Kind ansieht, das noch zu jung ist, um zu verstehen. „Sie schickt ihre Schergen in unsere Welt und ließen deinen Meister und deine Blutschwester Marien ermorden. Ihre Absichten sind sicherlich nicht freundlich gesinnt. Im Gegenteil, sie waren eine direkte Kriegserklärung an unsere Organisation. Und da du ihrem Zweck offensichtlich dienlich bist, ist es sehr wahrscheinlich, dass du eine Rolle darin zu spielen hast."

Ich ballte die Hände unter dem Tisch zu Fäusten. „Versteht mich nicht falsch, ich will, dass die Dämonenkönigin dafür zahlt, was sie getan hat. Vielleicht noch mehr als jeder Einzelne von euch. Aber ich verstehe einfach nicht, warum sie mich will. Ist es, weil ich ihre Macht nähren soll?"

„Wir vermuten es, ja. Aber genau können wir es nicht sagen."

Plötzlich brachen weitere Fragen aus mir hervor, die ich einfach nicht mehr zurückhalten konnte. „Was ist ein Silberblut überhaupt genau? Wie kann jemand wie ich eigentlich existieren? Bin ich nur ein Zufall? Das Produkt einer spontanen Mutation vielleicht? Oder steckt mehr dahinter? Bringe ich Chaos oder hat das Chaos mich geboren? Bin ich wirklich das, von dem alle sprechen?"

Zuerst bekam ich nichts als Schweigen als Antwort. Doch dann hörte ich irgendwann Badriks kalte Stimme durch den Raum schwingen. „Ich muss zugeben, wir wissen es nicht. Silberblüter wurden immer mal wieder geboren, aber so viel mir bekannt ist, bist du erst das siebte deiner Art. Vielleicht waren es auch mehr, aber die Wesen mit besonderem Blut tauchen auf und vergehen so schnell, dass wir nie mehr über sie erfahren konnten. Und es ist das erste Mal, dass ein Silberblut zu einem Vampir gemacht werden soll."

„Könnte es sein, dass es das ist, was die Dämonenkönigin fürchtet? Will sie verhindern, dass Vida zu einem Wesen der Nacht wird, weil sie Angst hat, dass sie dann zu mächtig werden könnte?"

Ich sah überrascht zu Avalon hoch, der seinen kalten Blick durch die Runde wandern ließ.

Donna Ferranas Stimme ertönte. „Entweder das oder sie will es sich besonders leicht machen. Als Mensch ist sie, wie bereits angesprochen, ein leichteres Opfer für sie, was auch immer die Dämonenkönigin von Vida will. Auch wenn sie unter dem Schutz des Zwielichts steht."

„Auf was willst du hinaus?", knurrte meine Meister neben mir, während ich in Gedanken noch an Badriks Worten hing, der offen zugegeben hatte, dass der Rat nicht weiß, was ein Silberblut war. *Gibt es einen Grund, warum ich dieses verfluchte Blut besitze? Oder bin ich nur eine Laune der Natur? Die Dame Orochi sagte einmal, mein Auftauchen wäre die Antwort des Universums auf ein bestehendes Ungleichgewicht. Aber wie hängt das miteinander zusammen?*

„Es gibt nur einen sinnvollen Weg", hörte ich die Herrin von Venedig im Hintergrund meiner eigenen Gedanken sagen. „Wir verwandeln Vida so schnell wie möglich zu einer vollwertigen Vampirin."

Erschrocken blickte ich auf. *Was?*

Plötzlich sah ich aus den Augenwinkeln neben mir eine blitzschnelle Bewegung. Meister Avalon war so schnell aufgesprungen, dass sein Stuhl nach hinten umgekippt war und nun auf die harten Fliesen knallte.

„Nein!", brüllte er aufgebracht. Ich starrte ihn an, verunsichert von dem Hass in seinem Gesicht.

„Avalon. Setze dich bitte wieder hin und höre zu", hörte ich Sefraim mit ruhiger Stimme erwidern.

Ein abschätziges Zischen war neben mir zu hören. „Ich bin Vidas Meister, Großvater! Ich entscheide, wann sie bereit ist, ein Vampir zu werden. Nicht das Zwielicht."

„Unter den gegebenen Umständen ist das eine andere Sache", antwortete Badrik. „Wir müssen unseren Vorteil ausspielen, solange wir noch können."

Mein Meister bleckte aggressiv die Zähne. „Das ist das Einzige, worum es euch immer geht: EUREN Vorteil."

Ein hämisches Lachen ging durch den Raum. Ich bemerkte, wie Hina sich mit einem breiten Grinsen auf den Lippen aufrichtete. „So wie es dir doch auch nur um deinen eigenen Vorteil geht, nicht wahr? Wenn Vida eine Vampirin ist, kannst du schließlich ihr kostbares Blut nicht mehr trinken. Was für ein verdammter Heuchler du doch bist!"

Avalons Gesicht verzog sich zu einer dämonischen Fratze. „Nun, das ist durchaus ein Fakt, den ich nicht bestreiten kann. Aber das Zwielicht bekommt durch diese Entscheidung natürlich keine Nachteile. Ich hingegen ..." Er drehte seinen Kopf zu mir herüber und musterte mich für einen kurzen Moment merkwürdig. Ich wusste nicht so recht, was ich davon halten, noch wie ich reagieren sollte. Es war, als wäre mein innerstes auf einmal zu Eis erstarrt. Stumm hörte ich weiter zu, wie die Vampire über meinen Kopf hinweg diskutierten.

„Außerdem ist es noch zu früh für sie. Das Risiko ist zu hoch, dass sie die Prozedur nicht überlebt, oder dass sie danach wahnsinnig wird. Ihr alle wisst, was eine zu frühe Verwandlung bedeuten kann!" Seine Lippen formten auf einmal ein böses Grinsen. „Aber das ist euch egal. Ihr gewinnt so oder so, habe ich recht?"

Komischerweise lösten seine Worte in mir keine Angst aus. Vielleicht, weil ich im Inneren immer gewusst hatte, dass es früher oder später darauf hinauslaufen musste. Irgendwann würde das Unheil, das ich verursachte, auf mich zurückfallen und mich töten. Ich machte dem Zwielicht daher keinen Vorwurf. Wahrscheinlich hätte ich an ihrer Stelle genauso gehandelt. Aber ich konnte auch Avalon verstehen. Er fühlte sich von der Organisation erneut übergangen.

„Vida wird überleben, da bin ich sicher. Und sie wird zu einer starken Wächterin des Zwielichts werden, die uns vielleicht letzten Endes den Sieg schenken wird. Die Zeit der Dämonenkönigin ist vorüber. Die Vampire werden zeigen, dass sie die mächtigsten Wesen der drei Welten sind." Während Donna Ferrana geredet hatte, konnte ich die wachsende Wut in Avalons Gesicht sehen. Ich vermutete, dass er gerade all seine Zurückhaltung aufbringen musste, um der Herrin von Venedig nicht an die Gurgel zu springen.

„Das war alles deine Idee, habe ich recht? Erst hast du sie dazu gebracht, sich nach ihrer Verwandlung dem Zwielicht als Wächterin anzuschließen und jetzt drängst du darauf, sie so schnell wie möglich zu einer Vampirin zu machen. Alles verläuft wie immer nach deinem Plan, nicht wahr?"

Die beiden starrten sich für einen Moment finster an und ich meinte, eine Spur Schmerz in den Augen meines Meisters zu sehen. Donna Ferrana lächelte nur kühl. „Eine glückliche Fügung, weiter nichts. Man sollte jede Chance ergreifen, die man bekommt, nur so ist man auch für Unvorhergesehenes gewappnet."

So ging es noch eine ganze Weile. Sie diskutierten lautstark miteinander und Avalon weigerte sich vehement, ihnen zuzustimmen. Aber für mich war die Sache klar. Das war sie schon lange bevor wir wussten, dass die Dämonenkönigin unsere Gegnerin war. *Ich habe geschworen, alles zu tun, um Meister Irvin und Marien zu rächen.* Ich sah erneut zu Avalon hoch. *Er ist kein schlechter Vampir. Er wird es verstehen. Vielleicht nicht jetzt, aber irgendwann wird er es.*

Ich nahm einmal tief Luft, wie um mich für die nächsten Augenblicke zu wappnen, die gleich auf mich hereinbrechen würden.

„Ich willige ein!", sagte ich auf einmal mit lauter, deutlicher Stimme. Die Vampire um mich herum wurden auf einen Schlag stumm. Keiner sagte ein Wort, stattdessen starrten sie mich alle an.

„Dann ist es entschieden", hörte ich Donna Ferranas dunkle Stimme zufrieden verlauten.

Avalon hatte seine Hände auf die Tischplatte gestützt und den Oberkörper leicht nach vorne gebeugt. Von dieser Position aus, blickte er über die Schulter zu mir herüber. Als ich den Ausdruck in seinen Augen sah, hielt ich unbewusst den Atem an. Er war anklagend. Der Blick gehörte jemanden, der sich verraten fühlte und spiegelte Enttäuschung und einen tiefen Schmerz wider. Plötzlich konnte ich beobachten, wie dieser auf einen Schlag in puren Hass umschlug.

„Du fällst deinem Meister also in den Rücken?", sprach er, viel zu ruhig für die aufwallenden Emotionen, die in seinen Augen zu sehen waren. Ich hatte erwartet, dass er mich anschreien würde und mir schlichtweg zu verstehen gab, dass er mich niemals verwandeln würde. Aber das tat er nicht.

„So sehr willst du also eine Vampirin werden? Du willst deine Rache an dem Tod deines geliebten Irvins und es ist dir verflucht egal, was es dich kosten wird, nicht wahr?"

Ich wusste nicht, was ich darauf antworten sollte, also sagte ich gar nichts. Seine Worte waren nicht unwahr, aber in diesem Moment wurde mir auf einmal klar, warum ich die Verwandlung wirklich wollte. Die Erkenntnis überrollte mich mit so einer Endgültigkeit, dass ich mich ihr nicht mehr verwehren konnte. Meine Rache war mir wichtig, keine Frage, jedoch war mir mittlerweile etwas anderes noch viel wichtiger geworden. Ich tat es, um diesen arroganten, aufbrausenden, Vampir neben mir zu schützen. Nur darum ging es mir insgeheim. Wie bei einem Kunstwerk, das zugleich Terror und Faszination in meinem Herzen auslöste, war ich von ihm eingenommen worden. Und ich könnte niemals zulassen, dass es zerstört werden würde.

Sein Blick schmerzte mich und ich wich ihm aus. Beschämt starrte ich erneut auf die glänzende Tischplatte vor mir. „Es tut mir leid," flüsterte ich nur.

Als auf einmal ein kaltes und grausames Kichern neben mir zu hören war, sah ich erneut auf. Meister Avalon hatte sich aufgerichtet und blickte jedem Einzelnen der Anwesenden, bis auf mich, noch einmal an.

„Ich werde mich nicht an solch einer Farce beteiligen. Ihr habt kein Recht dazu, Vida gegen meinen Willen verfrüht zu einer von uns zu machen. Aber das interessiert euch nicht. Für irgendetwas, das außerhalb der Grenzwacht liegt, und nicht dazu dient euer Monopol an Macht aufrecht zu erhalten, seid ihr blind. Nehmt eure heiligen Gesetze und geht damit zum Teufel! Soll die Dämonenkönigin sich mit euch beschäftigen, ich werde es nicht mehr tun." Er drehte sich um, so als würde er gehen, verharrte dann jedoch noch für einen Moment. „Sieht so aus, als würdest du das bekommen, was du willst, Silberblut. Ich gratuliere." Den Blick hielt er dabei starr geradeaus gerichtet. Unfähig irgendetwas zu sagen, schüttelte ich nur mit dem Kopf. Zu mehr Reaktion war ich in diesem Moment nicht fähig. Ich fühlte mich, als hätte mich eine riesige kalte Klaue gepackt, die mich mit ihrem festen Griff langsam drohte zu zerquetschen. Vorsichtig tastete ich nach seinem Geist, doch alles was ich spürte, war eine dicke und harte Wand aus Granit, von der ich abprallte wie ein Gummiball. Er ging, ohne sich noch einmal umzudrehen. Als die schwere Tür hinter ihm zu viel, kam es mir vor, als hätte ich etwas unglaublich Schreckliches getan. *Ich habe es geschafft, ihn zu verletzen,* kam es mir aus einmal in den Sinn. Den Vampir, der gerade aus diesem Grund die Einsamkeit zu seinem Gefängnis gemacht hatte. Aber es ging nicht anders. Avalon musste leben, selbst wenn das Heißen würde, dass ich nicht mehr bei ihm sein konnte. Jedoch sträubte sich alles in mir, ihn einfach so gehen zu lassen. Eigentlich wollte ich mich erklären, wollte ihm sagen, warum ich es tat. Warum ich es tun MUSSTE. Die erste Chance dafür hatte ich verstreichen lassen und wenn ich mich nicht beeilte, würde ich keine Zweite bekommen.

„So ein Sturkopf," hörte ich Ferranas Stimme im Hintergrund genervt zischen. Überfordert von der Situation sprang ich einfach auf und blieb dann unschlüssig stehen. Die Vampire starrten mich alle an, auf ihren Gesichtern konnte ich die Wut und Abneigung sehen, die die Worte meines Meisters bei ihnen hinterlassen hatten. Schließlich verbeugte ich mich vor dem Verbundsrat.

„Ich werde mit ihm reden", war alles, was ich in diesem Moment hervorbrachte. Dann machte ich auf dem Absatz kehrt und rannte Avalon hinterher, aus dem Raum hinaus.

Da wir direkt hierher teleportiert waren, hatte ich überhaupt keine Orientierung, wo in dem riesigen Gebäude ich mich eigentlich befand. Doch die brauchte ich auch nicht. Ich spürte den Bund des Blutes, der Avalon und mich verband und folgte einfach meinem Gefühl. Er musste gesprungen sein, denn er war bereits deutlich weiter entfernt, als es selbst für einen Vampir zu Fuß möglich gewesen wäre. Aber er war noch im Gebäude. Meine Angst, dass er von einem Augenblick auf den anderen einfach so verschwinden könnte, wenn es ihm beliebt, ließ mich noch schneller laufen. Schließlich kam ich vor einem Treppenaufgang zum Stehen. *Er ist dort oben. Ich spüre es.* So schnell ich konnte, nahm ich immer zwei Treppenstufen auf einmal. Die Wendeltreppe war lang, und als ich oben ankam, tropfte mir der Schweiß von der Stirn. Als ich die Aussicht registrierte, die sich vor mir erstreckte, konnte ich mir ungefähr vorstellen, wo ich mich befand. Der Turm mit den hohen, weißen Bögen stand auf einem blauen Kuppeldach und war der höchste Punkt des Palastes, dessen beeindruckende Größe ich erst jetzt richtig bemerkte. Jedoch hielt ich mich nicht lange daran auf. Schnell blickte ich mich im Licht der untergehenden Sonne suchend um. Ich wusste, dass Avalon hier irgendwo sein musste, spürte ich doch seine starke Präsenz ganz in der Nähe. Als ich aus dem Rundbogen des Turms heraustrat, nahm ich feine Regentropfen wahr, die auf mich herabrieselten.

„Was willst du?" Seine Stimme klang abweisend und zornig. Hastig drehte ich mich um und sah Avalon, der sich im Schatten an eine der Säulen gelehnt hatte. Eine düstere und kalte Atmosphäre umgab ihn wie ein tödlicher Schleier. Ich wusste nicht warum, aber kurz kam mir der Gedanke in den Sinn, dass er so am schönsten war. Ein wahrer Gott des Todes. Der Wind spielte mit seinem langen schwarzen Haar und seine blutroten Augen funkelten mich aufgebracht an. Während ich ihn, nach meinem anstrengenden Aufstieg noch immer um Atem ringend, anstarrte, versuchte ich angestrengt meine Gedanken zu ordnen. Aber es gelang mir nicht wirklich.

„Antworten", war alles, was ich schließlich hervorbrachte.

Ein düsteres Kichern antwortete mir. „Natürlich. Ich hätte es wissen müssen. Aber du solltest dir bewusst sein, dass Fragen dich nichts kosten, Antworten aber schon."

„Ich habe den Preis dafür gezahlt. Viele Male", erwiderte ich nur. Seine Augen verengten sich abweisend.

„Wenn du hier bist, um mich umzustimmen, vergiss es. Ich werde dich nicht verwandeln. Noch nicht. Und ich werde nicht zulassen, dass der Rat einfach tun und lassen kann, was er möchte."

Erschrocken starrte ich ihn an. „Was habt Ihr vor?"

Er wendete den Blick ab und sah in die Ferne. „Ich bin hier, um darüber nachzudenken."

„Ihr könnt gegen den Rat nichts ausrichten. Er ist zu mächtig. Allein werdet Ihr das niemals schaffen. Ganz egal, wie sehr Euch mein Silberblut gestärkt hat."

„Dann sterbe ich eben. Lieber so, als dass ich mich dem Zwielicht unterwerfe."

Erschrocken musterte ich ihn. Niemals könnte ich zulassen, dass so etwas geschah. „Ihr werft das Geschenk der Unsterblichkeit einfach so weg? Meister Irvin hatte es Euch gegeben. Ihr würdet sein Andenken mit Füßen treten."

Seine Augen blitzten bedrohlich auf und ich biss mir auf die Lippen. Irvins Namen zu erwähnen, war das Letzte, das ich hätte tun sollen.

„Sein Andenken? Was für eins soll das sein? Irvin war schwach, Vida, sieh das endlich ein. Er hatte zu viel Angst vor der Macht des Silberbluts und zu viel Mitleid mit einem Waisenmädchen, das er aus einer Laune heraus gerettet hatte. Vielleicht war er ein genialer Wissenschaftler, aber als Vampir war er ein Versager."

Ich bemerkte die Wut, die bei diesen Worten plötzlich in mir aufstieg. „Meister Irvin war ein besserer Vampir, als ihr es je hättet sein können! Wenn er noch leben würde ..." Meine Stimme versagte auf einmal. Es schmerzte mich zu sehr darüber nachzudenken, was gewesen wäre, wenn mein erster Meister noch hier wäre.

Avalon musterte mich abschätzig. „Glaubst du, Irvin hätte dem Rat zugestimmt? Ohne auch nur die Risiken einer vorzeitigen Verwandlung abzuwägen?"

Ich ballte die Hände zur Faust. „Er hätte meinen Wunsch respektiert. Das weiß ich."

Avalon zischte verächtlich. „Nun, das ist jetzt egal. Dein Meister ist tot und er wird nicht mehr zurückkommen. Genauso wenig wie seine andere Schülerin. Weil Irvin deinem Silberblut nicht gewachsen war. "

Der Schmerz in meinem Innersten raubte mir den Atem. „Ich wollte dieses verfluchte Blut nie haben!", schrie ich ihm entgegen.

„Ich wollte so vieles nicht, Vida und trotzdem ist es passiert. Finde dich damit ab. Genauso mit dem Gedanken, dass ich dich nicht verwandeln werde."

Finster starrte ich ihn an. „Ich brauche Euch nicht dazu. Ich werde Sefraim darum bitten, dass er es tut."

Bei diesen Worten sah ich plötzlich, wie in ihm etwas Riss. Eine betäubende Angst macht sich bei dem Anblick in mir breit.

„Natürlich", sagte er bitter. „Schließlich war dir von Anfang an deine Rache am wichtigsten. Du hast mich benutzt und mich erneut verraten. Warum hatte ich das nicht vorausgesehen? Ich frage mich nur, was dein geliebter Irvin davon gehalten hätte, wenn er sehen würde, was aus seiner Schülerin geworden ist."

Beschämt starrte ich zu Boden. Er hatte nicht ganz unrecht. Wenn Irvin das Beste von mir hervorgeholt hatte, hatte Avalon das Schlechte in mir offenbart. Aber warum kam ich mir jetzt mehr vor wie ich selbst? Aber das sagte ich nicht. Es war, als hätte etwas von mir Besitz ergriffen, etwas dunkles, das tief aus meinen seelischen Abgründen stammte.

„Wenn ich nicht Rache an Irvins Mördern geschworen hätte, wäre ich niemals eine Schülerin bei so einem schlechten Meister geworden. Ihr seid eine Schande als Vampir. Ihr meint, Ihr wärt um so vieles Stärker als er? Blödsinn! Ihr versteckt Euch Jahrzehnte lang in Eurem Schloss, weil ihr Angst habt. Angst davor, zurückgewiesen zu werden. Das, was Euch fehlt, war bei Meister Irvin reichlich vorhanden. Wärme, Gutherzigkeit und emotionale Stärke. All das, was Ihr niemals haben werdet. Und deswegen habt Ihr ihn eigentlich gehasst, nicht wahr?"

Avalon war so schnell vor mir, dass ich erschrocken zurückwich. Plötzlich spürte ich, wie ich hinter mir ins Leere trat. Einzig und allein meiner Vampirreaktion war es geschuldet gewesen, dass ich wieder halt fand. Als ich mich umsah und erkannte, dass ich am Rand des Abgrunds stand, lief mir ein eisiger Schauder über den Rücken. Erschrocken drehte ich mich wieder um und starrte auf einmal direkt in das bleiche Gesicht meines Meisters. Der Zorn darin war unübersehbar.

„Schweig still!", brüllte er. Sein Gesicht verzog sich zu einer dämonischen Fratze. „Wenn du es so bereust, meine Schülerin geworden zu sein, dann werde ich dir Erleichterung verschaffen!"

Als er plötzlich seine Hand hob und sie mir in den Brustkorb rammte, blieb mir auf einmal die Luft weg. Ich taumelte nach hinten und wäre in die Tiefe gestürzt, hätte Avalon mich nicht aufgehalten, indem er seinen anderen Arm um meine Hüfte geschlungen hätte. Mit Panik in den Augen starrte ich auf meine Brust. Aber anstatt seiner Klaue, die darin steckte, sah ich eine flache runde Scheibe aus Dunkelheit, direkt dort, wo mein Herz sitzen musste. Avalons komplette Hand wurde von ihr verschluckt, als würde es sich um eine Art Portal handeln. Auf einmal spürte ich ein unangenehmes Ziehen. Als er sie wieder hervorzog, umfasste seine Hand den leuchtenden kleinen Funken, den ich bereits einmal im Traum gesehen hatte. Mit einer kraftvollen Bewegung drückte er zu und zerquetschte ihn, dass ein sprühender Funkenregen sich davon ergoss.

„Ich will dich nie wieder sehen", sagte der Vampir noch, dann zog er mich vom Abgrund fort, wo ich auf die Knie fiel und mir an die schmerzende Brust fasste. Als ich die Nebelschwaden vor mir wahrnahm, war Avalon bereits verschwunden. Ich blieb zurück, mit dem Gefühl eines klaffenden Lochs in meiner Brust und konnte nicht atmen. Der Regen hatte währenddessen zugenommen und ging nun vom Wind getrieben wie eine Welle über die Stadt. Doch meine

Sinne waren zu taub, um das Wasser auf meiner Haut zu spüren.

Dann, ich wusste nicht, wie viel Zeit vergangen war, legte mir jemand die Hand auf die Schulter. Ich sah auf und erkannte Onishi, die mich mitleidig anstarrte.

„Komm, wir gehen aus dem Regen raus. Sefraim will mir dir unter vier Augen sprechen."

Angestrengt richtete ich mich auf. Meine Kleidung hatte sich mit Regen vollgesogen und hing wie eine schwere Last auf mir. *Sefraim hat wahrscheinlich alles durch Onishis Geist gesehen. Er weiß Bescheid. Er weiß, dass Avalon den Vertrag zwischen ihm und mir gelöst hat.* Mein innerstes fühlte sich an wie zerrissen. *Ich hätte das nicht zu ihm sagen dürfen. Ich hätte ...* Meine Gedanken brachen ab und ich musste mich kurz sammeln. *Wo er wohl hin ist? Ob er trotz der Gefahr zu seinem Schloss zurückgekehrt ist?*

Als Onishi uns teleportierte, erwartete ich eigentlich, direkt zu Sefraim gebracht zu werden. Doch zu meiner Überraschung landeten wir in einen komplett gefliesten Raum mit hoch angebrachten Fenstern. Vor mir erstreckte sich ein Becken voll dampfenden Wassers. Auf der Oberfläche schwammen bunte Blütenblätter und ein würziger Duft schwängerte das Bad.

„Ich dachte ..." setzte ich an, doch Onishi schüttelte den Kopf.

„Wärme dich erst einmal auf und komm zur Ruhe. Sefraim wir dich danach empfangen. Ich ziehe mich nun zurück. Rufe einfach meinen Namen, wenn du so weit bist." Meine Leibwächterin wollte sich gerade abwenden, als ich leise etwas flüsterte. „Glaubst du, er wird zurückkommen?"

Für einen Moment sagte sie nichts, doch dann antwortete sie mir. „Ich kenne ihn nicht so gut wie du. Ich weiß es nicht."

Doch ich hörte in dem Unterton ihrer Stimme, dass sie nicht daran glaubte. Und eigentlich glaubte ich es genauso wenig. Als Onishi wieder mit dem Schatten verschmolz, begann ich, langsam die Treppen in das Becken herunterzusteigen. Das Wasser war angenehm warm. Ich machte mir nicht die Mühe, meine Kleidung auszuziehen. Sie war sowieso schon völlig durchnässt. Unbewusst fasste ich mir an die Brust. Das Loch darin war immer noch da und pulsierte in einem dumpfen, grausamen Schmerz. Avalon hatte das Band zwischen uns einfach zerrissen. Ich hatte mich so an dieses Gefühl, an diese Verbindung zwischen uns gewöhnt, dass ich nicht darauf vorbereitet gewesen war, was für eine Leere sie in mir hinterlassen würde. Ich fühlte mich so verlassen wie damals, an dem Tag, als Meister Irvins Asche verstreut worden war. Nein, wenn ich ehrlich war, fühlte es sich sogar noch schlimmer an. Übelkeit stieg in mir auf und es fröstelte mich, obwohl ich dazu äußerlich keinen Grund gehabt hätte.

Erst als ich die Tropfen sah, die ins Wasser fielen, bemerkte ich, dass ich weinte. Ich schlug die Hände vor Gesicht und mein ganzer Kummer floss aus mir heraus, bis ich stumpf und abgeschlagen aus dem Wasser stieg, meine nasse Kleidung gegen trockene eintauschte und mit blecherner Stimme nach meiner Leibwächterin rief.

Kapitel 3: Schöne neue Welt

Als ich in sein Büro eintrat, stand Sefraim mit den Rücken zu mir an einem der hohen Fenster und starrte in die Nacht hinaus. Kurz kam mir dadurch Avalon in den Sinn, der die gleiche Angewohnheit hatte, wenn er nachdenken wollte. *Vermisse ich ihn etwa? Warum sollte ich? Er war ein furchtbarer Meister gewesen, außerdem hatten wir nicht die geringsten Gemeinsamkeiten. Ich brauche ihn nicht mehr, um eine Vampirin zu werden. Ich bin fertig mit ihm.* Zögerlich fasste ich mir an den Hals und schluckte schwer. *Doch warum hört dann das Brennen in meinen Hals nicht auf, wann immer ich an ihn denken muss?* Leise konnte ich hören, wie der Regen gegen die Scheibe prasselte und sah draußen durch das Licht der Laternen, wie er in großen Tropfen vom Himmel rieselte. Zwischen mir und dem Verwalter des Zwielichts befand sich ein alter massiver Schreibtisch, auf dem sich fein säuberlich geordnet, mehrere Dokumente und ein Laptop befanden. Außerdem stand der Streitwagen mit den beiden Pferden, das Wappen des Zwielichts, als Briefbeschwerer auf einem der Papierstapel. Als ich hörte, wie Onishi hinter mir die Tür schloss, waren wir allein.

„Eigentlich dachte ich, die Regenzeit sei bereits vorüber. Aber die Natur ist immer wieder für eine Überraschung gut." Er drehte sich zu mir um und ich erkannte den mitleidigen Ausdruck in seinen alten Augen. Schnell sah ich zu Boden, damit die Erinnerung und der Schmerz die diesem Blick zugrunde lagen, mich nicht erneut überrollten. Doch ich war zu langsam.

„Avalon hat Bagdad verlassen. Es tut mir leid, Vida." Auf einmal spürte ich eine Hand auf meiner Schulter und sah erschrocken auf. Sefraim stand plötzlich direkt vor mir.

„Das Band zwischen euch wurde zerschnitten. Ich fürchte, dir bleibt nun keine andere Wahl mehr, als unser Angebot anzunehmen. Natürlich steht dir frei, das Zwielicht zu verlassen und deine Erinnerungen an uns zu verlieren, aber …“

„Ich weiß“, sagte ich nur und strich so respektvoll wie möglich seine Hand von meiner Schulter. *Das wäre mein Todesurteil. Wenn mich die Boten der Dämonenkönigin aufspüren, wird das Zwielicht niemals zulassen können, dass ich ihnen in die Hände falle. Eher werden sie mich selbst töten.*

„Ich stehe zu meinem Wort. Ich werde zu einer Vampirin. Und ich werde für das Zwielicht kämpfen. Wie Ihr bereits angedeutet habt, gibt es für mich jetzt kein Zurück mehr.“ *Indem er gegangen ist und unsere Vereinbarung für nichtig erklärt hat, muss ich immerhin kein schlechtes Gewissen mehr ihm gegenüber haben, wenn ich früher als geplant zu einer Vampirin werden würde,* versuchte ich mich verzweifelt selbst zu überzeugen. Während ich das dachte, spürte ich wieder das klaffende, schwarze Loch in meiner Brust, als hätte der Vampir mir mit dem Bund des Blutes auch mein Herz herausgerissen. Alles andere in mir fühlte sich taub an, als wären meine Gefühle ebenfalls in mir abgestorben.

„Ich hatte gehofft, dass du das sagst.“ Sefraim ging hinüber zum Schreibtisch, nahm ein Blatt Papier vom Stapel und überreichte es mir.

„Was ist das?“, fragte ich überrascht.

Er sah mich entschuldigend an. „Bürokratie. Wir brauchen deine Unterschrift als Zustimmung für das, was jetzt als Nächstes passiert. Du musst angeben, dass deine bevorstehende Verwandlung, sowie dein Eintritt als Wächterin ins Zwielicht auf deinem freien Willen beruht. Leider muss ich darauf bestehen.“

„Ich verstehe …", antwortete ich wenig begeistert. Vor allem, da ich nicht wirklich eine freie Wahl gehabt hatte. Der alte Vampir musterte mich verständnisvoll. „Du kannst dir den Vertrag auch erst einmal in aller Ruhe auf deinem Zimmer durchlesen. Und falls irgendetwas unklar sein sollte, kannst du mich jederzeit über Onishi kontaktieren."

Während ich roboterhaft nickte und die Buchstaben auf dem weißen Papier dabei begannen, langsam vor meinen Augen zu verschwimmen, hörte ich plötzlich eine laute Explosion. Erschrocken blickte ich zu Sefraim hinüber, der nur gelassen mit den Schultern zuckte.

„Menschen. Die Waffenruhe hat wieder einmal nicht besonders lange gehalten."

Nachdenklich betrachtete ich ihn. „Sefraim … Warum habt Ihr eigentlich beschlossen, an diesem Ort zu leben? Ihr hättet doch überall sein können. Warum hier, wo man womöglich noch zwischen die Fronten geraten könnte?"

Ein leichtes Lächeln bildete sich auf dem engelsgleichen Gesicht. „Nun … Das hier ist der Ort, an dem ich sozusagen geboren wurde. Auch wenn das schon lange her ist, ist Bagdad für mich immer noch mein zu Hause. Und von ein paar Menschen lasse ich mich als stolzer Vampir doch nicht einfach so vertreiben?" Er seufzte. „Allerdings, wenn das so weitergeht, werde ich mich noch irgendwann einmischen müssen."

Meine Augen wurden bei diesen Worten groß. Ich wusste nicht, dass der Vampir als Mensch einmal hier gelebt haben musste. „Ihr würdet Euch tatsächlich in das Treiben der Menschen einmischen?"

„Nur, wenn es nicht anders geht. Und natürlich nur, wenn auf irgendeine weiße das Zwielicht in Gefahr wäre."

Das leuchtet ein, dachte ich nur und starrte wieder auf das Blatt Papier in meinen Händen.

„Sobald du unterschrieben hast, werden wir mit den Vorbereitungen für die Zeremonie beginnen. Ich fürchte, sie wird vielleicht nicht so üppig ausfallen, wie die Letzte, auf der du gewesen bist. Wir werden aus Zeitmangel alles etwas beschleunigen müssen."

„Zeitmangel? Glaubt ihr, die Dämonenkönigin wird schon bald einen neuen Angriff starten?"

Sefraim nickte und überkreuzte dabei besorgt seine Arme vor der Brust. „Ich kann spüren, wie sich auf der anderen Seite etwas zusammenbraut, Vida. Ihre Halbteufel sind auf der Suche nach dir und sie werden nicht eher ruhen, bis sie dich finden. Und wenn es so weit ist, solltest du eine Vampirin sein, um dich angemessen wehren zu können, findest du nicht?"

„Ja", antwortete ich halbherzig. Egal wie sehr ich es versuchte, meine Gedanken schweiften immer wieder zu Avalon herüber. „Aber warum?", fragte ich ihn nachdenklich. „Was denkt ihr, wieso sie mich so sehr will, dass sie damit einen Krieg mit dem Zwielicht heraufbeschwört?"

Der Vampir seufzte. „Ich vermute, sie will Grenzen zwischen den beiden Welten einreißen, um ihre Macht zu vergrößern. Die dunkle Königin war nie davon begeistert gewesen, dass ein paar ihrer Abkömmlinge sich ihrer Reichweite entzogen und ein eigenes Reich gegründet hatten. Vorher war die Anderswelt nicht relevant für sie gewesen. Aber jetzt, da die Vampire das Zwielicht erschaffen haben, kann sie sie ironischerweise wie eine Brücke nutzen, um in die Menschenwelt zu gelangen. Und du wirst ihr dabei helfen. Wenn das passiert, sind wir alle, einschließlich der Menschen, der Auslöschung nahe. Denn die Dämonenkönigin ist ein rachsüchtiges und tyrannisches Wesen, das keine Gnade kennt. Für nichts und niemanden. Ein wahres Geschöpf der Finsternis. Frei ohne Gewissen."

Kurz kam es mir vor, als würde ich ein Hauch Wehmut in seiner Stimme hören. Doch das wäre so absurd gewesen, dass ich es gleich als Hirngespinst abtat.

„Dann gehe ich mal. Ich muss mich ausruhen." Mit diesen Worten wendete ich mich ab.

„Natürlich." Hörte ich Sefraim hinter mir verständnisvoll antworten.

„Ach und Vida?"

Ich blieb stehen und drehte mich noch einmal um. „Ja, Verwalter Sefraim?"

„Irvin hat Avalon als seinen Schüler ausgewählt, weil er großes Potenzial in ihm gesehen hat. Aber ich muss zugeben, dass seine Entscheidung für mich nicht immer nachvollziehbar gewesen war. Und ich frage mich, ob er vielleicht absichtlich einen Schüler ausgewählt hat, der eigentlich nicht zu ihm passen würde. Möglicherweise wollte er mit Absicht, dass dessen Blut ihm nicht schmeckt."

Verdutzt sah ich ihn an. „Warum sollte er das wollen?"

Der Vampir seufzte. „Irvin hatte vor vielen Jahren heimlich an einem Gegenmittel für Vampirismus gearbeitet. Natürlich konnte er nicht lange etwas von mir geheim halten. Als ich es herausgefunden hatte, musste ich ihn zu Rede stellen."

Bei diesen Worten horchte ich überrascht auf. „Habt Ihr … Hat Meister Irvin Euch einmal als Vampir etwas von seinem Blut angeboten?"

„Ja und es war mir eine Ehre gewesen. Und ihm hat es ebenfalls viel bedeutet. Aber zu diesem Zeitpunkt war er noch ein stolzer Vampir des Zwielichts. Ich frage mich, was ihn dazu gebracht hat, das Geschenk der Unsterblichkeit als Last anzusehen. Irgendetwas muss ihn einschneidend geprägt haben."

„Was habt Ihr dann getan?"

„Ihn überredet, seine Arbeit an dem Projekt einzustellen."

„Warum? Wäre es denn so schlimm, wenn man einen Vampir wieder zu einem Menschen machen würde?"

Sefraim schüttelte den Kopf. „Genau darin liegt der Knackpunkt. Was, wenn dieses Gegenmittel Geschöpfen in die Hände fällt, die die Vampire damit endgültig auszurotten wollen? Nein, die Gefahr war und ist einfach noch zu groß." Er sah mich nachdenklich an. „Er willigte ein, wenn auch äußerst ungern. Was ich damit sagen will: Avalon hat vielleicht nicht ganz so unrecht darin, was er über Irvin gesagt hatte. Mein Sohn war in seinem Herzen dem Vampirsein überdrüssig geworden. Was hatte ihn nur derart verändert?"

Ich sah aufrichtiges Bekümmern in seinen roten Augen. Bedauernd schüttelte ich befangen den Kopf. „Ich weiß es nicht. Aber wenn ich es herausfinden sollte, werde ich es euch sofort mitteilen. Versprochen."

Der alte Vampir nickte mir dankend zu und ich verließ schließlich den Raum. *Es stimmt, Meister Irvin war kein Vampir gewesen, der mit Freude Blut getrunken hatte. Ob er sich mit Avalons Blut selbst bestrafen wollte? Und dann verliebte er sich auch noch in ihn. Meister Irvin hat die ganze Zeit still vor sich hin gelitten. Aber seine masochistische Einstellung hat letztendlich nicht nur ihm, sondern auch seinem unschuldigen Schüler geschadet. Irvin war sicherlich kein Vorzeigevampir gewesen, aber er hatte ein gütiges sanftmütiges Wesen gehabt. Auch wenn Avalon anderer Meinung ist, sehe ich nicht ein, warum das eine Schwäche sein soll?*

Onishi erwartete mich bereits. Sie gab mir stumm einem aufmunternden Klaps auf den Rücken und führte mich dann zu Fuß zu meinem Zimmer zurück. Als ich hineintrat und mich erschöpft auf die dicke Matratze des Bettes fallen lassen wollte, bemerkte ich dort etwas auf einem der beiden Kopfkissen liegen. Es war der Hühnergott, den ich Avalon damals zu seinem Tag des Erschaffens geschenkt hatte. Wie zu einer

Salzsäule erstarrt, stand ich plötzlich da und rührte mich nicht.

„Was ist?", hörte ich Onishi hinter mir irritiert fragen. Langsam streckte ich die Hand nach dem Stein aus und betrachtete ihn stumpf. *Er wird nicht wiederkommen. Niemals.* Ich hing ich mir den Hühnergott mit dem dünnen Lederband um den Hals. *Aber so ist es besser, denn so kann er nicht wegen mir sterben. Avalon ist vor mir und von meinem verfluchten Blut in Sicherheit. Ich frage mich, ob ich wohl je den Grund dafür erfahren werde, warum es ausgerechnet in meinen Adern fließen muss.* Mit den Fingern strich ich fast schon verträumt über die raue Oberfläche. *Warum gibt er ihn mir zurück? Weil er mich so sehr hasst, dass er es nicht ertragen kann, mein Geschenk zu behalten? Oder vielleicht …* Mit einem absurden Lächeln auf den Lippen schüttelte ich den Kopf. *Nein, er wollte mich nie wieder sehen, also warum sollte er sich irgendwelche Sorgen um mich machen? Aber obwohl ich das weiß, warum kann ich dann nicht aufhören, es mir zu wünschen?*

„Ich werde versuchen, etwas zu schlafen", sagte ich zu meiner Leibwächterin, die gerade Nimmer neugierig durch die weißen Federn strich. Als der Vogel warnend nach ihr schnappte, kicherte sie amüsiert, dann drehte sie sich wieder mir zu.

„Natürlich. Ich ziehe mich zurück."

Als Onishi verschwunden war, ließ ich mich seufzend auf das große Bett fallen. Dabei wurde das Papier von Sefraim davongeweht, das ich vorhin auf die weiße Leinendecke gelegt hatte. Mit einer schnellen Bewegung schnappte ich es mir in der Luft, dann ließ ich mich damit nach hinten auf die Matratze fallen und starrte die schwarzen Buchstaben darauf unschlüssig an. *Sefraim wird mich zu einer Vampirin machen. Ich sollte mich geehrt fühlen, dass jemand wie er, mich zu einem*

Mitglied seiner Familie machen wird. Aber ich kann es nicht. Es kommt mir vor, als würde ich Avalon dadurch ein weiteres Mal verraten. Aber letztendlich muss ich das Risiko einer vorzeitigen Verwandlung eingehen. Gerade er müsste das doch verstehen! Schließlich war es ihm damals genauso wichtig gewesen, das Schülerdasein aufzugeben und schnell ein vollwertiger Vampir zu werden. Wahrscheinlich ist es, wie Hina gesagt hatte: Es liegt daran, dass er mein Silberblut noch nicht aufgeben will. Kurz hielt ich inne. *Aber wenn es ihm nur um mein Silberblut gegangen wäre, dann hätte er doch niemals den Vertrag zwischen uns gelöst, oder? Außer, er würde mich mehr hassen, als seine Gier nach meinem Blut groß ist.*

Dieser Gedanke ließ das Loch in meiner Brust noch größer werden. *Wenn das so weitergeht, wird es mich noch verschlingen,* dachte ich angsterfüllt. *Und was dann aus mir wird, will ich mir nicht einmal im Geringsten vorstellen.*

Ich saß am Fenster und beobachtete, wie der Regen fiel. Bald würde die Sonne aufgehen, aber an schlaf war für mich nicht zu denken gewesen und das, obwohl ich so müde war, wie schon lange nicht mehr. Auf dem Tisch vor mir lag der Vertrag und gleich daneben ein recht edel aussehender Füller. Der Stift hatte bereits dort gelegen, als ich von der Unterhaltung mit Sefraim zurückgekommen war und irgendetwas sagte mir, dass er von dem alten Vampir persönlich stammen musste. Mit silbernen Verzierungen war ein Totenkopf auf das dunkle Holz angebracht worden, aus dem der größte Teil des Schreibutensils stammte. Irgendwie kam er mir fast schon zu klischeehaft vor, aber über Geschmack ließ sich bekanntlich streiten. Während ich ihn langsam in die Hand nahm, und überrascht war, wie schwer er sich anfühlte, kam es mir vor, als wäre ich kurz davor einem Dämon meine Seele zu verkaufen. Und genau genommen tat ich das ja auch. Ich seufzte und setzte mit schwarzer Tinte meine Unterschrift unter den Vertrag. Als ich das Federflattern hörte, sah ich auf und erkannte Nimmer, die auf den Schreibtisch geflogen kam. Interessiert an den glänzenden Füller, pickte sie neugierig danach.

„Warte Nimmer, das gehört dir nicht. Sefraim wäre bestimmt nicht erfreut darüber, wenn er deine Schnabelabdrücke darauf findet."

„Nimmer!", hörte ich sie laut krächzen. Ein leichtes Lächeln formte sich auf meinen Lippen und ich streichelte den Raben über den Kopf.

„Ava!", schrie sie plötzlich und deutete mit dem Schnabel auf den Hühnergott, den ich um meinen Hals trug. Ich blickte auf ihn herab und nickte. „Du hast recht, Nimmer, das gehört eigentlich Avalon. Du hast ihn sehr gemocht, oder?" *Nun, schließlich hat sie Blut von ihm bekommen. Genauso wie ich. Es war sein Vampirblut, dass mich in seiner Nähe gehalten hat. Mehr nicht ...* Plötzlich kam mir eine Idee.

„Nimmer! Du weißt doch bestimmt, wo Avalon ist, oder? Ist er zurück im Schloss?"

Zuerst war ich mir nicht ganz sicher, ob sie mich verstand, aber dann spürte ich plötzlich ein Zupfen an meinem Geist und öffnete diesen überrascht. Als ich ein Bild von dem düsteren Schloss vor meinen Augen sah, wusste ich, dass Nimmer gerade mit mir telepathisch kommuniziert hatte. Immer noch verwundert sah ich sie an. „Unglaublich. Vampirblut ist wirklich etwas ganz Besonderes." Nachdenklich starrte ich auf den Tisch. *Wenn ich Nimmer zu ihm schicke, wird er sie nicht abweisen. Das weiß ich. Wenn ich ihm noch etwas sagen möchte, dann so.* Ich öffnete eine der Schubladen vor mir und fand auf Anhieb, was ich suchte. Das Papier sah alt aus, war aber noch durchaus brauchbar. Ich nahm die Verschlusskappe von dem Füller und setzte die Feder auf dem vergilbten Blatt auf, als ich plötzlich erstarrte. *Was mache ich da eigentlich? Was habe ich ihm vor zu schreiben?* Ich hielt inne und dachte nach. *Ich bin nicht gut mit Worten. Ich habe immer das Gefühl, nicht wirklich das ausdrücken zu können, was ich wirklich sagen will. Die einzige Möglichkeit, bei der ich mitteilen kann, wie ich fühle, ist beim Klavier spielen. Aber würde es Avalon dadurch verstehen? Immerhin hat er eine lange Zeit bei Meister Irvin verbracht. Und als Vampir hat er ein unglaublich gutes Gedächtnis. Er wird sich bestimmt daran erinnern, wie man Noten liest.* Nachdem ich mich entschieden hatte, begann ich Notenlinien auf das Papier vor mir zu zeichnen. *Das Lied, dass ich einmal über ihn geschrieben hatte … Ich weiß jetzt, was für ein Ende es bekommen soll.* Ich arbeite daran, bis die Mittagssonne am Himmel stand. Dann band ich meinem Raben aufgeregt das nicht gerade kleine Schriftstück um das Bein, während ich dabei nach Onishi rief. Es dauerte nicht mal eine Sekunde, dann stand sie auch schon vor mir.

„Was kann ich für dich tun, Vida? Hast du Fragen zu dem Vertrag?"

Ich schüttelte den Kopf. „Nein, damit bin ich fertig. Du kannst ihm Sefraim vorbeibringen, wenn du willst. Ich habe ihn unterzeichnet."

Die Vampirin nickte. „Das war die richtige Entscheidung, Vida. Da bin ich sicher."

Ich lächelte sie angestrengt an. „Das war es bestimmt. Übrigens dachte ich, du könntest mir noch einen weiteren Gefallen tun."

„Und was für einen?", fragte sie neugierig.

„Würdest du Nimmer in die Nähe von Avalons Schloss bringen?"

Onishi sah mich nachdenklich an. „Du willst ihm eine Nachricht schicken?"

„Ja. Und da ich weiß, dass Nimmer mit Sicherheit in das Schloss gelangen wird, muss sie sie überbringen."

Die Vampirin legte den Kopf schief. „Ich weiß, dass das gerade nicht einfach für dich ist, Vida, aber Avalon hat dir deutlich zu verstehen gegeben ..."

„Ich weiß, was er gesagt hat!", antwortete ich deutlich lauter, als ich es eigentlich wollte. „Bitte, Onishi", sagte ich etwas milder. „Vielleicht werde ich die Verwandlung nicht überleben. Ich möchte, dass er die Nachricht bekommt. Außerdem, falls ich tatsächlich nicht mehr aus der Dunkelheit zurückfinden sollte, will ich, dass er sich um meinen Raben kümmert. Er ist der Einzige, den sie als weiteren Herrn anerkennen würde."

Die drahtige Vampirin seufzte. „Also gut. Ich werde es tun."

„Danke!", sagte ich nur und wendete mich wieder Nimmer zu. „Onishi wird dich vor Avalons Schloss zurücklassen. Du weißt, was du zu tun hast?"

„Nimmer!", rief der Rabe und ich nickte zufrieden. Daraufhin flatterte der Vogel auf Onishis Schulter. Die Vampirin zuckte kurz zurück, als würde sie der plötzlichen Zutraulichkeit des Raben alles andere als vertrauen.

„Ich bin sofort wieder da", sprach Sie zum Abschied, dann war sie auch schon verschwunden. Völlig erledigt ging ich zu meinem Bett herüber und legte mich auf die viel zu weiche Matratze. *Jetzt bleibt mir nichts anderes übrig, als zu warten, dass Sefraim mit der Zeremonie beginnt. Ob ich durch mein Silberblut vielleicht bei der Verwandlung irgendeinen Vorteil haben könnte? Meine Vampirsinne sind dadurch schließlich um ein Vielfaches ausgeprägter als bei anderen Schülern zu diesem Zeitpunkt. Trotzdem meinte Avalon, dass es noch zu früh für mich sein würde, mich jetzt zu verwandeln. Ein Silberblut ist bisher noch nie zu einem Vampir geworden. Ob es sich wohl in irgendeine Weise auf meinen verwandelten Körper auswirken wird? Und wird das zum Guten oder zum Schlechten sein?*

Ich war wohl doch irgendwann eingeschlafen, denn als ich die Augen öffnete, ging gerade die Sonne unter. Müde richtete ich mich auf und bemerkte dabei verdutzt, dass auf einmal ein großes Paket mitten im Raum stand. Neugierig stand ich auf und ging zu ihm hinüber. Es war von goldener Farbe, daher konnte mir schon denken, von wem es kam. Als ich mich herabbeugte und den Karton öffnete, erkannte ich einen schneeweißen, seidigen Stoff. Eine Karte lag darauf, die mich vom Stil an die Einladung der Herrin von Venedig erinnerte. Laut las ich die schwarzen Buchstaben darauf vor. „Weiß für die Verlobte, Schwarz für die Braut und Rot für die Ewigkeit." Ich seufzte schwer. Der Zeitpunkt war also gekommen. Als ich die Karte zur Seite legte, fiel mein Blick wieder hinein in die Schachtel. Ich griff nach dem weißen Stoff und breitete ihn vor mir aus. Dabei erkannte ich, dass es sich um ein langes Kleid handelte. *Das wird also mein Kleid für die Zeremonie sein. Ich werde es tragen, wenn ich zur Vampirin werde. Wenn ich die Nacht und die Ewigkeit heirate.*

Langsam zog ich mich um. Ich war so in Gedanken an mein bisheriges menschliches Leben, und das, was mir noch bevorstand, dass ich nicht merkte, wie die Zeit verging. Als es schließlich an der Tür klopfte, stand ich gerade vor dem Wandspiegel und betrachte mich in dem weißen, eleganten Kleidungsstück. Ich fühlte mich darin ziemlich merkwürdig. Zum einen war ich aufgeregt, aber zum anderen dachte ich daran, dass derjenige, der mich eigentlich verwandeln sollte, nicht hier war. Es erschien mir falsch, dass nicht der Vampir bei mir war, dessen Blut meinen Körper auf diesen Tag vorbereitet hatte. Ein Teil in mir bestand aus Avalon und genauso bestand er zu einem Teil aus mir. Dieser Gedanke tröstete mich etwas, aber die Einsamkeit in meiner Brust konnte er nicht vertreiben.

„Herein!", rief ich und die Tür schwang lautlos auf. Die Herrin von Venedig stand auf der Schwelle und sah mich wohlwollend an. Ihr blaugoldenes Kleid fiel in mehreren Bahnen um ihren kurvigen Körper.

„Das Kleid steht dir wirklich ausgezeichnet, Vida. Gefällt es dir?"

Ich zuckte nur mit den Achseln. „Was spielt das für eine Rolle?"

Die Vampirin grinste. „Nun, keine Große, schätze ich." Sie musterte mich mit ihren violetten Augen. „Was soll die betrübte Miene? Trauerst du immer noch Avalon hinterher? Vergiss ihn! Er hat uns verlassen, weil er nicht das bekommen konnte, was er wollte. Sein Stolz ist zu groß, als dass er sich hätte eingestehen können, dass der Rat in seiner Entscheidung recht hat. Avalon wollte die Macht über dich und dein Blut nicht aufgeben. Er sieht nicht, was du wirklich bist."

Nachdenklich betrachtete ich Donna Ferrana. „Und was soll das sein?"

Die Vampirin hielt kurz inne, bevor sie weitersprach. „Du bist eine Waffe, Vida. Und vielleicht unsere einzige Chance, die Dämonenkönigin zu bezwingen. Die meisten Vampire werden sich um dich reißen und dir mit Freuden in den Krieg folgen. Wenn du erst einmal eine von uns bist und dein Blut frei mit anderen Teilen darfst, werden sie um deine Aufmerksamkeit buhlen wie Pfaue."

Erschrocken sah ich sie an. „Aber … Als Vampir jemanden von seinem Blut trinken zu lassen ist … Also … Es ist doch sehr intim. Wieso sollte ich das wollen?"

Die Herrin von Venedig grinste hämisch. „Es reicht schon, wenn du ihnen Hoffnung machst. Nachdem der Teufel Serezar so freizügig über dein Silberblut gesprochen hat, will nun jeder davon kosten. Was glaubst du, warum du hier bist? Nicht nur um dich vor den Schergen der dunklen Königin zu schützen, sondern auch um dich vor unseren eigenen Artgenossen zu verbergen. Kaum einer würde es wagen, sich ungefragt hierher Zutritt zu verschaffen. Dein Glück, dass Sefraim so gnädig war dich bis zu deiner Verwandlung hier aufzunehmen."

Ihre Worte rotierten wie ein Wirbel in meinem Kopf. Doch alles, was ich darauf erwidern konnte, war: „Ihr habt recht. Ich sollte mich noch einmal ausdrücklich bei ihm bedanken."

„Dafür wirst du noch viele Gelegenheiten haben. Und jetzt komm. Alles ist bereits für die Zeremonie vorbereitet worden."

„Wo wird sie stattfinden?"

„Hier, gleich unter dem Palast. Folge mir."

Es fiel mir schwer, einen Schritt vor den anderen zu setzten, während ich der Vampirin die vielen Stufen hinunter zum Ritualraum folgte. *Hat Donna Ferrana recht? Ging es Avalon nur um seinen Stolz? Selbst wenn ... Das ist mir egal, solange er nur bei mir ist.* Kurz erschrak ich bei diesem Gedanken. *Warum denke ich so? Bin ich ... Bin ich etwa in Avalon verliebt? Bin ich deswegen so nachsichtig ihm gegenüber?*

Meine Kehle schnürte sich auf einmal schmerzhaft zu. Es stimmte, ich liebte Avalon und das vielleicht mehr als eine Schülerin ihren Meister eigentlich lieben sollte. Erst jetzt, da ich darüber nachdachte, wurde es mir richtig bewusst. Aber wie lange war das schon so? Und warum gerade ein launischer, egozentrischer und sadistischer Vampir wie er?

Der Ritualraum unter Sefraims Palast war riesig. Schwarzes glattes Gestein formte die Wände und den Boden. Von der hohen Decke hallte das dumpfe Geräusch unserer Schritte wider. In der Mitte befand sich eine Plattform, die mit alten Schriftzeichen bedeckt war, wie ich sie schon bei Laurens Zeremonie in England oder dem Ritualraum in Avalons Schloss gesehen hatte. Die einzige Abweichung bildeten die fünf Obelisken, die ebenfalls aus schwarzem Gestein gehauen waren und den Steinkreis umrandeten.

„Wer hat solche Orte wie diesen erschaffen?", fragte ich Donna Ferrana neugierig. Die Vampirin antwortete mir, ohne stehen zu bleiben.

„Die ersten Vampire haben sie erbaut. Sie sind sehr alt und ein wichtiger Teil unserer Kultur."

„Aber wofür? Vampire besitzen doch keine Religion, oder?"

Meine Führerin schüttelte den Kopf. „Nein, nicht direkt. Trotzdem wurden hier einmal vor langer Zeit viele Leben geopfert. Teilweise, um heimlich dunkle Rituale der Blutmagie abzuhalten."

„Sie wurden geopfert? Aber für wen?"

Ein wissendes Lächeln machte sich auf dem schönen Gesicht breit. „Dem einzigen Herrscher, dem wir alle irgendwann folgen müssen. Dem Fürsten des Jenseits und Seelenhort aller Welten. Dem Tod selbst."

Ein leichtes Frösteln überkam mich bei diesen Worten, aber meine Neugier war bei Weitem noch nicht gestillt.

„Und die Schriftzeichen? Was bedeuten sie?"

Die Herrin von Venedig blieb stehen und drehte sich zu mir um. „Das sind Runen einer verbotenen, dunklen Sprache. Ihre Bedeutung ging mit den Jahren verloren, auch wenn es noch ein paar Vampire gibt, die sich an sie erinnern. Aber wenn du mich fragst, ist das auch besser so. Ihnen wohnt die Macht inne, die Wirklichkeit zu verändern. Sie verursachen auch die Illusion der Kerzen um uns herum, die immerzu brennen und niemals verlöschen. Vielleicht zieht der Ort aus den vielen Blutopfern, die hier erbracht wurden, seine Macht, aber ich weiß es nicht mit Gewissheit."

Als wir uns wieder in Bewegung setzten, betrachtete ich meine Umgebung mit anderen Augen. Die dunkle Magie, die dem Ort innewohnte und die man am Rande des Bewusstseins, wie einen drohenden Schatten über einem spüren konnte, ließ mich kurz erschaudern. Sefraim, wie gewohnt in einem schicken, diesmal schwarzen Anzug gekleidet, wartete in der Mitte des Steinkreises auf uns. Ich erkannte das Buch der Nacht in seinen Händen. Als meine Augen auf die Person neben ihm fielen, zog ich überrascht die Augenbrauen nach oben. Artemis, gekleidet in ein dunkelgrünes, mit silbernen Blättern besticktes Gewand stand dort und nickte mir feierlich zu. Über ihrem Arm hatte sie den langen schwarzen Umhang gelegt, in dem ich nach meiner Verwandlung gehüllt werden sollte. Auch Onishi war dort und trug vor sich den Ritualdolch auf einem roten Kissen. Ich erwiderte angestrengt das aufmunternde Lächeln der Vampirin, während ich krampfhaft versuchte, mir meine Nervosität und Angst nicht anmerken zu lassen. Unter normalen Umständen wäre es eine große Ehre gewesen, gleich von drei Verwaltern des Verbundrats bei der Zeremonie begleitet zu werden. Aber da ich keine normale Vampirschülerin war, fragte ich mich, ob es vielleicht noch einen anderen Grund geben musste. *Haben sie vielleicht Angst, die Verwandlung würde schief gehen? Oder dass sie vielleicht etwas aus mir machen würde, was zu gefährlich wäre, am Leben zu lassen?* Als wir vor dem alten Vampir zum Stehen kamen, öffnete er wohlwollend die Arme.

„Vida. Ich freue mich, dass du hier bist. Es zeigt, wie viel vertrauen du dem Zwielicht gegenüber zeigst. Außerdem erfreut es mich, dich in meiner Familie willkommen zu heißen, Tochter."

Bei diesen Worten bildete sich ein Kloß in meinem Hals. Endlich kam der Tag, an dem ich für immer ein Teil von etwas werden würde. In meinem ganzen Leben hatte ich mich nie irgendwo wirklich zugehörig gefühlt. Und jetzt, da der Augenblick endlich gekommen war, indem ich zu einem vollwertigen Mitglied einer Familie werden würde, gab er mir nicht die Befriedigung, die ich mir erhofft hatte.

Donna Ferrana nahm Sefraim den dicken Folianten ab und lief mit ihm von der Plattform herunter. Hinter dem alten Vampir nahm ich eine schmale Säule wahr, auf dem der Kelch mit dem Menschenblut für meine Zeremonie stand. *Ob das ebenfalls Irvins künstliches Blut ist?*, fragte ich mich im Stillen. Als ich bemerkte, wie Sefraim lächelnd nickte, war ich mir sicher, dass er gerade meine Gedanken gelesen hatte. Ich war froh, dass zumindest etwas von Meister Irvin zu meiner Verwandlung beitragen würde. Schließlich nahm ich meinen Mut zusammen, raffte das weiße Kleid und stieg auf die Plattform. Diese besaß, wie auch die anderen, rillenförmige Kreise, die sich wie ein Wirbel bis zum Rand ausbreiteten. Als ich darüber nachdachte, wie sie gleich mit meinem Blut gefüllt werden würden, wendete ich lieber den Blick davon ab.

Sefraim nahm von Onishi den polierten Dolch entgegen. „Du weißt, was nun passiert, Vida. Komm und stell dich neben mich Menschenmädchen. Du wirst den Raum hier als ein Wesen des Zwielichts verlassen. Mehr noch, du wirst zu einer seiner Wächterinnen, die die Wesen der Zwischenwelt und des Diesseits vor feindseligen Kreaturen der Anderswelt schützen." Seine Augen musterten mich sanft. „Bist du bereit, das Geschenk der Ewigkeit anzunehmen?" Sefraim betrachtete mich erwartungsvoll.

„Ja, das bin ich", kam es aus meiner trockenen Kehle hervor. Der alte Vampir nickte zufrieden und legte die kalte Klinge an meinen Hals an.

„So sei es!", rief er. Ich schloss die Augen und bemerkte, wie meine Gedanken zu Avalon drifteten. *Es tut mir leid,* dachte ich im Stillen und erwartete jeden Moment den brennenden Schnitt. Dann hörte ich, wie Metall durch Fleisch drang. Als ich jedoch keinen Schmerz spürte, blinzelte ich überrascht.

Was ich dann sah, ließ mir auf einen Schlag das Blut in den Adern gefrieren. Aus Sefraims Brust ragte plötzlich eine eisblaue Klinge hervor. Der alte Vampir schien genauso überrascht zu sein wie ich, denn seine roten Augen starrten erst perplex auf das Schwert und dann zu mir herüber. Seine Lippen formten dabei Worte, die ich jedoch nicht verstehen konnte.

„Nein!", hörte ich Onishis Stimme hinter mir laut aufschreien.

Die Klinge wurde mit einem Ruck herausgezogen. Der Vampir neben mir fiel daraufhin zu Boden und rührte sich nicht mehr. Sein Blut lief aus ihm heraus, in die Vertiefungen der Plattform hinein und bahnte sich den Weg spiralförmig weiter nach außen. Sefraims Gesichtsausdruck glich dem eines Erstaunten, der es niemals für möglich gehalten hätte, jemals dem Tod zu begegnen. Als ich wieder aufsah, weitete ich angstvoll die Augen. Das Wesen, das nun vor mir stand, war mir nur allzu bekannt.

„So sieht man sich wieder, Silberblut." Serezar grinste mich mit einem schaurigen Lächeln an. Ich war zu geschockt, um auch nur den kleinen Finger zu rühren. Währenddessen tauchten hinter ihm aus einem großen Portal weitere Halbteufel mit gezogenen Schwertern auf. *Das können keine gewöhnlichen Waffen sein, wenn sie so einfach einem Vampir damit verletzen konnten,* dachte ich plötzlich.

„Wie könnt ihr es wagen! Verfluchte Teufelsbrut!", hörte ich die Herrin von Venedig zornig rufen. Der Rest ihrer Worte ging jedoch in dem Kampfgetümmel unter. Die Halbteufel stürzten sich sofort auf die verbliebenen Vampire, die den Schock erst noch einmal verdauen mussten. Ich sah, wie sich gleich drei der Wesen auf Artemis stürzten. Doch die Verwalterin der Wächter war nicht zu unterschätzen. Auch ohne Waffe war sie, wie ich gleich sehen sollte, eine äußerst gefährliche Gegnerin. Den ersten Halbteufel brach sie mit einem gekonnten Salto das Genick, während sie den nächsten geschickt entwaffnete. Donna Ferrana ließ derweil Blutpfeile auf die Halbteufel regnen und Onishi trennte ihren Gegnern blitzschnell aus dem Schatten die Fußfersen durch, ohne dass sie von ihnen bemerkt wurde.

Serezar packte mich unsanft am Arm und löste mich damit von meiner Starre. „Endlich habe ich dich! Du hast es mir nicht leicht gemacht, das muss ich zugeben, kleines Gör."

Ich starrte ihn voller Hass an. „Du verdammtes Monster! Du hast ... Du hast Sefraim getötet!", rief ich aufgebracht und starrte dabei auf den alten Vampir herunter, dessen rote Augen weit aufgerissen ins Nichts starrten. Ich konnte bereist sehen, wie sein Gesicht langsam maskenhaft wurde und sich in Asche verwandelte.

Der Halbteufel lachte nur. „Wir können später in Erinnerungen daran schwelgen, jetzt muss ich dich dazu zwingen mit mir zu kommen." Als er plötzlich ausholte, und mir mit dem Schwertknauf einen Stoß gegen dir Schläfe verpasste, gaben auf einmal meine Beine nach, während zeitgleich Tausende von Sternen vor meinen Augen explodierten. Serezar fing mich auf und legte mich über seine Schultern. Nur durch einen dichten Nebel nahm ich wahr, wie er sich umdrehte und in dem mit violetten Blitzen umrandeten Portal mit mir verschwand. Ich spürte, wie mir heißes Blut von der Stirn tropfte, während wir auf einmal von einer kalten Dunkelheit umfasst wurden. Als es um uns herum dann plötzlich wieder heller wurde, kämpfte ich, bei Bewusstsein zu bleiben, doch ich schaffte es nicht. Die unscharfe Umgebung begann sich auf einmal zu drehen, wurde immer und immer schneller, bis sich mein Bewusstsein in dem Strudel auflöste und verschwand.

Kapitel 4: Das Tal von Schatten und Tod

Als ich die Augen wieder öffnete, war über mir ein strahlender, blauer Himmel zu sehen. Mein Kopf pochte schmerzhaft und die rechte Seite meiner Stirn spannte sich unangenehm über meinen Schädelknochen. Als ich die Hand hob und die Stelle vorsichtig betastete, fühlte ich verkrustetes, altes Blut. Ich hatte Hunger und der Durst nach Vampirblut brannte furchtbar in meiner Kehle. Langsam richtete ich mich auf und blickte mich angestrengt um. Ich erkannte, dass ich mich in einem Wald befinden musste, doch solche Bäume um mich herum wie hier, hatte ich noch nie gesehen. Die Blätter waren blau und von kreisrunder Form, die Borke knorrig und hellbraun. Als ich meine direkte Umgebung betrachtete, erkannte ich Serezar, der nicht weit von mir über etwas kniete. Der Halbteufel hatte mir den Rücken zugewandt und schenkte dem Objekt neben ihm seine volle Aufmerksamkeit. Ein Verlangen nach Vergeltung stieg plötzlich in mir auf. Ich sah meine Chance und griff nach einem dicken Ast, der gleich neben mir auf dem Boden lag. So leise wie möglich stand ich auf und trat an ihn heran. Serezar schien mich nicht zu bemerken, denn er beugte sich noch ein kleines Stückchen tiefer hinab, wie als würde er etwas von dem mit Gras und bunten Blumen bedeckten Boden aufheben wollen. Ich zwang mich zur vollen Konzentration und fixierte mit dem Ast in beiden Händen seinen Hinterkopf. Gerade in dem Moment, als ich ausholen wollte, erkannte ich plötzlich, was dort vor ihm im Gras lag. Vor Schreck erstarrte ich. Das Wesen hätte fast als Mensch durchgehen können, wenn da nicht ein paar markante Unterschiede zu sehen waren. Die spitzen Ohren und die langen, jedoch eindeutig gebrochenen Flügel gehörten zu einer Elfe. Ihre toten, blauen Augen starrten ausdruckslos nach oben und aus ihrem Mund sickerte rotes Blut. Mit aufgebrochenem Brustkorb lag sie da und ich bemerkte, wie Serezar mit seinen Händen in ihren Gedärmen herumwühlte.

„Glaubst du etwa wirklich, ich würde dich nicht bemerken, Silberblut?" Der Halbteufel drehte sich kauend zu mir um. Von seinen Lippen tropfte Blut und an seinem Kinn hingen Reste ihrer Eingeweide. Eigentlich hätte ich erwartet, dass das Blut der Elfe das Brennen in meiner Kehle verstärken würde, aber bei diesem brutalen Anblick drehte sich mir plötzlich der Magen um. Würgend fiel ich auf die Knie und erbrach das wenige, dass ich noch in mir gehabt hatte. Währenddessen hörte ich Serezar neben mir hämisch lachen.

„Was ist den los, Silberblut? Du weißt einen kleinen Imbiss wohl nicht zu schätzen, wie? Wir Teufel sind nun einmal anders als die eitlen Bluttrinker. Uns reicht es nicht, nur Energie zu saugen. Ab und zu braucht man auch mal etwas Bissfestes, wenn du verstehst, was ich meine."

Krampfhaft versuchte ich den Gestank nach Tod zu ignorieren, der sich zwischen uns ausgebreitet hatte, doch der brennende Magensaft in meinem Hals machte es mir nicht unbedingt leichter. „Wo ... Wo sind wir?", fragte ich ihn, während ich mich konzentrierte, bei dem süßen Geruch nach Eingeweiden nicht erneut zu erbrechen.

„Ich habe dich in die Anderswelt gebracht, Silberblut."

Ungläubig starrte ich ihn an. „Die Anderswelt?", wiederholte ich perplex und sah mich erneut in den fremdartigen Wald um. Wenn ich so darüber nachdachte, musste Serezar die Wahrheit sprechen. Die Bäume um mich herum wirkten tatsächlich so, als würden sie nicht aus dem Diesseits stammen können und die Blumen erschienen mir so unterschiedlich gemustert und farbenfroh, dass sie fast zu kitschig und unecht wirkten.

„Allerdings hat das instabile Portal uns auf der Seite der Lichtwesen wieder ausgespuckt", murrte er genervt. „Aber immerhin ist es nicht weit bis zur Grenze, sonst wären wir vermutlich nicht auf eine Soldatin des Lichtkönigs gestoßen." Er stieß mit dem Stiefel gegen die tote Elfe. „Was für eine Schande, dass ich meine Leute für dich opfern musste. Ihnen hätte es sicherlich gefallen, sie zu Tode zu foltern." Er lachte amüsiert und entnahm der Toten das Seil, das mit einem weichen Lederriemen befestigt an ihrer Hüfte hing. Währenddessen kam ich, trotz meiner schlechten Verfassung, nicht umhin, interessiert die fremdartige Rüstung der Elfe zu bewundern. Die glatte und kunstvoll verzierte Kleidung bestand anscheinen überwiegend aus Stein und Holz. *Ein Wesen des Lichts! Ich hätte niemals gedacht, jemals eines zu Gesicht zu bekommen ...*

Plötzlich packte mich Serezar von hinten grob an der Schulter. „Wir werden wohl noch etwas länger die Gesellschaft des anderen genießen dürfen, bevor ich dich der Mutter der Nacht übergeben werde. Ich hoffe, du bist genauso erfreut darüber, wie ich es bin, Chaosgeborene."

Noch bevor ich ihn fragen konnte, warum er mich ebenfalls so nannte, wurden meine Arme vor meinem Körper von einer großen Hand schmerzhaft zusammengedrückt. Verzweifelt versuchte ich, mich gegen die Fesseln zu wehren, aber Serezar war viel stärker als ich. Ehe ich es mich versah, hatte er mir meine Handgelenke fest vor dem Körper zusammen gebunden und hielt ein Ende des Seils wie eine Leine in seiner Hand.

„Du verfluchtes Monster!", schrie ich ihm entgegen. Der Halbteufel gluckste genüsslich. „Was, bist du etwa immer noch sauer, dass ich vorhin den Vampir im Anzug die Lichter ausgepustet habe? Glaub mir, du solltest dir lieber Sorgen um dich selbst machen. Hier gibt es niemanden, der dir auch nur ansatzweise helfen wird. Ein Mensch wie du kann noch so viel Vampirblut in sich tragen, er ist und bleibt ein Mensch. Und die sind hier nicht gerade beliebt, musst du wissen."

„Aber wie ... Wie konntet ihr Sefraims Barriere umgehen? Er war doch oder mächtigste Vampir von allen!" Noch immer war es für mich unmöglich glauben, dass der alte Vampir ausgelöscht worden sein soll. Bei dem Gedanken, dass er von dem Halbteufel so einfach besiegt werden konnte, brach mir der Angstschweiß aus. *Wenn sie Sefraim so leicht töten konnten, sind sie eine noch schlimmere Bedrohung, als ich gedacht hatte.* Zwar wurde mir von den Verwaltern oft genug bewusst gemacht, dass die Dämonenkönigin eine machtvolle Gegnerin war, aber irgendwie hatte ich immer vermutet, dass die übermenschlich starken und schnellen Vampire dagegen schon ankommen würden. Aber ich hatte mich getäuscht. Die Teufelsbrut war deutlich gefährlicher, als ich es für möglich gehalten hatte.

Serezar zog plötzlich an dem Strick in seiner Hand. Ich war nicht drauf vorbereitet und taumelte überrascht nach vorne. Der Halbteufel musterte mich boshaft.

„Von außen wäre die Barriere in der Tat nicht unbemerkt zu durchdringen gewesen. Aber diese Schätzchen hier ..." Er fasste sich mit der Hand in die Innentasche seiner mittlerweile ziemlich zerschlissenen Jacke. Als er sie wieder hervorzog, hielt er in der Hand eine Kugel, die durchsichtig war wie Glas. In ihrem inneren tobte ein Sturm violetter Blitze. Ich hatte sie schon einmal zu Gesicht bekommen, als der Halbvampir auf Laurens Fest damit geflohen war. Es handelte sich um eine Portalkugel. „... Wurde persönlich von meiner Königin erschaffen. Sie war es auch, die vermutete, dass du dich bei dem alten Blutsauger befinden würdest. Anscheinend sind sie und dieser Sefraim, wie er sich nannte, alte Bekannte. Oder besser gesagt, sie waren es."

Diese Worte musste ich erst einmal verdauen. *Sefraim kannte die Dämonenkönigin? Aber wie? Er hatte mir doch erzählt, dass sie noch nie das Diesseits betreten hatte. Aber ... Heißt das etwa, das Avalons Großvater noch aus der Anderswelt stammen könnte? Dann ... Dann wäre er ja mehr als über 3000 Jahre alt!* Fassungslos schüttelte ich den Kopf. Der alte Vampir hatte ein langes Leben gehabt, trotzdem schmerzte es mich, dass sein sanftes und diplomatisches Wesen nun nicht mehr unter uns weilte. Mit ihm ist dem Zwielicht ein wichtiger Mitstreiter genommen worden und mir einen Teil meiner zukünftigen Familie.

„Aber wie ... Wie konntest du ihn mit einem einfachen Schwert töten?"

Serezar kicherte. „Du bist ja wirklich ziemlich neugierig. Also schön, ich wüsste nicht, was dagegensprechen sollte, wenn du es erfährst." Er streichelte dabei fast schon liebevoll über die Waffe, die in einer braunen Scheide an seiner Hüfte hing. „Das Schwert wurde aus den Knochen und dem Gift meiner Geschwister gefertigt. Dadurch kann sie durch Vampirhaut dringen wie Butter. Du hast es ja aus nächster Nähe gesehen, nicht wahr? Du weißt, wozu *Stille* fähig ist."

Ich starrte auf die Waffe an seine Hüfte und bekam augenblicklich eine Gänsehaut. Ein Schwert, dass sogar Vampire verletzen konnte? Nicht auszudenken, was für Schaden so etwas in den Händen unserer Feinde anrichten könnte. *Hoffentlich geht es den anderen gut,* dachte ich nur. *Wenn Donna Ferrana und Artemis auch noch sterben, steht es schlecht um den Rat. Badrik und Hina sind dann die einzigen verbliebenen Verwalter des Zwielichts. Keine guten Aussichten also.*

„Und was passiert jetzt mit mir?"

Der Teufel zuckte genervt mit den Schultern. „Ich habe es dir schon einmal gesagt: Das musst du mit der Königin selbst besprechen. Und jetzt komm, ich habe nicht vor hier länger als nötig zu verweilen. Von dieser ganzen Harmonie kann einem ja schlecht werden."

Das Seil spannte sich erneut und ich war gezwungen, Serezar wie ein Hund zu folgen. In meinem Kopf rasten derweil die Gedanken, aber ich konnte einfach keine Lösung finden, wie ich allein wieder zurück in meine Welt finden sollte. *Die Portalkugel! Aber selbst wenn ich sie Serezar irgendwie abnehmen könnte, so wusste ich nicht, ob sie bei mir auch funktionieren würde wie bei dem Halbteufel. Oder wo sie mich am Ende ausspucken wird. Nein, ich muss erst einmal meinem Entführer loswerden.* Aber selbst wenn ich Serezar irgendwie entkommen konnte, so war ich immer noch in der Anderswelt gefangen. Wohin sollte ich fliehen? *Der Halbteufel hatte vorhin den Lichtkönig erwähnt ... Vielleicht würde er mir ja Zuflucht gewähren? Und vielleicht weiß er auch, wie ich zurück nach Hause kommen könnte. ...* Etwas anderes zu Versuchen blieb mir nicht übrig. Besorgt musterte ich Serezars breiten Rücken und dachte angestrengt nach. Wie sollte ich ihm entkommen? Ich war nicht in der besten Verfassung für einen Fluchtversuch, immerhin hatte ich einiges an Blut verloren. Auch wenn meine Wunde sich mittlerweile oberflächlich geschlossen hatte, pochte es immer noch schmerzhaft an der Stelle, an der er mich damals mit dem Schwertknauf erwischt hatte. *Mir fehlt Vampirblut. Ich habe schon zu lange nichts mehr davon getrunken. Das letzte Mal ...* Als mir wieder in den Sinn kam, wann ich zum letzten Mal von Avalon getrunken hatte, presste ich durstig die Lippen aufeinander. *Das war bei Laurens Tag des Erschaffens gewesen.* Wehmütig dachte ich an diesen Augenblick zurück, bevor der Halbteufel in mein Leben getreten war.

Nach einer Weile zwang Serezar mich, für ihn nach Brennholz zu suchen und entfernte dafür die Fesseln um meine Handgelenke. Mir entwich ein kurzer Seufzer der Erleichterung, als das Blut wieder ungehindert durch meine Hände fließen konnte, jedoch legte er mir stattdessen das Seil um den Hals, was mir deutlich unangenehmer war als die Fesseln zuvor. Und da wir bereits mehrere Stunden durch den Wald gelaufen waren, quälten mich durch das viele Laufen Blasen an meinen nackten Füßen, die mittlerweile teilweise aufgeplatzt waren und bei jedem Schritt fruchtbar brannten. Angespannt presste ich die spröden Lippen aufeinander und folgte murrend Serezars Anweisungen. Als ich nach Meinung des Halbteufels irgendwann genug gesammelt hatte, führte er mich zu einer etwas lichteren Stelle in diesem fremdartigen und fantasievollen Wald. Dort begann er ein Lagerfeuer zu errichten. Die Sonne war währenddessen immer weiter untergegangen, doch schon seit einiger Zeit verharrte sie knapp über dem Horizont. Ich fragte mich, ob das Gestirn hier vielleicht überhaupt nie untergehen würde. Doch auch so war es mittlerweile überraschend kalt geworden. *Der Nachtabfall der Temperatur in dieser Welt scheint deutlich extremer zu sein als im Diesseits,* dachte ich kurz. *Außerdem scheinen Teufel wohl nicht wie Vampire ihre Körpertemperatur beliebig anpassen zu können, sonst würde Serezar das Feuer nicht benötigen. Oder ist es vielleicht, weil er nur ein halber Teufel ist?*

Bereits nach kurzer Zeit hatte der Halbteufel mit Steinen und trockenem Gras ein Feuer entfacht. Zitternd setzte ich mich so nah dran, dass ich fast die Flammen berührte und starrte dabei mit düsterem Blick zu dem Wesen herüber, das mich hierher entführt hatte. Serezar blickte mich mit einem überlegenen Grinsen an, das ich ihm am liebsten aus dem überheblichen Gesicht geschlagen hätte. Das Seil, das mir um den Hals hing und das er am anderen Ende fest umklammert hielt, lag im Gras um das Feuer herum. Als mein Blick irgendwann auf meine Handgelenke fiel, keuchte ich erschrocken auf. Die Stellen, die von den Fesseln fixiert worden waren, sahen wund und furchtbar entzündet aus. Zwar bemerkte ich, wie die Verletzungen langsam anfingen zu heilen, jedoch war es wahrscheinlich nur eine Frage von Stunden, bis meine besondere Heilkraft verschwinden würden. Es war einfach schon zu lange her, dass ich Vampirblut getrunken hatte. Auch kam mir das Seil die ganze Zeit schon ungewöhnlich schwer vor, sodass ich wusste, wenn ich ein reiner Mensch gewesen wäre, ich Probleme gehabt hätte, es überhaupt anzuheben.

Serezar musste meine Gedanken erraten haben, denn plötzlich sagte er: „Das ist die höhere Schwerkraft hier. Die Menschen aus dem Diesseits sind so verweichlicht, dass sie ihr nur mühsam standhalten können. Ein Teufel, der im Dämonenreich geboren wird, muss bereits ausgewachsen und von starker Statur sein, um hier überleben zu können. So rau ist seine Welt."

Abweisend starrte ich ihn an. „Du bist genauso ein Halbblut wie ich. Warum macht dir das so viel weniger aus?"

Serezar lachte vergnügt. „Weil ich hier erschaffen worden bin. Mein Körper ist daran von Beginn an gewöhnt gewesen. Ganz im Gegensatz zu den verweichlichten Bluttrinkern, deren Rasse nur noch ein billiger Abklatsch ihrer selbst ist. Die Wesen des Zwielichts sind nicht mehr die Wesen, die sie einst waren. Ohne die Mutter aller Dämonen sind sie schwache und armselige Geschöpfe, die es verdient haben, von uns ausgelöscht zu werden."

Fassungslos starrte ich ihn an. „Dann stimmt es also. Ihr wollt das Zwielicht auslöschen und die Menschheit gleich mit ihm."

Der Halbteufel schüttelte den Kopf. „Bestimmt werden ein paar Menschen als Sklaven und Nahrungslieferanten überleben. Nachdem, was ich dort gesehen habe, vermehren sich diese Wesen auf recht effiziente Art."

Für eine Weile sagte niemand etwas und nur das laute Knacken der Glut unterbrach die einsame Stille um uns herum. Ich starrte verzweifelt in die Flammen und überlegte, was ich jetzt tun sollte. Aber ich konnte mich nicht belügen, die Situation sah alles andere als gut für mich aus. Mittlerweile starrte ich vor Dreck. Das weiße Kleid, das ich noch von der Zeremonie trug, war zerrissen und voller Flecken aus Blut und Erde. Hunger und Durst quälten mich und mein Verlangen nach Vampirblut ließ meine Kehle unerbittlich in Flammen stehen. Ich hatte hier keinerlei Orientierung und wusste nicht, was für Gefahren in dieser Welt auf mich lauern könnten. Doch trotzdem musste ich versuchen, Serezar irgendwie zu entkommen. Aber wie sollte ich das nur anstellen? Meine Gedanken schweiften zu Avalon. *Sicherlich wird die Herrin von Venedig ihm von Sefraims tot erzählen und genauso darüber, dass mich der Halbteufel entführt hat. Ich fragte mich, ob er zumindest etwas wie Bedauern für mich empfinden würde. Aber mit einem kalten, egoistischen Herz wie seinem, würde er wohl niemals dazu in der Lage sein. Ich wünschte, ich könnte ihn zumindest noch durch den Bund des Blutes spüren. Dann wäre ich vielleicht nicht so allein.*

Ein plötzliches Zischen riss mich auf einmal aus meinen Gedanken. Erschrocken sah ich für den Bruchteil einer Sekunde einen Pfeil, der blitzschnell durch die Luft pfiff und im nächsten Augenblick plötzlich direkt neben mir in der Erde steckte. Ich hörte noch ein Fluchen von Serezar, als das Geschoss auf einmal grell aufleuchtete. Es war so hell, dass es mich auf einen Schlag vollkommen blendete. Und so wie der Halbteufel neben mir weiter fluchte, musste es ihm genauso gehen.

„Verdammt was …", rief er überrascht.

Ich überlegte nicht lange. So vorsichtig wir möglich stand ich auf und lief blind ein paar Schritte zur Seite. Wenn ich es richtig in Erinnerung behalten hatte, musste das Seil jetzt mitten im Feuer liegen. Falls Serezar nicht bemerkte, wie es durchtrennt werden würde, hatte ich eine kleine Chance, dass ich ihm entkommen konnte. Ich blinzelte angestrengt, war jedoch noch immer nicht in der Lage, etwas zu erkennen. Aber dem Geruch nach zu urteilen, hatte das Seil tatsächlich Feuer gefangen. Ich wusste nicht, ob Serezar ahnte, was ich vorhatte, aber plötzlich spürte ich einen Ruck durch meine Fesseln gehen. Einen Impuls folgend, umfasste ich es mit den Händen und stemmte mich mit aller Kraft dagegen. Auf einmal Riss das Seil, und ich taumelte nach hinten. Federnd kam ich auf dem weichen Waldboden auf.

„Du bleibst schön hier du verdammtes Miststück", hörte ich meinen Peiniger irgendwo vor mir aufgebracht rufen, während ich mich so schnell ich konnte, wieder auf die Beine rappelte. Mittlerweile war ich in der Lage schon wieder einzelne Schemen zu erkennen, und meinte zu sehen, wie Serezar immer noch vollkommen blind um sich tastete. Anscheinend schien ihn das Licht deutlich stärker zu blenden als mich. Ich durfte nicht länger zögern. *Ganz egal wer uns da angegriffen hat,* dachte ich, *wenn ich Glück habe, interessieren sie sich mehr für den Halbteufel, als für mich.* Schnell machte ich kehrt und rannte Hals über Kopf in den Wald hinein. Dabei hoffte ich inständig, nicht gegen einen Baum zu rennen oder über einen Busch zu stolpern, denn ich konnte noch immer nur sehr undeutlich etwas erkennen. Als ich begann hinter mir Kampfgeräusche zu vernehmen, beschleunigte ich noch einmal meine Schritte. Ich lief so lange, bis ich irgendwann ins Straucheln geriet und der Länge nach zu Boden ging. Schmerzhaft spürte ich, wie ich mir dabei mein rechtes Knie aufschürfte. Außer Atem lag ich kurz da und regte mich nicht.

Nach ein paar Augenblicken lauschte ich angestrengt. Zufrieden könnte ich hören, dass mir anscheinend niemand folgte. Auch war ich mittlerweile wieder in der Lage, fast so gut sehen, wie normalerweise. Keuchend setzte ich mich auf und blickte plötzlich genau auf das spitze Ende zweier Speere. Die Wesen, die sie führten, waren zwei männliche Elfen. Ihr langes Haar war zu kunstvollen Zöpfen geflochten und ihre Rüstung bestand wie bei der Elfin, aus kunstvoll verziertem Holz und Steinplatten. Mit ihren pastellfarbenen Augen sahen sie mich streng, aber auch neugierig an.

„Was beim Licht ist das für ein Wesen? Hat die Dämonenkönigin wieder eine neue Rasse geschaffen?"

Der andere Krieger schüttelte nur den Kopf. „Ich glaube, das ist ein Mensch."

„Ein Mensch?", sagte der erste Elf überrascht. „Wie kommt der denn hier her?"

Sein Kumpel zuckte mit den Achseln. „Wurde wahrscheinlich von einem Teufel verschleppt. Ich hatte vor nicht allzu langer Zeit gesehen, wie einer von ihnen welche durch ein Portal mitgebracht hatte."

„Na ja ... Auf jeden Fall können wir sie nicht am Leben lassen. Sie gehört nicht hierher." Der andere Elf hob seinen Speer an und zielte damit direkt auf meinen ungeschützten Hals.

„Wartet, ich ..." rief ich angsterfüllt, als die Waffe plötzlich mitten in der Bewegung innehielt. Als ich ihnen in die Augen blickte, erkannte ich, dass etwas anderes die Aufmerksamkeit der Elfen auf sich gezogen hatte. Ich folgte ihren erstaunten Blicken und bemerkte nicht weit von mir entfernt ein blaues, androgynes Wesen mit gelben Augen und schlitzförmiger Pupille, das völlig schwerelos über den Boden schwebte. Natürlich erkannte ich ihn sofort. Es war der gleiche Elementar, den ich schon einmal bei Avalons Schloss getroffen hatte. Im gleichen Moment fiel mir wieder der Hühnergott ein, der noch immer um meinen Hals hing und ich schloss verwundert meine Finger darum, während ich das Wesen vor mir überrascht musterte. Der Elementar lächelte mir leicht zu und nickte, als würde er wissen, was ich gerade gedacht hatte. Die Elfen machten große Augen und gingen vorsichtig einen Schritt zurück, so als würde von dem geisterhaften Wesen eine bedrohliche Gefahr für sie ausgehen.

Du musst den Halbteufel begleiten Vida, erscholl plötzlich eine sanfte Stimme in meinem Kopf.

Was? Gab ich überrascht zurück. *Aber ... Er wird mich zur Dämonenkönigin bringen!*

Vertraue mir, Schwesterchen. Dein Schicksal erfüllt sich dort. Ansonsten erwartet dich nur der Tod.

Ein ächzender, erstickender Laut kam plötzlich an meine Ohren und ich schreckte auf. Als ich mich umsah, erkannte ich Serezar, der blutig und mit vielen kleinen Wunden übersät, hinter mir stand und den Elfensoldaten mit jeweils einer seiner wuchtigen Pranken das Genick gebrochen hatte. Mit seinen muskulösen Armen hielt er sie am Hals gepackt, während ihre Füße leblos über dem Boden baumelten.

„Habe ich dich gefunden, du verdammtes Menschenweib." Er öffnete seine Hände und die beiden Lichtwesen fielen regungslos zur Erde.

Erschrocken starrte ich ihn für einen Augenblick an, dann fiel mir der Elementar ein und ich drehte mich wieder in seine Richtung zurück. Aber zu meinem Bedauern war von der mysteriösen Kreatur nichts mehr zu sehen. Serezar ließ währenddessen von seinen Opfern ab und kam daraufhin gleich neben mir zum Stehen. Dann packte der Halbteufel mich grob an den Schultern und stellte mich wieder auf die Beine. Mit einem neuen Seil, das er den beiden Lichtwesen am Boden abgenommen haben musste, legte er mir erneut Fesseln um meine Handgelenke an. Ich biss die Zähne zusammen, als das Seil dabei schmerzhaft in meine geschundene Haut schnitt. Außerdem band er mir dieses Mal auch etwas von dem Seil um die Beine, sodass ich keine weiten Schritte mehr machen konnte, ohne hinzufallen. Ich wehrte mich nicht, denn ich war ohnehin am Ende meiner Kräfte. *Serezar hat den Elementar anscheinend nicht bemerkt,* kam mir währenddessen der Gedanke. *Aus welchem Grund war er hier gewesen? Warum auch immer, er hat mir auf jeden Fall das Leben gerettet.*

„Du hast wohl gedacht, du könntest mir in dem Tumult entfliehen, was? Aber auch ein Halbteufel wie ich besitzt einen überragenden Geruchssinn. Nachdem ich mit dem verdammten Elfen fertig geworden bin, bin ich einfach deiner Spur gefolgt." Serezar sah abgekämpft aus und blutete aus mehreren Wunden. *Warum will der Elementar, dass ich mit ihm gehe? Und was meint er mit Schicksal? Kann ich ihm trauen? Er hat mich immerhin vor den Elfen gerettet. Und was habe ich schon für eine große Wahl? Die Elfen werden mir wohl alles andere als helfen.*

„Ach ja, fast schon vergessen!" Serezar zog mich plötzlich wieder zu den beiden toten Elfenkriegern herüber und legte seine Hände auf ihre Oberkörper. Wie bereits einmal bei Lauren, konnte ich sehen, wie auf einmal ein Glühen von ihnen ausging. Doch, im Gegensatz zu dem jungen Vampir, beobachtete ich hier, wie die Toten sich unter seinen Händen langsam veränderten. Ihre Gesichter wurden fahler und ihre Augen sanken ihnen tief in die Augenhöhlen. Als Serezar von ihnen abließ, waren seine Wunden wieder komplett verheilt, während die Leichen der Elfen aussahen wie vertrocknete, alte Mumien. Er leckte sich satt über die wulstigen Lippen. „Das hat gutgetan. Wären die beiden nicht gewesen, hätte ich mich ein wenig bei dir bedienen müssen."

Ein Schauder durchzog bei dieser Vorstellung meinen Körper und ich wich automatisch einen Schritt zurück.

„Fass mich nicht an", schrie ich ihm abgekämpft entgegen.

Der Halbteufe musterte mich nur unbeeindruckt. „Sonst was? Versuchst du wieder irgendetwas komisches, wie du es bei unserem letzten Treffen damals getan hast?"

Ich sah ihn perplex an, bis mir wieder einfiel, was er meinte. Es stimmte, damals war ich so wütend geworden, dass etwas sich von mir auf das Mischwesen vor mir übertragen hatte.

„Genau", stammelte ich verzweifelt. „Du willst nicht wissen, zu was ich alles im Stande bin, wenn ich wütend werde." Der Halbteufel sah mich von Kopf bis Fuß an, dann rollte er nur mit den Augen, als würde er meinen Bluff durchschauen.

„Noch ein paar Stunden, dann werden wir die Grenze zum Dämonenreich überqueren. Im Gegensatz zu hier ist die Sonne dort ein äußerst seltener Gast. Wenn du nicht erfrieren willst, dann bleibts du besser in meiner Nähe."

Mit diesen Worten zerrte er mich weiter und zwang mich diesmal, vor ihm her zu laufen. Immerhin ging nun die Sonne wieder auf und es wurde langsam wärmer, was meine körperliche Verfassung aber nur geringfügig verbesserte. Aber immerhin sah es so aus, als würde ich recht behalten. Die Sonne ging wohl im Reich des Lichtkönigs nie wirklich unter, während sie auf der Dämonenseite wahrscheinlich nur für wenige Stunden tief am Himmel stand. Obwohl meine Situation äußerst besorgniserregend war, faszinierte mich diese Beobachtung. Außerdem lenkte sie mich für einen kurzen Moment von meinen Sorgen ab, die mich, wenn ich nicht aufpasste, langsam in ein nervliches Wrack verwandeln würden.

Nach einiger Zeit wurde der Schmerz in meinen Füßen immer schlimmer. Ich war irgendwann von mir selbst überrascht, wie ich es schaffte, überhaupt noch einen Fuß vor den anderen zu setzten. Doch Serezar trieb mich unbarmherzig vorwärts, als hätte er es besonders eilig, die Welt der Lichtwesen hinter sich zu lassen. Nach einiger Zeit begann sich der magische Zauberwald um uns herum zu lichten und als hätten wir eine unsichtbare Grenze überschritten, hörte er plötzlich auf. Was sich dann vor uns erstreckte, war eine offene, karge Talsenke. Als ich mit meinen Füßen auf den sandigen Boden aufkam, staunte ich überrascht. Er bestand nicht aus dunklem Sand, wie ich fälschlicher weise angenommen hatte, sondern aus schwarzer Asche. Nichts wuchs dort, außer, oft in Kreisen angeordnete, riesige Pilze mit ausladenden Hüten. Falls es hier regnete, wovon ich nicht ganz überzeugt war, hätte man sich, ohne den Kopf einzuziehen, unter einem ihrer gewaltigen Hüte unterstellen können. Ansonsten gab es recht wenig zu sehen. Kaum hatten wir das Reich des Lichtkönigs verlassen, kroch mir auch schon eine furchtbare Kälte in die Knochen. Auch war es auf der Seite der Dunkelwesen, mit Ausnahme der paar wenigen, schwachen Sonnenstunden, fast die ganze Zeit Nacht. Ich blickte nach oben, konnte aber keinerlei Sterne am Himmel sehen. Das Einzige, was ich auf den ersten Blick sah, waren drei riesige Monde, die genug Licht spendeten, um auch bei Dunkelheit ausreichend sehen zu können. Aus Rissen und riesigen Spalten in der Erde trat zudem ein blaugrünes Licht aus, das mich irgendwie an eine Art Plasma erinnerte, wie ich es aus meinen Physikvorlesungen kannte. Unbewusst musste ich lächeln. Dieses Leben kam mir so weit entfernt vor, dass es eigentlich einer Fremden gehörte. Plötzlich erinnerte mich ein grobes Ziehen an meinen Fesseln wieder daran, dass ich nicht allein war.

„Komm schon, Silberblut! Wir müssen uns beeilen, wenn wir nicht ein Loch in die Asche graben wollen, um nicht zu erfrieren." Während er sprach, bildete sich eine Wolke aus kondensierten Wassertröpfchen vor seinem Mund. Zitternd rieb ich mir die Arme, um möglichst etwas Wärme in sie zu bekommen und verfluchte die Tatsache, dass ich nichts weiter als ein dünnes, ärmelloses Kleid trug.

„Und wohin müssen wir uns beeilen? Ich sehe nirgendwo auch nur die kleinsten Umrisse einer Behausung."

Der Halbteufel lachte amüsiert. „Die wirst du hier auch nicht finden. Unser Weg führt uns nach unten, in die warmen Eingeweide der Erde hinein. Hach, ich kann die wohlige Hitze dort fast schon auf der Haut spüren."

Auch wenn mein Forscherdrang mich neugierig werden ließ, lösten Serezars Worte gleichzeitig ein äußerst beunruhigendes Gefühl in mir aus. *Wir sind also fast an unserem Ziel angekommen. Nicht mehr lange, und ich werde die Bienenkönigin persönlich treffen und ich werde auch endlich erfahren, welche Rolle mir von ihr zugeteilt worden ist.* Bei diesem Gedanken merkte ich, wie sehr es mich die ganze Zeit belastet hatte nicht zu wissen, was mein Schicksal sein würde. Fast schon spürte ich durch die verringerte Nähe zur Mutter der Nacht eine Art Erleichterung in mir aufkommen, selbst wenn ich dann dem Tod ins Auge sehen müsste.

Plötzlich strauchelte ich und fiel der Länge nach hin. Serezar fluchte hinter mir laut und schrie mich barsch an, weiterzugehen, aber ich konnte nicht mehr. Immer wenn ich es versuchte, gaben meine Beine nach und ich knickte ein. Das Mischwesen starrte mich daraufhin für einen Moment wütend an, dann hob er mich schließlich murrend auf und legte mich über eine seiner breiten Schultern. So brachten wir die letzten Meter hinter uns, bis hinter einer großen Aschedüne auf einmal, wie aus dem Nichts, ein dunkler Felsen mit einem kleinen Höhleneingang auftauchte. Das schwarze Loch vor uns war gerade so groß, dass Serezar mit mir aufrecht hindurch marschieren konnte. Ohne zu zögern, tauchte der Halbteufel mit mir in die Dunkelheit hinein, die uns verschluckte und mir gleichzeitige die Hoffnung nahm jemals wieder zurück nach Hause zu finden.

So verließen wir das Tal aus Schatten und Tod und tauchten immer tiefer in die Eingeweide dieser fremden Welt hinab. Zu meiner Überraschung wuchsen auch hier unten Pilze, wenn auch in deutlich kleinerer Statur als an der Oberfläche. Außerdem fluoreszierten sie in einem angenehmen, violett-blauen Licht, das uns den steilen und abschüssigen Weg vor uns erhellte. Je tiefer wir kamen, desto mehr wich die Kälte um uns herum und schon bald umfing mich eine wohlige Wärme. Der Tunnel, den wir benutzten, wurde langsam breiter und endete in einer riesigen Höhle, die so groß war, dass eine ganze Stadt hineingepasst hätte. Und so war es auch. Im Licht der Pilze, die hier überall wuchsen, erkannte ich einfache, massive Steinhäuser und auch größere, mehrstöckige Gebäude, die teilweise aus einem einzigen Felsen gehauen worden waren. Das hier, so schlussfolgerte ich erschöpft, war wohl die Hauptstadt der Dämonen. Wir waren also endlich an unserem Ziel angekommen.

Kapitel 5: Ein geborener Vampir

Am Eingang zur Stadt wurden wir bereits erwartet. Ich hörte Serezar argwöhnisch knurren, als er das Wesen bemerkte, dass das Tor zum Eingang der Felsenstadt bewachte. Getrieben von einem Gefühl des Argwohns versuchte ich mich umzudrehen, konnte aber aus meiner Position nicht wirklich etwas erkennen. Dennoch spürte ich die unheilvolle Präsenz des Dämons vor uns, die auf meiner Haut eine prickelnde Gänsehaut verursachte.

„Sieh an, wenn das nicht Serezar ist. Wo hast du deine Brüder und Schwestern gelassen, Halbblut? Sind sie nicht mit dir zurückgekommen?" Die Stimme war tief und grollend. Ich spürte, wie Serezar sich anspannte. Er schüttelte den Kopf.

„Wenn keiner von Ihnen bereits hier eingetroffen ist, bezweifle ich, dass sie den Angriff auf die Vampire überlebt haben, Drago. Ich habe es als Einziger geschafft. Und ich bringe das Silberblut mit mir, das unsere Mutter der Nacht für unseren Sieg über die Wesen des Zwielichts und unseren Marsch in die Anderswelt benötigt."

Ich hörte, wie der Unbekannte vor uns erstaunt die Luft einzog.

„Du hast es also geschafft. Die Königin wird äußerst erfreut darüber sein. Zeig es mir."

Daraufhin hob mich Serezar von seinen breiten Schultern und stellte mich schließlich vor sich auf den steinernen Boden ab. Kaum hatten meine wunden Füße den harten Untergrund berührt, entfuhr ein schmerzhafter Schrei meine Kehle. Meine Beine gaben nach und ich landete unsanft auf dem ungewöhnlich warmen Felsengrund.

„Das ist es also? Ich habe mir das Silberblut irgendwie immer größer vorgestellt. Diese halbe Portion soll die Macht in sich tragen, die Grenzen der Welten einzureißen?"

Überrascht von diesen Worten sah ich ruckartig auf und blickte direkt in die schwarzen, pupillenlosen Augen eines Wesens, wie ich es noch nie zuvor gesehen hatte. Lange schwarze Hörner bogen sich aus seiner Stirn und wie bei Serezar peitschte hinter ihm ein langer, pfeilförmiger Schwanz durch die Luft. Auch wenn es ein paar Gemeinsamkeiten gab, konnte ich doch sehen, dass es sich hier um einen reinblütigen Teufel handeln musste. Seine Haut war feuerrot und mit schwarzen, verschlungenen Mustern bedeckt, von denen ich nicht sagen konnte, ob es sich dabei um einfache Körperkunst handelte oder diese vielleicht sogar natürlichen Ursprungs waren. Er trug keine Kleidung, jedoch umgab seinen wuchtigen und muskulösen Körper eine Art Exoskelett, dass ihn wie eine Art Rüstung umschloss. Sein Schädel war haarlos und sein Gesicht ebenfalls von dem schwarzen, verschlungenen Mustern bedeckt. Eine unschöne Narbe zog sich über sein rechtes Auge bis hinunter zu seiner Wange und verdeutlichte dem Betrachter, dass dieses Wesen höchstwahrscheinlich schon mehr als ein paar Kämpfe bestritten hatte. Genaugenommen sah die Kreatur aus, als würde sie direkt aus den Vorstellungen der Hölle entsprungen sein. Der Teufel war noch größer als Serezar und deutlich breiter gebaut als dieser, obwohl der Halbteufel selbst schon eine Physik besaß, um die ihn so mancher Mensch beneidet hätte. Meine Chance, einem solchen Wesen zu entkommen, schätze ich bei dem Anblick des Teufels vor mir noch geringer ein als ohnehin schon. Aber so einfach wollte ich mich nicht einschüchtern lassen. Obwohl es mich große Anstrengung kostete, rappelte ich mich auf und erwiderte den neugierigen Blick des Teufels stolz und ohne Furcht. Die Gewissheit, dass es nun kein Zurück mehr gab, löste meine Angst merkwürdigerweise in nichts auf. Der rote Riese vor mir lachte bei meinem Anblick nur amüsiert.

„Sie an, es steckt also doch noch etwas leben in ihr." Seine merkwürdigen Augen musterten mich. „Sie hat Ähnlichkeit mit einer Elfe."

Irritiert starrte ich Drago an. Neben mir sah ich im Augenwinkel, wie Serezar, fast schon tadelnd über diese Worte, den Kopf schüttelte. „Das liegt nur daran, dass sie eine Frau ist. Du hast noch nie eine Menschenfrau gesehen, daher denkst du so. Aber in Wirklichkeit sieht sie ihnen nur im Entferntesten ähnlich. Wenn du die Menschen gesehen hättest, wüsstest du, was ich meine."

Der Dämon vor mir blickte Serezar an und lächelte abschätzig. Die Abneigung der beiden füreinander war mittlerweile nicht mehr zu übersehen. „Nun, wenn erst einmal die Barriere zerstört wurde, werde ich ebenfalls in den Genuss kommen, den Wesen des Diesseits zu begegnen. Ich wollte schon immer wissen, wie sie wohl schmecken", erwiderte er, während er sich mit seiner gespaltenen Zunge über den lippenlosen Mund fuhr. Ich schluckte bei dem Anblick schwer und gleichzeitig wurde mir klar, dass es bei den Teufeln wohl keine Frauen geben musste. Und genau genommen auch keine Männer. Diese Dämonen hatten kein Geschlecht und das war auch der Grund, warum sie sich ohne die Dämonenkönigin nicht vermehren konnten. Ich zuckte erschrocken zusammen, als mich der Teufel auf einmal packte und wie ein Paket, einfach unter seinen breiten Arm klemmte.

„Was soll das?", rief Serezar wütend. „Sie ist meine Beute, also werde ich sie auch zu unserer Mutter bringen!"

Der rote Dämon schüttelte nur den Kopf. „Ich bin der General der Königin, Halbblut, also kümmere ich mich ab jetzt um sie. Ruhe deinen schwächlichen Körper erst einmal aus und lass die wahren Teufel ihre Arbeit erledigen."

Das Mischwesen verzog bei diesen Worten wütend die Lippen und ballte aggressiv die Hände zur Faust. Ich konnte sehen, wie Serezar diese Worte beleidigten, aber auch, dass er wusste, dass er dem Teufel vor ihm zu unterlegen war, um ihn dafür büßen zu lassen.

„Die Dämonenkönigin wird mich nun zu einem reinblütigen Teufel machen, jetzt, da ich zu unserem Sieg über das Zwielicht beigetragen habe. Und dann, Drago, werde ich mir diese Frechheiten nicht mehr bieten lassen!"

Der Dämon beugte sich daraufhin zu dem Halbteufel herab und ich sah für einen kurzen Moment Angst in Serezars Augen aufblitzen. Er wich unweigerlich ein paar Schritte zurück. „Wenn das eine Herausforderung sein soll, nehme ich sie hiermit mit Freuden an. Auch Fleisch von einem Schwächling wie dir ist schließlich immer noch Fleisch."

Mit diesen Worten wendete sich der Teufel von ihm ab und Schritt mit mir davon. *Serezar und Schwächling? Nun, gegen einen Vampir würde er in einem fairen Kampf nicht gewinnen, aber trotzdem war er nicht zu unterschätzen. Besonders nicht mit der Waffe aus Teufelsknochen, die er nun sein Eigen nennt. Ich will mir nicht vorstellen, was ein reinblütiger Teufel anrichten kann, wenn er erst einmal in die Menschenwelt gelangen würde. War es wirklich richtig gewesen dem Elementar zu vertrauen? Wenn sie mich wirklich dazu benutzen sollten, die Barriere zu zerstören … Nicht auszudenken, was sie alles anrichten könnten.*

Der General der Dämonenkönigin ließ den aufgebrachten Halbteufel hinter sich zurück und lief mit mir durch den hohen Torbogen hindurch, der den Eingang zur Stadt kennzeichnete. Müde und abgekämpft betrachtete ich dabei beiläufig die rauen Strukturen in den massiven Säulen des Durchgangs, bis mir auffiel, dass es sich dabei um Überreste von versteinerten Knochen handeln musste. Schließlich erreichten wir einen großen Wagen, dessen Gerüst aus alten Pilzstielen gefertigt worden war, während die Wände und das Dach aus einer Art gehärteten und äußerst dicken Leder bestanden. Obwohl der Anblick dieses Gefährts schon außergewöhnlich genug war, staunte ich nicht schlecht, als ich erkannte, was für eine Kreatur benutzt wurde, um den Wagen zu ziehen. Es handelte sich um einen riesigen, schwarzen Löwen, der jedoch nicht vier, sondern sechs Beine und zwei Köpfe besaß. Die ledernen Zügel hielt ein kleiner Goblin in den Händen, der viel zu schmächtig wirkte, um das ungewöhnliche Tier auch nur ansatzweise zu bändigen. Der zwergenhafte Dämon besaß eine graue und ledrige Haut und trug eine braune Kutte, die an seinen dürren Körper nur das Nötigste bedeckte. Daraufhin trat der Teufel mit mir an die Rückseite des Wagens heran und öffnete das massive Schloss, das die beiden Türhälften miteinander verbunden hatte. Zu meiner Überraschung war der Wagen nicht leer. Die Gestalt, die sich beim Öffnen der Türen panisch in die hinterste Ecke des unförmigen Gefährts gedrückt hatte, war ein Mensch. Er starrte mich verwirrt und angsterfüllt mit seinen müden Augen an. Seine Kleidung, ein einfaches T-Shirt und blaue Jeans, war zerrissen und mit Dreck verschmiert. Grob warf mich Drago zu ihm hinein und verschloss sofort wieder die Tür hinter uns. Plötzlich wurde es auf einen Schlag ziemlich dunkel. Dennoch war es noch hell genug, um die Umrisse und ein paar Details meines Leidensgenossen erkennen zu können. Wir musterten uns stumm gegenseitig und ich erkannte die gleiche Verzweiflung und Angst in seinen blauen Augen, die auch ich verspürte. Seine Augenlider waren blutunterlaufen und seine Haut sah fahl und krank aus. Ich fragte mich, wie lange er schon hier unten in der Welt der Dämonen gefangen gehalten wurde. Sicherlich soll er dazu benutzt werden, noch mehr Halbteufel zu erschaffen. Bei den Gedanken bekam ich Mitleid mit dem armen Geschöpf, das wahrscheinlich keine Ahnung hatte, was ihn erwarten würde. Genauso wenig wie ich. Der Mann hatte blondes kurzes Haar, das ihm an der verschwitzen Stirn klebte. Er sagte etwas zu mir in einer holprigen, fremden Sprache und ich schüttelte nur müde den Kopf. Der Gefangene nickte und setzte noch einmal von Neuem an.

„Kannst du mich jetzt verstehen?"

„Ja ... Ich verstehe dich."

„Wer bist du?", fragte mich der Fremde freundlich.

„Ich bin Vida. Und wie ist dein Name?"

„Rolaf." Nachdenklich betrachtete er mich. „Ich sehe zum ersten Mal eine Frau hier unten. Halten uns die Geschöpfe der Hölle nach dem Geschlecht getrennt?"

Er denkt, dass er in der Hölle gelandet ist? Na ja, ich kann es irgendwie verstehen. Das ist schließlich für einen religiösen Menschen die naheliegendste Erklärung.

„Wie lange bist du schon hier?", fragte ich stattdessen.

Rolaf hustete schwer. Seine körperliche Verfassung schien alles andere als gut zu sein.

„Ich weiß es nicht. Hier unten verliert man jegliches Zeitgefühl. Aber wenn ich raten müsste ... Vielleicht drei Tage?" Er hustete erneut. Seine Stirn glänzte fiebrig.

„Was ist los? Bist du krank?"

Rolaf schüttelte den Kopf. „Nein, es ist die Luft hier unten. Spürst du es denn nicht? Sie brennt in der Lunge und macht das Atmen schwer."

Vielleicht eine Art Miasma? Das Vampirblut muss mich davor schützen. Zumindest im Moment noch.

„Wohin werden wir gebracht?"

Der Mann schüttelte erneut den Kopf. „Ich weiß es nicht. Ich war mit mehren in einer Art Kerker eingesperrt und diejenigen, die sie von dort geholt hatten, kehrten nie wieder zurück."

Rolaf und ich sahen uns für einen Moment wissend an. Ich musste nicht lange überlegen, um zu schlussfolgern, was er damit meinte. Schwer schluckte ich den Kloß in meinem Hals hinunter und schlang trotz der Wärme hier unten, die Arme eng um meinen geschundenen Körper. *So sieht also mein Ende aus? Ich werde sterben, damit die Barriere zusammenfällt und die Dämonenkönigin die Menschenwelt einnehmen kann? Sie wird die Wesen des Zwielichts vernichten und damit auch Avalon, Lauren und alle anderen. Sie sind verloren. Sie alle. Genauso wie ich es bin.* Ich blickte auf mein Handgelenk und betrachtete stumm die silbernen Adern, die unter meiner Haut hervortraten. *Ich hätte dem allen ein Ende machen sollen, als ich noch die Chance dazu gehabt hatte. Avalon wollte mich beschützen, auch wenn es ihm nur um die Kraft meines Blutes ging. Aber letzten Endes konnte er mich nicht vor mir selbst retten und auch nicht vor dem Chaos, das ich heraufbeschworen hatte. Ich habe ihn vertrieben, weil ich dachte, es wäre sicherer für ihn und dem Rest des Zwielichts, wenn ich so schnell wie möglich zu einer Vampirin werde. Denn dann wäre Meister Avalon mir überhaupt nichts mehr schuldig gewesen und ich ihm genauso wenig. Als Vampirin hätte ich endlich die Macht gehabt, auf mich selbst aufzupassen. Ich selbst hätte kämpfen können, statt andere es für mich tun zu lassen. Aber was hat mir dieser Weg seit Irvins Tod gebracht, außer Verlust und Schmerz? Wäre ich nicht so stur gewesen, wäre vielleicht alles anders gekommen? Oder bin ich durch das Silberblut in meinen Adern von vorneherein verflucht? Hätte ich Sefraims Schicksal verhindern können, wenn ich anders entschieden hätte?* Vor meinem geistigen Auge sah ich noch einmal die Gesichter derer, die ich einfach im Stich gelassen hatte. Avalon, Lauren, Josh, Kira, Leonore, Sefraim ... *Es tut mir so leid,* verabschiedete ich mich in Gedanken. Plötzlich stoppte der Wagen und ich und Rolaf tauschten besorgte Blicke aus. Dann hörte ich, wie die Wagentür aufgeschossen wurde. Als wieder Licht in die kleine Kammer fiel, erkannte ich Drago, der vor der Öffnung stand, und mich belustigt angrinste.

„Für dich ist hier erst einmal Endstation, Silberblut. Kommst du freiwillig heraus, oder muss ich dich holen?"

Ich schluckte schwer und sah noch einmal zu Rolaf herüber. Er und ich teilten ein ähnliches Schicksal und ich war dankbar für die kurze Zeit, in der er mir Gesellschaft geleistet hatte. Wir nickten uns mit dem Blick zweier Wesen zu, die gemeinsam den Weg zum Schafott angetreten hatten, dann stand ich mühsam auf und stieg aus dem Wagen heraus. Zu meiner eigenen Überraschung kehrte ich noch einmal meinen letzten Rest Mut zusammen und blickte zu dem riesigen Teufel vor mir auf. „Was genau wird mit ihm passieren, wenn er zu der Dämonenkönigin gebracht wird?", fragte ich ihn mit fester Stimme. Ich wollte diesem schrecklichen Wesen zeigen, dass ich noch lange nicht gebrochen war. Wenn ich schon sterben sollte, dann mit hoch erhobenem Kopf und ohne Selbstmitleid.

Der Teufel vor mir sah mich für einen Moment unschlüssig an, dann zuckten seine Mundwinkel belustigt nach oben. „Die Mutter der Nacht wird ihn verschlingen", sprach er mit einem gewissen Stolz in der Stimme, „und ihre Frucht in seinen Körper legen. Seine Überreste werden der Dünger sein und dem Wesen, dass dort heranwachsen wird, als Nahrung dienen."

Ich blickte nach diesen Worten noch einmal zu Rolaf herüber und bemerkte den stummen Dank in seinen Augen. Er wusste nun, was ihn erwartete und konnte sich darauf vorbereiten. Mehr konnte ich leider nicht für ihn tun. Ich war einfach zu machtlos. Drago schloss die Türen und der Wagen setzte sich wieder in Bewegung. Der Teufel stieß mich währenddessen grob in die Richtung eines mehrstöckigen, steinernen Gebäudes, bei dem schwere Gitterstäbe an den

Fenstern angebracht worden waren. Zwei weitere Teufel bewachten den Eingang und nickten Drago respektvoll zu, als er mit mir durch den breiten Rundbogen schritt.

„Wann werde ich zu der Dämonenkönigin gebracht?", fragte ich ihn, nachdem wir einen schmalen Gang entlanggelaufen und nun vor einer massiven Tür zum Stehen gekommen waren. Ein großes Hängeschloss war dort angebracht worden und ich nahm an, dass es sich hier um meine Gefängniszelle handelte.

„Meine Anweisungen enden hiermit. Aber ich vermute nicht, dass es lange dauern wird." Er starrte mich erneut mit seinen schwarzen Augen forschend an und ich erkannte ein Verlangen darin, dass mich augenblicklich einen Schritt zurückweichen ließ. Die Hände des Teufels schnellten nach vorne und seine lange Zunge fuhr mir gierig über das Gesicht.

„Nein!", schrie ich, aber der Dämon lachte nur. „Was für eine Schande, dass die Dämonenkönigin dich lebend will. Dein Geruch reizt mich wirklich auf das Äußerste. Am liebsten würde ich auf der Stelle von deinem zarten Fleisch kosten, um dein besonderes Blut wenigstens einmal auf meiner Zunge schmecken zu dürfen."

Ich starrte ihn ängstlich an, aber Drago zog sich schon wieder von mir zurück. „Aber Befehl ist nun einmal Befehl. Ich kann nicht riskieren, den Zorn der Königin auf mich zu ziehen. Nicht jetzt, wo wir fast tausend Jahre warten mussten, bis unsere Mutter wieder aus ihrem Schlaf erwacht ist. Und wir werden ihr zeigen, dass unsere Teufelsrasse die erfolgreichste Rasse aller Dämonen ist, die sie je geschaffen hat."

Mit diesen Worten packte er mich unsanft im Nacken, öffnete die Tür und schubste mich grob in einen düsteren Raum hinein. Ich fiel dabei auf die Knie und schürfte sie mir zusammen mit meinen Handflächen schmerzhaft auf. Doch kein laut kam über meine spröden Lippen, stattdessen lauschte ich wie Drago das Schloss hinter mir einrastete und seine schweren Schritte sich langsam von der Tür entfernten. Auch wenn ich es nicht wollte, umfing plötzlich eine furchtbare Verzweiflung mein Herz und die Todesangst begann meinen gesamten Körper zum Beben zu bringen. Für einen Moment rührte ich mich nicht und starrte stumm auf den grauen Steinboden unter mir. Krampfhaft versuchte ich dabei, dass mein Verstand die Kontrolle über meinen Körper zurückgewann.

„Vida?"

Als ich den Klang der Stimme vernahm, verschwand für einen Augenblick all meine Frucht und ich sah erschrocken auf. Sie kam mir so vertraut vor, dass ich erst dachte, ich hätte sie mir nur eingebildet. So viele Male hatte ich die Stimme bereits gehört, aber nie geglaubt, dass sie noch einmal in meinen Ohren klingen würde.

Die Gestalt, die ich vor mir erblickte, hatte langes braunes Haar, das in meiner Erinnerung einmal einen wunderschönen Glanz besessen hatte. Jetzt hatte es all seine Schönheit verloren, war stumpf und verfilzt. Zerzauste Locken umrahmte die grünen, großen Augen, die mich ungläubig anstarrten. Ihr Gesicht war eingefallen und glänzte vor Schweiß. Niemals hätte ich gedacht, es in meinem Leben noch einmal vor mir zu sehen.

„Marien?"

Ich sah die Tränen in ihren Augenwinkeln und wie sie fassungslos die Hände auf ihren Mund legte. *Das kann nicht sein!,* dachte ich fassungslos, *war sie etwa die ganze Zeit hier gewesen?*

Ich stand zitternd auf und konnte noch immer nicht glauben, dass ich meine tot geglaubte Blutschwester hier vor mir sah.

„Du ... Du lebst?"

Marien nickte. „Genauso wie du."

So schnell wie mich meine wunden Füße trugen, rannte ich zu ihr herüber und drückte sie eng an mich. „Du lebst! Aber wie ... Ich dachte, die Halbteufel hätten dich ebenfalls getötet. Du warst spurlos verschwunden, und da ich Irvins Überreste gefunden hatte, dachte ich, dass du vielleicht auch ..."

Als ich den Namen unseres alten Meisters erwähnte, sah ich den Schmerz in ihren Augen aufblitzen. Sie fuhr mir zärtlich über die Wange. „Nein, auch wenn ich dachte, sie würden es tun. Aber ... Meister Irvin ... Er ..."

„Was?", rief ich aufgebracht. „Was ist an jenem Tag geschehen? Bitte Marien, erzähle es mir!"

Meine Blutschwester verzog schmerzvoll den Mund. „Damals ... Ich weiß es noch genau ... Vielleicht eine halbe Stunde nachdem du gegangen warst, kamen sie in unser Haus. Ich war allein in Meister Irvins Arbeitszimmer, als sie mich fanden. Sie wollten von mir wissen, ob ich das Silberblut bin. Ich verneinte, aber sie glaubten mir nicht. Dann schnitten sie mich, um zu sehen, ob ich die Wahrheit sprach."

„Wer? Wer war es?"

„Es war ein Wesen, dass sich Serezar nannte. Er und die anderen waren Mischwesen aus Mensch und Teufel. Dann kam Meister Irvin. Zwei der Halbteufe tötete er sofort. Serezar, der mich gepackt hielt und drohte, mich zu töten, verschonte er. Irvin wollte mich beschützen. Serezar forderte ihn auf ihm zu sagen, wo das Silberblut ist. Er sagte ihnen, dass er es beseitigt hatte, als es für ihn nicht mehr nützlich erschien. Daraufhin wurde der Halbteufel wütend und wollte mir die Kehle durchschneiden. Aber Meister Irvin er ... Er bot ihm stattdessen etwas anderes an."

Angespannt musterte ich Marien. „Was? Was war es, dass er ihm stattdessen gab?"

Das Mädchen vor mir brach in Tränen aus. Ihr Schluchzen war für einen Moment das Einzige, das zu hören war.

„Er bot ihm sein Herz an. Da ein Teil des Silberbluts noch in ihm war, hoffte er, ihn damit davon abzuhalten, mich umzubringen. Serezar willigte ein und Meister Irvin riss sich das Herz heraus. Vor meinen Augen. Der Halbteufel nahm es an sich und währen Meister Irvins Körper allmählich zu Staub zerfiel, begann er, es zu verschlingen. Er fraß es vollständig auf."

Geschockt starrte ich sie an. *Meister Irvin hatte sich selbst getötet, um Marien zu schützen. Und ... Er hatte es auch für mich getan. Für uns beide. Und Serezar ... Er hat gelogen, als ich ihn damals fragte, ob er etwas mit dem Tod Irvins zu tun gehabt hatte ... Ich hätte es mir denken können. Außerdem erklärt es, warum der Halbteufel stärker als seine übrigen Geschwister erscheint. Irvins Herz muss ihm einen gewissen Vorteil verschafft haben.*

Ich umarmte die schluchzende Marien, als ich plötzlich etwas Merkwürdiges zwischen uns spürte. Vorsichtig löste ich mich aus ihrem Griff und starrte nach unten. Was ich sah, ließ mir das Blut in den Adern gefrieren.

„Marien ... Du ..."

Ich blickte auf ihren deutlich gewölbten Bauch und wusste nicht recht, wie ich darauf reagieren sollte.

„Bist du ... Bist du etwa schwanger?!"

Meine Freundin sah mich an und nickte traurig. Verschämt legte sie die Hand auf ihren dicken Bauch.

„Aber wer ..."

„Serezar", sprach sie knapp und konnte mir dabei nicht in die Augen sehen.

Eine eisige Wut machte sich plötzlich in mir breit. „Dafür werde ich ihn umbringen!", rief ich aufgebracht. „Dafür wird er bezahlen ... Dieser ..."

„Vida!" Mariens Stimme brachte mich wieder aus meinen Gewaltfantasien zurück. „Du weißt, dass ich das niemals wollte. Er hat mich dazu gezwungen und ..."

Ich starrte sie an und schüttelte den Kopf. „Natürlich weiß ich das. Was glaubst du, warum ich so wütend bin? Er hat dich hierher verschleppt und dann auch noch ..." Ich konnte das letzte Wort nicht über meine Lippen bringen. „Es tut mir so leid, Marien! Das ist alles meine Schuld. Sie haben damals nach mir gesucht. Sie wollten mich haben. Und ..."

„Ich weiß", fiel mir meine Blutschwester ins Wort. „Serezar hat mir alles erzählt. Und ..." Marien zuckte zusammen und hielt sich mit schmerzverzerrter Miene den Bauch.

„Was ist?", rief ich erschrocken. Meine Freundin schüttelte nur den Kopf. „Nichts ... Es hat mich nur getreten. Es ist ein sehr kräftiges Baby."

Fassungslos starrte ich wieder auf ihren deutlich gewölbten Bauch. „Es trägt zu einem Viertel Teufelsblut in sich. Keiner weiß, wie sich das ... Das Ding in dir entwickelt. Aber so, wie du aussiehst, nimmt es sich mehr von deiner Kraft, als gut für dich wäre."

Marien nickte müde. „Und das Miasma in der Dämonenwelt tut sein Übriges. Wie kannst du noch so fit aussehen, Vida? Dir scheint es nicht das Geringste auszumachen."

Mir fiel wieder ein, dass meine Freundin nicht wusste, dass ich in der Zwischenzeit den Bund des Blutes wieder mit einem neuen Meister geschlossen hatte. Also begann ich, ihr zu erzählen was mir, seitdem wir getrennt wurden, alles widerfahren war. Sie machte große Augen und hörte aufmerksam zu. Marien stellte nur wenige Zwischenfragen. Als ich geendet hatte, blieb sie für einen Moment stumm und starrte nachdenklich zu Boden.

„Ich verstehe nicht, warum dieser Avalon den Bund des Blutes zwischen euch aufgelöst hat. Seine Wut musste ihn übermannt haben, sonst kann ich mir nicht vorstellen, warum er es getan haben sollte."

„Warum?", fragte ich sie geradeaus.

„Nun, weil er nichts davon hat."

Ich blickte sie nachdenklich an. „Er hat seine Freiheit wieder. Und seine Einsamkeit, nach der er sich so gesehnt hatte. Ich war nur der Störenfried, den er wegen des besonderen Blutes in meinen Adern ertragen hat."

Marien zuckte nur mit den Achseln. „Das kann ich nicht beurteilen. Aber ich wusste nicht, dass Irvin solch eine Verwandtschaft besitzt. Erst sein rebellischer Sohn und dann noch sein berühmter Vampirvater. Wie furchtbar, das Serezar ihn getötet hat. Ich hätte ihn wirklich gerne einmal kennengelernt. So wie du von ihm erzählst, schien dieser Sefraim ein wirklich netter Vampir gewesen zu sein."

Ich nickte und ließ traurig zum ersten Mal meinen Blick durch das schäbige Zimmer schweifen. Wir beide saßen auf einer alten Matratze aus Fellen und ein alter Tisch mit ein paar Stühlen stand in der Mitte des kleinen Raums. In einer Ecke war ein Waschbecken und eine Art Vertiefung zu sehen, die mit einem Holzdeckel abgeschlossen wurde. Wahrscheinlich so vermutete ich, handelte es sich um eine ziemlich primitive Form einer Toilette.

„Warst du hier die ganze Zeit eingesperrt?"

Marien schüttelte den Kopf. „Manchmal durfte ich nach draußen in die Stadt. Dann legte Serezar mir Fesseln an und führte mich durch den Bienenstock."

„Serezar?", fragte ich ungläubig.

Marien nickte. „Er stellte mir viele Fragen über die Menschenwelt. Erst wollte ich ihm nichts verraten, aber irgendwann ... Mein Geist wurde schwach und ich begann nach jedem Strohhalm zu greifen, der sich mir bot. Es tut mir leid."

Ich nahm die Hände meiner Blutschwester in meine und schüttelte verständnisvoll den Kopf. „Keiner würde dir in so einer Situation irgendwelche Vorwürfe machen, Marien. Glaub mir."

Sie sah mich einen Moment an, dann nickte sie schließlich. „Was wird nur aus uns werden, Vida? Was haben sie mit uns vor?"

Verzweifelt biss ich mir auf die trockenen Lippen. „Ich weiß es nicht. Aber was es auch ist, es wird für das Zwielicht und die Menschenwelt nichts Gutes bedeuten."

Nachdem ich mich einmal richtig ausgeschlafen hatte, ging es mir bereits deutlich besser. Meine Füße waren fast wieder verheilt, allerdings bemerkte ich bereits, dass sich die Heilung deutlich länger hinzog als sonst. Auch erwachte ich mit einem unangenehmen Druck in meinem Kopf, bei dem ich sicher war, dass es sich um die Auswirkungen des Miasmas handeln musste. Jedoch konnte ich mich endlich einmal waschen und Marien lieh mir eine ihrer aus grobem Stoff gewebten Kittel, die zwar nicht besonders modisch, aber immerhin halbwegs sauber waren. Durch eine Klappe an der unteren Seite der Tür schob uns währenddessen jemand etwas zu essen in das Zimmer. Kritisch beäugte ich die Mahlzeit, bei der es sich ausnahmslos um undefinierbare, halbgegarte Fleischklumpen handelte und verzog angewidert den Mund. Ich brachte es nicht über mich, etwas davon zu probieren und so schob ich meine Portion Marien zu, die diese hungrig und ohne zu zögern verschlang. Das Einzige, was ich zu mir nahm, war Wasser, das uns in einer großen Karaffe zu Verfügung stand. Hunger nach fester Nahrung verspürte ich kaum, nur wurden die Entzugserscheinungen immer schlimmer und ich sehnte mich stark nach dem Geschmack von Vampirblut auf meiner Zunge. Danach vergingen einige Stunden, bis ich auf einmal wieder schwere Schritte vor der Tür wahrnahm. Ich und Marien sahen uns kritisch an. Wir beide wussten, dass die Tatsache, dass wir schon so früh wieder Besuch bekamen, nichts Gutes zu bedeuten hatte. Die Tür öffnete sich und Dragos hässliches Gesicht kam dahinter zum Vorschein.

„Es ist so weit", sprach er mit einem aufgeregten Lächeln auf den Lippen. „Die Dämonenkönigin erwartet euch."

Endlich, kam es mir auf einmal in den Sinn. *Endlich werde ich erfahren, was nun mit mir passieren wird.* Nicht, dass ich es eilig gehabt hatte zu sterben. Aber tatenlos rumzusitzen war das Letzte, was ich in so einer Situation tun wollte. Ich linste besorgt zu Marien herüber, die in ihrem Zustand unmöglich lange laufen konnte.

„Werden wir lange unterwegs sein? Zu Fuß wird Marien nicht lange mithalten können."

Der Teufel schüttelte nur den Kopf. „Wir werden mit dem Aufzug fahren", war alles, was er dazu sagte. Verwirrt stand ich auf und half meiner Freundin dabei, sich ebenfalls aufzurichten. Ihr Bauch war so riesig, dass ich mir sicher war, dass das Baby nicht mehr lange auf sich warten lassen würde. Auch wenn ich froh war, nicht allein vor die Bienenkönigin treten zu müssen, so war es für sie eine doch recht große Anstrengung. Ich schüttelte entschieden den Kopf. „Du musst hierbleiben Marien. In deinem Zustand solltest du dich lieber wieder hinlegen."

Meine Blutschwester schüttelte stur den Kopf. „Ich begleite dich. Und damit ist diese Unterhaltung beendet!"

Kurz musste ich aufgrund ihres Starrsinns schmunzeln. Sie hatte sich wirklich kein Stück verändert.

„Ob sie bleibt, steht nicht zur Debatte. Die Mutter der Nacht will euch beide sehen. Keiner wird hierbleiben."

Daraufhin drehte sich der General der Dämonenkönigin um und ich und Marien folgten ihm.

Es dauerte nicht lange, da blieben wir vor einer Art Käfig stehen, an dem am oberen Ende eine Seilwinde befestigt worden war. Ein buckliger Troll stand daneben an einem Drehkreuz und war wohl dafür zuständig, den Aufzug zu bedienen. Als wir zu dritt darin eintraten, bekam ich ein mulmiges Gefühl. Unter den Gitterstäben unter mir sah ich nichts als Schwärze. Wir würden also noch tiefer in die Dämonenwelt eintauchen. Der Troll begann, das große Rad zu drehen und der Käfig setzte sich quietschend in Bewegung. Marien klammerte sich verängstigt an meinem Arm fest, während wir langsam in die Dunkelheit sanken. Es wurde irgendwann so finster, dass ich die Hand vor Augen nicht mehr sehen konnte. Aber ich hörte Mariens schnelles Atmen neben mir und auch wie Drago die Luft durch seine breiten Nasenlöcher blies. Dann wurde es irgendwann wieder heller. Leuchtende Pilze wuchsen an den Wänden und spendeten ein sanftes Licht. Es wurde noch wärmer und Schweißperlen bildeten sich auf meiner Stirn. Nachdem der Aufzug stoppte und wir ihn verlassen hatten, fand ich mich in einem weiteren Tunnel wieder. Während wir diesen entlangschritten, merkte ich, wie meine Freundin immer weiter hinter uns zurückfiel. Da ich wusste, dass Drago sicherlich keine Rücksicht auf ihren Zustand nehmen würde, ging ich zu ihr und stützte Marien den Rest des Weges. Der Gang endete in einer großen Höhle. Weiße Kristalle ragten aus den Wänden und kleine, leuchtende Pilze überwucherten den Weg vor uns wie Gras. Rechts und links davon brach das Gestein ab und blaugrünes Plasma leuchtete aus den Abgründen hervor. Weiter vorne wurde der Weg breiter und endete in einer großflächigen, von dem Plasmasee umgebenen Plattform. Darauf stand eine aus schwarzem Stein gehauene, mehrstufige Pagode, die über und über mit ineinander verschlungenen Schriftzeichen bedeckt war. Sie erinnerten mich an die Runen, die ich auf den Ritualplätzen der Vampire gesehen hatte. Als wir uns dieser näherten, erkannte ich Serezar und weitere Halbteufel, die sich am Fuße der Pagode aufgestellt hatten. Abgetrennt von ihnen, auf der anderen Seite, stand hingegen eine Gruppe reinblütiger Teufel. Sie alle beobachten uns neugierig. Drago hob die Hand und deutete uns damit an, stehen zu bleiben. Ich blickte besorgt zu Marien herunter, die sich angestrengt den gewölbten Bauch hielt. So bemerkte ich zunächst nicht, dass sich der General der Dämonenkönigin ehrfürchtig vor der Pagode in den Staub fallen gelassen hatte. Erst als seine tiefe Stimme mich plötzlich aufschreckte, sah ich zu ihm herüber.

„Herrscherin der Dämonen, Mutter der Nacht. Ich, General Drago bringe dir hiermit das, nachdem du verlangt hast. Dass die Rasse der Teufel das Silberblut gefangen nehmen konnte, beweist, dass wir die machtvollsten Dämonen der Anderswelt darstellen. Wir haben geschafft, was keiner unserer Geschwister je vor uns vollbrach hat. Nun wird das Zwielicht vor unserer Macht erzittern. Wir werden ihnen zeigen, was die wahren Wesen der Dunkelheit vollbringen können."

Der Teufel hielt seinen Blick gesenkt. Ich und Marien starrten stattdessen in den Schatten unter dem steinernen Dach und regten uns nicht. Das Einzige, was ich in diesem Moment dort erkannte, war ein Paar hell leuchtender, gelber Augen mit schlitzförmigen Pupillen, die mir merkwürdiger weiße sehr bekannt vorkamen. Wie gebannt beobachtete ich, wie sich die Kreatur dort oben, die Dämonenkönigin und die Feindin des Zwielichts und der Anderswelt, in Bewegung setzte. Genau gesagt, konnte ich nur an der Bewegung ihre Augen sehen, dass sie langsam näherkam. Als die Mutter der Nacht aus dem Schatten heraustrat, kam es mir so vor, als hätte sie bis zu diesem Zeitpunkt keinen festen Körper besessen. Ihre

Gestalt materialisierte sich erst, als sie ins Licht trat und offenbarte einen androgynen Körper von schwarzer Farbe. Ihre langen, ebenfalls schwarzen Haare, fielen glatt und wie in Öl getränkt über ihre Schultern. Sie kam mir vor wie ein Riese. Die Dämonenkönigin überragte sogar ihren General noch um zwei Köpfe und war damit fast an die drei Meter groß. Ihr starker Körper war in einen netzartigen, grauen Stoff gehüllt, der sie wie Wasser umfloss und nur von einem breiten Gürtel zusammengehalten wurde. Während sie dort oben stand und ihre stechenden Augen über uns gleiten ließ, fuhr mir ein kalter Schauer über den Rücken. Dieses Wesen vor mir, war unbestreitbar aus der Dunkelheit geboren worden. Die wahre Mutter der Nacht und all ihrer Geschöpfe.

Ihr Blick schweifte über uns und blieb schließlich wieder bei mir hängen. Starr vor Angst, konnte ich nicht anders, als sie weiter anzusehen. Ein kurzer Moment geschah nichts, dann bildeten ihre vollen Lippen ein wissendes Lächeln.

Willkommen Vida, Tochter des Chaos und Trägerin des Silberblutes. Ich habe schon viel von dir gehört. Eine Zeit lang wurdest du vor mir versteckt, aber letzten Endes hat das unser Treffen nur unnötig hinausgezögert.

Ihre Stimme klang voll und angenehm in meinem Kopf. Meine Barriere, die ich um meinen Geist gelegt hatte, fegte sie dabei Weg wie eine Welle das Sandkorn. Erst war ich zu perplex, um etwas zu antworten, bis sich Drago zu mir umdrehte und mich drohend anknurrte.

„Begrüße unsere Königin mit Respekt, Menschenweib!"

Die Dämonenkönigin hob eine ihrer, mit langen schwarzen Fingernägeln besetzten, Hände. *Schon gut, mein General. Lassen wir ihr die Zeit, die sie braucht.*

Angespannt ballte ich die Hände zu Fäusten. Kurz blickte ich dabei zu Marien herüber, die sich deutlich unwohl fühlte und dann zu Serezar, der mit einem triumphierenden Blick in unsere Richtung starrte. Ich spürte die Wut, die langsam an die Oberfläche sickerte und schüttelte langsam den Kopf.

„Warum sollte ich jemandem wie Euch Respekt zollen? Ihr seid der Grund warum Marien entführt und Meister Irvin getötet worden ist. Ihr habt Sefraim auf dem Gewissen und noch viele andere. Ihr plant, die Grenze einzureißen und Eure Dämonen auf die Anderswelt loszulassen. Ihr habt meinen Respekt weder jetzt verdient, noch werdet Ihr das in Zukunft tun. Das Einzige, was Ihr getan habt, ist meinen Hass auf Euch immer weiter wachsen zu lassen!"

Außer Atem stand ich da und realisierte langsam, was ich gerade gesagt hatte. Marien presste sich enger an mich und ich konnte mich nicht dagegen wehren, Angst vor den Konsequenzen meiner Worte zu verspüren. Als ich plötzlich ein finsteres Lachen hörte, sah ich überrascht auf. Die Dämonenkönigin schüttelte amüsiert den Kopf, während ich beobachtete, wie ihre Schergen um sie herum aggressiv die Zähne bleckten.

„Wie kannst du es wagen, du menschlicher Abschaum?!", hörte ich Drago aufgebracht brüllen. Er sah aus, als würde er sich am liebsten auf mich stürzen und mich mit seinen scharfen Zähnen bei lebendigem Leib zerfetzen. Einem ersten Impuls folgend, stellte ich mich schützend vor Marien.

Zurück, Drago, rief die Mutter der Nacht in meinem Kopf. *Sie spricht die Wahrheit. Und niemand sollte deswegen bestraft werden.*

Sie sah wieder zum mir herüber und unsere Blicke trafen sich. *Du hast ganz recht, ich habe alle diese Dinge zu verantworten. Aber sie alle dienten einem höheren Zweck.*

„Und welcher soll das sein?", fragte ich ungläubig.

Um das natürliche Gleichgewicht zu wahren und das Chaos zu bändigen. Die Wesen des Zwielichts sind aus der Anderswelt geflohen, weil sie nicht unter meiner Herrschaft, oder der des

Lichtkönigs stehen wollten. Aber das Zwielicht ist nicht ihre Welt, genauso wenig wie die Macht, die es erschaffen hat. Sie wurde, während ich schlief, von einem meiner Kinder gestohlen und zweckentfremdet. Ich hole mir nur zurück, was rechtmäßig mir gehört. Die abtrünnige Dämonenrasse der Vampire denkt, sie könnte sich einfach in einer neuen Welt ihr eigenes Imperium erschaffen. Aber damit liegt sie falsch! Ich, nein, wir werden sie alle vernichten und dann die neuen Herrscher über das Diesseits werden.

Die Teufel um sie herum brachen in Jubelschreie aus.

Ich wartete ungeduldig, bis endlich wieder etwas Ruhe eingekehrt war. „Aber warum mit dem Zwielicht auch die Menschenwelt zerstören? Was bring Euch das?"

Die Mutter der Nacht kicherte belustigt. *Warum besteigen die Menschen Berge oder wagen sich in unerschlossene Gebiete? Warum unterjochen und versklaven sie sich gegenseitig und jede andere Spezies in ihrer Welt?*

Sie musterte mein überraschtes Gesicht und lief die letzten Stufen herunter, bis ihre Füße den kalten Gesteinsboden der Plattform betraten. *Ich habe die Wesen aus dem Diesseits nicht nur dazu verwendet, Halbteufel zu erschaffen. Ihre Gehirne haben mich auf diese Welt vorbereitet und mir gezeigt, was mich erwarten würde. Eigentlich sind die Menschen den Dämonen in mancher Hinsicht ähnlich. Andere zu bezwingen und ihrer Macht zu unterwerfen liegt ihnen genauso im Blut wie uns. Deswegen konnten sie sich wahrscheinlich auch so lange behaupten. Aber jetzt ist die Zeit gekommen, in der der Stärkere den Schwächeren verschlingt. Und so wird es auch mit den Menschen geschehen, es sei denn, du schließt dich mir freiwillig an.*

Perplex starrte ich die Anführerin der Dämonen an. Hinter ihr sah ich, wie Serezar angewidert den Mund verzog und

Drago ein aggressives Knurren entwich. Anscheinend waren sie von diesem Vorschlag alles andere als begeistert.

Die Dämonenkönigin ignorierte sie und sprach stattdessen weiter: *Nachdem ich vor über 3000 Jahren die Rasse der Teufel erschaffen hatte und den Aufstand der Vampire niederschlagen konnte, musste ich meine Kraft regenerieren. Und was musste ich erfahren, als ich aus meinem langen Schlaf erwachte? Eines meiner Kinder, ein Vampir, der der Säuberung entkommen konnte, hatte mich schändlich verraten. Er stahl ein Teil meiner Macht und schaffte es damit irgendwie die Grenze zum Diesseits zu durchqueren. Aber seine Tat hatte Auswirkungen auf ihre Stabilität und immer mehr Wesen, besonders die Schwächeren von ihnen, konnten so die Barriere durchdringen. Da sie ursprünglich dafür geschaffen worden war, mich in dieser Welt einzusperren, ist sie auch für diejenigen von meinen Kindern am schwersten zu passieren, je mehr von meiner Macht diese in sich tragen. Aber das, was mir gestohlen wurde, werde ich nun endlich zurückholen.* Ich sah den gierigen Ausdruck in ihren Augen, während sie mich ansah und erschauderte. *Und warum dabei meiner respektlosen Brut nicht seine kleine heile Welt wegnehmen, die es sich in der Menschenwelt erschaffen hat? Die Macht, die du in dir trägst, Mondgeborene, wird mich noch stärker werden lassen, als ich es vor meinem Schlaf gewesen bin. Damit kann ich die Barriere zerstören und endlich diesem Käfig für immer entfliehen. Zu zweit, Vida, könnten wir die mächtigsten Wesen der drei Welten werden! Ich kann dich natürlich auch zwingen und mir deine Macht mit Gewalt nehmen, aber das würde nur unnötig Energie verschwenden. Ergebe dich freiwillig! Wenn du dich mir anschließt, werden die Wesen des Zwielichts unausweichlich meine Rache zu spüren bekommen, aber den Menschen wird kein Haar gekrümmt werden. Was sagst du dazu?*

Meine Gedanken rasten. Ich könnte so viele Leben mit dieser Entscheidung retten ... Aber müsste das Zwielicht, meine neue Familie, dafür opfern. Wenn ich mich ihr nicht anschließe, wird sie beide Welten zerstören und wenn ich es tue, könnte ich wenigstens die Menschen vor einem furchtbaren Schicksal bewahren ...

Nachdenklich sah ich erst Marien, dann die Dämonenkönigin an. „Was passiert, wenn ich ablehne?"

Das Gesicht der Mutter der Nacht wurde auf einen Schlag ernst. *Dann werde ich mir mit Gewalt von dir nehmen, was ich brauche, um die Barriere zu zerstören. Und alles, was auf jener Seite der Grenze liegt, mein Eigen machen.*

Nachdenklich starrte ich zu Boden. Konnte ich wirklich das Zwielicht verraten, um die Menschenwelt zu retten? *Aber was ist mit meinem Schwur? Ich habe Meister Irvin versprochen, die Verantwortlichen an seinem Tod zur Rechenschaft zu ziehen. Ob Vampir oder Teufel, es wäre mir gleich gewesen ... Was würde er jetzt an meiner Stelle tun? Würde er die Vampire verraten?*

Erschrocken fuhr ich aus meinen Gedanken auf, als ich plötzlich bemerkte, wie Marien vor die Dämonenkönigin trat. Sie war so bleich, dass ich dachte, sie würde jeden Moment in Ohnmacht fallen.

„Vida wird sich dir niemals anschließen und dir helfen, das Zwielicht auszulöschen! Und wenn du glaubst, dass sie so einfach zu bezwingen sind, hast du dich gehörig geschnitten! Ich bin mir sicher, dass sie gerade dabei sind, eine Armee aufzustellen, um dich und deine Teufel zu vernichten! Dann wirst du diejenige sein, die uns um Erbarmen anflehen wird!"

Wie vom Donner getroffen, starrte ich meine Blutschwester an. *Marien?*, dachte ich schockiert. *Bist du etwa verrückt geworden?* Ich wollte zu ihr laufen, um sie zurückzuhalten, blieb aber auf einmal wie angewurzelt stehen, als ich den mörderischen Ausdruck in den Augen der Mutter der Nacht bemerkte. Für einen kurzen Moment war ich überzeugt davon, dass sie jeden Augenblick an Marien herantreten und ihr mit ihren scharfen Fingernägeln den Hals aufschlitzen würde. Doch dazu kam es nicht. Stattdessen sah ich, wie Serezar auf einmal vor ihr stand und ihr mit der flachen Hand ins Gesicht schlug. Als ich beobachtete, wie Marien zu Boden ging, zerbrach etwas in mir. Die Wut, die plötzlich in meine Venen strömte, fühlte sich an wie flüssige Lava. Als unsere Blicke sich trafen, konnte ich die Überraschung in Serezars Augen sehen, als ich plötzlich angriff. Aus meiner rechten Hand schossen auf einmal unzählige silberne Tentakel hervor und bewegten sich blitzschnell durch die schwüle Luft. Jedoch verfehlten sie ihr eigentliches Ziel. Stattdessen traf ich Drago, der nicht weit neben dem Halbteufel stand. Die dünnen Ranken drangen in die Haut des Dämons ein und durchbohrten ihn mit unzähligen Nadelstichen. Dabei spürte ich überrascht, wie die Tentakel etwas von mir auf den Teufel übertrugen und schon im nächsten Augenblick beobachtete ich, wie Drago den Mund zu einem stummen Schrei aufriss. Kein Laut kam über seine Lippen, stattdessen drang aus allen seinen Körperöffnungen ein silberner Lichtschein, der ihn nach kurzer Zeit komplett umschlossen hatte. Dann, plötzlich, war das Licht verschwunden und von dem Teufel war nichts mehr zu sehen. Drago hatte sich einfach aufgelöst und nicht einmal Asche war von ihm übrig geblieben. Wie gebannt starrte ich auf die Stelle, an der der General der Königin vor wenigen Sekunden noch gestanden hatte, zu verblüfft war ich von dem, was gerade passiert war. Doch als ich den ersten Schock überwunden hatte, kam mir wieder Marien in den Sinn und ich rannte besorgt zu meiner Freundin herüber, die immer noch leblos auf dem Boden kauerte. Aus ihrer Nase lief Blut, doch sie atmete noch. Erleichtert strich ich ihr eine Haarsträhne aus dem verschwitzten Gesicht. Als ich aufsah, bemerkte ich Serezar, der mich merkwürdig anstarrte. Ich meinte Furcht in seinen Augen zu sehen, aber da war noch etwas anderes. War es ... Erleichterung?

Plötzlich lenkte mich ein wütender Schrei von dem Halbteufel ab. Die Dämonenkönigin stand auf einmal direkt vor mir und Marien und verzog das schöne Gesicht zu einer zornigen Grimasse. Im nächsten Augenblick schoss ihre Hand blitzschnell nach vorne und packte meinen Hals. Als ihr Griff sich schloss, baumelte ich bereits in der Luft über ihr.

Deine Kraft scheint also langsam zu erwachen, Silberblut, aber gegen mich, die Dunkelheit selbst, kannst du damit nichts ausrichten. Ich verschlinge alles, was sich mir in den Weg stellt. Und meine Geduld wärt nicht ewig! Wirst du dich mir anschließen, oder muss ich dich mir erst einverleiben? Während sie sprach, sah ich, wie sich ihr Brustkorb plötzlich öffnen und sein Innerstes offenbarte. Ihre Rippen standen hervor wie die Zähne einer wilden Bestie. Und dahinter sah ich einen Strudel aus Dunkelheit. *Deinen Körper werde ich fressen, aber dein Geist wird für immer in mir gefangen bleiben und auf ewig in der Finsternis wandeln. Aber vorher werde ich dir noch gestatten zuzusehen, wie ich deine Vampirfreunde und alle anderen Wesen in der Anderswelt auslöschen werde.*

Während ich in die endlose Dunkelheit vor mir starrte, spürte ich einen unheilvollen Sog, der meinen Körper immer stärker in den Strudel zog. Ich schloss die Augen, um ich davon zu lösen und wieder einen klaren Gedanken fassen zu können. Dabei erschien vor meinem geistigen Auge plötzlich ein Bild von Avalon, wie er in einem Sessel in der Bibliothek saß und ein Buch las. Ein wunderschöner Vampir, dessen Rasse einst Menschen zum Spaß und für die Blutdurst gejagt hatte. Aber diese Zeiten waren lange vorüber und die vernunftbegabten Wesen waren genauso zivilisiert wie die

Menschen geworden. Warum sollte ihr Leben weniger Wert sein als ihres? Und wer bin ich, zu bestimmen, wer von ihnen leben darf und wer nicht?

Ich umklammerte die Unterarme der Dämonenkönigin und schüttelte unter ihrem starken Griff langsam den Kopf. „Nein …" antwortete ich ihr angestrengt. „Ich werde dir nicht helfen, sie zu zerstören. Und selbst … Wenn du mich hier und jetzt verschlingen solltest, werde ich mich weiter wehren. Mein Geist wird keine Ruhe geben … Bis du besiegt worden bist."

Die Mutter der Nacht starrte mich an, als könnte sie nicht glauben, was ich gerade gesagt hatte. Ihr gelben Augen blitzten zornig auf. *Wir werden sehen, was du noch erreichen kannst, wenn ich dich erst einmal verschlungen habe, Vida.*

Sie festigte ihren Griff um meine Kehle und ich war davon überzeugt, dass sie mich jeden Moment in ihren Schlund werfen würde, als ich plötzlich eine bekannte Stimme hörte.

„Das kann ich leider nicht zulassen, Mutter der Nacht."

Auf einmal löste sich ihr Griff und ich landete hart auf dem steinernen Boden. Die Dämonenkönigin hatte einen Satz nach hinten gemacht und sah verwirrt zu mir herüber. Ihre Teufel und Halbteufel begannen sich beschützend vor sie zu stellen und blickten sich hektisch suchend nach der Quelle der Stimme um. Doch genauso wie ich, konnten sie die Stelle nicht lokalisieren, von der aus diese gekommen war.

„Ich bin hier, Vida."

Perplex starrte ich hinunter auf den Boden, konnte jedoch nichts anderes als meinen eigenen Schatten ausmachen. Doch auf einmal regte sich dort etwas. Ich staunte nicht schlecht, als ich den Vampir erkannte, der sich plötzlich aus meinem Schatten erhob und mich unverwandt anblickte.

„Sefraim?!", rief ich verwirrt und gleichzeitig überglücklich. „Ihr lebt? Aber wie?"

Der Verwalter des Zwielichts lächelte sanft. „Durch einen kleinen Trick. Aber ich erzähle dir später davon. Jetzt gibt es Wichtigeres zu tun."

Ich wäre dem alten Vampir in diesem Moment am liebsten in die Arme gefallen, doch er hatte recht. Das hier war noch lange nicht vorüber. Avalons Großvater sah zu der Dämonenkönigin herüber und sein Gesicht wurde wieder ernst. „Es ist lange her, Mutter."

„Du!", rief die Herrscherin aufgebracht. „Du wagst es, wieder hierherzukommen? Nach all dem, was du zu verantworten hast, Laneloth?"

Verwirrt sah ich zu Sefraim auf. „Laneloth? Was meint sie damit?"

Der Vampir lächelte entschuldigend. „Das ist ein Name, den ich nun seit 3000 Jahren nicht mehr gehört hatte. Es ist der Name, den sie mir gab, und den ich abgelegt hatte, als ich damals durch die Barriere ins Diesseits trat."

Erschrocken musterte ich ihn bei diesen Worten. „Dann... Dann seid ihr der Vampir, der die Welt des Zwielichts erschaffen hat?"

Er nickte bestätigend. „Und nicht nur das. Mit der gestohlenen Macht der Dämonenkönigin konnte ich durch mein Blut die ersten Vampire aus Menschen erschaffen. Ich bin der Urahne. Der letzte geborene Vampir." Sefraim erwiderte meinen fassungslosen Blick amüsiert. „Aber ich würde dich darum bitten, das für dich zu behalten. Natürlich nur soweit es im Bereich deiner Möglichkeiten liegt."

Ich nickte perplex und war noch immer sprachlos.

„Sefraim nennst du dich also jetzt? Passend zu einer so jämmerlichen Gestalt wie deiner."

Der Verwalter des Zwielichts wandte sich wieder der Dämonenkönigin zu und verzog verärgert die Mundwinkel nach unten. Plötzlich sah ich, wie sich seine Gestalt veränderte. Sie wurde auf einmal immer größer. Ein Exoskelett, ähnlich wie bei den Teufeln, begann seinen Körper zu umschließen und seine roten Augen glühten wie Feuer. Seine offenen Haare fielen ihm über die breiten Schultern und aus seinem Rücken sprossen plötzlich lange, ledrige Flügel. *So müssen die Vampire ursprünglich ausgesehen haben,* kam es mir in den Sinn. *Damit gleichen sie viel mehr den anderen Wesen der Dämonenwelt.*

Du wirst noch bereuen, dass du hierhergekommen bist, Laneloth, hörte ich die Stimmer der Mutter der Nacht in meinem Kopf widerhallen. *Und diesmal werde ich auch sichergehen, dass du wirklich tot bist.*" Ich beobachtete, wie die Dämonenkönigin Serezar mit ihrem Blick durchbohrte. Dieser wandte sich sichtlich unter ihren kalten Augen. Währenddessen lief ich zu der bewusstlosen Marien herüber und vergewisserte mich, dass sie immer noch atmete.

„Ich bin nicht hier, um gegen dich zu kämpfen", entgegnete Sefraim kühl.

„Ach nein?"

Der Vampir schüttelte den Kopf. „Ich habe mich in Vidas Schatten versteckt, um als stiller Beobachter zu erfahren, was in der Dämonenwelt vor sich geht. Und dank ihr habe ich nun ein Bild davon."

Sie sah ihn finster an. „So? Und was hast du herausgefunden?"

Der Verwalter des Zwielichts lächelte wissend. „Vieles und auch nichts. Und bei einer Sache könntest du mir vielleicht sogar helfen."

„Helfen? Das ist doch wohl ein Scherz."

Der alte Vampir blickte die Mutter der Nacht herausfordernd an. „Was ist mit dem Vater des Lichts passiert? Wo ist der Feenkönig? Du weißt es doch, habe ich recht?

Die Mutter der Nacht grinste auf einmal triumphierend. „Du willst wissen, was ihm widerfahren ist? Nun, ich werde es dir sagen: Ich habe ihn verschlungen und sein Licht gelöscht."

Der alte Vampir nickt ernst. „Das hatte ich befürchtet. Da du ihn absorbiert hast, konntest du also die Macht zurückerhalten, erneut Wesen der Dunkelheit zu erschaffen."

Sie kicherte nur. „Genug der Worte. Jetzt ist es Zeit, taten sprechen zu lassen."

Darauf hatten die Schergen der Mutter der Nacht nur gewartet. Schon im nächsten Moment rannten die Dämonen mit einem aggressiven Brüllen auf uns zu. Angsterfüllt presste ich die bewusstlose Marien enger an mich, dann bemerkte ich plötzlich wie Sefraim sich schützend vor uns stellte. Er entfaltete seine riesigen schwarzen Flügel und holte aus. Ein gewaltiger Windstoß bildete sich und reichte aus, um die vorderen Reihen der Angreifer zu Fall zu bringen. Während die anderen Teufel dahinter noch über ihre gefallenen Kameraden stolperten, sah ich, wie Sefraim plötzlich eine Portalkugel in seinen Händen hielt. Er ließ sie zu Boden fallen und auf einmal entfaltete sich vor uns ein großes schwarzes Loch, umgeben von knisternden, violetten Blitzen. *Der Vampir muss einem der Halbteufel damals bei dem Angriff im Ritualraum eine der Kugel abgenommen haben,* dachte ich verblüfft. Doch viel Zeit zum Nachdenken blieb mir nicht.

Haltet sie auf!, kreischte die Dämonenkönigin schrill, während sich ihre Teufelsbrut weiter näherte.

Ehe ich es mich versah, hatte Sefraim die bewusstlose Marien auf seine Arme geladen und deutete mir an, ihm zu folgen. „Mir müssen uns beeilen, das Tor bleibt nicht lange offen."

Das ließ ich mir nicht zweimal sagen. An Sefraims Seite stolperte ich, ohne zu zögern, in die Finsternis hinein. Augenblicklich war es totenstill um uns herum, als würde sie jegliche Geräusche auf der anderen Seite einfach ersticken. Als ich mich neugierig umsah, konnte ich noch sehen, wie das Portal hinter uns kollabierte, während die Dämonen auf der anderen Seite verzweifelt versuchten, es zu erreichen.

„Nicht stehen bleiben, gehe immer weite geradeaus", sprach der Vampir neben mir so ruhig, als wäre die Tatsache, dass wir auf einem unsichtbaren Pfad wandelten, das natürlichste auf der Welt. Ich tat, was er mir sagte und schon bald konnte ich vor mir ein Licht in der Ferne ausmachen.

Kapitel 6: Wiedersehen

Kurz liefen wir noch durch die Dunkelheit, dann wurde es auf einen Schlag hell um uns herum. Ich blinzelte angestrengt, bis ich wieder einigermaßen meine Umgebung erkennen konnte. Die Umrisse der Landschaft um mich herum kamen mir bekannt vor, doch ich war von den Geschehnissen in der Anderswelt noch so durcheinander, dass es mir nicht möglich war, mich darauf zu konzentrieren. Sefraim stand neben mir, die bewusstlose Marien in den Armen. Seine Form war wieder normal. Während ich ihn musterte, erschien vor meinem geistigen Auge noch einmal die monströse Gestalt, die er angenommen hatte, als er der Dämonenkönigin gegenüberstand. Ich konnte immer noch nicht glauben, dass es sich bei Sefraim um den letzten geborenen Vampir und den Gründer des Zwielichts handelte. *Wie alt er sein muss*, dachte ich kurz, dann glitt mein Blick besorgt zu dem erschöpften Bündel in seinen Armen herunter. Meine Blutsschwester atmete schwer und hatte eindeutig Fieber. Ihr gewölbter Bauch hob sich dabei stark von ihrem ausgemergelten Körper ab.

Wir müssen ihr irgendwie helfen, sonst ... Eine Bewegung aus dem Augenwinkel zog auf einmal meine Aufmerksamkeit auf sich und unterbrach meinen Gedankenfluss. Als sich der Teleportationsnebel um die Gestalt lichtete, die plötzlich vor uns stand, erkannte ich zu meiner Überraschung Avalon, der mich mit einem undurchdringbaren Blick schweigsam musterte. Er trug, wie an dem Tag unserer ersten Begegnung, seinen schwarzen Overall und keine Schuhe. Sein Erscheinen veranlasste mich, mich noch einmal genauer mit meiner Umgebung zu beschäftigen. Ich sah mich um und bemerkte verblüfft, dass wir uns vor seinem alten Schloss befanden.

Sefraim musste die Kugel irgendwie manipuliert haben, damit sie uns direkt hier wieder ausspucken würde.

Unschlüssig sah ich wieder zu meinem ehemaligen Meister herüber und bemerkte, wie bei seinem Anblick die alte Wunde wieder aufriss, die seine Abwesenheit in meinem Herzen hinterlassen hatte. In diesem Moment wurde ich von seinem Anblick völlig überwältigt und wusste nicht, was ich jetzt tun, geschweige denn, was ich sagen sollte. Ich war so unglaublich erleichtert ihn zu sehen, dass ich ihm am liebsten in die Arme gefallen wäre. Aber ich wusste, dass das nicht ging, denn bei unserem letzten Streit hatte Avalon das Band des Blutes zwischen uns endgültig zerschnitten. Ich war nicht mehr seine Schülerin und er nicht mehr mein Meister und die Verbundenheit, die einst zwischen uns geherrscht hatte, schien durch diese Tatsache unwiderruflich verloren gegangen zu sein. Doch obwohl er mir damals klar zu verstehen gegeben hatte, dass er mich nie wieder sehen wollte, standen wir uns nun trotzdem erneut gegenüber. In diesem Moment kam mir der schmerz- und hasserfüllte Abschied unserer letzten Begegnung so weit weg vor, als wären er bereits Jahre her. Ich hatte keine Ahnung, wie viel Zeit seitdem wirklich vergangen war, denn in der anderen Welt war das Zeitgefühl trügerisch und äußerst verwirrend gewesen.

Auf einmal wurde die Stille durch einen lauten Seufzer unterbrochen, und ich sah, wie Sefraim sich neben mir in Bewegung setzte und den Weg die Auffahrt hoch zum Schloss einschlug.

„Ich werde mich um sie kümmern. Lasst euch Zeit", sagte er noch beim Vorbeigehen, dann war er auch schon verschwunden.

Noch immer rührte sich keiner von uns beiden. Während ich so dastand und Avalon anstarrte, spürte ich, wie erledigt ich eigentlich war. Mein Kopf schmerzte noch von dem Miasma, meine Knie zitterten und mein Hals brannte durch die Entzugserscheinungen so unangenehm, als hätte ich ein Stück brennende Kohle verschluckt. Von den ganzen Strapazen, die hinter mir lagen, fühlte mich völlig gerädert. Müde musterte ich meinen ehemaligen Meister. *Ich dachte, ich würde dort in der Anderswelt sterben und dass ich ihn nie wieder sehen würde. So vieles wollte ich ihm noch sagen, aber jetzt … Mein Geist ist völlig leer. Ich schaffe es nicht, einen klaren Gedanken zu fassen.* Plötzlich sah ich, wie Avalon die Hände zur Faust ballte und mit langsamen Schritten ein Stück näher auf mich zu kam. Unbewusst hielt ich dabei den Atem an. Noch immer konnte ich seinen Gesichtsausdruck nicht deuten.

„Avalon … Ich …", setzte ich unschlüssig an.

Die Arme, die sich auf einmal um meinen Rücken legten und mich eng an seinen warmen Körper drückten, erstickten jedes weitere Wort in meiner Kehle auf einen Schlag. Die Umarmung kam für mich so überraschend, dass ich kurz erschrocken zusammenzuckte.

Ich dachte, ich würde dich nie wiedersehen. Erscholl seine düstere Stimme plötzlich in meinem Kopf.

Ich genoss jedes einzelne Wort davon, als wären es Regentropfen, die meine ausgedörrte Seele erlösten. Meine Wangen wurden heiß. „Ich dachte, das wolltet Ihr. Mich niemals wiedersehen.", nuschelte ich verlegen gegen sein wohlduftendes Haar, während ich versuchte, mir den Geruch davon ganz genau einzuprägen. Nur für den Fall, dass ich ihn nach diesem Treffen nie wiedersehen sollte. Eigentlich hätte ich mich für das, was er mir angetan hatte, augenblicklich aus seiner Umarmung entwinden und ihn wütend anstarren sollen. Das wusste ich. Und eigentlich wollte ich das auch. Ich wollte ihn anschreien, ihm sagen, dass er nicht einfach mit mir umgehen konnte, als wäre nichts gewesen, aber ich tat es nicht. Ich konnte es nicht. Mein Geist war viel zu schwach um dem Vampir vor mir, zu widerstehen, also versuchte ich es gar nicht erst. Das Verlangen nach seinem Blut hatte mein Hals bereits in dem Moment in Brand gesetzt, als sich unsere Blicke getroffen hatten und ich konnte diesem Gefühl und dem Schmerz, der damit verbunden war, nicht entkommen. Aber zumindest, wehrte ich mich eisern gegen den Gedanken, seine Umarmung zu erwidern, obwohl ich es so sehr wollte. Es war zumindest ein kleiner Sieg und der letzte Rest Widerstand, den ich noch aufbringen konnte. Zu viel war in der Zwischenzeit geschehen, als dass ich es ertragen hätte, seine Arme freiwillig zu verlassen.

„Wenn ihr ein Herz hättet, würdet ihr mich jetzt loslassen." Meine Stimme war nur ein leises Flüstern, aber ich wusste natürlich, dass er mich perfekt verstehen konnte. Plötzlich spürte ich tatsächlich, wie sich Avalons Griff um mich herum lockerte. Stattdessen packte er mich an den Schultern und sah mir direkt ins Gesicht. Die Abendsonne umrahmte dabei das Antlitz des Vampirs vor mir in einem goldenen Glanz. Sein Blick, mit dem er mich, verdreckt und in Lumpen gekleidet, wie ich war, betrachtete, bekam etwas Verletzliches. Verwirrt von diesem Anblick, starrte ich ihn einfach nur schweigend an. Schließlich erhob sich seine Stimme durch die Luft und zerschnitt die angespannte Stille um uns herum.

„Ich habe den Brief erhalten. Oder besser gesagt, dein Klavierstück. Nimmer hat es mir gebracht."

Ich schluckte schwer und sah peinlich berührt zu Boden. Nach all der Aufregung hatte ich komplett vergessen, dass ich es ihm geschickt hatte. „Geht es ihr gut?", fragte ich, obwohl ich eigentlich etwas ganz anderes sagen wollte.

Avalon verzog den Mund zu einem sarkastischen Lächeln. „Der Vogel wird von den Gnomen geradezu verwöhnt. Ich glaube, sie wollen ihn heimlich mästen."

Meine Mundwinkel zuckten kurz in die Höhe, während der Vampir vor mir meinem Blick auswich. Er zögerte, als würde es ihm große Überwindung kosten, die nächsten Worte auszusprechen.

„Ich bin nicht gut darin, so etwas zu tun. Aber ich muss zugeben, dass ich mein Verhalten dir gegenüber bereut habe. Ich hätte nicht derart die Fassung verlieren dürfen. Nur du bringst mich dazu, derart wütend zu werden."

„Wenn das eine Entschuldigung sein soll, ist das eine äußerst schlechte", entgegnete ich spöttisch.

„Es tut mir leid."

Erstaunt blinzelte ich ihn an. Avalon musterte mich sichtlich unwohl. „Was ist?"

Als ich ihn weiterhin perplex anstarrte, bemerkte ich, dass er tatsächlich nervös wurde.

„Hat es dir etwa die Sprache verschlagen? Hätte ich gewusst, dass das dich zum Schweigen bringt, hätte ich mich öfter Entschuldigen sollen."

Avalon rang gerade mit seinem Stolz, das konnte ich an seinen Augen sehen. Der Anblick löste etwas in mir aus, aber ich konnte noch nicht genau sagen, was es war. Aber es verursachte auf jeden Fall, dass mein Herz mit einem Mal schneller schlug. Plötzlich gab es für mich kein Halten mehr. Voller Erleichterung, wieder hier vor ihm zu stehen, überkreuzte ich meine Arme hinter seinem Nacken und drückte ihn fest an mich. Mir kam es vor, als wären unsere Körper wie dafür geschaffen gewesen. Wie die andere Hälfte einer zerbrochenen Münze schmiegten wir uns wie von selbst aneinander. Es dauerte einen Augenblick, aber dann spürte ich, wie auch Avalon seine Arme erneut um mich schlang. Das Brennen in meiner Kehle war kaum auszuhalten und dennoch fühlte ich mich auf einen Schlag besser.

„Vielleicht habt ihr ja doch ein Herz," krächzte ich heißer.

Ich hörte sein düsteres Lachen. „Vielleicht."

Er wusste, dass ich ihm verzieh. Aber die Wahrheit war, dass ich bei jemandem wie Avalon nie eine wirkliche Wahl gehabt hatte. Als er irgendwann ein Stück von mir abrückte und mich mit ernster Miene betrachtete, sah ich Sorge in seinen roten Augen aufblitzen.

„Du hast Fieber, Vida. Kommt das durch das Miasma aus der Anderswelt?"

Erschöpft nickte ich und löste mich schweren Herzens aus seiner Umarmung. „Marien geht es viel schlechter als mir. Wir sollten uns zuerst um sie kümmern."

Der Vampir faste mir mit der Handfläche an die Stirn und nickte leicht. „Du hast sie also tatsächlich gefunden. Sefraim wird sich um sie kümmern, sie ist bei ihm in sicheren Händen."

Nachdenklich betrachtete ich ihn. „Wusstet Ihr, dass er sich in meinem Schatten verborgen hielt, während ich von Serezar in die Anderswelt entführt wurde?"

Der Vampir verzog angespannt die Lippen, als ich den Halbteufel erwähnte. „Nein. Keiner von uns wusste davon. Ich glaube auch nicht, dass Sefraim das geplant hatte. Es war mehr eine spontane Eingebung gewesen."

„Aber ihr wusstet, dass er nicht tot war."

Avalon nickte. „Onishi konnte ihn immer noch spüren, wenn es auch nur ein sehr schwaches Gefühl war. Außerdem blieb die Barriere um sein Heim immer noch intakt. Deshalb haben wir bereits vermutet, dass er noch am Leben war."

„Es geht ihnen also allen gut? Und Artemis?"

„Keiner wurde bei dem Angriff von den Halbteufeln getötet."

Mit fiel ein Stein vom Herzen. „Wie habt Ihr erfahren, dass ich …"

Der Vampir sah mich tadelnd an. „Die Herrin von Venedig hat es mir mitgeteilt. Und jetzt genug der Fragen, du solltest dich ebenfalls ausruhen."

Als er mich plötzlich anhob, protestierte ich halbherzig, was den Vampir jedoch nicht interessierte. Ich war zu erschöpft, um zu streiten und als er mich nach dem Teleportieren in mein altes Bett legte und mein Kopf das Kissen berührte, war ich auch schon eingeschlafen.

Ich hatte furchtbare Albträume. Die meisten handelten von der Dämonenkönigin selbst, wie sie mit ihren Teufeln, ein Wesen des Zwielichts nach dem anderen tötete. Ihre Körper türmten sie auf einen großen Haufen auf, wo Krähen und Würmer bereits an ihren Leichen nagten. Klein und hilflos stand ich dem Feind ganz allein gegenüber. Ich wusste, dass ich zu schwach war, um irgendetwas gegen ihre Armee auszurichten. Die Mutter der Nacht lachte hämisch und griff nach mir. Ihre Klauen gruben sich dabei so tief in das Fleisch meines Armes, dass ich vor Schmerzen laut aufschrie.

Als ich wieder zu mir kam, bemerkte ich, dass ich senkrecht im Bett saß. Mein Atem ging stoßweise und die Stelle an meinem Arm schmerzte, als wäre ich dort tatsächlich von der Dämonenkönigin gepackt worden. *Es war nur ein Traum. Keine Vision der Zukunft. Nur ein Traum,* sprach ich mir selbst Mut zu und stand schließlich auf. Wenn ich schon wach war, konnte ich genauso gut einmal nach Marien sehen. Der Halbmond schien durch das Fenster und ich wusste, dass ich nicht lange geschlafen haben musste. Ich kehrte meinem Zimmer den Rücken und lief schräg gegenüber in den Raum, wo ich meine Blutschwester vermutete, denn als Avalon sich mit mir hier her teleportiert hatte, war ich in der Lage gewesen, das Gemurmel von Stimmen zu hören, die von dem Flur zu mir herüberdrangen. Als ich so leise wie möglich eintrat, konnte ich sehen, dass sie allein war. Sefraim war nirgends zu sehen. Die Bettdecke war über ihren dicken Bauch gelegt worden. Ich ging zu ihr herüber und fasste ihr besorgt an die mit Schweißperlen benetzte Stirn. Sie fühlte sich viel zu heiß an, wenn sich auch ihre Gesichtsfarbe etwas gebessert hatte. Ich meinte sogar, einen Hauch rosa in ihren Wangen zu sehen. Dann starrte ich wieder auf die Wölbung ihres Bauchs und eine verzehrende Wut breitete sich in mir aus. Marien trug das Kind eines Halbteufels in sich. Eines Wesens, das dazu geschaffen worden war, zu vernichten. Ich wusste, dass die teuflische Brut in meiner Freundin ihr immer mehr Energie entziehen würde, bis sie schließlich groß genug war, um geboren zu werden. Und da Marien durch das Miasma zusätzlich geschwächt worden war, sah es nicht gut für sie aus. *Wenn wir den Bastard in ihr herausholen würden, könnte die Belastung sie umbringen. Und das Miasma muss, wie Sefraim mir damals bei Avalon erzählt hatte, erst von ihrem Körper abgebaut werden, damit Vampirblut sie heilen kann. Daher sind wir zu nichts anderem verdammt, als zu warten.* Ich seufzte schwer. *Was sollen wir überhaupt mit dem Kind anfangen? Sollten wir es ... Töten?*

„Du machst dir sorgen", hörte ich plötzlich Avalons Stimme nicht weit von mir entfernt und sah erschrocken auf. Der Vampir trug wieder die Garderobe, die noch aus seinem Leben als Mensch stammen musste. Über seinem weißen Hemd hatte er eine schwarze maßgeschneiderte Weste übergeworfen. „Du solltest wieder schlafen gehen. Vielleicht ist das die letzte Ruhe vor dem dunklen Sturm, der gerade über uns aufzieht."

Ich nickte zustimmend, sah dann aber wieder besorgt zu Marien herüber, die aussah, als würde sie jeder einzelne Atemzug furchtbar anstrengen. Auf einmal stand Avalon neben mir und legte mir erneut die Hand auf die Stirn. Meine Haut brannte unter seiner kalten Berührung, die mir ein leichtes Schaudern entlockte.

„Dein Fieber scheint langsam abzuklingen. Wie fühlst du dich?"

„Um ehrlich zu sein: Ich weiß es nicht. Zu viel ist geschehen, dass ich es noch nicht richtig fassen kann, wieder hier zu sein. Die Anderswelt ist so anders als das Diesseits. Dort ist ein einzelnes Leben nichts wert und die Lebensbedingungen sind alles andere als angenehm. Ich will mir nicht vorstellen, was passieren würde, wenn die Dämonenkönigin uns besiegen sollte."

Ich bemerkte, wie der Vampir mich nachdenklich musterte. Dabei zog er seine Hand von meiner Haut zurück und ich kam nicht umhin, die Berührung sogleich auf das Schmerzlichste zu vermissen.

„Würdest du mich auf einen Spaziergang begleiten?"

Überrascht starrte ich ihn an. „Klar ... Wenn wir uns nicht zu weit von hier fortbewegen. Ich will Marien ungern lange allein lassen."

„Natürlich. Wir bleiben in der Nähe."

Daraufhin folgte ich Avalon hinaus in den Flur. Wir liefen die Treppe nach oben und ich wusste, dass wir dort hingehen würden, wo mich Josh damals aus Versehen gegen das morsche Geländer geschubst und mein Meister mich vor einem tödlichen Sturz gerettet hatte. Eines der vielen Male in der mein Leben gefährdet worden war, aber sicherlich nicht einer der schlimmsten, wenn man die letzten Ereignisse in Betracht zieht. Nachdenklich starrte ich auf Avalons breiten Rücken, während der Vampir vor mir die letzte Stufe erreichte und die Tür nach draußen aufstieß. Ein kühler, erfrischender Aprilwind kitzelte meine Wange.

„Meister ... Nein, ich meine ... Avalon?"

Er drehte sich zu mir um und hob fragend die Brauen an. Seine Umrisse erstrahlten sanft im Mondlicht.

„Was wird nun geschehen? Stellt das Zwielicht eine Armee auf? Haben wir überhaupt eine realistische Chance, die Mutter der Nacht zu besiegen?"

Er sah mich einen Augenblick nur stumm an, bevor er schließlich antwortete: „Ich bin mir sicher, dass sie zum Krieg aufrufen werden. Aber ob wir so die Teufel und ihre Königin besiegen können, kann ich nicht sagen. Ich bin nicht dort gewesen. Ich habe nicht gesehen, was du gesehen hast."

Der Blick seiner Augen wurde ernst. Ich fragte mich, ob er sich vielleicht Vorwürfe machte, dass er in der Anderswelt nicht an meiner Seite gewesen war. Aber vielleicht war das mehr mein Wunschdenken, als es der Realität entsprach.

„Es tut mir leid ...", brach es plötzlich aus mir heraus. „Ich habe damals ebenfalls Dinge gesagt, die ich nicht so gemeint hatte. Ich schulde euch genauso eine Entschuldigung wie Ihr mir."

Avalons Blick veränderte und wurde etwas weicher. Er seufzte. „Vida ..."

Ich schüttelte den Kopf. „Verzeiht Ihr mir? Ich wollt Euch niemals verletzen, das wisst Ihr. Aber ... Ich muss zu einer Vampirin werden, so schnell wie möglich. Ich will kämpfen, um das beschützen zu können, was mir wichtig ist." Ich konnte seinem intensiven Blick nicht länger standhalten und wich im schließlich aus.

„Du willst als immer noch so schnell wie möglich verwandelt werden, willst du das sagen?"

„Verzeiht Ihr mir?", fragte ich stattdessen erneut, ohne auf seine Frage einzugehen. Eine Pause entstand, doch irgendwann hörte ich schließlich seine Stimme.

„Ja. Ich verzeihe dir, Vida."

Mir fiel erneut ein Stein vom Herzen. Erleichtert sah ich zu dem Vampir vor mir auf.

„Du hast meine Frage jedoch noch nicht beantwortet." Er kam plötzlich näher auf mich zu und sofort brach wieder ein Feuer in meiner Kehle aus. Doch mit tiefem Bedauern erinnerte ich mich daran, dass ich nun kein recht mehr dazu hatte, Avalons köstliches Blut zu trinken. Er war nicht mehr mein Meister, auch wenn ich mir es anders wünschte.

„Ja ... Und ich will, dass Ihr es macht," antwortete ich leise.

Ich konnte sehen, wie bei diesen Worten das Verlangen in seine Augen zurückkehrte. Er hob langsam die Hand und strich mir damit über den Hals. Gequält betrachtete er mich, während ich mich konzentrieren musste, bei der Sache zu bleiben.

„Du weißt nicht, um was du mich da wieder bittest, Vida. Du scheinst wirklich ein Talent dafür zu besitzen, mich mit dem Rücken gegen die Wand zu drängen."

Ich biss mir auf die Lippen und wich beschämt seinen Blick aus. Doch Avalon packte mein Kinn und zwang mich, ihn direkt anzusehen.

„Ich ...", setzte er an, wurde aber plötzlich von einem dumpfen Schrei unterbrochen. Panisch sah ich ihn an. Ich wusste sofort, von wem er stammte.

„Marien!", rief ich erschrocken, dann machte ich kehrt und stürzte Hals über Kopf die Treppe herunter. Eigentliche wäre es deutlich schneller gewesen, mit Avalon zusammen zu teleportieren, aber in diesem Moment vergaß ich diese Tatsache einfach. So schnell ich konnte, hastete ich die Treppe herunter und weiter den Flur entlang. Währenddessen wurden ihre Schreie immer lauter und schmerzerfüllter. Außer Atem riss ich die Tür zu ihrem Zimmer auf und erkannte Avalon, Sefraim und zu meiner Überraschung Donna Ferrana, die zu dritt um

Mariens Bett standen. Die Herrin von Venedig hatte ihre Hand auf den Bauch meiner Freundin gelegt und schloss konzentriert die Augen. Ich fragte mich, ob sie schon die ganze Zeit hier gewesen war.

„Das Baby kommt", sprach sie in dem Moment, als auch ich näher herangetreten war. Ihre violetten Augen öffnenden sich uns sahen bedeutsam zu Avalons Großvater herüber. „Wir müssen es aus ihr herausschneiden, sonst stirbt das Mädchen auf jeden Fall. Und der Säugling ebenfalls."

Sefraims Blick schwang zu mir herüber, aber ich war zu sehr auf Marien fixiert, die sich mittlerweile unter ihren Schmerzen geradezu wandte, um ihn zu bemerken. Ihre Augenlider flatterten und ich konnte nicht sagen, ob meiner Blutschwester gerade überhaupt mitbekam, was mit ihr geschah. Die Angst, sie zu verlieren, breitete sich in meinen gesamten Körper aus und lähmte mich.

Sefraim sah zu seinem Enkel herüber. „Bring sie hier raus, Avalon. Wir kümmern uns um ihre Freundin."

Mein ehemaliger Meister zischte abschätzig. „Ich hoffe ihr wisst, was ihr da tut."

Die Herrin von Venedig presste, anscheinend beleidigt von seinen Worten, die Lippen aufeinander. „Sefraim und ich tragen das Wissen unzähliger Leben in uns. Wenn das nicht reicht, dann gibt es nichts, was ihr oder dem Kind noch geholfen hätte. Und jetzt geht. Jede Sekunde kann wertvoll sein."

Ich spürte, wie Avalon mir seine Hand auf die Schultern legte. „Komm, Vida. Gehen wir."

Aufgebracht streifte ich seine Hand fort. „Nein! Ich gehe nirgendwo hin!"

Der Vampir trat vor mich und starrte mir direkt in die Augen. „Verstehst du nicht? Das Blut wird deinen Durst entfachen. Du könntest dich vielleicht vergessen." Ich sah ihn

erschrocken an. Daran hatte ich nicht gedacht. Aber dennoch
…

„Marien braucht mich. Ich bleibe", erwiderte ich, jedoch nicht mehr ganz so überzeugt wie zuvor. Die Vampire wechselten einen kurzen Blick miteinander.

„Tut mir leid," hörte ich Avalons Stimme bestimmt sagen, dann packte er mich plötzlich und hob mich an.

„Nein!", schrie ich, aber der Vampir hörte nicht. Sein fester Griff machte es mir unmöglich, mich zu befreien. Er lief mit mir Richtung Ausgang. „Lasst mich los! Ich … Ich muss ihr helfen!"

„Du hilfst ihr, indem du die beiden in Ruhe arbeiten lässt. Deine Anwesenheit wird sie nur unnötig ablenken", knurrte er bestimmt. Seine scharfen Worte verursachten einen schmerzhaften Stich in meinen Herzen, aber ich konnte mich der Wahrheit darin nicht verwehren. Das Letzte, das ich sah, bevor sich die Türen hinter uns schlossen, war Mariens gequältes Gesicht. Die Befürchtung breitete sich in mir aus, dass es vielleicht gerade das letzte Mal gewesen war, dass ich sie lebend gesehen hatte. Ich spürte, wie mein ganzer Körper plötzlich erschlaffte. Avalon bemerkte es. „Vida?"

Ein Schluchzen durchfuhr meinen Brustkorb und ich vergrub meinen Kopf in seiner Schulter. „Bitte stirb nicht," war alles, was ich hervorbrachte, während ich verzweifelt versuchte, mich zusammenzureißen. Der Vampir blieb mit mir vor dem Raum stehen und sagte nichts. Aber er hielt mich so lange umschlungen, bis ich mich wieder beruhigt hatte.

Die nächsten Minuten zogen sich widerlich zäh dahin. Ich begann, nervös im Flur auf und abzulaufen, während ich angestrengt lauschte, was hinter der Tür vor sich ging. Marien schrie nicht mehr und ich ging davon aus, dass einer der Vampire ihr wahrscheinlich den Schmerz genommen hatte.

Avalon lehnte schon seit geraumer Zeit an der vertäfelten Wand im Flur und beobachtete mich, während ich unruhig hin und her lief. Ich konnte spüren, wie sein düsterer Blick mir folgte und wusste, dass der Durst an ihm nagte. Genauso wie an mir. Auf einmal blieb ich abrupt stehen und drehte mich zu ihm um.

„Was ist?", fragte er gereizt, während ich ihn nachdenklich anstarrte.

„Wann habt Ihr das letzte Mal Blut getrunken? Ich kann Euren Durst bis hierher spüren."

Er zuckte mit den Schultern. „Du solltest dir lieber Sorgen um deine Freundin machen. Ich komme schon zurecht."

Ich drehte mich zu ihm um und schüttelte den Kopf. „Genau darum geht es ja. Wenn mich der Blutdurst durchdrehen lässt, ist das weniger gefährlich, als wenn es bei einem Vampir passiert, der die Macht meines Silberbluts in sich trägt, oder?"

Auffordernd hielt ich ihm mein Handgelenk entgegen. Ich konnte sehen, wie Avalon mich unschlüssig anstarrte.

„Was ist? Falls Ihr wegen dem Miasma besorgt seid, keine Sorge. Ich glaube, so langsam ist es aus meinem Organismus verschwunden, schließlich bin ich noch immer ein Halbvampir. Ihr solltet es ohne Sorge trinken können."

Zunächst sagte Avalon nichts, doch nach einer kleinen Pause antwortete er mir schließlich. „Du bist nicht mehr meine Schülerin. Du musst mir nicht mehr von deinem Blut zu trinken geben."

„Ich weiß", erwiderte ich peinlich berührt. „Ich will es aber."

Sein düsterer Blick wurde noch intensiver. Ich beobachtete, wie er langsam die Hand nach meinem Arm ausstreckte. Als ich dachte, er würde gleich seine Zähne darin vergraben, ging plötzlich ein Ruck durch meinen Körper. Ehe ich es mich versah, hatte Avalon mich eng an sich gedrückt und fuhr mit seiner heißen Zunge über meinen Hals. Ich bekam eine Gänsehaut, während mir zeitgleich ein leiser, erregter Seufzer entwich. Als seine Zähne meine Haut durchbohrten, starrte ich zu der Zimmertür herüber, hinter der Marien gerade um ihr Leben kämpfte. Ich sagte mir, dass ich es nur für sie tat, aber in meinem Inneren wusste ich, dass das nicht stimmte. Ich wollte nur einen Vorwand haben, damit ich Avalon von meinem Blut zu trinken geben konnte. Außerdem hoffte ich, dass ich im Gegenzug vielleicht auch von ihm etwas bekommen und er schließlich den Bund zwischen uns erneut knüpfen würde. Meine menschliche Seite bekam bei diesen selbstsüchtigen Gedanken ein schlechtes Gewissen, während die Vampirin in mir nur vor Frohlockung laut jauchzte.

Mein ehemaliger Meister ließ schon bald von mir ab, aber ich konnte an seinem Gesichtsausdruck sehen, wie sehr er es genossen hatte. Er wirkte deutlich entspannter als noch ein paar Minuten zuvor.

„Ich nehme an, du willst dafür eine Gegenleistung haben?" Dass er es so direkt ansprach, ließ es mir kurz die Sprache verschlagen. Gleichzeitig keimte Hoffnung in mir auf. *Will er damit etwa andeuten, dass er den Bund des Blutes wieder erneut mit mir eingehen würde?* Mein Herz pochte wie verrückt in meiner Brust und die Aussicht, noch einmal sein Blut kosten zu dürfen, ließ meinen Durst fast unerträglich werden. Ich wollte gerade zu einer Antwort ansetzen, als ich plötzlich den Geruch von Menschenblut wahrnahm. Besorgt richtete sich meine Aufmerksamkeit auf einen Schlag wieder auf die Tür zu Mariens Zimmer. Erst dachte ich, ich hätte mich verhört, doch auf einmal hörte ich den lang gezogenen, hellen Schrei eines Säuglings. Danach gab es für mich kein Halten mehr. Ich stürzte nach vorne und wollte gerade die Klinke herunterdrücken, als mich Avalon plötzlich am Arm packte und zurückhielt.

„Du kannst da jetzt nicht rein, Vida!"

Ich versuchte, ihn abzuschütteln, aber es war vergeblich. „Lasst mich los! Ich muss da rein, Avalon! Könnt Ihr das nicht verstehen? Ich muss sie beschützen!"

Zu meiner Überraschung lockerte sich auf einmal sein Griff. Ich blickte zu ihm hoch und erkannte einen ernsten Ausdruck auf seinem Gesicht. „Sie war schon als sie herkam sehr schwach gewesen. Ihre Chancen zu überleben waren von Beginn an nicht sonderlich hoch."

Entgeistert starrte ich ihn an, als hätte er gerade etwas völlig Unsinniges von sich gegeben. Doch dann reiften seine Worte langsam in mir und mir wurde klar, was er mir damit eigentlich sagen wollte. „Marien ... Ist sie ...?" Ich konnte nicht weitersprechen, doch Avalon wusste auch so, was ich sagen wollte.

„Noch nicht. Aber ihr Herz schlägt immer langsamer. Ich kann es hören. Es dauert nicht mehr lange."

Fassungslos starrte ich ihn an. „Aber wir müssen doch noch irgendetwas tun können? Wenn sie Vampirblut bekommen würde, dann ..."

Der Vampir schüttelte den Kopf. „Das Miasma in ihren Körper würde seine Heilkraft neutralisieren. Es würde nichts bringen." Plötzlich sah ich, wie sein Kopf blitzschnell zur Tür herüber zuckte. „Sie sind fertig. Du kannst jetzt hinein."

Um Fassung ringend, presste ich die Lippen aufeinander und nickte stumm. Verzweifelt versuchte ich, mich irgendwie vor dem zu wappnen, was mich dort drinnen erwarten würde. Während ich die Klinke nach unten drückte und in das Zimmer trat, schossen mir allerlei Gedanken durch den Kopf, doch als mein Blick auf sie fiel, waren diese auf einen Schlag wie weggeblasen. In diesem Moment breitete Sefraim gerade die

Decke über Mariens eingefallenen Körper aus. Donna Ferrana beugte sich herunter und legte ihr ein kleines, in weißen Leinen gehülltes Bündel auf die Brust. Während ich im Türrahmen stand und versuchte, nicht auf die Tücher und anderweitige Operationsgeräte zu starren, an denen Mariens Blut klebte, spürte ich, wie die Blicke der beiden Ratsmitglieder an mir hafteten.

„Es ist ein Junge", sagte Sefraim nur, dann nickte er der Herrin von Venedig vielsagend zu. Diese löste sich daraufhin die blutverschmierte Operationsschürze vom Körper und verließ mit ihm ohne ein weiteres Wort den Raum. Als die beiden Vampire gegangen waren, löste ich mich langsam aus meiner ängstlichen Starre und lief langsam und zögerlich zu meiner Blutsschwester hinüber. Sie sah sehr blass aus und dunkle Ringe verliefen um ihre eingefallenen Augen, aber sie war bei Bewusstsein. Ihr Blick war müde, aber ihr typisches, freches Grinsen zog sich über ihre vollen Lippen.

„Du hast tatsächlich dein Versprechen gehalten, Vida. Wir konnten der Dämonenkönigin entkommen. Vielen Dank." Sie hatte bereits Mühe zu sprechen. Ihre Stimme klang schwach und ausgelaugt. Berührt von ihren Worten setzte ich mich zu ihr auf die Bettkante. Doch gleichzeitig machte ich mir furchtbare Vorwürfe. *Wäre ich nicht gewesen, würde Marien jetzt nicht im Sterben liegen. Vieles wäre ganz anders gekommen. Auch Meister Irvin würde jetzt noch leben.* Die Schuld, die auf meinen Schultern lastete, erdrückte mich fast. So viele Gefühle strömten gerade auf mich ein, dass ich Schwierigkeiten hatte, mich zu konzentrieren.

„Ich hätte dich niemals dort zurücklassen können, Marien. Das weißt du."

Das zierliche Mädchen nickte schwach. „Du warst schon immer so stark, Vida. Auch Irvin wusste das. Ich muss sagen, dass ich deswegen oft ziemlich eifersüchtig auf dich gewesen bin. Verzeihst du mir?"

Ich nahm ihre Hand und drückte sie zärtlich. „Natürlich. Mir ging es doch ganz genauso. Auch ich war immer eifersüchtig auf dich, wenn Irvin dir Aufmerksamkeit geschenkt hatte."

Ihr Lächeln wurde breiter. Auf einmal begann sich das Bündel auf ihrer Brust zu regen, und ich beobachtete erschrocken, wie sie es zärtlich an sich drückte. Aber ich konnte es nicht über mich bringen, dieses Kind anzusehen. Es war schließlich der eigentliche Grund dafür, dass Marien im Sterben lag.

„Ist ja gut, mein Kleiner. Keine Sorge, sie werden sich um dich kümmern, nicht wahr?"

„Marien?", fragte ich sie verwirrt. Meine Blutschwester sah mich ernst an.

„Ich nenne ihn Irvin. Pass gut auf ihn auf Vida, ja?"

Der Griff ihrer Hand wurde plötzlich schwächer. Ihre Augen schlossen sich langsam und ein langes anstrengendes Seufzen entrang ihrer Kehle. Es kam mir vor, als würde sie in diesem Moment ihre fleischliche Hülle einfach loslassen. Ich drückte ihre Hand noch ein letztes Mal, dann legte ich sie so sanft wie möglich neben sie ab. Die Trauer, die ich in diesem Moment empfand, war nicht in Worte zu fassen. Doch anstatt Tränen kam nur ein erstickter Laut aus mir heraus. Und in diesem Augenblick wusste ich, dass es nichts mehr gab, dass ich hätte vergießen können. Wie Avalon einmal gesagt hatte, hatte ich alle meine Tränen bereits vergossen. Ich fühlte mich leer und ausgelaugt. Doch unter all dem konnte ich eine unbändige, rasende Wut spüren, die in mir schwelte. Aber anders als sonst machte sie mir keine Angst mehr. Stattdessen hieß ich sie willkommen. Denn sie verbrannte den Schmerz in meinem innersten, der mich sonst zerbrochen hätte.

Wir beerdigten Marien auf Avalons Friedhof. Sefraim war so nett, ein paar Worte zu sprechen, nachdem wir ihren kleinen Körper in das tiefe Loch gelegt hatten. Donna Ferrana stand mit etwas Abstand von uns am Grab und hielt in ihren Armen ein glucksendes Bündel. Ich war froh, dass sie damit genügend Abstand zu mir hielt, denn ich konnte es nur schwer ertragen, in dessen Nähe zu sein. Gronna und ein paar weitere Gnome hatten sich an den Fenstern des Schlosses versammelt, die den Blick auf den Friedhof freigaben und beobachteten uns neugierig. Nachdem wir die feuchte Erde wieder hineingeschaufelt hatten, legte ich ein paar Blumen auf das Grab, die ich auf der Wiese hinter dem Schloss gepflückt hatte. Ich war mir sicher, dass sie Marien gefallen hätten. Die Dämmerung hatte begonnen und frischer Tau sammelte sich auf ihrem Grabstein. Meine Freundin wurde nur 17 Jahre alt.

„Ich hoffe, du überbringst Meister Irvin meine Grüße, wenn du ihn triffst", flüsterte ich dem Grabhügel entgegen. Aus den Augenwinkeln bemerkte ich, wie Sefraim, aber auch Donna Ferrana sich langsam zurückzogen und den Weg zum Schloss einschlugen. Avalons Präsenz hinter mir blieb stattdessen, wo sie war. Nach einer Weile ging er zu mir herüber und räusperte sich kurz.

„Ich habe in den vergangenen Wochen einiges an Nachforschungen über dein besonderes Blut angestellt ... Und anscheinend ist es nicht nur für die Wesen des Zwielichts etwas Besonderes." Er streckte mir auffordernd seine Hand entgegen.

Warum fängt er jetzt davon an?, fragte ich mich verwirrt. *Das ist nicht der Moment, um über so etwas zu reden.*

„Gib mir deine Hand", sagte er in seinem gewohnten, gebieterischen Ton zu mir.

„Warum?", fragte ich irritiert.

„Nun mach schon.“

Nach kurzem Zögern legte ich schließlich meine Hand in seine und beobachtete, wie er mir mit seinen Fingernägeln über meine Handfläche schnitt. Betäubt von meiner Trauer, verzog ich dabei keine Miene. Dann formte er aus meiner Hand eine Faust und hielt sie über Mariens begrabenen Leichnam. Silberne Tropfen bildeten sich daran und fielen zu Erde. Fragend sah ich zu Avalon herüber, der mir jedoch mit seinem Blick zu verstehen gab, dass ich nach unten sehen sollte. Zunächst tat sich nichts, aber dann bemerkte ich, wie sich plötzlich kleine Keimlinge aus der Erde schälten. Wie im Zeitraffer richteten sie sich auf, wuchsen in die Höhe und entfalteten ihre wunderschönen Blüten. Perplex betrachtete ich die frischen Blumen. Wie es aussah, hatte mein Silberblut die Samen in der Erde zum Wachsen gebracht. Die Pflanzen überwucherten irgendwann das frisch ausgehobene Grab und ließen es aussehen, als wäre es bereits mehrere Wochen alt. Irgendwie tröstete mich der Anblick.

„Danke“, sagte ich zu Avalon, der mich nachdenklich musterte.

„Weißt du, Vida, auch wenn wir Vampire ewig leben können, macht uns das noch lange nicht unsterblich. Auch wir können wie jedes andere Wesen von dieser Welt ausgelöscht werden. Wir nennen uns nur gerne die Unsterblichen, weil wir als Vampire zu stolz sind, um uns einzugestehen, dass wir letzten Endes doch nicht gegen den Tod gefeit sind. Wir sind nicht die Götter, für die wir uns gerne halten. Vergiss das nicht, wenn du eine von uns geworden bist.“

Perplex starrte ich ihn an. „Was ... Was wollt ihr damit sagen?“

Er schwenkte seinen Blick zum Grab herüber. „Ich werde dich verwandeln, Vida. Wenn du das noch immer willst.“

Zunächst war ich zu überrascht, um Antworten zu können. Doch der Vampir ließ mir alle Zeit, die ich brauchte.

„Ja", antwortete ich schließlich und Avalon nickte ernst. Dann nahm er meine blutende Hand und leckte genüsslich das Blut davon fort. Während ich ihn dabei beobachtete, fragte ich mich, was ihn dazu gebracht hatte, seine Meinung zu ändern. Schließlich biss er sich in sein eigenes Handgelenk und hielt es mir auffordernd vor die Nase.

„Zuerst einmal schließen wir den Bund des Blutes, wie es die Tradition verlangt. Trinke von mir, Vida und werde erneut meine Schülerin. Auf dass wir damit den Untergang der Dämonenkönigin einleiten werden."

Ich nickte ehrfürchtig. „Für Meister Irvin. Und für Marien. Und für all diejenigen, die ihr bereits zum Opfer gefallen sind oder noch zu Opfern werden." Kurz kam ich mir bei diesen Worten etwas pathetisch vor, denn wenn ich ehrlich war, war das natürlich nicht der einzige Grund, warum ich ein Vampir werden wollte. „Und für mich und meine Wut."

Ich sah, wie mein Meister bei meinen ehrlichen Worten kurz die Mundwinkel nach oben zuckten. Zustimmend nickte er. „Für die Freiheit", erwiderte Avalon schließlich. Langsam führte ich sein Handgelenk an meine Lippen und ließ sein köstliches Blut meine Kehle herunterlaufen. Es löschte den quälenden Durst wie Wasser, das auf Feuer geschüttet wurde. Dabei spürte ich, wie die Verbindung zwischen uns wieder neu geknüpft wurde. Wie bereits schon einmal verschmolz ein Teil von mir mit Avalon, während ein Teil von ihm sich nun mit mir verband. Mit dem Geschmack seines Blutes auf den Lippen sah ich mit festem Blick zu ihm auf.

„Ich bin bereit."

Mein Meister fasste mir an das Kinn und lächelte belustigt. „So eilig hast du es also?"

Ich zuckte nur mit den Schultern, worauf er tadelnd den Kopf schüttelte. „Triff mich um Mitternacht. Ich erwarte dich mit Sefraim unten im Ritualraum."

Daraufhin löste er sich langsam in schwarzen Nebel auf und ich war allein. Während ich stumm wieder auf Mariens Grab starrte, hörte ich auf einmal ein leises Krächzen. Weiße Federn ließen sich auf meine Schultern herab und ich hob den Arm, um Nimmer sanft am Hals zu kraulen. Der Rabe schmiegte sich eng an mich, als würde sie spüren, wie traurig ich war.

Kapitel 7: Meine Angst

Ich konnte nicht schlafen. Immer wieder wälzte ich mich in meinem Bett umher und starrte auf die Zeiger meines Weckers. Als ich sah, dass es gerade erst später Nachmittag war, seufzte ich frustriert. Die Stunden zogen sich unglaublich zäh dahin, während ich wartete, dass es endlich dunkel wurde. Aber egal, was ich auch versuchte, mein Kopf konnte nicht zur Ruhe kommen. Ich dachte über Marien nach und ihren Sohn, der zu einem Viertel Teufelsblut in sich trug. Und über dessen Vater, bei dem mich eine solche Mordlust überfiel, dass ich am liebsten aufgesprungen und allein in die Anderswelt marschiert wäre, um ihm den Hals umzudrehen. Dann kam mir wieder in den Sinn, was ich über Sefraim und die Dämonenkönigin erfahren hatte. Sie hatte ihn und seine anderen Vampirgeschwister erschaffen. Doch als sie ihnen überdrüssig wurde, und begann, ihre eigenen Kinder zu fressen, konnte Sefraim mit einem Teil ihrer Macht in das Diesseits fliehen. Er war der Urahn aller Vampire und Gründer des Zwielichts. *Ob Avalon davon gewusst hatte? Ich bezweifle es. Ob es für Sefraim wohl in Ordnung wäre, wenn ich ihm davon erzähle? Aber eigentlich ist es ja egal, er wird es sicherlich durch mein Blut erfahren.* Als ich an meinen Meister dachte, spürte ich, wie die Glut in meiner Kehle erneut entfacht wurde. *Er wird mich in einen Vampir verwandeln. Und dann bin ich stark genug, um mich nicht ständig von anderen retten lassen zu müssen.* Doch ich erinnerte mich auch daran, dass eine Wahrscheinlichkeit bestand, dass ich die Prozedur vielleicht nicht überleben sollte. Mein Körper war noch nicht so weit, die Verwandlung ohne Risiko zu überstehen. Aber ich musste es tun, mir blieb keine andere Wahl, wenn ich der Dämonenkönigin die Stirn bieten wollte. Gleichzeitig wurde mir bewusst, dass ich damit etwas

Unverzeihliches von Avalon einforderte. Aber ich hätte es nicht getan, wenn ich nicht davon überzeugt gewesen wäre, dass er stark genug war, mit den Konsequenzen, die mit der Prozedur einhergingen, leben zu können. Auch wenn ich wusste, dass er mein Silberblut nur ungern aufgab. Dabei hoffte eine leise Stimme in mir, dass es nicht das Einzige war, was ihn daran zögern ließ, meiner bitte nachzugehen. Ich schüttelte den Kopf. *Avalon ist sich selbst vollkommen genug. Er macht sich nicht wirklich etwas aus mir. Das sollte ich nicht vergessen.* Doch mich selbst konnte ich nicht belügen. Ein Teil in mir wollte für Avalon mehr als nur seine Quelle der Macht oder seine Schülerin sein. *Warum muss er nur eine solche Wirkung auf mich haben? Warum bekomme ich ihn nicht aus meinem Kopf?* Ein Verlangen breitete sich in mir aus, dass mir auch die letzte Vorstellung an Schlaf vertrieb. Schließlich gab ich es auf und richtete mich seufzend auf. *Vielleicht ist das mein letzter Tag, bevor ich sterbe, aber mit Sicherheit sind das meine letzten Stunden als Mensch. Die Dinge werden sich nie mehr so anfühlen, wie sie es jetzt tun.* Ich stand auf und lief ins Bad. Ich schälte mich aus meinen Schlafsachen heraus und stellte mich schließlich unter die Dusche. Während ich so dastand und das heiße Wasser über meinen Körper rann, dachte ich darüber nach, was sich Lauren an seinem letzten Tag als Vampirschüler von mir gewünscht hatte. *Ich hätte ihm den Kuss damals geben sollen, schließlich war es sein letzter Wunsch als Mensch gewesen. Und einem Schüler vor seiner Verwandlung darf man keinen Wunsch abschlagen. Erst jetzt verstehe ich, warum das so ist. Aber ob Avalon mir diesen Wunsch erfüllen würde? Er hatte mir einmal gesagt, dass er das niemals tun würde. Ob er mittlerweile seine Meinung geändert hat?*

Als ich wenig später mit feuchten Haaren vor seiner Zimmertür stand, wurde ich doch noch etwas nervös. Ich hatte die Hand bereits zum Klopfen erhoben, zögerte aber. *Was wenn er mich wieder wegschickt? Wenn er es nicht möchte?* Ich schüttelte den Kopf. *Was habe ich schon zu verlieren, als meinen Stolz? Lieber das, als in meinen letzten Momenten Reue zu empfinden, oder?*

Gerade, als ich meinen gesamten Mut zusammengenommen hatte und anklopfen wollte, hörte ich auf einmal Avalons Stimme, die dumpf durch die Tür zu mir herüberdrang.

„Es ist offen."

Peinlich berührt, dass er die ganze Zeit gewusst hatte, dass ich vor seinem Zimmer stand, trat ich ein.

Der Vampir erwartete mich in der Mitte des Raums. Es war düster, denn die dicken dunkelgrünen Samtvorhänge waren vor die Fenster geschoben worden, um von draußen die Sonnenstrahlen aufzuhalten. Kurz ließ ich den Blick durch Avalons Zimmer schweifen. Wie das letzte Mal war sein Schreibtisch von Büchern und Manuskripten förmlich übersät. Erst jetzt bemerkte ich, dass die Bilder an den Wänden alle von dem gleichen Maler stammen mussten. Die Art, wie die Landschaften und Menschen ineinander übergingen, war überall die Gleiche gewesen.

„Was willst du schon hier? Kannst du es nicht erwarten, dass ich dir das Geschenk der Ewigkeit geben werde?", fragte er mit einem sarkastischen Lächeln auf den Lippen.

Ich schüttelte zögerlich den Kopf. „Nein, Meister." Kurz ließ ich mir das Wort auf meiner Zunge zergehen. Ich hatte es niemals für möglich gehalten, den Vampir vor mir noch einmal so nennen zu dürfen. „Aus diesem Grund bin ich nicht hier. Zumindest ... Nicht direkt."

Avalon zog fragend die Augenbrauen nach oben. Es kostete mich viel Überwindung weiterzusprechen. „Man darf einem Schüler vor der Nacht des Erschaffens keinen Wunsch abschlagen, oder?", flüsterte ich mehr, als ich es sagte.

Der Vampir nickte. „Da hast du recht. Aber was könnte ich dir neben dem Leben als Vampir sonst noch schenken?"

Beschämt sah ich zu Seite. „Ich weiß, ich erscheine gierig und egoistisch, hier zu stehen und von Euch noch mehr zu verlangen als das. Aber ..."

Ich hörte ihn seufzen und sah auf. „Ich bin ein Vampir, Vida. Du musst dich vor mir nicht für dein Verlangen nach etwas entschuldigen. Aber das wirst du schon bald besser verstehen, falls du überleben wirst."

Ich hörte einen Hauch Bitterkeit in seiner Stimme, der mich wachsam werden ließ. „Wird es ... Wird es wehtun? Wird es so sein wie bei Lauren? Wie stehen die Chancen, dass ich ...?

„Dass die Verwandlung dich umbringt? So bei vierzig Prozent würde ich sagen. Bist du deswegen hier? Hast du Angst?"

Vierzig Prozent? Ich schluckte schwer. *Aber das ist immerhin eine sechzigprozentige Chance, dass ich überlebe. Immerhin mehr als die Hälfte.*

„Ich habe Angst, das gebe ich zu. Aber das ist nicht der Grund, warum ich hier bin. Ich ..." Es viel mir schwer, die Worte, die ich sagen wollte, auszusprechen. *Merkwürdig ... Habe ich etwa mehr Angst, Avalon darum zu bitten, warum ich hier bin, als ich Angst habe, vielleicht bei der Verwandlung zu sterben?*

Seine roten Augen verengten sich. Ich konnte sehen, dass es ihm nicht gefiel, wenn er nicht sofort wusste, was ich dachte. Also ließ ich die Mauern um meinen Geist fallen und nahm meinen gesamten Mut zusammen.

„Ich habe noch nie ... Na ja, Ihr wisst schon ... Und, falls ich es nicht schaffen sollte, wollte ich wenigstens einmal ...", stammelte ich und machte einen Schritt auf ihn zu. Dabei konnte ich an seinen Augen sehen, dass er nun endlich verstand, was ich von ihm wollte.

Der Vampir musterte mich mit starrer Miene. „Du weißt, was ich einmal dazu gesagt habe?"

„Ja", antwortete ich. „Aber jetzt ist das etwas anderes, oder?"

„Ach ja?"

„Nun, Eure Befürchtung Euch nicht zurückhalten zu können, ist hier völlig unbegründet, oder? Mein Blut muss so oder so meinen gesamten Körper verlassen. Auf die eine oder andere Art. Was spielt das schon für eine große Rolle?"

Er musterte mich durchdringend. „Warum fragst du mich und nicht deinen jungen Vampirfreund? Er würde dir diesen Dienst bestimmt gern erweisen."

Ich war überrascht, dass er plötzlich von Lauren sprach. Nach kurzem Zögern schüttelte ich den Kopf. „Nein ... Er ... Er würde sich nur unnötig Hoffnungen machen. Außerdem will ich nicht, dass er von dem allen hier etwas mitbekommt. Er würde ... Er würde es nicht verstehen. Außerdem ..." Ich stockte und sah Avalon unsicher an.

„Außerdem?"

Die nächsten Worte musste ich fast mit Gewalt aus mir herauspressen. Es war mir überaus peinlich, das vor Avalon zuzugeben. „Außerdem wollte ich es schon, als ich zum ersten Mal von Eurem Blut getrunken hatte. Damals konnte ich es mir nicht eingestehen, aber es war so." Ich schloss die Augen und schüttelte den Kopf. „Aber ich will Euch zu nichts drängen. Wenn ihr es nicht auch wollt, hat es für mich keinen Sinn. Wenn ihr nicht genauso fühlt, dann ... Würde ich es verstehen." Ich öffnete die Augen und biss mir unschlüssig auf die Lippen. „Aber, bildet Euch nichts darauf ein ... Das heißt nicht, dass ich euch jetzt auf einmal Leiden könnte, oder so."

Ich sah, wie er für einen Moment die Augen schloss und leicht mit dem Kopf schüttelte. Ich befürchtete schon, er würde mir damit zu verstehen geben, dass er mich zurückwies. Doch als er sie wieder öffnete, strahlten seine Vampiraugen ein solch düsteres Verlangen aus, dass mir augenblicklich der Mund trocken wurde.

„Du weißt, dass es dann kein Zurück mehr gibt."

Nachdenklich musterte ich ihn. Für einen Moment herrschte nur Stille zwischen uns.

„Ich kann nicht mehr zurück. Ich kann nicht ...", flüsterte ich und setzte mich in Bewegung. Langsam machte ich einen Schritt vor den anderen, bis ich direkt vor Avalon stand. Ich konnte die Wärme spüren, die von seinem Körper ausging und sah die Begierde in seinen Augen aufflammen.

„Sagtest du nicht, du würdest mich hassen?", fragte er mich mit einem zynischen Grinsen auf den Lippen.

Peinlich berührt sah ich ihn an. „Das tue ich immer noch", log ich ihn an. Ich brachte es nicht fertig, über meinen Schatten zu springen und ihm zu sagen, was ich wirklich fühlte. Aber wenn er das tat, was ich von ihm wollte, würde er so oder so die Wahrheit erfahren. Blut lügt nicht.

Er fuhr mir mit den Fingern sanft durch das Haar. „Das sehe ich." Ein gehässiger Ausdruck machte sich auf seinem Gesicht breit. Ich konnte nichts anderes, als ihn beleidigt anzustarren. „Ihr macht Euch lustig über mich?"

Ehe ich es mich versah, drückte er seine Lippen auf meine. Die Berührung brannte auf meiner Haut und erstickte meine Wut über seine spöttische Bemerkung auf einen Schlag. Als er sich wieder von mir zurückzog und ich den Ausdruck in seinen Augen sah, konnte ich mich keine Sekunde länger zurückhalten. Ich fiel ihm in die Arme. Der Vampir umfasste mich zärtlich und ich sog dabei gierig seinen unglaublich guten Duft ein. Ich schmiegte mich so eng ich konnte an ihn und hörte für einen Moment nur zu, wie er ungewöhnlich langsam atmete.

„Vida," hauchte er mir ins Ohr und ich spürte, wie er mit den Lippen langsam meinen Nacken entlangfuhr. Genussvoll schloss ich die Augen. Auf einen Schlag verspürte ich überhaupt keine Angst mehr.

„Ich kann deinem Blut nicht widerstehen. Wie sollte ich es dann schaffen können, dich zurückzuweisen, wenn ich deinen gesamten Körper haben kann? Gierig verschlinge ich alles, was du mir gibst. Das Monster in mir labt sich auch an deinen tiefsten Abgründen voller Leidenschaft." Seine grausamen, süßen Worte ließen mein Herz schneller schlagen. Selbst wenn es der Tod wäre, der jetzt vor mir stünde, würde ich ihm mit Freuden meine Seele opfern. Ich konnte nicht anders. Der Vampir hielt mich in seinem Bann gefangen, aus dem ich nie wieder ausbrechen wollte. Langsam löste sich Avalon von mir und stellte sich hinter mich. Als er mir sein blutendes Handgelenk vor das Gesicht hielt, sah ich verwirrt über die Schulter zu ihm herüber.

„Du solltest vor der Verwandlung so viel Vampirblut in dir haben, wie nur möglich. Dein Körper wird die Kraft darin brauchen." Ich nickte gehorsam und während ich begann, daran zu saugen, spürte ich, wie er seine Zähne langsam in meinen Hals grub. Ich stöhnte auf und bemerkte, wie empfindlich meine Haut auf einmal geworden war. Die Erregung breitete sich mit Avalons Blut in meinem gesamten Körper aus. Irgendwann hielt ich es nicht mehr aus und drehte mich zu dem Vampir hinter mir um. Fasziniert betrachtete ich ihn. Er sah aus wie ein blutverschmierter Gott des Todes. An seinem schwarzen, seidigen Haar und seiner blassen, makellosen Haut klebte überall mein Blut. Es rann ihm über das Kinn und benetzte seine perfekten Lippen. Bei diesem Anblick brach auch die letzte Zurückhaltung in mir zusammen. Ich stellte mich auf die Zehenspitzen und küsste ihn. Es war ein vorsichtiger Kuss, als würde ich befürchten, das wunderschöne Gemälde vor mir sonst zu ruinieren. Ich streifte ihm sein weißes Hemd von den Schultern, während mich Avalon dabei mit brennenden Augen anstarrte. Langsam hob er seine Hand und fuhr mit den Fingern von meiner Wange bis hinunter zu meinem Schlüsselbein. Als er sich herunterbeugte und mich begann erst zurückhaltend, dann immer leidenschaftlicher zu küssen, fielen auch die letzten Hüllen unserer Kleidung zu Boden. Plötzlich hob er mich an und von einem Moment auf dem anderen lagen wir auf seinem Bett. Die Berührungen seiner Finger auf meiner nackten Haut brachten mich zum Schmelzen. Als seine heißen Lippen dann immer weiter nach unten wanderten, verlor ich fast den Verstand. Schon bald explodierten in mir Tausende von Sternen. Überrascht sah der Vampir zu mir auf.

„Vida ... Bist du ...?"

„Nein," log ich, obwohl ich wusste, dass für Avalon meine Gedanken gerade wie ein offenes Buch sein mussten. Ein düsteres Kichern drang an meine Ohren und meine Wangen wurden noch heißer.

„Das ist gemein", keuchte ich peinlich berührt. „Ich glaube, ich sterbe."

Der Vampir lächelte zynisch und leckte mir mit der Zunge über den noch immer blutenden Hals. Sein wilder Gesichtsausdruck verursachte bei mir eine Gänsehaut. „Dann wirst du heute noch oft sterben. So lange, bis du es nicht mehr kannst." Diese Worte echoten in meinen Kopf, während wir so tief ineinander versanken, dass ich irgendwann unsere Wesen nicht mehr voneinander trennen konnte. Es war als würde mein Bewusstsein sich erweitern und auf einmal spürte ich nicht nur Avalons Berührungen auf meiner Haut, sondern auch, wie Avalon von mir berührt wurde. Fasziniert fuhr ich über seine muskulöse Brust. Ich konnte tatsächlich fühlen, wie meine Finger über seine Haut strichen. Wie damals im Ritualraum verschmolzen wir zu einem Wesen. „Avalon", hauchte ich nur und sah den wissenden Blick in seinen roten Augen.

„Ich weiß, ich spüre es auch."

„Ist das normal?"

Der Vampir vor mir beugte sich zu mir herab, doch bevor unsere Lippen sich berührten, verharrte er plötzlich. „Ich weiß es nicht, Vida, aber ich werde erst aufhören können, bis du mich anflehst, es zu tun."

„Ich will nicht, dass du aufhörst", antwortete ich ihm. Er sah mich durchdringen an und ein weiterer Schauer durchfuhr meinen gesamten Körper. Gierig presste er seine Lippen auf meine und wir verloren uns schließlich vollkommen ineinander.

Irgendwann bemerkte ich den Vollmond, der durch den Spalt zwischen den Vorhängen hereinschien und wunderte mich, wie viel Zeit bereits vergangen war. Als Avalon erneut seine Zähne in meinen Hals versenkte, spürte ich, wie mein Herzschlag sich immer mehr verlangsamte und meine Sinne weiter abstumpften. Nicht mehr lange und er würde mir auch den letzten Tropfen Blut aus meinen Adern gesaugt haben. Ich war der Ohnmacht schon sehr nahe, als ich wahrnahm, wie ich mit einem weiteren Kuss des Vampirs plötzlich eine warme, schwere Flüssigkeit im Mund spürte. Das warme Menschenblut, das meine Kehle herunterrann, schmeckte nach nichts.

„Stirb nicht", hörte ich Avalons düstere Stimme in mein Ohr flüstern. Dann fiel alles um mich herum zusammen. Das, was zurückblieb, war die Finsternis. Und ich hieß sie mit offenen Armen willkommen.

Kapitel 8: Blut und Schatten

Ich wachte langsam auf. Meine Augen waren noch geschlossen und so lauschte ich anfangs nur. Ich nahm das leise Quietschen eines Stuhls wahr, das entstand, wenn jemand sein Gewicht darauf verlagerte und das knisternde Rascheln von Papier. Eine leichte Brise fuhr mir über die nackte Haut und ich roch einen Duft aus Kiefer, Erde und Nachtkerze. Der weiche Untergrund, auf dem ich lag, fühlte sich kühl an. Erst dann öffnete ich die Augen und sah mich um. Überwältigt von den vielen Eindrücken wurde ich ganz verwirrt. Es war, als würden zu viele Informationen gleichzeitig auf mich einströmen, dass letzten Endes nichts davon zu mir durchdrang. Dann fiel mein Blick auf ihn. In diesem Moment sammelte sich mein ganzer Fokus. Es kam mir vor, als könnte ich seinen Geruch, der im Raum hing, auf meiner Zunge schmecken. Im nächsten Moment stand ich direkt vor ihm. Ich fragte mich nicht, wie ich so schnell vom Bett zu dem großen Schreibtisch gekommen war, an dem er saß, zu eingenommen war ich von dem atemberaubenden Kunstwerk vor mir. Das blasse Wesen hatte mich noch nicht bemerkt. Es blätterte versunken in einem Buch, die Augen bewegten sich zügig nach links und rechts, von Zeile zu Zeile, die gelesen wurde. Es waren blutrote Augen, die mit einer Leidenschaft ihrem Werk zugeneigt waren, die mich völlig in den Bann zog. Das Wesen war männlich. Es trug ein weites, zerknittertes Hemd, das komplett aus der Zeit gefallen schien. Es war halbherzig in die schwarze Hose gesteckt worden und gab den Blick auf seinen muskulösen Oberkörper frei. Ich hätte Stunden, oder Jahre so verharren, und ihn studieren können und es wäre nicht langweilig geworden. Doch auf einmal wollte ich mehr. Das Verlangen, ihn zu berühren, war auf einmal so stark, dass ich alles dafür getan hätte, mit den Fingern seine Wangen und Kinnpartie nachzufahren. Fast schon ehrfürchtig streckte ich die Hand danach aus. Als ich ihn schon fast berühren konnte, sah das schöne Wesen auf und ich zuckte erschrocken zurück. In seinen Augen konnte ich einen überraschten Ausdruck wahrnehmen. Fasziniert starrte ich ihn, ohne zu blinzeln, an.

„Vida … Du bist also endlich aufgewacht. Der Mond ist schon lange wieder untergegangen."

Seine Stimme war dunkel und unterlegt mit einem fordernden, getriebenen Klang. Eine leichte Melancholie lag darin, eine Art Sehnsucht und ein nicht zu ignorierendes Selbstbewusstsein. Es gefiel mir, wie er meinen Namen sagte. Ich hatte ihn fast schon vergessen, so sehr war ich in seinen Bann gezogen worden.

„Du bist so leise wie ein Schatten." Er legte das Buch zur Seite, ohne von mir wegzusehen. Ich streckte erneut die Hände nach vorne und zeichnete die schmalen und doch sinnlichen Lippen nach. Dunkel erinnerte ich mich daran, wie unerbittlich sie sein konnten.

„Vida?", fragte das Geschöpf mit einer gewissen Sorge in der Stimme. Fasziniert fuhr ich weiter über seine glatte Haut, hinunter zu seinem Hals. Ein Brennen breitete sich in meiner Kehle aus und alle meine anderen Sinne schienen für einen Moment taub zu werden. Schnell ging ich weiter.

„Weißt du, wo du bist?"

Ich sah zu ihm hinunter und starrte ihm in die Augen. Meine Finger fuhren währenddessen weiter seinen perfekten Körper entlang.

„Ich bin … Zu Hause."

Sein Blick wurde weicher. Ich konnte sehen, dass ihm meine Antwort gefiel.

„Und wo ist das?"

Seine Brust erschien mir wie aus weißem, glattem Marmor gemeißelt zu sein. Kurz vergaß ich seine Frage. Erst nach ein paar Sekunden konnte ich antworten.

„Avalons Schloss", sagte ich verträumt und meine Finger glitten seine Bauchmuskeln entlang, hinunter zu seiner Lende. Auf einmal packte seine Hand die meine und zog sie weg, als hätte ich eine unsichtbare Grenze überschritten. Als ich ihm erneut in die Augen blickte, glühten diese wie zwei Kohlestücke. Sie strahlten ein dunkles fast bittersüßes Verlangen aus, doch seine Lippen bekamen einen tadelnden Ausdruck.

„Richtig. Du weißt, wer ich bin?"

Ich nickte. „Du bist Avalon. Du bist ein Vampir."

Er musterte mein Gesicht, während ich mich fragte, warum mir das erst wieder klar geworden war, als er mich danach gefragt hatte.

„Du weißt, was passiert ist?"

Zaghaft streckte ich die andere Hand aus und fuhr damit durch sein seidiges, schwarzes Haar. Dabei stiegen verschiedene Eindrücke in meinen Geist auf. Bilder von einer hellen Vollmondnacht. Von süßen Qualen und einem nie enden wollenden Durst. Meine Augen wanderten zurück zu seinen.

„Wir ... Haben uns vereint", flüsterte ich, als würde ich es nicht aushalten können, die Worte laut auszusprechen. In Avalons Augen sah ich, wie auch in seinem Geist die Erinnerung daran aufflammte. Ich beobachtete, wie er sie kurz schloss und in ihnen schwelgte. Als er mich erneut ansah, zog sich ein amüsiertes Lächeln über sein Gesicht, das mir kurz den Atem raubte.

„Daran erinnerst du dich also als Erstes? Nun, das ist ein Kompliment, dass ich nur zurückgeben kann. Aber, so leid es mir auch tut, das Thema zu wechseln ... Das ist nicht das, worauf ich hinauswollte."

Als ich nichts antwortete, stand er auf und seine Präsenz wurde noch einmal deutlich stärker. Er hob die Hand und strich mir eine Haarsträhne aus der Stirn. Ich konnte immer noch nichts anderes tun, als ihn anzustarren. Erst jetzt verstand ich, wie sich Vampire in Landschaften oder den Nachthimmel verlieren konnten. Nur konnte ich mir nicht vorstellen, dass diese mich je so sehr Faszinieren würden, wie der Vampir vor mir es tat. Er war schon vorher sehr attraktiv gewesen, aber jetzt kam er mir vor, als würde ich ihn zum ersten Mal wirklich sehen. Ein grausamer, wilder Vampir, der alles was er tat, mit einer verzehrenden Leidenschaft durchführte.

Avalon schüttelte den Kopf. „Du erinnerst dich nicht?" Er fuhr mir langsam das Schlüsselbein hinauf, zu meinem Hals. „Ich habe dich gebissen. Genau hier." Kurz verharrte er dort, dann fuhr er langsam hinunter zwischen meine Brüste. Mein Mund wurde trocken und ich kam nicht umhin, dass mir ein leiser, erregter Seufzer entwich. Ich bemerkte erst jetzt, dass ich vollkommen nackt war. Aber aus irgendeinem Grund schien es mich nicht zu stören. Langsam stiegen weitere Bilder in mir auf.

„Du hast mein Blut getrunken."

Er nickte. „Nicht nur das. Ich habe dich mir einverleibt. Dich gefressen, obwohl ich nicht wusste, ob du stark genug sein würdest, wieder zu mir zurückzukommen. Aber das war das, was du wolltest, nicht wahr? Mich Leiden zu sehen und mich gleichzeitig in Ekstase zu versetzen."

Erschrocken sah ich ihn an. Seine Worte hatten etwas so ungeheuer Brutales, dass die Wahrheit darin mich für einen Augenblick erschütterte. Doch ich konnte mich ihr nicht verwehren.

„Ja", sagte ich nur. Avalons Blick bekam etwas Undurchdringbares.

„Leonore hatte recht. Wir sind uns tatsächlich ähnlich. Und nach dieser Nacht wahrscheinlich noch umso mehr."

Ich blinzelte irritiert, als ich endlich erkannte, worauf er hinauswollte. Ich entzog mich Avalons Griff und berührte mit meinen Fingern meine Lippen. Dann öffnete ich den Mund und ertastete scharfe, glatte Fangzähne. Der Vampir vor mir wartete und beobachtete geduldig, was ich tat.

„Bin ich ..." Meine Stimme versagte und ich starrte Avalon ungläubig an.

„Ja," erwiderte er ruhig. „Du bist eine Vampirin. Ich habe dich verwandelt."

Dann nahm er erneut meine Hand und zog mich vor einen langen, an den Rändern bereits angelaufenen Wandspiegel. Als ich die Frau darin erkannte, erschrak ich kurz. Aber nicht wegen der ebenmäßigen, glatten weißen Haut, den fast genauso weißen Haaren und dem durch die Verwandlung wohlgeformten Körper. Es waren meine Augen, die mich so irritierten. Sie waren nicht rot, wie die eines Vampirs. Zwischen den schwarzen, vollen Wimpern saßen runde, in einem schimmernden Silber strahlenden Iriden. Die Pupille war von einem roten zackigen Muster umgeben, den einzigen Hinweis darauf, dass ich nun eine Bluttrinkerin war. Von den Fangzähnen natürlich einmal abgesehen. Wie bereits vorhergesehen, hatte die Verwandlung auch bei mir mein Erscheinungsbild abgerundet. Ich sah noch aus wie zu der Zeit, als ich ein Mensch gewesen war, nur wirkte alles stimmiger und harmonischer.

Mein Blick fiel auf Avalons Spiegelbild, das mich mit einem immer größeren werdenden Verlangen anstarrte.

„Du solltest dir etwas anziehen."

Ich drehte mich zu ihm um und lächelt leicht. „Und was ist, wenn ich das nicht tue?"

Sein Blick bekam etwas Getriebenes. „Dann kann ich für nichts garantieren."

Mein Atem wurde bei diesen Worten schwerer und in mir kam das Verlangen auf, Avalon seine Kleidung vom Leib zu reißen und da weiterzumachen, wo wir vor meiner Verwandlung aufgehört hatten. Doch plötzlich zog sich ein lauter Schrei durch das gesamte Schloss. Er klang anklagend und schmerzte mir in den empfindlichen Vampirohren. Und in diesem Moment zerfiel das Luftschloss, in dem ich mich soeben noch befunden hatte, zu Staub. Die Realität traf mich mit einer Wucht, dass mir kurz schwindelig wurde. Ich wusste, was das Geschrei zu bedeuten hatte. Genauso wie der Geruch nach frisch umgegrabener Erde und der süße Gestank nach verbrannten, blutverschmierten Lacken, der unter der Tür ins Zimmer kam.

„Marien ... Ist gestorben. Wie konnte ich das nur vergessen?" Die Schuldgefühle überkamen mich und verdrängten auch den letzten Rest des wunderbaren Traums, in dem ich mich gerade befunden hatte. Avalon nickte stumm, dann legte er mir die Bettdecke über die Schultern, die ich mir daraufhin eng um den Körper schlang. Der Schmerz ihres Verlusts war für mich nicht in Worte zu fassen.

„Der Schrei, den wir gerade gehört haben. War das ...?"

Der Vampir verzog die Lippen zu einem grausamen Lächeln. „Der Teufel, der ihr das Leben genommen hat. Der Bastard, der erst zerstören musste, bevor er leben konnte."

Erschrocken über den blanken Hass in seiner Stimme starrte ich ihn an. Ich konnte ihn dafür jedoch nicht verurteilen, wusste ich doch selbst noch nicht, was ich für den Halbteufel empfinden sollte, den meine Blutschwester vor ihrem Tod zu Welt gebracht hatte.

„Ich muss zu ihm." Während ich das sagte, ging ich zum Bett herüber und sammelte meine Klamotten vom Boden ein.

Ich hatte mich schon halb angekleidet, als Avalons Stimme die Stille zerschnitt.

„Du solltest noch etwas trinken, bevor du irgendetwas tust. Dein Körper braucht nach der Verwandlung genug Energie, sonst wird er sich selbst zerstören."

Ich starrte auf die kleine Thermoskanne in seiner Hand und schluckte schwer. Ich wusste nicht warum, aber bei der Aussicht auf Menschenblut wurde mir nicht gerade euphorisch zumute. Auch wenn ich bemerkte, wie der Gedanke daran meine Kehle erneut in Brand setzte.

Ich nahm Avalon schließlich die Flasche ab und setzte sie mir an die Lippen. Der erste Schluck war merkwürdig, aber dann gefiel mir der salzige und metallische Geschmack. Trotzdem kam mir der Gedanke, dass ich viel lieber Avalons Blut trinken würde. Aber jetzt, da ich eine Vampirin war, würde ich es nicht mehr bekommen. Meine neue Fähigkeit, durch sein Blut auf seine nackte und verletzte Seele zu starren, verhinderte es. Und sein Stolz würde es wahrscheinlich niemals zulassen, dass ich alles über ihn erfahren durfte. Das wusste ich. Ein Vampir konnte nicht vergessen, und so würde auch ich nichts davon vergessen können, was das Blut mir über ihn offenbaren würde.

Ich setzte ab und gab ihm die leere Kanne wieder zurück. Mein ehemaliger Meister nickte zufrieden. Als ich Anstalten machte, aus dem Raum herauszugehen, sah ich, dass Avalon sich keinen Millimeter bewegt hatte.

„Du ... Kommst nicht mit?", fragte ich irritiert. Es war für mich außerdem ungewohnt, den Vampir nun nicht mehr förmlich anzureden, wie es eigentlich zwischen Schülerin und Meister brauch war.

Avalon schüttelte den Kopf. „Ich habe noch zu tun. Außerdem solltest du ihm möglichst unvoreingenommen entgegentreten. Es ist deine Entscheidung, was nun mit ihm geschieht, schließlich war sie deine Blutschwester. Ich halte mich da raus."

Überrascht von seiner Zurückhaltung, machte ich mich schließlich auf den Weg. Meine neuen Vampirsinne führten mich in einen kleinen Raum im oberen Stockwerk. Ich konnte den Säugling schon von Weitem riechen. Die Schreie waren mittlerweile verstummt und ich hörte nur noch ein leises Wimmern. *Ich muss mich entscheiden? Was meinte Avalon damit? Soll das etwa heißen, er würde nicht eingreifen, wenn ich …*

Ich öffnete die Tür und betrat den Raum. Dieser war weitgehend leer, bis auf das Babybett, das mitten im Zimmer stand. Die Fenster waren offen und der Wind bauschte die bodenlangen, weißen Gardinen auf. Als ich langsam, einen Fuß vor den anderen setzte, fragte ich mich, wo Sefraim und Donna Ferrana waren. Ich hätte eigentlich erwartet, dass zumindest einer von ihnen hier sein würde. Unschlüssig sah ich zu dem quengelnden Bündel herüber, an dem noch der süße Geruch von Blut klebte. Der Durst in mir blieb jedoch aus. *Wahrscheinlich, weil ich gerade erst Menschenblut getrunken hatte,* dachte ich. Trotzdem überraschte es mich, dass die anderen mir derart vertrauten. *Wenn ich so darüber nachdenke, gibt es nur einen Grund: Es interessiert sie nicht. Mariens Kind ist ihnen völlig egal. Zumindest vorerst. Oder sie haben gerade Wichtigeres zu tun.*

Ich stand nun vor dem aus hellem Holz gefertigten Bettchen und wunderte mich kurz, wo es eigentlich herkam, als mein Blick auf ihn fiel. Der Säugling war in eine schwarze Decke gewickelt worden. Seine Haut besaß einen kupfernen Schimmer und das wenige Haar auf seinem riesigen Kopf war von einem hellen Blond. *Er sieht aus wie Serezar,* schoss es mir durch den Kopf und im gleichen Augenblick wurde eine fast unbändige Wut in mir entfacht. *Serezars Bastard hat Marien* getötet. *Wäre er nicht gewesen, würde sie noch leben.* Meine Hände bewegten sich auf einmal wie von selbst. Sie umfassten den kleinen Körper und hoben ihn an. *Er ist zum Teil ein Teufel. Er ist unser Feind! Er verdient es nicht zu leben.* Plötzlich trat ich mit ihm zu dem offen stehenden Fenster herüber und hielt ihn mit ausgestreckten Armen über den Abgrund. Ich wusste, wenn ich ihn jetzt fallen lassen würde, würde sein weicher Kopf auf den Pflastersteinen draußen zerplatzen wie eine überreife Frucht. Irgendwie befriedigte mich der Gedanke. Soll er doch sterben, dieses Kind gezeugt durch Hass und Mordsucht! Marien war meine Schwester gewesen, die ich nach all den Monaten der Ungewissheit endlich wiedergefunden hatte. Und dann wurde sie mir genommen. Ein zweites Mal. Und wieder musste ich diesen Schmerz ertragen. Das Baby begann zu strampeln und bewegte sich unruhig. Mir kam wieder in den Sinn, was meine Blutsschwester in den letzten Augenblicken ihres kurzen Lebens zu mir gesagt hatte.

Ich nenne ihn Irvin. Pass gut auf ihn auf Vida. Ich zögerte. Könnte ich das wirklich tun? *Marien hatte ihn geliebt, obwohl sie keinen Grund dazu hatte.* Der Säugling hatte bis jetzt seine Augen geschlossen gehalten, doch auf einmal öffnete er sie. Auf einmal strahlten mir grüne, kleine Smaragde entgegen. Er hatte Mariens Augen. Ein Gefühl der Scham überkam mich. Schnell zog ich die Arme an und lief mit Irvin wieder zu seinem Bettchen herüber. Vorsichtig legte ich ihn zurück und starrte ihn einfach nur an. Das schreckliche Gefühl in mir hallte noch eine Weile nach. Verwirrt schüttelte ich den Kopf. Diese hässlichen Gedanken, die ich gehabt hatte, hätten mich fast überwältigt.

„Jeder neugeborene Vampir muss erst lernen, mit seinem neuen Wesen umzugehen. Grämen dich deswegen nicht."

Erschrocken blickte ich auf und sah in Donna Ferranas violette Augen.

„Manche sagen, die ersten Stunden als Neugeborener würden das gesamte Leben eines Vampirs prägen. Ob er der Blutbestie in sich widerstehen kann oder irgendwann von ihr aufgefressen wird und zu einem Süchtigen mutiert."

Die schöne Frau stand direkt neben mir und trug eine kunstvolle goldene Rüstung, von der ich sicher war, dass sie genauso hübsch wie funktionell war. Ihr Haar war zu einem hohen Zopf zusammengebunden und sie sah aus wie eine sehr blasse, aber auch sehr tödliche Amazone.

„Was denkst du?", fragte mich die Herrin von Venedig herausfordernd. Ich brauchte nicht lange, um ihr zu antworten.

„Die Bestie wird nur zum Feind, wenn man sie auch als solche betrachtet. Sie ist nun ein Teil von mir und wenn ich sie hin und wieder füttern muss, damit wir Freunde werden, dann ist das eben so."

Donna Ferrana grinste breit. „Wahre Worte eines Wesens des Zwielichts, Silberblut. Mir gefällt deine Antwort."

Plötzlich hörte ich, wie hinter mir die Tür geöffnet wurde. Sefraim und Avalon traten hindurch. Der Verwalter des Zwielichts lächelte mich an, während mein ehemaliger Meister mich durchdringend musterte. Ich wusste sofort, was hier eigentlich vor sich ging.

„Was? War das etwa eine Prüfung? Ihr habt mich auf die Probe gestellt!"

Sefraim nickte ernst. „Das haben wir. Ich weiß es ist ein sehr direktes Vorgehen gewesen, aber wir mussten schnell wissen, was für Auswirkungen die Verwandlung auf dein Wesen besitzt. Schließlich konnte niemand voraussehen, was dein Silberblut als Vampirin für Einflüsse auf dich hat, noch, was die vorzeitige Verwandlung in dir bewirken konnte."

„Und dafür setzt ihr ein unschuldiges Kind ein? Ich hätte ihn töten können!"

„Das hätten wir nicht zugelassen", antwortete Donna Ferrana selbstbewusst. Ich starrte sie ungläubig an, dann wanderte mein Blick vorwurfsvoll zu Avalon.

Dieser zuckte nur mit den Achseln. „Ich gebe zu, es war meine Idee gewesen. Aber wisse Vida, dass ich überzeugt davon war, dass du den Test bestehen würdest. Und selbst wenn nicht … Das Risiko, dass du ihn getötet hättest, hielt ich für überschaubar."

Ich verengte wütend die Brauen. „Was wenn ich ihn fallen gelassen hätte? Wenn ich die Prüfung nicht bestanden hätte?"

„Jeder von uns hätte es nachvollziehen können, wenn du es getan hättest. Aber dann hätten wir entsprechend vorsichtig mit dir sein müssen. Aber so ist wirklich der bestmögliche Fall eingetreten. Dein Selbst ist bereits stark genug, um sich gegen die Finsternis in dir zu behaupten." Sefraim hob seine Arme an und auf einmal erschien das Buch der Nacht in seinen Händen. „Außerdem musst du dich noch in unserem Klubbuch verewigen", scherzte der alte Vampir.

Noch immer verärgert über das falsche Spiel, trat ich murrend zu ihm herüber. Avalons Großvater klappte den dicken Folianten auf und blickte mich auffordernd an. Ich biss mir, ohne mit der Wimper zu zucken, in den Zeigefinger meiner rechten Hand und zeichnete meinen Namen auf das vergilbte Pergament, gleich hinter Avalons Namen. Der alte Vampir nickte zufrieden, schloss das Buch wieder und ließ es so verschwinden, wie es gekommen war. Dann, zu meiner Überraschung, streckte er die Arme aus und umarmte mich.

„Willkommen in meiner Familie, Vida. Du kannst mich jetzt Urgroßvater nennen, wenn du möchtest. Oder Großvater. Mir ist es einerlei."

Überwältigt von dieser Geste, wurde ich kurz sentimental. Als sich mein und Avalons Blick trafen, sah ich, wie dieser mit den Augen rollte. Ich streckte ihm als Rache die Zunge heraus, bevor ich mich wieder von dem alten Vampir löste.

„Danke, Großvater. Das bedeutet mir viel."

Ich hörte, wie sich die Herrin von Venedig geräuschvoll räusperte und sah zu ihr herüber.

„Ich will die fröhliche Familienvereinigung nicht stören, aber wir haben noch einiges zu bereden."

Widerwillig nickte ich ihr zu. „Da kann ich Euch nicht widersprechen."

Donna Ferrana ließ für einen Moment den Blick ihrer violetten Augen über uns gleiten, bevor sie weitersprach. „So wie ich es einschätze, befinden wir uns alle auf demselben Wissensstand. Daher fasse ich alles nur auf das Nötigste zusammen: Die Dämonenkönigin will diese Welt verschlingen. Da Vida ihr entkommen konnte und nun zu einer von uns gemacht wurde, sind ihre Möglichkeiten nun begrenzt. So einfach wie bisher kann sie Vida nicht über die Grenze bringen und die Mutter der Nacht kann dir Barriere nicht selbst zerstören, allerdings ist diese noch immer geschwächt genug, dass ihre hybriden Geschöpfe weiterhin den Weg zu uns finden können. Sie sind jedoch keine ernsthafte Bedrohung für uns, nicht, wenn die gesamte Organisation gegen sie arbeitet. So gesehen, kann sie uns momentan nicht einnehmen."

„Das stimmt so nicht ganz." Es war Sefraim, der nun vor uns trat. „Dass sie Vidas Silberblut als Energiequelle benutzt, um die von ihrer Seite Barriere komplett zu senken, wäre sicherlich der einfachste Weg gewesen. Aber es gibt für sie noch einen weiteren, wenn auch beschwerlicheren Weg und ich schätze, dass sie nicht mehr lange warten wird, diesen auch zu beschreiten. "

„Und welcher soll das sein?", fragte Avalon.

Auf einmal kam mir eine Idee. „Ihr habt die Barriere einmal durchschritten, nicht wahr, Sefraim? Als Ihr zu jener Zeit von dort geflohen seid."

Der alte Vampir sah mich an und ich meinte, Anerkennung in seinen roten Augen zu sehen. „Sehr richtig, Vida. Allerdings war ich damals nicht allein. Ich brachte viele Wesen mit mir, die der Übermacht der Teufel überdrüssig geworden waren. Gemeinsam flohen wir in das Diesseits und begannen hier ein neues Leben. Jedoch war mir damals nicht klar gewesen, wie sehr dieser Schritt die Grenze beschädigen würde. Aber selbst wenn, für diese große Teleportation hatte ich fast die gesamte Energie, dich ich der Dämonenkönigin gestohlen hatte, ohnehin aufgebraucht. Es war also sowieso nichts mehr übrig gewesen, um den Riss zu schließen. Ich fürchte, dass wir diese ganze Situation mir zu verdanken haben. Die guten, wie auch die schlechten Seiten. Ihr müsst wissen, die Barriere zwischen den Welten ist eine komplizierte Sache. Wenn man es schafft sie zu durchqueren, schließt sie sich zwar, aber je nach der Menge an Energie, die sie passiert hat, bleibt eine Wunde zurück, die ein weiteres Durchdringen leichter macht. Und da ich beim Durchqueren durch die Macht der Mutter der Nacht kein einfacher Dämon war und dazu noch Gesellschaft hatte, war die Wunde, die ich ihr zugefügt hatte, dementsprechend groß."

„Aber," fragte ich, „warum hat die Dämonenkönigin diese Möglichkeit nicht schon vorher genutzt? Wusste sie davon nichts?"

Sefraim schüttelte den Kopf. „Sie und die Barriere sind miteinander verbunden. Sie weiß genau, was sich dort abspielt. Niemand kann ohne ihr Wissen hindurchwandern. Ausgenommen natürlich der Zeitraum, während ihres dreitausendjährigen Schlafes und das war auch der Grund, warum wir unbemerkt fliehen konnten. Doch als sie erwachte, musste sie die Verletzung darin sofort gespürt haben. Jedoch ist die Wunde weder groß genug für Sie selbst noch für eine komplette Armee, sodass, wie wir selbst erfahren haben, nur eine begrenzte Anzahl ihrer Halbteufel auf einmal hindurchgeschleust werden konnte. Und selbst wenn sie nun durch die Absorption des Lichtkönigs genug Energie besitzen würde, bis eine ganze Arme dort hindurchgekommen ist, haben wir die anderen auf der gegenüberliegenden Seite bereits ins Jenseits geschickt. Dieser Weg ist für sie also äußerst verlustreich. Dass die Dämonenkönigin selbst die Barriere an dieser Stelle durchdringt, halte ich momentan noch für am unwahrscheinlichsten, schließlich muss sie auf der anderen Seite nachhelfen, den Durchgang für ihre Armee aufrecht zu erhalten. Allerdings muss ich dazu sagen, dass es noch andere Stellen geben könnte, die ebenfalls mögliche Schwachstellen bieten könnten."

Avalon sah seinen Großvater aufmerksam an. „Also gibt es noch weitere Wunden in der Barriere?"

„So ist es. Der Einsatz der Portalkugeln, mit denen die Halbteufel in diese Welt gekommen waren, wird ähnlichen, wenn auch nicht ganz so großen Schaden verursacht haben. Sie könnte die Barriere an diesen Punkten angreifen, jedoch dadurch wiederum nicht selbst am Kampf teilnehmen. Ein nicht zu beachtender Vorteil für uns. Aber sollte sie es schaffen durch die Wunde, die meine Flucht hinterlassen hatte, eine beachtliche Menge ihrer Teufel hindurchzubringen, könnte es dazu führen, dass diese mit der Zeit ein noch größeres Loch in die Barriere reißen werden. Wenn das passiert, können immer mehr Dämonen und vielleicht auch irgendwann die Königin selbst hindurchschreiten. Aber das braucht Zeit und sie müsste eine beachtliche Menge an ihren Schergen dafür opfern."

„Kann man die Wunden irgendwie wieder schließen? Die Barriere wiederherstellen?", fragte Avalon.

Der alte Vampir zuckte mit den Achseln. „Vielleicht, aber ich wüsste nicht wie. Ich habe es selbst bereits versucht, aber meine Magie hatte damals nichts ausrichten können."

„Vielleicht könnte ich es ja?", erwiderte ich nachdenklich und bemerkte dabei, wie sich alle Augen plötzlich auf mich richteten.

Sicher, ich war nicht besonders heiß darauf, diese Rolle zu übernehmen, aber durch das, was ich dort in der Anderswelt erlebt hatte, allen voran, dass sich die Macht meines Blutes offenbart und ich Drago, den General der Mutter der Nacht so einfach auslöschen konnte, ließ mich glauben, dass ich vielleicht auch die Wunde irgendwie schließen konnte. Denn auch wenn ich jetzt endlich zu den Wesen der Nacht gehörte, war ich doch keine normale Vampirin und würde es auch niemals sein. Ich trug zwar, wie meine anderen Brüder und Schwestern die Magie der Dämonenkönigin in mir, aber da war noch etwas anderes, was die Verwandlung überdauert hatte. Ich spürte, wie mein Silberblut in mir pochte, machtvoller und präsenter als ich es jemals als Mensch wahrgenommen hatte. Wenn ich damals schon dazu fähig war, die Magie der Mutter der Nacht auszulöschen, zu was wäre ich dann jetzt fähig, wo ich die Existenz dieser Macht nun spürte, als wäre sie ein kontrollierbarer Teil meines Körpers?

Donna Ferrana fauchte leise und holte mich damit wieder aus meinen Gedanken zurück. „Die Mutter der Nacht wollte deine Kraft dazu benutzen, die Barriere zu zerstören! Woher weißt du, dass du sie bei dem Versuch, die Wunden zu schließen, nicht noch weiter destabilisieren wirst? Meiner Meinung nach ist das Risiko viel zu groß!"

Ich sah fragend zu Avalon und Sefraim herüber, die, zu meiner Verunsicherung, beide zustimmend nickten.

„Ausnahmsweise muss ich ihr recht geben", sagte mein ehemaliger Meister. „Wir wissen nicht, was die Kraft in deinem Blut verursachen könnte, noch, wie wir überhaupt dabei vorgehen sollen. Die Dämonenkönigin hat schließlich nicht darüber gesprochen, wie sie geplant hat, mit Vidas Kraft die Barriere zu zerstören."

„Ich weiß es," erwiderte Sefraim plötzlich. Unser aller Blicke gingen erwartungsvoll und überrascht zugleich zu dem alten Vampir zurück. „In den Tiefen der Erde gibt es in der Anderswelt einen Kern aus purer, sehr alter Magie. Diese erzeugt die Barriere zwischen den beiden Welten und ist für die Wesen der Dunkelheit und des Lichts tödlich. Aber ich bin mir sicher, dass dort das Geheimnis der Wiederherstellung der Barriere zugrunde liegt, und ebenso bin ich überzeugt davon, dass Vida die Einzige hier ist, die dieser Magie widerstehen kann. Schließlich ist die Kraft, die in ihren Venen pulsiert, fast identisch mit jener."

Alle anwesenden Vampire sahen nun erneut zu mir herüber. Ich starrte überrascht Sefraim an und wusste nicht so recht, wie ich auf diese Neuigkeiten regieren sollte.

„Bist du dir sicher?"

Sefraim nickte ernst. „Als ich gesehen habe, wie du den Teufel in der Anderswelt damit getötet hattest, habe ich es deutlich gespürt. Aus irgendeinem Grund scheint die Kraft von dort deiner sehr ähnlich zu sein. Aber ich kann mir nicht erklären warum. Du vielleicht?" Die roten Augen des alten Vampirs ruhten gespannt auf mir, doch zu seiner Enttäuschung schüttelte ich nur den Kopf. *Was hat das zu bedeuten? Könnte es vielleicht sein, dass mein Silberblut seinen Ursprung vielleicht dort hat? Auf diese Idee bin ich noch überhaupt nicht gekommen! Aber ... Passend wäre es. Kaum zu glauben wie nah ich damals, als ich die Dämonenkönigin traf, vielleicht einer Antwort für das gewesen war, was ich eigentlich bin ... Und vielleicht war etwas in mir schon längst ein Teil des Zwielichts, ohne es zu bemerken ...*

„Wie auch immer, die Dämonenkönigin muss Vida erst einmal in die Finger bekommen, um ihren Plan in die Tat umzusetzen", sprach Avalon mit einer gewissen Herausforderung in der Stimme. „Dafür wird sie immer mehr ihrer Teufel durch die Barriere schicken, um sie zu destabilisieren. Wir sollten uns darauf vorbereiten." Der Enkel des Verwalters sah auffordern in die Runde. „Wir müssen eine Armee aufstellen. Nicht nur aus Vampiren, sondern mit allen Wesen des Zwielichts, die kämpfen können. So ist es uns möglich, Truppen zu bilden, mit denen wir die Wunden der Barriere verteidigen werden."

Die Herrin von Venedig rollte mit den Augen. „Schade, dass Artemis nicht hier sein kann, um deine Kriegsaufforderung zu hören. Es hätte ihr bestimmt gefallen. Aber die Wächter und sie haben gerade alle Hände voll zu tun, die niederen Dämonen zurückzuschlagen, die durch die instabile Barriere drängen. Fast so, als wären sie von jemanden befehligt worden, um uns abzulenken. Aber wie auch immer, ich habe Badrik bereits angewiesen, dementsprechende Dinge in Bewegung zu setzten und das gesamte Zwielicht in Alarmbereitschaft zu setzen.

„Wie schnell können wir eine Armee aufstellen?", fragte Sefraim die Herrin von Venedig mit ernster Stimme. Donna Ferrana wog abschätzig den Kopf hin und her. „Wenn wir Vampire einsetzen, um die Kämpfer ins Hauptquartier zu teleportieren, um sie zu rekrutieren ... Dann noch die Bestimmung der Kampfstärke und eventuelle Ausgabe von Waffen. Ich schätze, fünf Nächte?"

„Ich gebe dir vier. Fang sofort an."

Die schöne Vampirin nickte. „Wie ihr befiehlt, Kriegsmeister." Sie lächelte amüsiert, als würde sie sich über die Herausforderung freuen, dann löste sie sich in schwarzen Nebel auf.

„Kriegsmeister?", fragte Avalon zweifelnd.

Der alte Vampir zuckte mit den Achseln. „Jemand muss die Koordination übernehmen und ich habe nun einmal die meiste Erfahrung mit der Dämonenkönigin. Ich übernehme diesen Posten nicht gerne, aber ich bin die logische Wahl dafür."

„Weiß der Rest des Rats ebenfalls von Eurer Vergangenheit?", fragte ich neugierig.

Sefraim schüttelte den Kopf. „Nein, aber ich werde es ihnen nun erzählen müssen." Er seufzte. „Ich habe es immer vermieden, weil ich kein unnötiges Machtgefälle im Rat erzeugen wollte. Aber jetzt ... Es bleibt mir wohl keine andere Wahl." Die Augen des Vampirs wanderten wieder zu seinem Enkelsohn. „Avalon, ich weiß du bist kein Mitglied des Zwielichts, aber ich würde es begrüßen, wenn du uns in dieser schwierigen Stunde unterstützen würdest."

Ich sah, wie mein ehemaliger Meister abschätzig das Gesicht verzog. „Ich werde kämpfen, Großvater. Aber nicht für das Zwielicht. Du kannst mir zwar befehligen, aber ich entscheide selbst, ob ich deine Anordnungen befolgen werde."

Sefraim seufzte. „Nun, das wird reichen müssen." Er blickte zu mir herüber. „Ich möchte dich darum bitten, dass du Vida die Tage bis zur Versammlung der Armee in vier Nächten trainierst. Sie braucht jemanden, der sie am Anfang ihres neuen Lebens unterstützt. Da sie zu früh verwandelt wurde, schätze ich, dass sie noch weiteren Unterricht benötigt. Außerdem müssen wir alles über die Kraft des Silberbluts erfahren. Ich erwarte keinen Angriff in den nächsten Nächten, jedoch werde ich Wächter um das Schloss herum postieren lassen. Zur Sicherheit. Des Weiteren werde ich an den Orten, von denen wir wissen, dass sich dort Wunden in der Barriere befinden, ebenfalls Kämpfer schicken. So sind wir gewarnt, falls die Dämonenkönigin doch früher angreifen sollte." Der alte Vampir musterte uns ernst. „Gibt es sonst noch Fragen?"

Ich blickte zu Mariens Säugling herüber und biss mir unschlüssig auf die Lippen. „Was ist mit dem Kind? Keiner von uns hat weder die Zeit noch die Erfahrung, um sich um ihn zu kümmern."

Der Vampir sah mich entschuldigend an. „Ich fürchte, die Verantwortung für ihn muss ich dir überlassen, Vida. Du wirst schon einen Weg finden."

Ich erwiderte daraufhin nichts, obwohl mir die Aussicht darauf, mich um das Baby zu kümmern, alles andere als begeisterte. Vielleicht wollte ich es nicht töten, aber dennoch erinnerte es mich jedes Mal, wenn ich es sah, an den schmerzlichen Verlust meiner Freundin und all das Leid, das ihr widerfahren war.

„Wollt Ihr, dass Vida der Armee in den Krieg folgt?" Avalons stimme ließ mich verwundert aufschauen.

Der alte Vampir nickte. „Sie ist nun eine Wächterin des Zwielichts, wenn auch in Ausbildung. Außerdem kann ihre Kraft dort sehr nützlich für uns sein."

„Aber auf dem Schlachtfeld ist es für die Dämonenkönigin leichter, sie zu finden. Wenn sie das Silberblut verschlingt und die Barriere fällt, ist alles aus. Dann überrollt uns die Übermacht ihrer Armee."

Sefraim sah Avalon direkt in die Augen. „Da gebe ich dir recht. Aber ich vermute, dass wir in diesem Fall ohnehin bereits alle verloren sind, sollte die Dämonenkönigin dazu in der Lage sein, das Diesseits betreten. Denn dann sind die beiden Welten ohnehin miteinander verschmolzen und die Grenzen nicht mehr existent. Und damit auch das Zwielicht verloren. Nein, Vida ist auf dem Schlachtfeld zunächst am besten positioniert. Den Rest bereden wir, wenn unsere Armee steht."

Seine ernsten Worte verursachten einen Kloß in meinem Hals. Der Verwalter verabschiedete sich von uns und von einem Moment auf den anderen war ich mit Avalon allein. Ich sah stumm zu ihm herüber und beobachtete, wie er nachdenklich ins Leere starrte.

„Es sieht so aus, als werdet Ihr mich als Schülerin nicht los, Meister", sagte ich scherzhaft. Der Vampir blickte zu mir herüber, sein Gesicht so undurchdringlich wie eine Maske. Ich betrachtete seine edlen Züge durch meine Vampiraugen und merkte, wie sie begannen, mich erneut in ihren Bann zu ziehen. Dabei überkam mich eine unglaubliche Sorge vor der ungewissen Zukunft, die uns bevorstand. Avalon würde wie die anderen für den Erhalt der Barriere kämpfen. Die Möglichkeit, dass er dabei vielleicht sogar getötet werden könnte, ließ die Angst für einen Moment die Überhand in mir gewinnen. Ich spürte, wie ich bei dem Gedanken erstarrte, als ich plötzlich das unverständliche Gebrabbel des kleinen Irvins hörte. Innerlich gepeinigt bei diesem Geräusch, lief ich schließlich zu dem Säugling herüber und starrte ihn unschlüssig an. Ich wusste nicht, was ich mit ihm machen sollte, aber es war Mariens letzter Wille gewesen, dass ich mich gut um ihn kümmere.

„Was mache ich nun mit ihm?", seufzte ich unschlüssig. Dabei hörte ich, wie Avalons Schritte sich mir näherten. Jetzt, wo ich das Gehör eines Vampirs besaß, viel mir die Eigenart auf, mit dem mein Meister einen Fuß vor den anderen setzte. Sein Gewicht war leicht nach vorne geneigt und sein Gang präzise und stolz.

„Er riecht nicht besonders lecker. Ob das dem teuflischen Teil in ihm zu verdanken ist? Zumindest muss er keine Angst haben, dass ihm ein Vampir das Blut aussaugen möchte."

Seine Worte brachten mich kurz zum Schmunzeln, aber mein Lächeln verflog fast so schnell wieder, wie es gekommen war. „Ich bin selbst eine Neugeborene in dieser Welt. Wie soll ich mich da angemessen um ihn kümmern können?"

„Ich kann Gronna darum bitten, dass sie sich seiner annimmt. Sie und die anderen Gnome pflanzen sich schließlich wie die Menschen fort. Sie wissen sicherlich, was man tun muss. Allerdings ist das keine langfristige Lösung."

„Danke, Meister Avalon. Das weiß ich zu schätzen. Wenn der Kampf gegen die Dämonenkönigin vorbei ist, werde ich mir etwas für ihn überlegen. Versprochen. Er ist überwiegend ein Mensch. Vielleicht ist es am besten, wenn er unter ihnen aufwachsen würde?"

Er sah mich überrascht an. „Du willst ihn also nicht behalten? Verstehe mich nicht falsch, das ist in deiner jetzigen Situation eine weiße Entscheidung von dir. Dennoch hatte ich gedacht, dass du ihn selbst aufziehen willst."

Ich schüttelte den Kopf. „Ich bin realistisch genug, um zu wissen, dass das als neugeborene Vampirin keine besonders gute Idee ist. Auch wenn sein Blut mich wahrscheinlich nicht in Versuchung führen wird, muss ich noch viel über mich selbst lernen. Außerdem … Weiß ich nicht, ob ich so etwas wie Liebe für ihn empfinden könnte. Und wenn ich das nicht kann, wäre es doch recht grausam ihn zu behalten, oder?"

Mein Meister musterte mich lange, während ich geduldig wartete, dass er etwas sagte. Schließlich tat er es.

„Liebe ist etwas für die Menschen, Vida. Aber Vampiren sind selbstsüchtige Geschöpfe, beherrscht von ihrem dunkelsten Verlangen. Sie begehren, besitzen, benutzen oder beherrschen jemanden. Lieben tun sie, wenn überhaupt, nur sich selbst."

Perplex starrte ich ihn an. „Du glaubst nicht an die Liebe?"

„Ob ich daran glaube oder nicht spielt keine Rolle", erwiderte er knapp. „Vampire sind nicht für die Liebe gemacht. Ihre starken Emotionen lassen sie nur allzu leicht pervertieren und letzten Endes zerstören Vampire das, was sie lieben oder werden davon zerstört. Es ist besser, dieses Gefühl in sich abzutöten und es damit überhaupt nicht so weit kommen zu lassen."

Seine kalten Worte lösten eine unglaubliche Traurigkeit in mir aus. Insgeheim hatte ich gehofft, dass Avalon nach unserer gemeinsamen Nacht mehr für mich empfinden würde. Ein Teil von mir hatte sogar gewagt zu hoffen, dass er mich vielleicht sogar liebte. Was waren all die süßen Worte in jener Nacht? Hatten sie keine Bedeutung? Nein, das konnte ich nicht glauben. Ich wollte ihn. Ich wollte ihn so sehr, dass es mich schmerzte. Das Gefühl wurde so stark, dass es mich fast überwältigte und kurz darauf war ich von mir selbst erschrocken. *Seit ich eine Vampirin bin, ist es so, als hätten sich alle meine Gefühle um ein Vielfaches verstärkt. Auch wenn ich es nicht wahrhaben will, kann ich mir ungefähr vorstellen, was Avalon meint, wenn er sagt, dass Vampire von ihrem Verlangen beherrscht werden. Aber dennoch …*

„Du bist enttäuscht."

Seine Worte schreckten mich aus meinen Gedanken auf. Erst dachte ich, er wäre in meinen Kopf eingedrungen, aber wahrscheinlich stand es mir einfach ins Gesicht geschrieben. Zögerlich sah ich ihn an, aber je länger ich es tat, desto entschlossener wurde mein Blick und die Worte kamen wie von selbst über meine Lippen. „Lieber würde ich sterben, als keine Liebe mehr empfinden zu können, oder sie von demjenigen zu bekommen, den ich liebe. "

Er presste bei meinen Worten die Lippen aufeinander, während ich beobachtete, wie sein Blick sich verdüsterte. „Dafür ist es nun zu spät."

„Außerdem," fuhr ich fort, ohne auf seine Worte einzugehen, „glaube ich nicht, dass die Liebe Vampire zerstört, insofern sie auch erwidert wird. Aber einseitige Gefühle hingegen ... Ich kann mir vorstellen, dass das für ein solch leidenschaftliches Wesen, wie ein Vampir es ist, das Ende bedeuten kann. Aber das heißt nicht, dass sie generell so ist."

„Du bist noch unerfahren, Vida, deshalb sagts du das. Du weißt nicht, wie oft mein Verlangen nach deinem Blut dich fast getötet hätte. Ein Vampir kann sich nur schwer kontrollieren, wenn er einmal gefallen an etwas gefunden hat und nicht alle Meister-Schülerziehungen gehen auch gut aus."

„Hast du dich deswegen oft so lange von mir ferngehalten, als ich noch ein Mensch war?"

Er seufzte. „Das ... Ich musste mich beschäftigt halten. Ansonsten wären meine Gedanken nur noch darum gekreist, wann ich das nächste Mal meine Zähne in deinen Hals graben kann. Du weißt nicht, wie abhängig dein Silberblut macht. Selbst jetzt noch."

Ich sah das Verlangen in seinen Augen und schluckte schwer. „Warum tust du es nicht einfach?", flüsterte ich und spürte, wie mein langsamer Herzschlag bei diesem Gedanken an Fahrt gewann.

Sein Blick bekam etwas Hartes. „Ich kann nicht, Vida. Auch ich habe meinen Stolz. Du warst ... Du bist noch immer meine Schülerin. Von dir als Vampirin zu trinken ... Ich könnte alles von dir verlangen. Du wärst eine Marionette in meinen Händen ohne freien Willen. In meinen Augen ein verabscheuungswürdiges Schicksal."

„Aber wenn du mich auch von dir trinken lässt ..."

„Es geht nicht." Seine Worte waren schneidend wie Eis. Er drehte sich ruckartig um und lief zur Tür herüber. Dann verharrte er dort für einen Moment.

„Gronna ist bereits auf dem Weg, um das Baby zu holen. Wir beide treffen uns zum Einbruch der Dämmerung unten auf der Wiese hinter dem Schloss. Wir sollten mit dem Training keine Zeit verlieren."

Als er verschwunden war, starrte ich noch eine ganze Weile auf die Stelle, wo er das Zimmer verlassen hatte. Ich fühlte mich verwirrt und zurückgewiesen. Und ich verstand nicht, warum er nicht wollte, dass wir gegenseitig voneinander tranken. War mein Silberblut nicht mehr verlockend genug für ihn? Wollte er so sehr nicht, dass ich alles über ihn erfuhr, dass sein Stolz stärker war als seine Gier? Was wollte er unbedingt vor mir verbergen? Vielleicht, so kam mir der Gedanke, sind seine Gefühle für mich auch einfach nicht stark genug. Eine unendliche Traurigkeit erfasste dabei mein Herz. *Was Vampire lieben, zerstören sie … Vielleicht ändert er seine Meinung, wenn ich ihm das Gegenteil beweise? Wenn ich ihm zeige, dass es auch anders geht? Aber wie soll ich das nur anstellen?*

Kapitel 9: Ursprung

Als ich das erste Mal als Vampirin nach draußen trat, war es, als würde ich eine andere Welt vor mir sehen. All die Farben des Frühlings überwältigten mich und für einen Moment stand ich einfach nur so da und tat nichts, außer meinen aufgeregten Atem zu beruhigen. Die letzten Sonnenstrahlen waren am Horizont zu sehen und färbten den Himmel in ein wunderschönes Rot. Ich konnte das Rascheln der Insekten im Gras hören und das Summen der Hummeln, die noch als letzte auf die Suche nach Nektar ausgeflogen waren. Noch tiefer in der Erde spürte ich die Vibrationen der Regenwürmer und Maulwürfe, wie sie sich in ihrem unterirdischen Heim bewegten. Des Weiteren hörte ich Töne, viel höher und tiefer als ich es jemals als Mensch hätte wahrnehmen können. Ich hob den Blick und sah, wie Fledermäuse vor mir durch die Luft sausten. Mit meinen Vampiraugen hätte ich jedes einzelne Haar auf ihren kleinen, warmen Körpern zählen können.

So stand ich einfach da und beobachtete, wie es immer dunkler wurde. Und je mehr Licht entschwand, desto stärker sah ich, wie die Umgebung sich veränderte. Manche Farben verschwanden, dafür tauchten andere wieder auf und ich bemerkte aufgeregt, dass ich in dem schwachen Mondlicht sogar noch besser sehen konnte als bei Tag. Die Welt der Nacht war anders als die Welt des Lichts, aber nicht minder schön. Plötzlich drang ein bekanntes Geräusch an meine Ohren. Es war das Flattern von Federschwingen, die auf mich zuhielten. Ich drehte meinen Kopf in die Richtung und konnte sehen, wie plötzlich ein weißer Rabe auf mich zugeflogen kam. Ich streckte die Hand aus und Nimmer ließ sich auf meinen ausgestreckten Arm nieder.

„Vida!", krächzte sie aufgeregt. Ihr weißes Federkleid erstrahlte fast so grell, dass es mich blendete. Interessiert betrachtete ich sie wie zum ersten Mal und ich konnte an ihren schwarzen Augen sehen, dass sie das gleiche tat wie ich. Dann, als hätte ich ihre Prüfung bestanden, flatterte sie auf meine Schulter und drängte sich eng an meinen Kopf. Ich lachte und begann sie an ihrem Hals zu kraulen, während ich plötzlich spürte, dass etwas gegen meinen Geist drückte. Vorsichtig öffnete ich ihn und auf einmal drängten sich verschiedene Bilder in meinen Kopf. Viele waren aus der Vogelperspektive und erstaunt bemerkte ich, dass sie von dem Raben auf meiner Schulter stammen mussten. Sie zeigte mir, wie sie fraß, wie sie sich mit ihren Artgenossen stritt und wie sie vor einem Raubvogel fliehen musste. Was ich dann als Nächstes sah, ließ mich überrascht auf keuchen. Ich sah mich selbst. Nimmer zeigte mir unsere gemeinsamen Stunden aus ihrer Perspektive und ich spürte dabei ihre warmen Gefühle für mich. Ich freute mich darüber, aber gleichzeitig war es merkwürdig, mich selbst durch ihre Augen zu sehen.

„Ich habe dich auch lieb, Nimmer."

Der Rabe krächzte mir leise ins Ohr, dann zog er sich zurück und sprang von meiner Schulter. Ich sah noch einen kurzen Moment zu, wie sich der Vogel in die Lüfte erhob und spürte dabei ihre unbändige Freude über die Freiheit des Fliegens, als ich mich erinnerte, dass ich noch eine Verabredung hatte. Also löste ich meine Augen von meiner gefiederten Freundin und bog den Weg zur Wiese hinter dem Schloss ein. Ich passierte noch kurz Mariens Grab und strich mit den Fingern beim Vorbeigehen über den rauen Grabstein, wie um einen kurzen stummen Gruß zu senden. Ich zwang mich, weiterzugehen und nicht zu verweilen, wusste ich doch, dass mich die Trauer um ihren Verlust für den Rest der Nacht sonst nicht mehr loslassen würde. Als ich die taunasse Wiese betrat, sah ich Avalon, der bereits ungeduldig auf mich wartete. Seine glühenden Augen hatten mich schon von Weitem fixiert. Er trug wieder den schwarzen Overall ohne Schuhe. Avalons helle Haut leuchtete leicht und seine schwarzen Haare besaßen ihren gewohnt grünlichen Schimmer. Sein Anblick ließ meine Kehle sofort wieder brennen, obwohl ich mich vor unserem Treffen extra noch einmal an Meister Irvins künstlichem Menschenblut satt getrunken hatte.

„Du kommst spät", sagte er zur Begrüßung und ich lächelte entschuldigend.

„Ich weiß, es tut mir leid. Ich habe mich auf dem Weg hierher wohl etwas verloren."

Der Vampir nickte. „Verständlich. Du siehst die Welt nun zum ersten Mal als Vampirin. Und das ist bei Weitem nicht das Einzige, dass sich verändert hat."

Bei seinen Worten musste ich wieder an unser letztes Gespräch denken und meine Laune verschlechterte sich auf einen Schlag. Mein Blick wanderte währenddessen, wie von selbst, zu Avalons Hals, wo ich nicht nur sehen, sondern auch hören konnte, wie sein köstliches Blut durch seine Schlagader gepumpt wurde. Ich stellte mir vor, wie sich der Geschmack davon auf meiner Zunge ausbreitete und die Flüssigkeit wohltuend die Flammen in meinem Hals ersticken würde.

„Vida!"

Ich zuckte erschrocken zusammen.

„Hörst du mir überhaupt zu?", fragte Avalon deutlich genervt. Entschuldigend schüttelte ich den Kopf. „Nein, tut mir leid. Was hattest du gesagt?"

Der Vampir vor mir seufzte. „Ich sagte, dass wir, bevor wir mit dem physischen Teil des Trainings anfangen, erst einmal mit der Theorie beginnen müssen."

Ich nickte, zum Zeichen, dass ich ihm zuhörte. Avalon sah mich zufrieden an und fuhr fort.

„Wie du schon bereits bemerkt hast, hat sich deine Wahrnehmung drastisch erweitert. Du kannst nun deutlich besser hören und sehen, in Frequenzen und Spektren außerhalb der menschlichen Möglichkeiten. Deine Schnelligkeit ist mit keinem Lebewesen auf diesem Planeten vergleichbar und deine Stärke kann sich mit der eines Werwolfes messen. Außerdem solltest du nun die Fähigkeit besitzen, Gedanken zu manipulieren, dich und andere zu Teleportieren und der Schwerkraft in einem gewissen Maße zu trotzen. Dein Körper ist fast unzerstörbar. Zwar bist du nicht unverletzbar, aber deine Regenerationsfähigkeit macht es dir möglich, dich auch von den schlimmsten Verletzungen zu heilen. Deine Zellen haben aufgehört zu altern, dafür kannst du keine Nachkommen durch geschlechtliche Fortpflanzung zeugen. Jedoch kannst du andere Menschen in Vampire verwandeln.“

Das meiste wusste ich bereits, aber dennoch hatte ich ein paar Fragen. „Du sagtest, ich könnte mich wieder regenerieren, aber wenn einem Vampir der Kopf abgeschlagen wird oder ihm sein Herz herausgerissen wird, stirbt er doch, oder? Dann kann er sich nicht wieder selbst heilen.“

Mein Meister nickte. „Das stimmt, aber nur zum Teil. Je mächtiger und je älter der Vampir ist, desto stärker sind auch seine Heilkräfte. Irgendwann ist auch das kein Problem mehr.“

„Dann ist jemand wie Sefraim ...“

„Ja ... Wenn man sein hohes Alter betrachtet, ist er sicherlich dazu in der Lage. Das heißt jedoch nicht, dass er nicht sterben kann. Das Gift der Teufel scheint für Vampire recht gefährlich zu sein, wie du und ich nur allzu gut wissen. Es hemmt die Regenerationskraft, sodass wir durch Verwundung durchaus sterben können. Die Fähigkeiten der

Dämonenkönigin kennen wir nicht, aber ich vermute, dass auch sie dazu in der Lage ist, einen Vampir ins Jenseits zu schicken. Und dann wärst da noch du."

Überrascht starrte ich ihn an. „Ich? Aber ...“

„Wie Sefraim gesagt hatte, die Kraft deines Silberblutes kann die Wesen des Lichts und der Dunkelheit auslöschen. Hätte ich es nicht durch dein Blut sehen können, wie der Teufel in der Anderswelt durch dich vernichtet wurde, könnte ich es auch nicht glauben, aber dem ist so. Genaugenommen können wir uns glücklich schätzen, dass du unsere Seite gewählt hast.“

Bei diesen Worten musste ich lächeln, doch Avalon sprach bereits weiter. „Jedoch bist du noch keine ernsthafte Bedrohung. Für niemanden. Wenn du nicht lernst, deine Kräfte zu steuern.“

Ich sah ihn ernst an. *Er hat recht. So gesehen bin ich noch ein Kind, dass von seinen Gefühlen beherrscht wird.* „Was ist nun der erste Schritt?“, fragte ich aufgeregt. Der Vampir vor mir lächelte amüsiert.

„Wir wissen bereits, dass du deinen Geist abschirmen kannst und auch, dass du die Fähigkeit besitzt, in den von anderen einzudringen. Ich bin gespannt zu sehen, wie sich deine weiteren geistigen Fähigkeiten entwickelt haben, daher werden wir zunächst versuchen, dein drittes Auge zu öffnen und testen, ob du teleportieren kannst.“

Angespannt und voller Vorfreude blickte ich ihn an. Teleportieren war nie meine bevorzugte Fortbewegungsart gewesen, aber jetzt hatte die Gefahr, die davon ausging, etwas Herausforderndes für mich. „Ich bin bereit.“

Avalon nickt. „Ziehe deine Schuhe aus. Es wird dir helfen, deine Sicht zu erweitern.“

Ich folgte seinen Anweisungen und als meine nackten Füße die Erde berührten, spürte ich ein merkwürdiges

Kribbeln. Es kam mir vor, als würden sich meine Fußsohlen elektrisieren.

„Unglaublich ...", hauchte ich nur.

„Erinnerst du dich noch an unsere damalige Übungsstunde? Ich will, dass du deine physischen Augen schließt und nur durch dein drittes, geistiges Auge siehst. Dein Teleportationsradius wird als Anfänger noch nicht besonders groß sein, aber zu Beginn schnell wachsen. Durch die Raum-Zeit zu Springen liegt uns schließlich im Blut. Du brauchst also keine Angst haben, dass du dort verloren gehst."

Ich nickte und schloss die Augen. Ich konzentrierte mich und versuchte, das dritte Auge zu öffnen. Immer tiefer suchte ich danach und stellte mir vor, wie es aussehen oder sich anfühlen könnte. Doch zu meiner Enttäuschung spürte ich überhaupt nichts. Ich weiß nicht, wie lange ich so dastand, aber schließlich gab ich auf. Seufzend öffnete ich die Augen und sah einen nachdenklichen Avalon an.

„Es funktioniert nicht. Ich ... Ich kann es nicht."

Der Vampir schüttelte den Kopf. „Du hast es bereits einmal vollbracht und da warst du noch keine Bluttrinkerin. Du kannst es, aber aus irgendeinem Grund ist das Auge bei dir blockiert. Normalerweise kann jeder neugeborene Vampir teleportieren, sei es auch nur auf kurze Distanz. Das geschieht ganz instinktiv. Aber bei dir ... Ich frage mich, ob dein Silberblut dich daran in irgendeiner Weise hindert ... Damals in Japan konntest du es vielleicht erst vollbringen, als du genug Blut verloren hattest ..."

Enttäuscht zuckte ich mit den Achseln. „Vielleicht ... Aber was soll ich jetzt tun? Ein Vampir, der nicht teleportieren kann, ist wie ein Vogel, der nicht fliegt ..."

Avalon schüttelte den Kopf. „Vielleicht braucht es auch nur Übung. Und Zeit hast du genug dafür."

Falls die Dämonenkönigin uns nicht vorher alle verschlingt, dachte ich nur sarkastisch. „Machen wir weiter?", fragte ich zähneknirschend. Mein Meister nickte.

„Als Nächstes testen wir deine physischen Fähigkeiten."

„Und wie? Werden wir gegeneinander kämpfen?"

Avalon grinste. „Nicht sofort. Ich hatte da an etwas anderes gedacht."

Er bewegte sich so schnell, dass ich mit den Augen fast nicht hinterhergekommen wäre. Auf einen Schlag hatte er einen gewaltigen Abstand zwischen mir und ihm gebracht.

„Versuche, mich einzuholen", war alles, was er sagte, dann verschwand er im angrenzenden Wald.

Perplex stand ich kurz da, zweifelnd, ob ich ihm überhaupt folgen konnte. Was, wenn auch hier mich meine Vampirfähigkeiten im Stich lassen würden? Vielleicht verhinderte das Silberblut in meinen Adern ja, dass ich überhaupt zu einem richtigen Vampir werden konnte? Bei diesen Gedanken schüttelte ich den Kopf. *Ich kann es erst wissen, wenn ich es ausprobiert habe, oder?* Schließlich lief ich los. Zuerst noch langsam aber dann immer und immer schneller. Bis ich so schnell war, dass die Umgebung, wie in die Länge gezogen, an mir vorbeirauschte. Ein freudiges Lachen entrang meiner Kehle. Ich war also doch eine Vampirin. Schon bald hörte ich das Geräusch von Avalons Fußschritten. Als Nächstes sah ich seinen Rücken, wie er durch das Unterholz rannte. Er drehte sich zu mir um und grinste mich selbstsicher an. Dann legte er noch einmal an Geschwindigkeit zu. Ich konnte problemlos mit ihm mithalten. Selbst als das Terrain sich veränderte und wir auf einmal senkrecht einen Berg hinaufrannten. Als wir oben an einem Plateau angekommen waren, hielt der Vampir an. Ich tat es ihm gleich und sah mich begeistert um. Die Aussicht war einfach unglaublich. Am Horizont konnte ich die Spitzen der Türme von Avalons Schloss sehen, soweit waren wir gelaufen. Mein Atem ging schneller als gewöhnlich, aber für die Leistung, die mein Körper erbracht hatte, immer noch viel zu langsam. Ich sah zu Avalon herüber, dem es ebenso ging wie mir.

„Erstaunlich", sagte er nur. „Du bist bereits so schnell wie ich. Mal sehen, wie es um deine Kraft steht."

Er ging in Kampfposition.

„Hier?", fragte ich etwas schüchtern.

„Ein perfekter Ort für einen Übungskampf. Hier kannst du deiner Kraft freien Lauf lassen. Aber versuche mich, wenn möglichst, nicht mit deiner Silberblutmagie anzugreifen."

Ich grinste ihn herausfordernd an. „Ich werde es versuchen."

Schnell merkte ich, dass ich Avalon auch bezüglich Kraft in nichts nachstand. Aber technisch gesehen war er der deutlich bessere und so hatte er mich schon bald so weit, dass ich aufgeben musste. Als ich die Trümmer von unserem Übungskampf um uns herum betrachtete, konnte ich mir immer noch nicht vorstellen, dass ich nun dir Kraft besaß, einen Felsen mit meinen bloßen Händen zu zerquetschen. Ich keuchte vor Anstrengung, während Avalon diesmal völlig unbehelligt schien. Erschöpft setzte ich mich auf den steinigen Boden, um mich für einen Moment auszuruhen. Dabei spürte ich den Durst, der in mir aufkam. Unbewusst fasste ich mir an den Hals.

„Als neugeborener Vampir brauchst du öfters Blut." Ich sah zu Avalon hoch, der nun neben mir stand und mich aufmerksam musterte. „Außerdem wirst du als ein Nosferatu bei Tag schneller erschöpft sein, als bei Nacht. Auch sind deine Regenerationskräfte langsamer. Im Mondlicht heilen deine Wunden am schnellsten." Ein sarkastisches Grinsen zog sich über seine Lippen. „Ist das nicht ironisch? Während das Licht der Sonne unsere Kräfte hemmt, beschleunigt sie sie, wenn sie durch das Mondlicht auf uns fällt."

Ich sah ihn nachdenklich an. „In der Dämonenwelt gab es sogar drei Monde. Vielleicht wäre unsere Macht dort noch größer."

„Vielleicht", stimmte er mir zu, dann streckte er den Arm aus und ließ seine Handfläche nach oben zeigen. Umgeben von Teleportationsnebel erschien plötzlich eine blaue Thermoskanne in seinen Händen. Er überreichte sie mir. „Trink, dann wird es dir besser gehen."

Ich nahm ihm die Flasche ab und öffnete sie. Auf einen Schlag bemerkte ich, wie der starke Blutgeruch mein Verlangen danach noch stärker anfachte.

„Danke", murmelte ich, ohne Avalon anzusehen. Ich trank großzügig davon und merkte, wie das Brennen in meiner Kehle etwas gemildert wurde. Dann reichte ich meinem Meister die noch halb volle Flasche. „Ihr solltet auch etwas davon trinken." Avalon nickte stumm und ich beobachtete gebannt, wie er sich die Flasche ebenfalls an die Lippen setzte. Als er damit fertig war, tropfte etwas von der roten Flüssigkeit auf seinen Mund und lief sein Kinn herab. Bei diesem Anblick setzte plötzlich meinen Verstand aus. Wie von selbst setzte sich mein Körper mit übermenschlicher Schnelligkeit in Bewegung. Im nächsten Augenblick lag Avalon im Staub. Ich saß auf ihm, drückte seine Arme zu Boden und leckte mit meiner Zunge gierig das Blut von seinen Lippen. Das Verlangen in mir drängte für diese Sekunden alles andere in meinem Kopf zur Seite. Als Nächstes wanderten meine Augen zu seinem Hals. Ich wollte in diesem Moment nichts weiter als meine Zähne darin vergraben, um noch einmal diese Köstlichkeit zu schmecken.

„Was tust du da?"

Avalons wütende Stimme hielt mich davon ab. Ich blickte ihn an und sah, wie sich in seinen Augen mein Gesicht widerspiegelte. Der erregte und wilde Ausdruck darin ließ mich erschrocken zurückweichen. Beschämt schlug ich die Hände vor die Augen.

„Ich … Das wollte ich nicht … Ich …"

„Vida …", sprach der Vampir nun milder als zuvor. Als er sich aufrichtete, griff er mir an die Arme und wollte mir die Hände vom Gesicht ziehen. Aber ich wehrte mich.

„Nein … Bitte … Ich ertrage es nicht."

„Vida!" Der Ton seiner Stimme hatte etwas Befehlendes, dass keinen Widerstand duldete. Langsam ließ ich ihm mir meine Hände vom Gesicht wegziehen. Beschämt starrte ich zu Boden.

„Sieh mich an", sagte er ernst. „Mach schon", setzte er nach, als ich nicht reagierte. Schließlich tat ich, was er sagte und als sich unsere Blicke trafen, sah ich in seinen Augen einen getriebenen, düsteren Ausdruck aufflammen. Ich konnte es spüren, zum ersten Mal, seit ich Avalon kannte, dass sich sein Herzschlag bei meinem Anblick in diesem Moment beschleunigt hatte. Er kam langsam näher. Quälende Sekunden verstrichen, in denen er sich immer weiter zu mir vorbeugte. Ich meinte, unter der Anspannung in mir, mit dem Atmen aufgehört zu haben. Als sich unsere Lippen endlich berührten, spürte ich erneut den süßen Schmerz in meiner Kehle brennen. Er zog mich enger auf seinen Schoß und gleichzeitig drängte ich mich näher an ihn heran. Meine Hände fanden ihren weg in sein Haar, während ich spürte, wie sein Griff um meine Hüfte noch stärker wurde. Ich wünschte, der Kuss würde niemals enden. Doch irgendwann zogen sich Avalons Lippen von meinen zurück und verharrten nur wenige Zentimeter vor meinen eigenen.

„Vida …", hauchte er mehr, als er sagte. „Spürst du das?"

„Was?", flüstere ich und ließ meine Finger über seinen makellosen Hals gleiten.

„Da ist etwas ... Ich glaube, wir sind nicht allein."

Perplex starrte ich ihn an und hielt für einen Moment inne. Avalon hatte recht. Auch ich konnte eine nahende Präsenz spüren. Widerwillig sah ich mich um. Im nächsten Augenblick umgab uns plötzlich ein Wirbelwind, der den Staub um uns herum aufwirbelte. Verwirrt löste ich mich von Avalon und stand auf. Der Wind blieb weiter bestehen und zerrte an meiner Kleidung und meinem Haar. Aus irgendeinem Grund kam mir das Gefühl, dass er in mir auslöste, merkwürdig vertraut vor. Auf einmal konzentrierte sich der Wind auf eine Stelle am Boden und plötzlich schien sich daraus ein blaues, androgynes Wesen zu erheben. Ich erkannte den Elementar sofort.

„Du!", rief ich überrascht, während mich die Kreatur vor mir mit ihren gelben Katzenaugen eingehend musterte.

Hallo Vida, sprach der Elementar in meinen Gedanken, dann wandte er sich dem Vampir neben mir zu. *Ich grüße dich, Avalon, Irvinssohn. Ich freue mich, dass auch wir uns einmal begegnen.*

Mein Meister betrachtete das Wesen vor ihm argwöhnisch. „Ich kenne dich. Du bist der Elementar, der Vida den Hühnergott geschenkt hatte. Und dem sie auch in der Dämonenwelt begegnet war."

Als Avalon den Hühnergott erwähnte, fiel mir wieder der Stein ein, den ich, seit ich in der Dämonenwelt war, nicht mehr gesehen hatte. Ich musste ihn dort zurückgelassen haben, aber es war so viel passiert, dass ich mich nicht entsinnen konnte, wo ich ihn dort verloren haben könnte.

Die Kreatur nickte. *Der bin ich. Und ich bringe das zurück, was verloren wurde.* Der Elementar streckte die geschlossene Hand vor sich aus. Als er diese öffnete, konnte ich einen dunklen Stein sehen, in dessen Mitte sich ein rundes, an den Rändern rotes Loch befand. Es war der Hühnergott, den ich einst Avalon geschenkt hatte. Ehrfürchtig nahm ich den Stein entgegen.

„Danke", sagte ich und hing mir den Stein sogleich um den Hals. Als ich erneut aufsah, kam ich nicht umhin, die exotischen Gesichtszüge der Kreatur vor mir zu bestaunen, die mir merkwürdigerweise überhaupt nicht so fremd erschienen, wie sie es eigentlich müssten. „Aber du bist nicht nur deswegen hier, oder?"

Das Wesen nickte. *Da hast du recht, Schwesterchen.*

„Schwesterchen?", fragte Avalon argwöhnisch. „Warum nennst du sie so? Und warum tauchst du immer wieder in ihrer Nähe auf? Elementare mischen sich normalerweise nie in die Geschehnisse von anderen ein. Warum tust du es bei Vida?"

Der raue Ton, den der Vampir gegenüber dem Wesen anschlug, gefiel mir nicht. „Sei nicht so unhöflich zu ihm, Avalon. Wenn er nicht gewesen wäre, wäre ich jetzt vielleicht nicht hier."

Mein Meister sah zu mir herüber und musterte mich nachdenklich. Der Elementar schüttelte den Kopf. *Schon gut, Vida. Er hat recht. Ich habe lange genug geschwiegen. Der Verlauf der Ereignisse erlaubt es mir nicht weiter, mich rauszuhalten.*

„Was meinst du damit?", fragte ich misstrauisch, „Wer bist du?"

Der Elementar musterte uns ernst. *In eurer Sprache gibt es keine Möglichkeit, meinen Namen auszudrücken. Aber fürs Erste könnt ihr mich Sturm nennen.*

Mein Meister starrte den Elementar ohne zu blinzeln an. „Dann rede, Sturm. Ich brenne darauf, zu erfahren was für eine Verbindung du zu Vida besitzt."

Das Wesen lächelte. *Nun, das ist keine einfach zu beantwortende Frage. Ich bin vielleicht so etwas wie ihr Bruder und auch ihre Schwester. Da Elementare kein Geschlecht wie ihr besitzen, ist es nicht ganz eindeutig zu beschreiben.*

Bei diesen Worten blieb mir kurz die Luft weg. Sie kamen mir so absurd vor, dass ich an mich halten musste, vor dem Elementar nicht lauthals loszuprusten.

„Wenn das ein Scherz sein soll, ist es ein ziemlich schlechter", erwiderte ich mit einem unsicheren Grinsen auf den Lippen und sah zu Avalon herüber, von dem ich eigentlich eine ähnliche Reaktion erwartet hätte. Aber zu meiner Überraschung blickte er mich ernst an. Ich konnte nicht die kleinste Regung in seinem Gesicht wahrnehmen und in diesem Augenblick wurde mir klar, dass der Vampir mehr über mich gewusst haben musste, als er mir erzählt hatte. Denn im Gegensatz zu mir hielt er die Worte des Elementars nicht für einen schlechten Scherz. Ganz im Gegenteil, sie erschienen ihm sogar plausibel. *Soll das etwa heißen, dass ich … Dass ich ebenfalls ein Elementar sein soll?* Meine Augen wanderten verunsichert zu Sturm herüber. Das Wesen war so vollkommen unterschiedlich zu mir, dass ich eine Verwandtschaft niemals für möglich gehalten hätte, wenn da nicht das Silberblut in meinen Adern gewesen wäre. Und die Tatsache, dass ich damit Dinge vollbracht hatte, die vielleicht entfernt an die Macht eines Elementars erinnern könnten … Mein Herz schlug polternd gegen meine Brust, währen ich das alles verarbeitete. Irgendwann sah ich wieder zu Avalon herüber, der sich, währenddessen keinen Millimeter bewegt hatte. Ich kannte ihn lange genug, um argwöhnisch zu werden.

„Du … Du hast es gewusst?", fragte ich ihn wütend. „Und du hast mir nichts davon gesagt?"

Seine Miene blieb so undurchdringbar wie zuvor. „Es waren nur Vermutungen und Spekulationen. Nichts, was ich mit Gewissheit sagen konnte. Es hätte nichts geändert."

„Für mich schon!", schrie ich aufgebracht. „Du hättest es mir sagen sollen, auch wenn es nur reine Spekulation gewesen wäre!" Ich dachte an die einsamen Stunden, die ich damit verbracht hatte, mein besonderes Blut zu verfluchen. All die Ungewissheit und die Fragen, warum gerade ich es sein musste. Die Angst, dass etwas in meinen Venen fließt, das Chaos und Tod heraufbeschwört und alle in diesen Strudel der Verdammnis zieht, die mir zu nahekommen. *Hätte ich nur gewusst, warum ich es habe … Es hätte so vieles einfacher gemacht.*

„Seit wann … Seit wann wusstest du es?"

Avalons Blick wurde hart. „Noch nicht lange. Erst als du von Serezar in die Dämonenwelt gebracht wurdest, habe ich angefangen, tiefer in die Materie einzutauchen. Aber ich muss gestehen, ich hätte es bereits viel früher tun sollen. Aber so oder so war es nicht viel, was ich herausfinden konnte."

Und was hat dich darauf gebracht?, fragte der Elementar neugierig.

Avalon zuckte mit den Achseln. „In einer vergessenen Bibliothek des Zwielichts fand ich ein altes Buch. Es wurde vor rund 300 Jahren verfasst und beschäftigte sich mit dem Auftauchen der Silberblüter und wann sie gestorben waren. Keines davon lebte länger als über 15 Jahre und sie alle waren Menschen gewesen. Die dort datierten Individuen zeigten alle keine besonderen Fähigkeiten, bis auf einer. Sein Blut konnte blanke Erde in ein Blumenmeer verwandeln. Eine Fähigkeit, die nur ein einziges Wesen sonst noch besitzt." Mir fiel wieder ein, wie Avalon damals mein Blut benutzt hatte, um die Pflanzen auf Mariens Grab wachsen zu lassen. Die blutroten Augen des Vampirs wanderten wieder zu mir herüber. „Ich wollte es dir noch sagen, Vida, aber der richtige Zeitpunkt dafür war noch nicht gekommen. Als neugeborene Vampirin solltest du dich erst einmal auf deinen verwandelten Körper konzentrieren."

Ich war immer noch sauer, aber ich konnte spüren, wie meine Wut bei diesen Worten allmählich verebbte. Aber dennoch blieben noch so viele Fragen in meinem Kopf, dass mir fast schwindelig davon wurde.

„Also gut ... Aber wie kann ... Ich meine ich bin kein Elementar. Ich bin ... Ich war vor meiner Verwandlung ein Mensch. Und nun bin ich eine Vampirin. Und ..."

Das stimmt, Vida. Aber du trägst die Seele eines Elementars in dir. Unserer Schwester, die dazu verdammt wurde, immer wiedergeboren zu werden und aufgrund ihres Bluts immer wieder einen frühen und oft qualvollen Tod erleiden zu müssen. Du warst einmal eine von uns, aber du hast den Großteil deiner Kraft geopfert. Der verbliebene Rest sammelt sich in deinem Kreislauf als dein Silberblut.

Ich starrte ihn nur an, unfähig diese Worte zu verarbeiten.

„Warum?", war das einzige Wort, das schließlich über meine Lippen kam. Sturm sah mich traurig an. *Es ist eine längere Geschichte, aber ich werde sie euch erzählen, so gut ich kann. Zunächst einmal müssen wir ganz am Anfang beginnen.*

„Am Anfang?", fragte ich.

Der Elementar nickte. *Der Moment, in dem du geboren wurdest. Ihr müsst wissen, Elementare sind Geschöpfe aus reiner Energie. Sie werden geboren aus dem Rauschen des Flusses, der Wärme der Sonne oder dem Atem des Windes. Die meisten von uns entstanden lange bevor es die Menschen gab oder die ersten Lebewesen an Land kamen. Du, Vida, wurdest aus den Strahlen des Mondes geboren. Ich erinnere mich noch gut an jene wolkenlose Nacht, als dein Lied zum ersten Mal zu hören war.* Der Elementar schloss kurz die Augen, als würde er in alten Erinnerungen schwelgen, dann fuhr er weiter fort. *Jeder von uns besitzt besondere Fähigkeiten, aber wir alle haben zwei gemein. Wir können nähren und wir können verzehren. Es gibt jedoch auch eine Ausnahme. Am Anfang, in der stillen Dunkelheit wurde ein Geschöpf geboren, dass nur verzehren kann. Dieser Elementar ist so alt wie die Zeit selbst. Auch wenn wir die Kraft, die wir besitzen, nur dazu benutzten hier und da dem Leben etwas nachzuhelfen, wurde der eine Elementar, der nur verzehren konnte, irgendwann anders. Er veränderte sich in der Hinsicht, dass er begann, die anderen um ihre Fähigkeit zu beneiden, Leben zu nähren. Dieser Makel fraß ihn auf und verzehrte ihn schließlich. Wir bemerkten zu spät, was aus ihm geworden war.* Der Elementar starrte bei diesen Worten traurig in die Ferne. *Aber das Geschöpf fand irgendwann einen anderen Weg. Es begann Wesen zu erschaffen, wie wir es nie hätten tun können. Ihr müsst wissen, ein Elementar erschafft nichts und er vernichtet auch nichts. Er kann nur unterstützen oder behindern, Chancen geben oder sie nehmen. Doch dieser Elementar begann einfach, Leben zu erschaffen und das, ohne die Konsequenzen seines Handels abzuwägen. Er griff in die natürliche Ordnung ein. Das Chaos, wie ihr es nennt, begann sich ungehindert auszubreiten. Wir mussten etwas unternehmen. Aber was sollten wir tun? Ein Elementar kann nicht sterben, geschweige denn ein anderes Leben nehmen. Daher war die einzige Möglichkeit, ihn aufzuhalten, ihn zu versiegeln.*

„Die Barriere", flüsterte ich. Das war der Grund, warum sie erschaffen wurde, nicht wahr?"

Sturm nickte. *Ja, aber sie zu errichten, hat einen großen Preis gefordert.* Sein verletzter Blick ließ mich fast selbst in Tränen ausbrechen. „Was ist passiert?"

Es gab nur einen weiteren Elementar dem das Dunkle zu dieser Zeit noch vertraute. Dem Elementar des Mondes. Dir, Vida.

Als ich das hörte, schüttelte ich nur den Kopf. „Ich kann mich nicht erinnern."

Der Elementar näherte sich mir und strich mir zärtlich über die Wange. In meinem Augenwinkel bemerkte ich, wie Avalon kurz zusammenzuckte. *Natürlich tust du das nicht. Wie könntest du auch? Nach all der Energie, die du dafür geopfert hast, jenen für immer zu versiegeln?*

„Das bedeutet, ich habe die Anderswelt erschaffen, indem ich den Dunklen hintergangen habe?"

Der Elementar verzog bei meinen letzten Worten missfallend seinen lippenlosen Mund. *Nicht so, wie sie heute ist. Das Dunkle hat in seinem Tun nicht aufgehört und schließlich dort eine Welt nach seinen Vorstellungen erschaffen. Ein Ungleichgewicht drohte erneut zu entstehen. Also opferte sich der Elementar des Lichts und begab sich in diese neue Welt, um das Gleichgewicht wiederherzustellen. Erst war derjenige, den ihr nun Dämonenkönigin nennt, dagegen, doch schließlich sah er es ein und brachte für das Gleichgewicht dem Licht ebenfalls bei, Leben zu erschaffen. Du jedoch, hattest so viel deiner Kraft für sein Gefängnis aufgebracht, dass nur noch die Essenz deines Wesens übrig blieb. Um dich zu retten, flehte ich den Herrscher des Jenseits, den Herr über Chaos und Tod selbst an, dich zu regenerieren. Irgendwann erhörte mein Flehen, aber auch er konnte keine Wunder vollbringen. Was er schließlich tat, war, dich in eine Menschenseele zu verwandeln. So konntest du zumindest wieder ein Bewusstsein erlangen. Aber da die Energie, die du in dir trägst, die eines Elementars ist, zieht es die Geschöpfe des Lichts und der Dunkelheit, die ja aus derselben erschaffen wurden, magisch an. Aber nicht nur das, auch manche Menschen schienen von dir besonders gebannt zu sein. Wie eine Blume, der man nicht widerstehen kann, sie zu pflücken, vergingst du oft viel zu schnell. Ein grausames und nicht verdientes Schicksal. Aber ...* Der Elementar sah hoffnungsvoll zwischen mir und Avalon hin und her. *In einem seltenen Fall treibt die Blume neue Wurzel und erstrahlt in einer nie da gewesenen Pracht. Ich muss dir danken, Avalon, dass du Vida zu einer Vampirin gemacht hast. Vielleicht ist das ihre einzige Chance, nicht zu sterben, bevor sie überhaupt richtig erblüht ist.*

Avalon nickte. „Es war eine Herausforderung gewesen. Aber ich bin froh darum."

Ich sah den Vampir neben mir sprachlos an. Eine Pause entstand und für ein paar Sekunden lang sagte niemand etwas.

„Also ...", setzte ich peinlich berührt an. „Wenn ich die Barriere erschaffen habe, dann kann ich sie auch wieder verschließen, nicht wahr?"

Sturm nickte. *Ja, allerdings kann ich, um deine nächste Frage vorwegzunehmen, dir nicht sagen, wie. Wenn du ein Elementar bist, würdest du spüren, was zu tun ist. Aber so ... Du hast recht, du bist nun keine von uns mehr. Du bist mehr als das. Ich kann dir nur raten, deiner Intuition zu folgen. Sie wird dir helfen, wenn kein anderer es kann. Ich hoffe, ihr könnt der Mutter der Dämonen Einhalt gebieten. Jetzt, da sie sich den Lichtkönig einverleibt hat, ist sie noch mächtiger geworden. Auch Sie ist keine Elementar mehr. Sie hat sich selbst zu einer Göttin gemacht.*

Mit diesen Worten sah ich, wie der Elementar sich langsam auflöste und verschwand.

„Warte!", rief ich ihm überrascht zu. „Ich habe noch so viele Fragen!"

Doch das mittlerweile durchsichtige Wesen schüttelte den Kopf und löste sich nun komplett auf. *Ich darf mich nicht weiter einmischen. Pass auf dich auf Vida, Silberblut und Tochter, geboren durch Chaos,* hallten seine letzten Worte in meinem

Kopf. Als er verschwunden war, seufzte ich schwer und sah erschöpft zu Avalon herüber.

„Ich weiß nicht, was ich von all dem halten soll. Ich und ein Elementar? Das erscheint mir noch immer einfach unglaublich."

Der Vampir rieb sich nachdenklich das Kinn. „Das ist es in der Tat. Dennoch sollten Sefraim und der Rest des Rates unverzüglich davon erfahren. Die Informationen könnten noch wichtiger sein, als wir es vielleicht abschätzen können. Außerdem sollte man den Rat eines Elementars nicht ignorieren. Diese Wesen sehen Verbindungen in der Welt, wie wir sie niemals wahrnehmen könnten."

Ich nickte. „Wirst du gehen und sie ihm direkt überbringen?" Das Avalon auch nur für kurze Zeit von meiner Seite weichen würde, erschien mir gerade grausamer als alles andere. Die Vorstellung ihn nicht mehr ansehen zu können oder seine Stimme zu hören ließ mich ihn bereits jetzt vermissen. Als er den Kopf schüttelte, konnte ich nicht anders als ihn erleichtert anzulächeln. Doch wenn er es gesehen hatte, ignorierte er meine Reaktion einfach.

„Ich werde ihn anrufen und es ihm in einer verschlüsselten Nachricht mitteilen. Nur zur Sicherheit", sagte er ernst.

„Glaubst du, wir könnten abgehört werden?"

Der Vampir zuckte mit den Achseln. „Ich halte es für nicht sehr wahrscheinlich, schließlich ist die Technologie in dieser Welt den Teufeln fremd. Jedoch gibt es vielleicht auch in unseren Reihen Verräter im Zwielicht, daher kann es nicht schaden vorsichtig zu sein. Aber eigentlich meinte ich damit, dass ich dich besser nicht aus den Augen lassen sollte. Du stellst sonst wieder irgendetwas Dummes an."

Ich blies genervt die Backen auf. „Was heißt hier wieder? Außerdem bin ich eine Vampirin! Ich brauche keinen Aufpasser mehr."

Mein Meister zischte abschätzig. „Du hast noch viel zu lernen, Vida. Dein Training ist noch lange nicht abgeschlossen. Besonders nicht, wenn wir kurz davor sind, in den Krieg zu ziehen. Die wenigen Tage, die wir für deine Ausbildung haben, sollten wir keinesfalls vergeuden. Sefraim werde ich informieren, sobald wir zurück beim Schloss sind. Machen wir da weiter, wo wir aufgehört haben."

„Wo wir ..." Mir fiel wieder ein, wobei wir unterbrochen worden waren, als der Elementar plötzlich aufgetaucht war. Peinlich berührt wich ich dem Blick des Vampirs aus. Avalon bemerkte es und verengte wissend die Augen.

„Und ich würde dich bitten, dich etwas mehr zu zügeln und bei der Sache zu bleiben."

Ich sah ihn an und verschränkte genervt die Arme vor der Brust. „Du hast nicht gewirkt, als ob du was dagegen gehabt hättest."

„Vida," sah er mich tadelnd an. „Du weißt, wozu das führt. Und dass ich dir nicht geben kann, was du willst. Also führ mich nicht in Versuchung. Es ist schon so schwer genug für mich."

Ich bemerkte den düsteren Blick, den er über mich wandern ließ und schluckte schwer. Meine Kehle fing erneut Feuer, aber gleichzeitig spürte ich Schmerz und Frustration über seine Worte in mir aufkommen. Nicht das haben zu können, nachdem ich mich so furchtbar sehnte, schien mir in diesem Moment wie das schwerste Verbrechen von allen zu sein. Nachdenklich musterte ich ihn.

„Also schön", knurrte ich widerwillig. „Machen wir weiter. Schließlich müssen wir die Dämonenkönigin aufhalten. Aber danach ... Falls es ein danach geben sollte, hoffe ich, dass du deine Entscheidung noch einmal überdenkst. Ich weiß nicht ob ich es schaffe in deiner Nähe zu sein, ohne dass ich ...“ Ich brach ab, weil ich wusste, dass ich es genauso wenig ertragen konnte, den Vampir vor mir niemals wieder zu sehen. Aber wenn ich es nicht tat, würde ich früher oder später Avalons Blut gegen seinen Willen trinken. Und dass er mich dann vielleicht für immer von sich stoßen würde, könnte ich noch viel weniger ertragen. Nein, wenn er mich noch immer abweisen sollte, musste ich ihn verlassen. Dieser Gedanke ließ mich bereits jetzt in solch eine abgrundtiefe Verzweiflung ausbrechen, dass ich mir nicht vorstellen konnte, wie es sein würde, ihn in die Tat umzusetzen.

„Ich weiß“, erwiderte er bitter, dann drehte er sich um und sprang mit einem gewaltigen Satz den Abgrund hinunter. Und ich folgte ihm.

Kapitel 10: Alte Freunde

Gierig leerte ich die Flasche mit dem künstlichen Blut und stellte den Behälter auf meinen Nachttisch ab. Dann ließ ich mich erschöpft auf die durchgelegene, alte Matratze meines Bettes fallen, die daraufhin protestieren quietschte. Wir hatten bis zum Morgengrauen trainiert und dementsprechend erledigt fühlte ich mich. Avalon hatte mir befohlen, ihn immer wieder anzugreifen, aber jedes Mal hatte er meine Versuche, ihn zu Boden zu bringen mit frustrierender Leichtigkeit gekontert. Ich seufzte genervt, während ich fühlte, wie jeder einzelne Muskel in mir schmerzte. Als neugeborene Vampirin brauchte ich viel Blut. Ständig hatten wir die Übungen unterbrochen, damit ich trinken konnte. Wenn ich es nicht tat, spürte ich, wie meine Vampirfähigkeiten sich akut verschlechterten. Ein Beispiel hierfür war meine Regenerationskraft, die nur dank der vorigen Mahlzeit nun meinen geschundenen Körper heilte. Nachdenklich starrte ich dabei zur Decke. Es war wirklich unglaublich, nun endlich eine Vampirin zu sein. Ich fühlte mich so stark und wach wie noch nie in meinem Leben und dank Irvins künstlichem Blut konnte ich es sogar sein, ohne dafür einen Menschen beißen zu müssen. Würde ich es erst einmal schaffen zu teleportieren, würde mir bald die gesamte Welt offenstehen. Ich könnte überall hingehen. Natürlich müsste ich meinen versprochenen Dienst bei den Wächtern antreten, aber fernab davon könnte ich leben, wo auch immer ich möchte. Aber ... Wollte ich das auch? Könnte ich Avalon wirklich verlassen und auf sein Blut verzichten? Oder würde er sogar mitkommen? *Nein,* dachte ich enttäuscht, *viel wahrscheinlicher ist, dass er lieber in seinem Schloss bleibt und sich dagegen entscheidet, mich von seinem Blut trinken zu lassen.* Ich rollte auf die Seite und starrte besorgt ins Nichts.

Aber das alles wird vielleicht in ein paar Tagen sowieso keine Rolle mehr spielen, oder? Nein!, schrie es plötzlich in mir auf. *So darf ich nicht denken. Ich muss die Dämonenkönigin besiegen und Meister Irvins und Mariens Tod rächen. Ich habe schließlich noch die Kräfte eines Elementars, oder zumindest das, was davon übrig geblieben ist und sich mit meinen Vampirkräften verbunden hat. Und wenn ich kann, will ich sie alle beschützen. Avalon, Sefraim, Lauren, Leonore und alle anderen.*

Irgendwann war ich wohl eingeschlafen, denn ich bemerkte auf einmal, dass ich begann zu träumen.

Ich rannte. Ich rannte so schnell und so lange, bis ich nicht mehr konnte. Noch während ich erschöpft strauchelte und fiel, wusste ich, dass das mein Ende bedeuten würde. Ich war nicht in der Lage, meinem Verfolger zu entkommen. Als ich keuchend aufsah, erkannte ich plötzlich die Umrisse eines Mannes, der sich bedrohlich über mich beugte und mich triumphierend anstarrte. Sein Blick hatte etwas Wahnsinniges. Er zog ein Messer.

„Eigentlich stehe ich nicht auf Jungs, aber in deinem Fall muss ich eine Ausnahme machen. Ich weiß nicht warum, aber irgendetwas an dir lässt mich einfach nicht los. Ich muss dich haben."

Vor Angst gelähmt spürte ich blanke Panik in mir aufsteigen. *Ich sterbe!,* dachte ich aufgebracht. *Ich werde sterben!*

Plötzlich erstarrte der Fremde vor mir. Dann sah er sich argwöhnisch um, so als hätte er etwas Verdächtiges gehört. Auf einmal bemerkte ich etwas hinter dem Mann auftauchen. Da es dunkel war, konnte ich nicht viel außer zwei runde, leuchtende Pupillen erkennen, die im Schatten glühten. Mein Angreifer wurde plötzlich nach hinten gezogen und verschwand, einen hellen Schrei ausstoßend, in der Finsternis. An seiner Stelle trat eine noch schrecklichere Kreatur. Überlange Gliedmaßen traten ins Licht und ein runder, haarloser Kopf mit schwarzen, reflektierenden Augen, einer flachen Nase und einem, mit spitzen Zähnen besetzten Kiefer. Ich fühlte, wie sich bei dem Anblick heißer Urin zwischen meinen Beinen ausbreitete. Als das Monster blitzschnell hinabstieß, spürte ich, wie sich seine Zähne in meinen Hals bohrten und seine Klauen mir den Bauch aufschlitzten. Ich schrie vor Angst und Schmerz, während mich die Kreatur in Fetzen riss.

Vida! Wach auf!

Ich öffnete die Augen und starrte in Avalons irritiertes Gesicht. Mein ganzer Körper war gespannt, wie eine Bogensehne und ich spürte das Adrenalin, das in meinen Adern rauschte und mich auf einen Schlag hellwach machte. Immer noch durcheinander von dem, was ich gesehen hatte, richtete ich mich abrupt auf.

„Was …?", setzte ich an, doch mir versagte die Stimme.

„Du hattest einen Albtraum", beantwortete Avalon meine abgebrochene Frage. „Deine Schreie waren im gesamten Schloss zu hören." Forschend musterte er mein Gesicht. „Was hast du gesehen?"

Angestrengt schloss ich die Augen und strich mir nervös eine Haarsträhne aus dem Gesicht. Dabei merkte ich verwundert, wie verschwitzt ich war. Irritiert blickte ich auf meine feuchten Finger und dann zu dem Bluttrinker vor mir auf.

„Ich dachte, Vampire können keinen Schweiß produzieren?"

Avalon setzte sich auf meine Bettkante und schüttelte den Kopf. Ich bemerkte dabei, dass er den Overall von letzter Nacht gegen ein weißes T-Shirt und eine einfache schwarze Hose eingetauscht hatte.

„Nicht wenn sie dazu in der Lage sind, ihre Körpertemperatur selbst zu regulieren. Ein Thema, dass ich eigentlich erst morgen zur Sprache bringen wollte. Aber intensive Träume lassen uns unsere Fähigkeiten allzu leicht vergessen."

Ich seufzte angestrengt. „Ich glaube, es war eine Szene aus einem anderen Leben und einer anderen Zeit. Etwas, dass jemand mit der gleichen Seele wie ich erlebt hatte. Ein schreckliches und qualvolles Ende, so wie meine vergangenen Ichs es wahrscheinlich schon unzählige Male ertragen mussten."

Mein Meister nickte verständnisvoll. „Hattest du diese Träume schon häufiger?"

Ich zuckte mit den Achseln. „Ich erinnere mich, dass ich sie hatte, bevor ich zu Meister Irvin kam, auch wenn ich damals nicht wusste, wieso. Ich weiß nicht, ob es daran lag, dass er mir die Erinnerung daran genommen oder ob er es auf andere weiße unterbunden hatte, aber in seiner Obhut hatte ich niemals solche Träume. Ganz Gegenteil. Sie waren immer friedlich und schön gewesen und oft sah ich Meister Irvin selbst darin. Mit seinem Tod verschwanden sie jedoch und die schlechten Träume kehrten wieder zurück. Und durch den Elementar weiß ich nun auch, woher sie kommen."

„Meister Irvin besaß ein Talent für geistige Fähigkeiten. Wahrscheinlich war er es, der deine Träume manipuliert hatte."

„Kannst du das auch?"

Er verzog die Lippen zu einem sarkastischen Lächeln. „Früher nicht, aber durch das Silberblut von dir, bin ich mittlerweile in der Lage, selbst eine Vampirin wie dich zu manipulieren. Jedoch ..."

„Was?", fragte ich ihn nervös.

Avalon sah mich ernst an. „Ich bin kein Freund davon, etwas nur symptomatisch zu bekämpfen. Es ist besser, das Übel an der Wurzel zu packen."

„Aber wie? Vielleicht indem ich lerne, meine Träume selbst zu steuern?"

Der Vampir nickte. „Das wäre eine Möglichkeit. Allerdings werden die Albträume nicht völlig verschwinden. Dein Verstand muss die Dinge verarbeiten und abschließen können. Du musst dich deiner Angst stellen, sonst wird sie dich auf ewig heimsuchen."

Als ich ihn immer noch fragend anstarrte, bildeten seine Lippen ein Lächeln, das seine Augen jedoch nicht erreichte.

„Merke dir eines: Unser Verstand ist ein exzellenter Diener, aber ein furchtbarer Meister, Vida."

Fragend sah ich ihn an. „Was meinst du damit?"

„Lass es mich dir zeigen. Schließe deine Augen."

Avalon beugte sich plötzlich vor und lehnte seine Stirn an meine. Ich betrachtete noch einmal kurz verlegen seine entspannten Gesichtszüge, dann schloss ich ebenfalls die Augen. Für einen Moment geschah nichts und ich genoss einfach nur die intime und doch so verletzliche Nähe zwischen uns. Dann merkte ich auf einmal, wie ich das Gefühl hatte zu fallen. Als ich die Augen öffnete, sah ich unscharf Strukturen vor mir, die aber mit der Zeit immer mehr an Kontrast und Auflösung gewannen. Ich erkannte, dass ich mich in einem Ballsaal befinden musste. Die Menschen hier trugen Kleider wie aus einer anderen Zeit. Die Männer waren in Anzüge gekleidet, wie ich sie bereits bei Avalon gesehen hatte. In einer Ecke standen Musiker und spielten mit ihren Instrumenten ein klassisches Stück. Die Leute unterhielten sich lautstark und ausgelassen. Ich machte einen Schritt nach vorne und zögerte, als ich an mir das Rascheln von Stoff hörte. Als ich herunterblickte, sah ich, dass ich, wie die anderen Frauen um mich herum, ein weites, rüschenverziertes Kleid trug.

Unsicher ließ ich den Blick über die vornehme Gesellschaft gleiten, bis ich schließlich ein bekanntes Gesicht bemerkte. Avalon kam aus der Menge zu mir herübergelaufen und verbeugte sich galant. Sein schwarzes, langes Haar fiel ihm dabei offen über die Schulter. Dann erhob er sich und streckte mir auffordernd die Hand hin. Erst starrte ich sie verwirrt an, doch als ich bemerkte, wie sich die Leute um uns herum versammelten und begannen, zu der langsamen Streichmusik zu tanzen, wusste ich, was mein Meister von mir wollte.

Perplex nickte ich und vergaß dabei, dass ich überhaupt nicht tanzen konnte. Als Avalon seine Hand um meine Hüfte legte, fiel es mir plötzlich wieder ein und ich schüttelte unsicher den Kopf.

„Warte … Ich... Ich weiß nicht, wie es geht.“

„Du weißt es, Vida. Sie dich um. Mache es genau wie sie. Ich werde führen.“

„Aber ...“

„Versuche es einfach.“

Ich seufzte ergeben, was Avalon ein amüsiertes Grinsen auf das Gesicht zauberte. Auch wenn es mich nervte, wenn sich der Vampir über mich lustig machte, kam ich nicht umhin, dass mein Herz bei diesem Anblick einen Satz machte. Als wir schließlich langsam begannen, bemerkte ich überrascht, dass er recht hatte. Immer noch verblüfft von meinen eigenen Tanzfertigkeiten, schrieb ich den Grund dafür meinen Vampirkräften zu, mit denen ich die Bewegungen der anderen nahezu perfekt kopieren konnte. Nachdenklich sah ich schließlich zu dem Vampir vor mir hoch. Der dunkle Anzug, den er trug, stand ihm wirklich ausgezeichnet. Und sein Geruch brachte mich, im Traum, wie in der Realität, wie immer fast um den Verstand. Ich wusste, wenn ich mich nicht bald ablenken würde, würde ich mich immer weiter in Avalon verlieren.

„Ist das hier ein Traum?", fragte ich ihn, um endlich auf andere Gedanken zu kommen.

„Ja."

„Aber warum sind wir hier?"

„Um dir zu zeigen, was dein Verstand sein kann, wenn du ihn unter Kontrolle hast."

„Eine weitere Lektion?"

Avalon lächelte. „Deine psychischen Fähigkeiten sind ebenfalls nicht zu vernachlässigen. Jedoch glaube ich nicht, dass wir sie im Kampf gegen die Teufel gebrauchen können, daher wollte ich davor nicht weiter im Detail darauf eingehen. Aber jetzt bleibt mir wohl keine andere Wahl.

Ich musterte erst ihn, dann meine Umgebung genauer. „Wie machst du das?"

„Zuerst einmal müssen wir über deine Albträume reden."

„Warum?"

„Was glaubst du, warum sie dich heimsuchen?"

Ich zuckte nur die Achseln. „Ganz einfach: Weil ich Dinge erlebt habe, die schrecklich waren."

Er sah mich tadelnd an. „Weil du sie verdrängst, Vida. Menschen sind darin besonders gut, Erfahrungen von sich wegzuschieben, um sich nicht mit ihnen auseinandersetzen zu müssen", sprach er ernst und ich konnte mir schon vorstellen, dass er mit „Menschen" eigentlich mich meinte. „Aber die Augen vor etwas zu verschließen, ist nur kurzfristig der einfachere Weg. Wenn du dein Bewusstsein sich nicht mit deinen Erfahrungen auseinandersetzen lässt, dann wird es dein Unterbewusstsein tun. Es ist das Monster, dass dich heimsucht, wenn du am verletzlichsten bist. Daher bekommst du Albträume."

„Aber was soll ich tun?", fragte ich unsicher.

Avalon betrachtete mich tadelnd. „Stelle dich ihm. Stelle dich der Angst. Mache es dir bewusst, dass du träumst, aber versuche, nicht einzugreifen. Sieh zu, Vida und lerne. Lerne kennen, was dir Angst macht, und akzeptiere es. Dann wird sie schwinden."

Wir bewegten uns weiter im Takt der Musik. Nachdenklich blickte ich Avalon an. „Wie fange ich damit an?"

„Der erste Schritt ist bereits getan. Du weißt gerade, dass du träumst. Versuche nun, den Traum so zu manipulieren, wie du es möchtest."

„Wie ich es möchte?", fragte ich aufgeregt.

Der Vampir nickte. „Ja."

Ich legte nachdenklich meinen Kopf auf seine Schulter, während wir uns langsam im Kreis drehten, und schloss für einen Moment die Augen. Als ich sie wieder öffnete, waren ich und Avalon plötzlich allein. Der Ballsaal war leer und die Musik erscholl geisterhaft und ohne Instrumente oder jemanden, der sie spielte, durch die Luft.

Avalon beugte sich zu mir herunter und flüsterte mir ins Ohr: „Sehr gut. Mach weiter."

Der Saal verschwand und an seiner statt traten Bäume und Gras. Es war Nacht und durch das Blätterdach schien der Vollmond. Der Vampir blickte sich erstaunt um, während er mit mir weiter zu der noch immer anhaltenden Musik tanzte.

„Hierher wolltest du uns also bringen."

Ich sah ihn entschuldigend an. „Es ist das Erste, an das ich denken musste. Ich hoffe, das ist in Ordnung."

Er nickte leicht, während er sich genauer umsah. „Nun, ich habe dir diesen Ort geliehen. Also kannst du ihn so oft benutzen, wie du möchtest."

Erneut legte ich meine Wange gegen seine Schulter. Für eine kurze Zeit genoss ich die angenehme und sogleich quälende Nähe zwischen uns. Dann wanderten meine Augen auf einmal zu Avalons Hals herüber. In diesem Moment bemerkte ich den unwiderstehlichen Drang, dieser weißen

Haut, unter der die Halsschlagader leise pochte, noch näher zu kommen. Ganz langsam, fast schon ehrfürchtig legten sich meine Lippen auf die glatte Haut an seinem Hals.

„Vida …" Avalons tadelnde Stimme ließ mir wieder bewusst werden, was ich da eigentlich im Begriff war zu tun. Trotzdem hörte ich nicht auf.

„Es ist nur ein Traum, oder?", nuschelte ich gegen seinen Hals. „Hier können wir machen, was wir wollen."

„Nun, genau genommen bin ich es, der die Kontrolle hat. Ich lasse dich nur gewähren."

Es kostete mich große Willenskraft, aber schließlich rückte ich etwas von ihm ab und sah ihm tief in die Augen. „So? Warum zeigst du mir dann nicht, was du alles tun würdest, wenn du diese Macht über mich frei ausleben könntest?"

Ein leises Knurren fuhr durch seine Kehle und ich konnte sehen, dass ihn meine Worte erregten. „Das willst du nicht wissen", antwortete er düster.

Ich schüttelte langsam den Kopf, ohne meine Augen von ihm abzuwenden. „Ich will alles von dir wissen, Avalon. Hast du das noch nicht begriffen? Ich will dich mir einverleiben, mit Haut und Haar und genauso will ich von dir gefressen werden. Ich will dein dunkelstes Verlangen beherrschen, so wie du meines beherrscht."

Erneut ließ ich meine Lippen an seinen Hals sinken. Meine Zunge fuhr über seine glatte Haut und ich konnte spüren, wie der Vampir unter meiner Berührung erschauderte. Kurz war ich selbst erstaunt, wie selbstbewusst ich versuchte, Avalon zu verführen. Langsam lockerte ich seine Krawatte. Gerade als ich zubeißen wollte, bemerkte ich, wie ein Ruck durch seinen Körper ging. Auf einen Schlag viel alles um uns herum zusammen und ich wachte unsanft auf. Ich lag auf meinem Bett, Avalon über mich gebeugt und für einen Moment überlagerte sich sein Bild mit dem des Mannes aus meinem

Albtraum. Angsterfüllt starrte ich ihn an, während der Vampir mich mit seiner Hand um meinen Hals in die weiche Matratze drückte. Ein lautes, warnendes Knurren drang aus seiner Kehle und sein Blick war der eines wilden Tieres. Ich musste nicht lange raten was geschehen war, um Avalon derart wütend zu machen. Mein Verdacht bestätigte sich, als ich die bereits verblassenden Blutergüsse an seinem Hals bemerkte.

„Du hast noch viel zu lernen, Vida", spie er mir zornig entgegen, dann löste er sich auf einmal in schwarzen Nebel auf und war verschwunden. Ich spürte noch immer den Druck, den seine Finger an meinem Hals hinterlassen haben, als ich mich keuchend aufsetzte. In diesem Augenblick wurde mir erst so richtig klar, was ich eben im Begriff gewesen war zu tun und was es bedeutete, ein, nach Blut gierender, Vampir zu sein. Die Sucht, die ich lernen musste zu kontrollieren, wenn ich nicht wollte, dass ich den Leuten um mich herum Schaden zufügte. *Was er wohl getan hätte, wenn ich tatsächlich von seinem Blut getrunken hätte?* Der Gedanke erregte mich merkwürdigerweise und machte mir zur gleichen Zeit furchtbare Angst. *Avalon hat recht,* dachte ich mit Grauen*, ich habe wirklich noch viel zu lernen.*

Als wir uns in der nächsten Nacht erneut zum Training trafen, bemerkte ich frustriert, dass der Vampir darauf bedacht war, einen deutlichen Abstand zu mir einzuhalten. Auch in den darauffolgenden Nächten änderte er sein Verhalten mir gegenüber nicht und als wir uns am vierten Tag zum Aufbruch zum Hauptquartier aufmachten, fühlte ich eine große Kluft, die sich zwischen uns aufgetan hatte.

Ich verabschiedete mich gerade von dem kleinen Irvin, der unter Gronnas guter Pflege zufrieden schmatzend in seinem Bettchen lag. Nimmer saß auf meiner Schulter und betrachtete den Säugling neugierig. Nach großem hin- und herüberlegen hatte ich schließlich beschlossen, sie zum Schlachtfeld mitzunehmen. Seit ich begonnen hatte, den Vogel von meinem Blut trinken zu lassen, waren wir beide fast unzertrennlich geworden. Und vielleicht, so dachte ich, konnte sie sich als Späher nützlich erweisen. Die Gnomin saß währenddessen in einer Ecke auf einem kleinen Stuhl und blätterte interessiert in einem Buch, von dem ich wusste, dass es sich um einen Ratgeber für Säuglingsnahrung handelte. Nachdem Avalon ihr befohlen hatte, sich um Irvin zu kümmern, hatte die Gnomin ihre Sache sehr ernst genommen. Ich glaubte sogar, dass es sie auf irgendeine Art stolz machte, dass der Vampir gerade sie für diese besondere Sache ausgesucht hatte. Ich tippte dem kleinen Irvin zum Abschied auf seine Stupsnase, bevor ich mich aufrichtete und an Gronna herantrat.

„Danke, dass du sich so gut um ihn kümmerst, Gronna. Ich wüsste nicht, was ich ohne dich machen würde."

Die Kreatur vor mir blickte auf und zeigte dabei lächelnd ihre spitzen Zähne. „Ich weiß. Du hast wirklich Glück."

Ich musste wegen ihrer frechen Antwort amüsiert grinsen. Doch als mir wieder einfiel, was ich als Nächstes sagen wollte, wurde ich wieder ernst. „Für den Fall, dass ich nicht zurückkommen sollte …"

Die Gnomin verengte verärgert die Augen. „Nichts da! Du wirst zurückkommen, Vida, sonst werde ich persönlich vorbeikommen und dich hierher zurück schleifen." Ihr Blick wurde auf einen Schlag etwas milder. „Aber falls es zu einer schwierigen Situation kommen sollte, werde ich das tun, was ich für das Beste halte."

Ich nickte lächelnd. „Etwas anderes hätte ich auch nicht erwartet." Erst hatte ich überlegt, Irvin zu einem menschlichen Waisenhaus zu bringen, aber die Idee dann doch wieder verworfen. Ich wollte nicht, dass er vielleicht ganz ohne irgendwelche Informationen über seine Herkunft aufwachsen würde, so wie es bei mir der Fall gewesen war. Bei den Gnomen würde er gut aufgehoben sein und wenn die Zeit kam, würde er in die Gesellschaft des Zwielichts eingeführt werden. Danach würde er selbst entscheiden, was für ein Leben er sich entscheiden möchte. Natürlich alles unter der Voraussetzung, dass die Dämonenkönigin besiegt werden sollte. Falls nicht, waren Gronna und Irvin wahrscheinlich an so einem abgelegenen Ort wie diesen am besten aufgehoben, bis die Teufelsbrut sie finden würde. Und sollte das geschehen, war ich davon überzeigt, dass die Gnomdame wusste, was sie zu tun hatte. Sie würden ihnen nicht lebend in die Hände fallen.

Als ich schweren Herzens zur Zimmertür trat, um den Weg nach unten in die Empfangshalle einzuschlagen, winkte ich den beiden noch einmal zum Abschied zu. Es war ein merkwürdiges Gefühl zu wissen, dass nun bald das Schicksal unser aller Leben auf dem Spiel stehen würde. Die friedliche und ruhige Atmosphäre hier, machte die Vorstellung schwer, bald auf einem Schlachtfeld zu stehen.

Avalon wartete bereits auf mich. Als ich die Treppe zur Empfangshalle herunterschritt, stand er schon dort. Barfüßig und in seinen schwarzen Overall, beobachtete er, wie ich die Treppe herunterkam. Ich wusste nicht so recht, was ich anziehen sollte, aber schließlich hatte ich mich für bequeme Kleidung, in der ich mich gut bewegen konnte, entschieden. Der Hühnergott des Elementars lag, an einen dünnen Lederriemen gebunden, um meinen Hals. Ich kam mit deutlichem Abstand vor meinem Meister zum Stehen und sah ihn unsicher an. Der Vampir nickte mir zur Begrüßung knapp zu. Nimmer krächzte aufgeregt.

„Avalon!", schrie sie und hopfte unruhig auf meiner Schulter herum.

„Du nimmst sie mit?", fragte er überrascht.

„Ja", war alles, was ich dazu sagte. Mein Meister zuckte nur mit den Achseln, dann gab er mir das Zeichen, näher an ihn heranzutreten. Ich folgte seiner Anweisung. Sobald ich vor ihm stand, fühlte ich mich von seinem Geruch auf einen Schlag wie betrunken. Angestrengt ballte ich die Hände zur Faust, um gegen das aufkommende Brennen in meinem Hals anzukämpfen. Frustriert erinnerte ich mich daran, dass ich vor unserem Aufbruch extra so viel Blut wie möglich getrunken hatte, bis ich dachte, ich würde platzen. Aber, so musste ich schmerzhaft lernen, brachte es nichts, das Brennen in mir mit Nahrung stillen zu wollen. Denn der Ursprung meines Leidens wahr nicht der Hunger nach Blut. Es war das Begehren, das Avalon in mir auslöste und ich könnte noch so viel künstliches Blut trinken, wie ich wollte, es würde nichts daran ändern, dass mein Herz nach ihm verlangte. Der Vampir sah mich fragend an und ich drehte mich rasch um, damit er nicht dahinterkam, über was ich gerade nachgedacht hatte. *Wenn seine Gefühle so stark wie meine wären, würde er mich nicht zurückweisen, oder?*, kam mir kurz der Gedanke. Als mein Meister seine Hand auf meine andere Schulter legte, musterte ich nachdenklich seine schlanken, langen Finger. *Wenn ich noch etwas sagen will, muss es jetzt geschehen*, dachte ich aufgeregt. *Wer weiß, was alles passieren wird, wenn wir erst einmal im Hauptquartier angekommen sind?*

„Warte!", rief ich und drehte mich rasch um.

Avalon hob mit skeptischem Blick eine seiner Augenbrauen an. „Was ist?"

„Ich ... Ähm ... Also ..." Ich hatte Schwierigkeiten, klare Worte zu fassen. Frustriert schüttelte ich den Kopf und versuche es erneut. „Ich habe unten im Gefrierschrank etwas Blut von mir eingefroren. Falls ... Falls ich dort sterben sollte, aber das Zwielicht trotzdem siegreich sein wird, würde es mich freuen, wenn du es trinken würdest. Es wird dich an meiner Stelle beschützen. "

Ich hatte mich nicht getraut, ihn bei diesen Worten direkt anzusehen, aber jetzt wagte ich doch einen Blick. Der Vampir stand stocksteif da, sein Gesicht glich einer undurchdringbaren Maske. Nur seine Augen leuchteten in einem satten Rot und drückten eine verwirrende Mischung an Emotionen aus. Zu meiner Verwunderung meinte ich Wut, aber auch Respekt und Schmerz darin zu sehen. Während ich ihn nervös anstarrte, kam Avalon langsam näher. Als er schließlich vor mir stoppte, trennten uns nur wenige Zentimeter. Zu gebannt war ich von seinem Anblick, als auch nur daran zu denken, vor ihm zurückzuweichen.

„Das hättest du nicht tun müssen", erwiderte er mit dunkler Stimme.

„Ich weiß. Aber ich wollte es so", flüsterte ich.

Für einen Augenblick musterte er mich ernst. Dann schloss er kurz die Augen, als würde er seine nächsten Worte mit Bedacht wählen müssen.

„Egal was passiert… Ich werde es nicht zulassen, dass du erneut mit diesem verfluchten Silberblut wiedergeboren wirst. Und selbst wenn, werde ich dich finden und erneut verwandeln. Ganz egal wer oder was du dann sein wirst." Er hob die Hand und fuhr mir sanft über die Wange, bis hin zu meinem Haaransatz, wo er seine Finger durch meine welligen, weißblonden Strähnen gleiten ließ. Seine Berührung hatte etwas Verzweifelndes, als würde er versuchen, sie in sein Gehirn einzubrennen, damit er sie nie wieder vergessen würde. Zumindest stelle ich mir gerne vor, dass es so war. Seine Worte freuten mich und ich genoss die Berührung des Vampirs so sehr, dass ich mich erneut zügeln musste. Ich wusste, wenn er so weiter machte, würde ich mich nicht zurückhalten können. Traurig schüttelte ich den Kopf und langsam, aber bestimmt schob ich Avalon von mir Weg. Er wehrte sich nicht dagegen und als wir daraufhin wieder mit etwas Abstand zueinanderstanden, konnte ich endlich wieder klar denken.

„Danke, Meister. Das weiß ich zu schätzen", sagte ich und lächelte dabei angestrengt. „Weißt du, auch wenn ich dieses Silberblut nie gewollt hatte, bin ich mittlerweile froh, es zu besitzen. Sonst wäre ich jetzt nicht hier." *Und ich wäre niemals deine Schülerin geworden. Wenn die Dinge anders gelaufen wären, wäre ich vielleicht sogar immer noch ein Elementar und unsere Wege hätten sich sicher niemals gekreuzt. Aber trotz all dem Schmerz und dem Leid, würde ich es noch einmal tun,* setzte ich im Stillen hinterher. Nimmer krächzte auf meiner Schulter, wie um meine Worte noch einmal zu unterstreichen.

Als Avalon dieses Mal die Hand nach mir ausstreckte, fühlte ich mich deutlich mehr bereit als zuvor. Ich ging zu ihm und wollte mich gerade umdrehen, als er mich plötzlich überraschend an sich drückte. Nimmer flatterte erschrocken auf und landete daraufhin auf Avalons Schulter. Ehe ich reagieren konnte, raubte mir schwarzer Nebel die Sicht. Dann standen wir plötzlich vor einem modernen und riesigen Hochhaus, das sich mitten in einer belebten Stadt befand. Es war bereits Abend und das Licht der Straßenlaternen und der Autoscheinwerfer schmerzte mich in meinen empfindlichen Vampiraugen. Mir kam es merkwürdig vor, dass sich niemand um unser plötzliches Auftauchen kümmerte, aber dann fiel mir wieder ein, das normale Menschen die Wesen des Zwielichts durch den Schleier der Grenze nicht richtig wahrnehmen konnten. Statt uns anzustarren, passierten sie uns so unbekümmert, als wären wir das Normalste auf der Welt. Der Vampir löste sich von mir und lief ohne Umschweif auf die abgedunkelte Glastür zu. Doch, bevor er hineinging, drehte er sich noch einmal zu mir um.

„Wir werden bereits erwartet", sagte er mit einer solchen ausdruckslosen Miene, dass ich mir nicht mehr sicher war, ob ich mir die Umarmung von vorhin nicht doch vielleicht einfach nur eingebildet hatte. Ich seufzte schwer und setzte mich schließlich in Bewegung. Eigentlich hätte ich spüren müssen, was dort drinnen vor sich ging, aber ich war noch zu abgelenkt von dem Verhalten meines Meisters, dass ich es erst bemerkte, als ich es mit eigenen Augen sah. Zu meiner Überraschung war der Vorraum fast komplett leer. In dem Moment, in dem ich eintrat, erhob sich Nimmer von Avalons Schulter und flog krächzend auf den Kopf der riesigen Statue des schwarzen Pferdes von Platons Seelenwagen. Ihre Stimme hallte in dem großen, leeren Raum als Echo von den Wänden wider. Der Einzige, der dort vor der marmornen Statue stand, war Sefraim. Der Vampir lächelte uns freundlich an.

„Vielen Dank, dass ihr gekommen seid. Ich bin mir sicher, ihr habt ein paar anstrengende Tage hinter euch."

Er sah dabei zu mir herüber und ich konnte nicht anders als mit den Augen zu rollen. „Avalon ist wirklich unerbittlich. Aber ich schätze, dass mein Training im Gegensatz zu Euren Aufgaben ein Kinderspiel war."

Der alte Vampir vor mir nickte erschöpft. „Das war es in der Tat. Aber zunächst zu euch. Ich habe bereits von Avalon gehört, dass du noch immer nicht teleportieren kannst?"

„Leider ja", erwiderte ich frustriert.

„Aber deine Elementarfähigkeiten? Wie steht es damit?"

Ich streckte die Hand aus und ließ meine silbernen Adern durch meine Haut schießen. Sie begannen zu wachsen und sich zu teilen wie die Wurzeln eines Baumes. Sefraim machte respektvoll einen Schritt zurück, betrachtete die Auswüchse jedoch mit einer faszinierenden Neugier.

„Wirklich interessant", sprach er und ließ dann seinen Blick wieder zu mir und Avalon schweifen. Währenddessen ließ ich meine besondere Kraft wieder verschwinden.

„Ihr wundert euch sicher, wo alle sind. Ich habe sie bereits zum Lager bringen lassen. Dort wo der Schaden an der Barriere am größten und damit die Wahrscheinlichkeit eines Angriffs am höchsten ist. Es ist die Stelle, an der ich selbst einmal in diese Welt gekommen bin und damit eine tiefe Wunde in der Dimensionsgrenze hinterlassen habe. Zur Sicherheit sind kleinere Einheiten noch an anderen potenziellen Orten positioniert, aber ich vermute, dass die Dämonenkönigin dort zuschlagen wird, wo sie mit dem geringsten Widerstand zu rechnen hat. Ferrana hat wirklich ganze Arbeit geleistet und zusammen mit Artemis und Badrik viele Kämpfer rekrutieren können. Sie erwarten euch dort."

„Wann wird die Dämonenkönigin angreifen?", fragte ich gefasst.

„Wir wissen es nicht genau, aber ich habe so eine Ahnung, dass es nicht mehr lange dauern wird. Als ich das letzte Mal vor der Wunde stand, konnte ich ihre Mordlust bereits durch die Barriere spüren. Vidas Flucht ist noch frisch in den Köpfen ihrer Teufel und sie wird ihre Motivation, jene doch noch zu fangen und ihr zu bringen, nicht unnötig verfliegen lassen. Ich fürchte, du wirst eine Zielscheibe auf dem Rücken tragen, wenn die Teufel uns angreifen, Silberblut. Schließlich hast du vor ihren Augen ihren General getötet. Ein anderes Wesen würde vielleicht Angst empfinden, wenn einer ihrer stärksten so leicht von dir besiegt werden konnte, aber Teufel sind anders. Sie haben keine Angst und sie werden uns zahlenmäßig überlegen sein. Vergiss das nicht."

Ich nickte ernst und versuchte meine eigene Angst bei diesen Worten möglichst weit von mir wegzuschieben. Mutig blickte ich den Vampir vor mir an. „Sollen sie kommen. Ich werde ihnen zeigen, was ich kann, Großvater."

Sefraim sah mich stolz an. „Ich weiß, trotzdem wäre mir leichter zu Mute, wenn jemand auf dem Schlachtfeld ein Auge auf dich hat."

Avalon nickte zustimmend. „Ich habe Vida versprochen, dass ich ihr helfen werde, die Dämonenkönigin zu besiegen. Ich werde aufpassen, dass sie nichts Dummes anstellt."

Der alte Vampir lächelte entschuldigend. „Ich weiß, aber ich hatte da an vielleicht noch ein oder zwei Paar Augen mehr gedacht."

Als im hinteren Teil des Raums plötzlich eine Tür aufging, sah ich auf einmal, wie ein bekanntes Gesicht daraus hervortrat.

„Josh!", rief ich überrascht und grinste begeistert. Der Werwolf winkte mir freundlich zu. Doch als ich sah, wer dort hinter ihm noch zum Vorschein kam, verflog mein Lächeln schlagartig. Hinas furchtbare Augen sahen mich durchdringend an und so schnell ich konnte, fokussierte ich einen Punkt auf ihrer Stirn, um ihren manipulierenden Blick auszuweichen. Hina trug eine Rüstung, wie ich sie bereits bei der Herrin von Venedig gesehen hatte, nur in weiß statt gold. Ihre kurzen, sandfarbenen Haare wurden von einem schmalen Band zurückgehalten, damit die kurzen Strähnen ihr nicht in die Augen fielen. Josh hingegen trug ein einfaches Shirt und blaue Jeans. Wahrscheinlich, so vermutete ich zumindest, brauchte er, genau wie Sefraim keine Rüstung, da die beiden später in ihrer wahren Gestalt kämpfen würden.

Ich hörte Avalon neben mir missmutig zischen. Anscheinend war er von Hinas Auftauchen ebenfalls alles andere als begeistert. Die beiden Neuankömmlinge kamen vor uns zum Stehen und Sefraim nickte ihnen zur Begrüßung knapp zu. Ich sah, wie Josh mich neugierig musterte und begann wie ein Honigkuchenpferd zu grinsen. Ehe ich es mich versah, kam er zu mir und umarmte ich stürmisch.

„Willkommen beim Zwielicht, Vampirin! Es freut mich, dass du nun eine von uns bist." Er löste sich wieder von mir und grinste mich weiter an. „Ich bin froh, dass ich dich nun nicht mehr so einfach vom Balkon stoßen kann."

Ich lachte belustigt. „Ich auch. Es freut mich, dich wieder zu sehen. Ich hoffe, du verzeihst mir, dass es keine offizielle Feier gab. Die Umstände waren … Etwas kompliziert."

Der Werwolf nickte verständnisvoll und zwinkerte mir verschwörerisch zu. „Keine Sorge, wenn das hier vorbei ist, holen wir die Party einfach nach. Das heißt, wenn das berühmte Silberblut dann überhaupt noch Zeit für so etwas hat."

Seine Worte ließen mich hellhörig werden. „Das berühmte Silberblut?", hakte ich nach und Josh wollte schon zu einer Antwort einsetzen, als Sefraim sich einmischte. „Nun, Vida, wie es scheint, hatte sich das Gerücht, dass die Silberblutvampirin das Zwielicht zum Sieg gegen die Dämonenkönigin führen wird, wie ein Lauffeuer verbreitet. Sie halten deine Existenz für ein gutes Omen."

Ungläubig starrte ich den alten Vampir an. „Aber wie …?"

Sefraim lächelte amüsiert. „Nun ja, vielleicht habe ich keinen geringen Beitrag dazu geleistet. Aber es stärkt die Moral der Kämpfer und gegen einen Feind wie die Dämonenkönigin können wir die gut gebrauchen."

Ich hörte Avalon hinter mir leise amüsiert kichern. Ein stechender Seitenblick von mir minderte seine Belustigung darüber nicht im Geringsten. Genervt sah ich Sefraim an. „Die Tochter des Chaos soll jetzt also ein gutes Omen sein?", sagte ich nicht gerade begeistert. „Ich weiß nicht, ob mir diese Heldenverehrung gefällt."

Als ich Hinas gehässiges Lachen hörte, lief es mir eiskalt den Rücken herunter.

„Deine Meinung spielt keiner Rolle, Neugeborene. Ich hoffe, dir ist klar, dass wenn du auf dem Schlachtfeld fällst, du den Verlauf des Krieges beeinflussen wirst. Wir müssen um jeden Preis verhindern, dass du stirbst oder du dem Feind in die Hände fällst. Gleichzeitig können wir nicht auf deine besondere Kampfstärke verzichten. So oder so bist du unentbehrlich. Wer hätte das am Anfang ahnen können?"

Ich blickte Hina feindselig an, dann schweifte mein Blick zu Sefraim herüber. „Warum ist ausgerechnet sie hier?"

Der Verwalter lächelte geduldig. „Hinas Augenkunst ist eine starke Waffe und gut dafür geeignet Verwirrung unter den Feinden zu stiften. Und Josh ist ein ausgezeichneter Wächter und hat viel Erfahrung im Kampf gegen die Geschöpfe aus der Anderswelt. Sie beide werden gut auf dich Acht geben."

Ich überkreuzte ablehnend die Arme vor der Brust, als ich auf einmal Avalons Stimme hörte. „Er hat recht, Vida. Wir können nicht vorsichtig genug sein."

Mich überraschte, wie schnell er Hinas auftauchen akzeptiert hatte. Mit einem schweren Seufzer ließ ich schließlich die Arme wieder sinken. „Also schön."

Sefraim klatschte begeistert in die Hände. „Sehr gut. Dann vergeuden wir keine Zeit mehr und ziehen los. Alles Weitere wird sich dort klären."

Ich nickte nervös. Während den letzten Worten des alten Vampirs hatte sich langsam Aufregung, sowie Furcht in mir breitgemacht, die sich nun zu einem flauen Gefühl in meiner Magengegend vermischten.

„Folgt einfach meiner Teleportationsspur. Aber beeilt euch, ich lasse sie für gewöhnlich nicht lange sichtbar."

Mit diesen Worten verschwand das Ratsmitglied. Hina legte die Hand an den Oberarm des deutlich größeren Joshs, der mir noch immer aufmunternd zulächelte, bevor auch er sich mit der Vampirin in schwarzen Nebel auflöste. Ich blickte zur Statue hoch, auf der Nimmer es sich gemütlich gemacht hatte. *Komm!,* rief ich ihr in Gedanken zu und der weiße Rabe hüpfte daraufhin gehorsam von dem steinernen Pferdekopf. Kurz ließ sie sich fallen, um dann gekonnt ihre weißen Flügel auszubreiten und schließlich auf meinem ausgestreckten Arm zu landen. Gleich darauf spürte ich Avalons Hand auf meiner Schulter und im nächsten Augenblick hatten wir das Hauptquartier des Zwielichts verlassen. Stattdessen sah ich eine weite, steinige und karge Landschaft vor mir. Nur vereinzelt wuchsen in der menschenleeren Einöde kleine halbverdorrte Sträucher und weiter hinten konnte man die Erhebungen eines Gebirges sehen, das aus dem gleichen hellen Gestein bestand, wie der Rest der Umgebung. Die Sonne stand hoch über unseren Köpfen und brannte, wie ich schmerzlich bemerkte, unangenehm auf meiner hellen Vampirhaut. Als ich mich weiter umsah, erkannte ich nicht weit von uns entfernt eine große Ansammlung an Zelten. Trotz der Tageszeit war ein geschäftiges Treiben zu sehen und ich erkannte von Weitem bereits allerhand von unterschiedlichen Kreaturen des Zwielichts, wie Satyrn, Nachtalben, Nixen, Fuchsgeister und viele andere. Bei den meisten Wesen handelte es sich jedoch, wie ich spürte, um Vampire, dicht gefolgt von den Werwölfen, die ich genauso wenig optisch aber dafür an ihrem charakteristischen Geruch wahrnehmen konnte. Die meisten Soldaten trugen eine schwarze, leichte Rüstung, die den Brustkorb und Unterleib umschlossen, während die Arm- und Beinschienen noch genug Freiheiten ließen, um sich uneingeschränkt bewegen zu können. Ein schwarzer Stoff verband die einzelnen Elemente, bis auf die schweren Stiefel, die von den meisten Vampiren jedoch nicht getragen wurden. Sie bevorzugten es, barfüßig zu kämpfen und durch mein

Training mit Avalon konnte ich mir auch vorstellen, warum das so war. Sefraim und Hina ließen sich von einem Nachtalb mit einer dunkelgrünen Haut gerade Sonnenschirme aushändigen, um sich vor der intensiven Sonne zu schützen und auch ich und Avalon nahmen diese dankend an. Gemeinsam liefen wir zu dem Lager herüber. Währenddessen wunderte ich mich, dass so eine große Ansammlung von Zelten so einfach ungesehen errichtet werden konnte. Der Ort war zwar abgelegen, aber dennoch für jeden frei zugänglich. Als wir das Lager fast erreicht hatten, hielt ich meine Neugier nicht aus und fragte schließlich Sefraim.

„Wie verhindert ihr, dass Menschen auf uns aufmerksam werden? So etwas Großes wie das hier, werden sie doch sicherlich nicht übersehen können?"

Der alte Vampir lächelte wissend. „Ich verberge ihn durch meine Magie. Aber die meisten Menschen werden sich instinktiv von diesem Ort fernhalten, an dem sich eine solch große Anzahl an Kreaturen des Zwielichts befindet. "

„Wie viele Kämpfer und Kämpferinnen haben wir?", fragte Avalon den alten Vampir.

„Ungefähr 6000."

Mein Meister zischte abschätzig. „Das sind weniger, als ich gedacht hatte."

Sefraim verzog die Lippen zu einem ernsten Grinsen. „Nicht alle Kreaturen des Zwielichts oder der vogelfreien Wesen sind in der Lage zu kämpfen. Und zu meinem Leidwesen muss ich gestehen, dass einige Vampire, von denen ich einst dachte, sie würden die Organisation mit ihrem Leben verteidigen, jedwede Beteiligung mit uns in die Schlacht zu ziehen ausgeschlagen haben."

„Wer?", hakte Avalon nach und der alte Vampir seufzte daraufhin schwer. „Yanaras Familie. Und damit auch Artjoms-Clan. Beide sind deutliche Widersacher von Irvins künstlichem

Menschenblut. Sie scheinen zu denken, dass wir damit einen falschen Weg einschlagen."

Nachdenklich hörte ich den beiden zu. Während Avalon seinen Ärger über seine Artgenossen Luft machte, dachte ich an die Vampire, die sich damals geweigert hatten, auf Donna Ferranas Fest von dem künstlichen Blut zu kosten. *Ob das noch ein Problem werden wird?,* fragte ich mich, während ich gleichzeitig den Kopf schüttelte. *Ich sollte mich auf das konzentrieren, dass vor uns liegt. Ein Problem nach dem anderen.*

Als wir zwischen die Zelte traten, bemerkte ich auf einmal, wie die verschiedenen Wesen des Zwielichts mit ihrer Arbeit innehielten und uns ehrfürchtig betrachtenden. Bereitwillig machten sie uns Platz und bildeten eine Gasse, die wir entlangschreiten konnten. Irgendwie hatte ich das Gefühl, dass ihre Blicke nicht den beiden Verbundsratsmitglieder, sondern besonders mir galten und ich erinnerte mich wieder an das Gerücht, das Sefraim über mich in die Welt gesetzt hatte. Es fühlte sich falsch an, für etwas bereits Anerkennung zu erhalten, was ich noch nicht getan hatte und vielleicht auch niemals tun würde. Ich versuchte, ihren unangenehmen Blicken auszuweichen und starrte stattdessen auf den Boden. Auch Nimmer war der ganze Trubel unangenehm, das konnte ich durch unsere Verbindung spüren, aber sie blieb tapfer auf meiner Schulter sitzen.

„Avalon! Vida!" Als ich die bekannte Stimme in der Ferne hörte, sah ich schnell auf und ließ meinen Blick suchend über die Schaulustigen gleiten. Es dauerte nicht lange, da zwängte sich ein bekanntes Gesicht zwischen den Leuten hervor.

„Kira!", rief ich begeistert und lief ihr ein paar Schritte entgegen. Avalon folgte mir. Die rothaarige Metamorphin kam vor uns zum Stehen und zeigte uns ein Grinsen, wie ich es bereits bei Josh gesehen hatte. Mit ihrem bunten T-Shirt und der hellblauen Hose stach sie eindeutig zwischen den eher gedeckten Farben der umstehenden hervor.

„Ich muss sagen, ich hatte irgendwie eine größere Veränderung erwartet. Als Vampir siehst du ja fast genauso aus wie als Mensch."

Ihre Worte brachten mich zum Schmunzeln. „Nun ja, mit der Verwandlungsfähigkeit einer Metamorphin kann ich sicherlich nicht mithalten."

Sie reckte stolz die Brust raus. „Stimmt. Aber es ist trotzdem schön, dich und Nimmer wieder zu sehen." Sie sah zu Avalon hoch. „Dich natürlich auch." Ich sah, wie der Vampir neben mir daraufhin mit den Augen rollte.

„Ich freue mich auch, obwohl die Umstände etwas erfreulicher hätten sein können. Wo ist Leonore? Ist sie auch hier?", fragte ich neugierig.

„Das bin ich."

Ich blickte zur Seite und erkannte mit etwas Abstand zu uns Leonore, die ebenfalls in eine der schwarzen Rüstungen gekleidet war. Wie bei den anderen, prangte auf ihrer linken Brust das Wappen des Zwielichts. Ich wunderte mich noch kurz, dass Leonore als vogelfreie Vampirin bereit war, ein Emblem der Organisation zu tragen, als ich neben mir plötzlich eine wachsende, düstere Aura wahrnehmen konnte. Noch bevor ich in der Lage war zu reagieren, spürte ich einen Windhauch an mir vorbeiziehen, und sah von einem Augenblick auf den anderen Avalon vor Leonore stehen. Er hielt die Vampirin am Kragen gepackt und starrte sie wütend an.

„Warte Avalon!", rief ich ihm zu und wollte gerade eingreifen, als mich jemand am Arm packte und zurückhielt. Ich drehte mich um und sah direkt in Joshs ernstes Gesicht.

„Lass die beiden das klären, Vida. Sonst wird es ewig zwischen ihnen stehen."

Ich zog meinen Arm zurück, noch bevor der Rabe auf meine Schulter nach den Fingern des Werwolfs schnappen konnte und sah unsicher zu den beiden herüber. „Aber …", setzte ich unschlüssig an, aber dann kam Kira zu uns und pflichtete dem Werwolf bei. „Er hat recht. Sie müssen reden. Und am besten tun sie das sofort."

„Du hast für Vida damals den Kontakt zu dem Nekromanten geknüpft, obwohl ich mich dagegen ausgesprochen hatte!", knurrte Avalon Leonore direkt ins Gesicht. Die Vampirin fauchte abwehrend. „Das streite ich auch nicht ab! Sie hat mich angerufen und mich angefleht ihr zu helfen. Ich konnte sie nicht einfach abweisen."

Mein Meister schüttelte den Kopf. „Weißt du, in was für Schwierigkeiten wir beide dadurch geraten sind? Was uns dein Mitleid gekostet hat?"

Leonore schlug Avalons Hand an ihrem Kragen fort und sah ihn genervt an. „Hätte ich gewusst, dass sie ein Silberblut ist, hätte ich ihr niemals geholfen. Aber du hast mir nicht genug vertraut, um mich einzuweihen!"

Der Vampir ballte aggressiv die Hände zur Faust. „Das konnte ich nicht und du weißt genau warum. Ich wollte dich keiner unnötigen Versuchung aussetzen."

Plötzlich hörte ich Hina hinter mir amüsiert kichern. „Sie gehen sich noch an die Gurgel. Vielleicht wäre es besser, wenn sie das Ganze nicht vor allen anderen austragen würden."

Erst pflichtete ich der Vampirin im Stillen bei, aber als ich sah, wie sich die beiden anstarrten, beschlich mich plötzlich ein ganz anderes Gefühl.

Leonore seufzte. „Also schön, es tut mir leid. Wie wäre es mit einem Friedensangebot? Ich besorge dir ein Jahr lang die besten Whiskeyflaschen, die ich aufspüren kann und schicke sie dir zu deinem heruntergekommenen Schloss. Wie wäre das?"

Mein Meister lachte belustigt auf. „Ist das alles? Dafür soll ich vergessen, was du mir eingebrockt hast? Deinetwegen wurde ich ausgeblutet!"

„Das stimmt so nicht", mischte ich mich doch noch ein. Es war meine Schuld gewesen, dass ich mich zu Melanzar begeben habe. Auch wenn ich durch Leonore den Kontakt knüpfen konnte, bin letztendlich ich es gewesen, die die Schuld auf sich nehmen muss."

Zu meinem Ärger, schienen mich die beiden kaum zu beachten.

„Zwei Jahre", knurrte Avalon, „und ich gehe keinen einzigen Tag runter!"

Leonore nickte schließlich. „Also gut."

Verblüfft beobachtete ich, wie die beiden den Deal mit einem Handschlag abschlossen, dann drehte sich Avalon von ihr ab und lief wieder zu Sefraim herüber. Während der Rest unserer kleinen Gruppe sich wieder in Bewegung setzten, blieb ich noch einen Moment mit Kira, Josh und Leonore allein zurück.

„Was war das?", fragte ich erstaunt. Die Vampirin lächelte wissend. „Ich kenne Avalon nun schon ziemlich lange. Er plustert sich gerne auf, aber in Wirklichkeit wollte er das Ganze genauso schnell aus der Welt geschafft haben, wie ich."

Ich sah kurz zu meinem Meister herüber, der ebenfalls stehen geblieben war und uns von weiten wütend anfunkelte.

„Ich glaube, das hat er gehört", sagte Kira und wir vier begannen zu lachen.

„Freut mich übrigens, dich zu sehen, Vida. Ich habe in der Zwischenzeit ja schon viel über dich gehört", sprach Leonore mit einem leichten Vorwurf in der Stimme.

Ich senkte beschämt den Blick. „Tut mir leid, dass wir euch davon nichts sagen konnten. Aber ich bin wie Avalon der Meinung, dass es besser gewesen war, euch lieber nichts über mein Silberblut mitzuteilen. Zu eurer eigenen Sicherheit. Schließlich ... Hat es meinem letzten Meister das Leben gekostet."

Josh nickte verständnisvoll. „Wir wissen, dass ihr nur zu unserem Besten handeln wolltet. Die Sache war sowieso schon kompliziert genug. Wer hätte ahnen können, dass wir nun alle hier sind, um gegen die Dämonenkönigin zu kämpfen?"

„Werdet ihr auch in die Schlacht ziehen?", fragte ich Leonore und Kira. Die beiden sahen erst sich gegenseitig, dann mich an. Ihre Blicke waren entschlossen und angriffslustig. „Das sind wir", sprach Leonore. „Was haben wir schon für eine andere Wahl? Selbst wir, die keine Mitglieder des Zwielichts sind, sehen ein, dass wir keine andere Möglichkeit haben, als unsere Kräfte gegen die Dämonenkönigin zu vereinigen. Auch wenn ich dieses Symbol auf meiner Rüstung am liebsten abreißen möchte, sind es die Ressourcen der Organisation, die hierfür aufgebracht werden. Das muss ich wohl oder übel respektieren."

„Wir werden diesen Teufel zeigen, mit wem sie sich angelegt haben. Wir sind nicht zu unterschätzen!", rief Kira aufbrausend.

Auf einmal spürte ich einen vertrauten Geist gegen meinen eigenen drücken und ließ ihn gewähren. *Nun komm endlich, Vida!* Es war Avalons Stimme, die mich dazu anhielt, mich kurzzufassen. Ich sah zu Seite und erkannte, dass mein Meister etwas weiter hinten noch immer auf mich wartete.

„Ich muss leider los. Der Verbundsrat will mit uns reden. Aber wir sehen und noch?"

„Klar!", antwortete Kira und Leonore nickte bestätigend. Ich und Josh machten uns daraufhin auf den Weg, den anderen zu folgen, die bereits eines der großen schwarzen Zelte in der Mitte des Lagers betreten hatten. Avalon wartete mit etwas Abstand auf uns und als ich und Josh zu ihm aufgeschlossen hatten, begaben wir uns zusammen in den düsteren kleinen Raum. Dieser war nur sporadisch eingerichtet und umfasste einen länglichen Tisch und ein paar Stühle. Einige davon waren bereits besetzt und ich erkannte Artemis und Badrik, die uns mit einem kurzen, ernsten Nicken begrüßten. Sie beide trugen die gleiche leichte Rüstung wie Hina und Donna Ferrana, jedoch war die der blassen Dryade von einem dunklen waldgrün, während die des schmächtigen Mannes von einem tiefen meeresblau erstrahlte. In einer Ecke weiter hinten stand Onishi, gekleidet in eine der regulären schwarzen Rüstungen und winkte mir fröhlich zu. Zu meiner Überraschung flatterte daraufhin Nimmer von meiner Schulter zu Sefraims Leibwächterin herüber und ließ sich stattdessen auf ihrer Schulter nieder. Als die Vampirin begann, den Raben am Hals zu kraulen, fragte ich mich verwundert, wann sich die beiden eigentlich angefreundet hatten. Ich ließ meinen Blick weiter schweifen und entdeckte begeistert ein weiteres bekanntes Gesicht. An einem Platz weiter hinten saß die Dame Orochi, gekleidet in einem festlichen, rotblauen Baumwollkimono. Ihre rechte Hand umschloss ein Glas mit Bier, während sie in der anderen einen Fächer hielt und sich angestrengt Luft zufächelte. Als unsere Blicke sich trafen, lächelte die alte Dame und nahm genüsslich einen Schluck aus ihrem Glas. Ich lief sogleich zu ihr herüber.

„Wie ich sehe, hast du die Verwandlung gut überstanden. Scheint so, als hätte sogar jemand wie du endlich mal ein bisschen Glück", begrüßte sie mich.

Ich verbeugte mich ehrfürchtig vor der Herrin von Tokyo. „Es freut mich, Euch wieder zu sehen, Yamata no Orochi. Ist Sho auch hier?"

Die alte Frau seufzte. „Ich konnte sie nicht davon abbringen. Du findest sie im Sanitäterzelt, wo sie während der

Schlacht die Verwundeten wieder zusammenflicken wird. Sie wird sich freuen, dich zu sehen, Tochter des Chaos."

„Wer hätte gedacht, dass der heilige Drache auf seine alten Tage noch einmal seine Zähne zeigen wird?" Avalon war zu uns getreten und musterte die Herrin von Tokyo amüsiert. Die Dame Orochi verengte verstimmt ihre schwarzen Augen. „Ich bin vielleicht etwas eingerostet, aber wenn ich einmal angefangen habe, wird mein Bauch am Ende reichlich mit Teufeln gefüllt sein, darauf kannst du wetten, Avalon." Sie nippte erneut an ihrem Bier. „Ich wünschte nur, ich könnte vorher etwas rauchen. Aber Sefraim hat mich darum gebeten, drauf zu verzichten. Anscheinend gibt es hier zu viele empfindliche Nasen." Sie winkte dabei abschätzig, bis ihre Augen auf Josh fielen.

„Und wer ist das?", fragte sie neugierige. „Ein Werwolf, wenn ich richtig rieche."

Josh verbeugte sich ebenfalls. „Eure Nase täuscht Euch nicht. Es freut mich, Eure Bekanntschaft zu machen, Dame Orochi."

„Und er weiß sich zu benehmen. Nun, ich bin ebenfalls erfreut."

Als wir uns daraufhin auf die noch verfügbaren Plätze niederließen, kehrte schnell Stille ein. Alle Anwesenden sahen gespannt zu Sefraim, der an einem Ende des Tisches stand und ernst in die Runde blickte.

„Da wir nun alle vollzählig sind, begrüße ich euch zu dieser letzten Versammlung des Rates vor der Schlacht um unser aller Schicksal. Egal ob Mitglied des Zwielichts oder nicht, die Mutter der Nacht wird keinen Unterschied zwischen uns machen, also werden wir es auch nicht tun. Wir kämpfen Seite an Seite. Die Ratsmitglieder werden jeweils das Kommando für ihre jeweiligen Truppen führen. Ausgenommen Hina, die zusammen mit Avalon und Josh helfen wird, Vida zu beschützen. Auch mit den neuen Informationen, die wir haben, werden wir bei unserem vorherigen Plan bleiben und Vida nicht dazu einsetzen, die Barriere wiederherzustellen. Zumindest vorerst."

Bei diesen Worten blickte ich Sefraim perplex an. Ich wollte gerade etwas sagen, aber Avalon war schneller als ich.

„Sie soll also nicht versuchen, die Wunde zu schließen, wie es der Elementar vorgeschlagen hatte?"

Der alte Vampir nickte. „Zumindest nicht sofort. Im Anbetracht dieser neuen Information lässt sich durchaus vermuten, dass Vida potenziell dazu in der Lage sein könnte, das will ich nicht bestreiten. Aber sollte dabei etwas schief gehen, wird sie damit unser aller Ende noch beschleunigen. Wenn die Barriere komplett fällt oder die Mutter der Nacht Vida in ihre Gewalt bekommt, sieht es nicht gut für uns aus. Wir wissen zwar nicht genau, welchen genauen Vorteil sich die Mutter der Nacht durch Vida verspricht, aber ich schätze, dass es um ihr besonderes Blut geht. Im Reich der Dämonenkönigin ist sie ein zu leichtes Ziel, zudem wird sie beim Durchqueren der Wunde auf Hilfe angewiesen sein. Ich könnte Vida durch die Wunde hindurchschicken, würde sie dadurch aber nur weiter destabilisieren. Falls wir keine andere Wahl haben und die Barriere droht zu fallen oder wir vom Feind überrannt werden, soll Vida zum Kern in der Anderswelt vordringen. Doch so lange die Barriere nicht beginnt zu kollabieren und die Mutter der Nacht Zutritt in das Diesseits erhält, werden wir keine risikohaften Experimente durchführen. Haltet daher euren Geist zugänglich und hört auf die Befehle, die ich euch zukommen lassen werde. Wir müssen hier mit Bedacht handeln. Es steht zu viel auf dem Spiel, um Fehler zu machen."

Donna Ferrana, gekleidet in ihrer goldenen Rüstung, seufzte nur. „Es gefällt mir nicht, mich auf reine Spekulationen verlassen zu müssen, aber ich schließe mich Sefraim an. Aber letztendlich bleibt uns sicher keine andere Wahl, als Vida den Rücken freizuhalten, während sie am Feind vorbei zur Energiequelle der Barriere vordringt."

„Und wie soll sie das allein schaffen? Vor der Wunde wird es vor Teufeln nur so lauern. Und selbst dann wird es nicht einfach für sie werden, den Weg zum Kern zu finden. Schließlich ist sie noch jung. Keine Vampirin kann in dem Alter schon so weit teleportieren." Die Dame Orochi sprach diese Worte mit solch einer inneren Ruhe, dass ich sie insgeheim um ihre sachliche Sicht auf die Dinge beneidete. Gleichzeitig fiel mir ein, dass sie wohl nicht wusste, dass meine Teleportationsfähigkeiten noch immer nicht erwacht waren. Im Moment wäre ich zu meinem Bedauern nicht einmal in der Lage, bis zum anderen Ende des Tisches zu springen. Frustriert biss ich mir bei dem Gedanken auf die Lippen.

Sefraim nickte. „Ein wichtiger Einwand. Doch ihr vergesst, dass die Anderswelt unsere Heimat ist. Die Kraft der Vampire ist dort drüben stärker als hier. Und ..." Der alte Vampir setzte sich plötzlich in Bewegung und kam zu mir herübergelaufen. Dann legte er seinen Zeige- und Mittelfinger auf meine Schläfe. Überrascht ließ ich ihm gewähren. Auf einmal strömten auf mich verschiedene Bilder ein. Ich erkannte die Unterwelt der Dämonen. Als würde ich fliegen, folgte ich einem Weg weit hinein in die Eingeweide der Anderswelt, bis ich vor einer großen leuchtenden Kugel zum Stehen kam. Sie sah wunderschön aus, wie ein silberner, pulsierender Stern. Dann verblasste das Bild wieder und ich sah in Sefraims freundliches Gesicht.

„Ich habe Vida soeben den Weg zum innersten der Anderswelt übertragen. Es gibt einen Weg, der abseits der Stadt der Dämonen liegt und zur Not zu Fuß zu erreichen ist, sollte ein Teleportationssprung nicht möglich sein. Ich würde zudem raten, in der Anderswelt diese Fähigkeit mit Bedacht einzusetzen. Die Dämonenkönigin ist ebenfalls dazu in der Lage, wie ein Vampir, einer Teleportationsspur zu folgen. Wir müssen mit allem rechnen und aus diesem Grund wird sie auch nicht allein gehen. Josh, Avalon und Hina werden so lange ihr Schild sein, bis sie den Kern der Anderswelt erreicht hat. Allerdings müssen sie, sobald Vida beginnt die Barriere zu schließen, sich sofort auf den Rückweg begeben. Sonst könnten sie auf ewig dort festsitzen, wenn sich die Grenze zum Diesseits erst einmal vollständig geschlossen hat. Anders ist das bei Vida, die zwar als Vampirin nun einen Teil der Magie der Mutter der Nacht in sich trägt, zum anderen jedoch auch Teil der Barriere selbst ist. Sie wird sich beeilen müssen, aber sie kann mit einem deutlich geringeren Widerstand der sich schließenden Barriere rechnen, als es bei anderen Artgenossen der Fall wäre. Ich befürchte jedoch, dass auch sie nicht auf die andere Seite kommen wird, sollte sich die Barriere erst einmal wieder geschlossen haben. Ein Grund mehr dieses Risiko nur im Ernstfall einzugehen."

Schockiert musterte ich den Kriegsherrn vor mir. Ich war alles andere als begeistert auf die Aussicht, in der schreckliche Welt der Dämonen festzusitzen oder dass dieses Schicksal jemand anderem drohen könnte, weil er mich beschützen muss. „Ich will nicht, dass jemand wegen mir stirbt oder nicht mehr zurück nach Hause gelangen kann. Ich werde allein in die Anderswelt gehen."

Während ich neben mir ein abschätziges Zischen von Avalon hörte, sah ich, wie Sefraim mir verständnisvoll zunickte. „Ich weiß, Vida, aber du bist nun einmal unsere stärkste Waffe, aber auch gleichzeitig unser schwächster Punkt. Bedenke, ich spreche hier nur Eventualitäten an. Vielleicht können wir die Teufel länger in Schach halten, als wir denken. Sollte die Barriere durch unsere Bemühungen, die

Teufel zurückzudrängen, standhalten, ist dein Eingreifen vielleicht überhaupt nicht möglich."

„Unwahrscheinlich," hörte ich Badrik mit seiner kalten Stimme sagen. Der Vampir saß mir direkt gegenüber und blickte mich mit seinen dunkelroten Augen ernst an. „Ich glaube nicht, dass die Dämonenkönigin es uns so leicht machen wird. Sie weiß genau, was sie tut, schließlich hatte sie genug Zeit, Pläne zu schmieden und über etwaige Eventualitäten bereits Bescheid zu wissen."

Für einen kurzen Moment sagte niemand etwas und die Stille wurde nur durch das schlürfende Trinkgeräusch der Dame Orochi unterbrochen, die seelenruhig an ihrem Bier nippte. Doch dann erklang Artemis beruhigende Stimme durch den Raum. „Was auch kommen mag, wir sind bereit, der Mutter der Nacht entgegenzutreten. Die Anzahl der Kämpfer ist auf die der Truppen aufgeteilt worden, die von den jeweiligen Ratsmitgliedern angeführt werden. Viele sind ausgebildete Wächter, aber es sind auch einige zu uns gestoßen, die keine Mitglieder des Zwielichts sind. Insgesamt sind es mehr Kämpfer, als ich erwartet hatte."

Der alte Vampir lächelte leicht. „Danke Artemis. Hat noch jemand irgendwelche Anmerkungen? Nein? Dann schlage ich vor, dass wir uns hiermit fürs Erste alle zurückziehen. Bleibt aber jederzeit einsatzbereit. Und behalten einen kühlen Kopf und einen wachsamen Geist."

Bei diesen Worten sah ich, wie Onishi zu Sefraim hinüber trat und ihm mit einer gewissen Zärtlichkeit eine Hand auf die Brust legte. Nimmer machte sich währenddessen aus dem Staub, als würde sie es vermeiden, in die Nähe des alten Vampirs zu gelangen. Sie flog wieder zum mir herüber und ließ sich leise krächzend auf meiner Schulter nieder. Der Verwalter des Zwielichts legte seine Hand seufzend auf die seiner Leibwächterin und nicke knapp, als hätte die Vampirin gerade mental eine Frage an ihn gestellt. Als sie sich gemeinsam in schwarzen Nebel auflösten, fragte ich mich, wie die beiden wohl die letzten Momente vor der Schlacht verbringen würde. Onishi sagte einmal zu mir, dass sie kein Paar seien, aber ich wusste, dass die Meisterin des Verbergens den alten Vampir liebte. *Und wer weiß, vielleicht erwiderte mein Großvater ja auch ihre Gefühle? Aber ob man nach über 3000 Jahren überhaupt noch richtige Liebe empfinden kann?*

Nach und nach verschwanden auch die anderen Teilnehmer der Sitzung und zum Schluss waren nur noch ich, Avalon, Josh, Donna Ferrana und die Dame Orochi übrig. Ich beobachtete, wie die alte Frau den Rest ihres Bieres in einem Zug austrank, sich schließlich seufzend erhob und leicht schwanken in Richtung Ausgang lief. Als sie gegangen war, trat die Herrin von Venedig zu uns heran. Ihr rotes Haar, das zu einem langen Zopf über ihre Schulter fiel, leuchtete im Schein der elektrischen Deckenlampen, die an den oberen Zeltstangen befestigt waren, wie feiner Kupferdraht.

„Folgt mir, ich werde euch zeigen, wo ihr eure Rüstungen bekommen könnt. Sie wurde aus einem speziellen Material gefertigt und ist besonders widerstandsfähig. Die Knochenklingen der Halbteufel sollte sie problemlos widerstehen können."

„Erstaunlich, dass Ihr in vier Tagen eine solche Menge an Rüstungen beschaffen konntet", sagte Avalon in einem sarkastischen Tonfall.

Donna Ferrana lächelte wissend. „Ich habe sie bereits in Auftrag gegeben, seit wir wissen, dass die Dämonenkönigin wiedererwacht ist. Du weißt, dass ich gerne auf alle Eventualitäten vorbereitet bin."

Mit diesen Worten lief sie an uns vorbei zum Zeltausgang und ich wäre ihr gefolgt, wenn Josh uns nicht aufgehalten hätte.

„Ich teile mir mit Leonore und Kira ein Zelt. Wenn ihr fertig seid, kommt doch auch. Wir werden uns alte Kriegsgeschichten erzählen und vielleicht etwas rührselig werden."

Ich musste bei diesen Worten lächeln. „Kriegsgeschichten?"

Josh grinste ebenfalls, aber seine Augen blickten mich ernst an. „Tja manche von uns haben als Mensch in so manchen Kriegen mitgemischt. Ausgenommen natürlich Kira, aber die kennt die Geschichten wahrscheinlich schon auswendig."

„Verschone mich mit deinem Veteranengeschwätz, Josh. Kira ist nicht die Einzige, die sie auswendig kann", beschwerte sich Avalon.

Ich blickte zu Josh und nickte. „Ich komme gerne. Wir sehen uns später."

„Bis später", verabschiedete sich der Werwolf und mir wurde bewusst, wie viel ich von Avalons Freunden eigentlich noch gar nicht wusste. Dabei hoffte ich insgeheim, dass ich noch die Zeit haben würde, sie später einmal richtig kennenzulernen. Nachdem Josh gegangen war, traten ich und mein Meister ebenfalls hinaus. Als wir den ersten Schritt unter freiem Himmel taten, erhob sich Nimmer von meiner Schulter und ihre Aufregung, die Gegend zu erkunden hallte in mir nach, als wären es meine eigenen Gefühle. Kurz sah ich den Vogel mit einem kleinen Anflug von Neid hinterher, wie er sich unbekümmert in die Lüfte erhob und das Lager mit ein paar Flügelschlägen einfach hinter sich ließ. Auch wenn Nimmer und ich verbunden waren, war sie doch ein wildes Tier, das weder unsere Moralvorstellungen teilte, noch unsere Verpflichtungen verstand.

Donna Ferrana wartete bereits ungeduldig auf uns und führte uns schließlich zu einer, zwischen den Zelten verborgenen Containereinheit. *Eine der vielen Vorteile der Teleportation ist es sicherlich auch, nicht nur sich selbst, sondern auch Personen und Gegenstände an einen anderen Ort zu bringen,* dachte ich nur und trat ein. Zwischen den vielen übereinandergestapelten Kisten zeigte sie uns unsere Rüstungen. Donna Ferrana half mir sie anzuziehen, während Avalon sich allein im angrenzenden Raum damit abmühen musste. Ich konnte ihn leise dabei fluchen hören und war selbst froh, bei den nicht ganz einfachen Verschlüssen, Hilfe zu haben. Stumm beobachtete ich die schöne Vampirin dabei, wie sie mir die Brustplatte anlegte. Sie kam mir so nahe, dass ich den angenehmen Duft ihrer Haare riechen konnte. *Sie ist wirklich eine äußerst einschüchternde Frau,* kam mit plötzlich der Gedanke, *ganz im Gegensatz zu mir. Eigentlich passt sie ganz gut zu Avalon. Viel besser als ich es tue.*

Ich hörte, wie die Verwalterin kurz seufzte und blickte erschrocken zu ihr auf. Schnell kontrollierte ich den Schutzmantel um meinen Geist, nur um erleichtert festzustellen, dass er noch immer in Takt war.

„Diese hier habe ich extra für dich anfertigen lassen. In den Taschen an den Beinen und Armen findest du Gefäße mir frischem Blut. Als Neugeborene wirst du schneller ermüden und vielleicht gezwungen sein, zu trinken, wann immer du kannst. Eigentlich hatte ich mir eine etwas individuellere, silberne Rüstung für dich überlegt. Aber, da du ohnehin schon genug feindliche Aufmerksamkeit bekommen wirst, habe ich die Idee wieder verworfen. Wir sollten es ihnen schließlich nicht allzu leicht machen, nicht wahr?"

Ihre violetten Augen wanderten zu meinen und ich fühlte mich dazu genötigt ihr eine Antwort zu geben.

„Natürlich nicht."

Die Vampirin nickte zufrieden und wendete sich wieder der Rüstung zu. Dabei fiel mir ein, dass sich Donna Ferrana, sowie die anderen Ratsmitglieder, sich farblich stark von den anderen Kämpfern abgegrenzt hatten.

„Und was ist mit Euch? Werdet Ihr nicht unnötig auffallen?"

Sie hielt inne und sah wieder zu mir. „Unnötig? Nein. Es ist unsere Pflicht, für die Mitstreiter und Angreifer ein leicht erkennbares Ziel zu sein. Wir zeigen ihnen damit, dass wir als ihre Anführer furchtlos in die Schlacht ziehen."

„Ist das Eure erste?"

Die Vampirin grinste freundlos. „Eine von vielen. Und hoffentlich nicht meine letzte. Aber die Erste, bei der ich ihren Ausgang höchstwahrscheinlich nicht selbst bestimmen werde."

Vielleicht sah sie bei diesen Worten die Angst in meinen Augen aufblitzen, denn als Nächstes richtete sich die rothaarige Vampiramazone vor mir auf und musterte mich genauer.

„Krieg ist immer ein Verbrechen, Vida. Ein Verbrechen an der Unschuld des Lebens. Aber das Leben selbst besteht immer aus Krieg. Denn es ist weder unschuldig noch friedlich. Und Vampir sind wie dafür geschaffen, auf dieser Bühne, gemacht aus den Knochen der Toten, zu tanzen. Wenn du deinem Verstand nicht trauen kannst, dann traue deinem neugeborenen Körper. Er wird wissen, was zu tun ist."

Ich nickte ihr dankend zu, als auf einmal die Tür zum angrenzenden Raum aufschwang und Avalon eintrat. Die schwarze Rüstung stand ihm gut und er hatte sich einen Teil seiner schwarzen Haare zu einem Zopf zurückgebunden. Ich wusste nicht warum, aber irgendwie wurde mir bei diesem Anblick erst so richtig klar, was uns nun bald bevorstehen würde. Auch Avalon musterte mich ernst und blieb für einen Moment wie angewurzelt stehen.

„Seid ihr fertig?", fragte er dann und Donna Ferrana nickte ihm knapp zu.

„Das sind wir. Allerdings, Avalon, habe ich noch etwas mit dir zu besprechen." Sie sah wieder zu mir herüber. „Allein."

Wie sie es sagte, gefiel mir ganz und gar nicht. Ich beobachtete, wie mein Meister grimmig die Lippen verzog.

„Muss das sein?", antwortete er nicht gerade begeistert. Die Herrin von Venedig kicherte nur amüsiert. „Ich fürchte ja."

Ich spürte, wie mich ein Stich der Eifersucht traf, als Avalon sich seufzend auf eine der Kisten niederließ. Fast schon fluchtartig und ohne Abschiedsgruß verließ ich die beiden, denn ich wusste, dass mein Gesichtsausdruck meine negativen Gefühle sonst sofort verraten hätte. *Dafür, dass er sie hasst, gehorcht er ihr viel zu gut. Ich frage mich, ob er vielleicht doch noch etwas für sie empfindet*, dachte ich traurig.

Als ich draußen war, und die unerbittlichen Strahlen der Sonne auf mich niederbrannten, kam mir auf einmal die unhöfliche Idee, sie mit meinem sensiblen Vampirgehör zu belauschen. Doch zu meiner Enttäuschung war es dort drinnen totenstill. *Sie reden also mental miteinander. Anscheinend will Donna Ferrana wirklich nicht, dass jemand ihr Gespräch mitbekommt.* Wenn ich daran dachte, was das letzte Mal geschehen war, als er mit der schönen Vampirin allein gewesen war, presste ich angespannt die Kiefer aufeinander. *Es ist nicht ihr Blut, dass ihn so um den Verstand bringt. Und gerade deswegen bin ich eifersüchtig auf sie. Donna Ferrana könnte er nah sein, ohne von ihr zu trinken. Oder sie von ihm. Ist das nicht ungerecht?*

Ich schüttelte bei der Vorstellung nur den Kopf und stapfte schließlich aufgewühlt davon. Ohne zu wissen, wohin mich meine Füße trugen und tief in Gedanken, stieß ich plötzlich mit jemandem zusammen. Eine Entschuldigung murmelnd wollte ich schon weiter gehen, als mich ein flüchtiges Gefühl erfasste. Ich blieb stehen und sah schließlich auf.

„Lauren!", rief ich überrascht, als ich die kastanienbraunen Haare und das schüchterne Lächeln unter der grauen Kapuze erkannte, mit der sich der Vampir vor der Sonne schützte.

„Hallo Vida", erwiderte er ernst. „Schön zu sehen, dass es dir gut geht."

Der unterschwellige Vorwurf in seiner Stimme war nicht zu überhören. Er trübte mir die Freude über unser Wiedersehen und machte mir gleichzeitig ein schlechtes Gewissen. Wenn ich so darüber nachdachte, hatte ich ihn zuletzt bei seinem Tag des Erschaffens gesehen. Serezar hatte ihn damals verwundet, bevor Avalon und Sefraim aufgetaucht waren, um uns zu retten. Wie lange war das jetzt her? Erst war ich bei Sefraim untergetaucht, dann hatte mich der Halbteufel in die Anderswelt verschleppt. Marien war gestorben und ... Ich sah ihn erschrocken an, als mir klar wurde, dass er nicht wusste, dass ich unsere gemeinsame Freundin erst wiedergefunden und dann erneut verloren hatte. Aber wer hätte es ihm auch erzählen sollen?

„Wie ... Wie ist es dir ergangen nach unserem letzten Treffen? Konntest du dich gut erholen?", fragte ich vorsichtig.

An der Art, wie er das Gesicht verzog, wusste ich, dass er wütend auf mich war. „Ach, jetzt auf einmal interessiert es dich, wie es mir geht?", sprach er, ohne auf meine Fragen einzugehen. „Wo bist du die ganze Zeit gewesen, Vida?"

Als ich nichts sagte, schüttelte er frustriert den Kopf. „Als ich wieder bei Kräften war, hatte ich mich nach dir erkundigt, Silberblut. Niemand wusste, wo du bist, nur, dass du mit Sefraim zusammen verschwunden warst. Aber keiner von der Organisation konnte mir irgendetwas dazu sagen. Der Rat reagierte nicht auf mich. Avalons Schloss wurde einzig und allein nur noch von seinen Gnomen bewohnt. Du warst wie von Erdboden verschluckt, bis ich irgendwann Gerüchte über die

Silberblutvampirin gehört habe. Weißt du eigentlich, was für Sorgen ich mir gemacht habe?"

Lauren derart aufgebracht zu sehen war neu für mich. Aber ich konnte es ihm nicht verübeln. „Es tut mir leid, Lauren", sagte ich kleinlaut. „Aber so vieles ist geschehen ... Ich durfte dir nicht sagen, dass ich ein Silberblut bin, um dich nicht in Versuchung zu führen. Und als Serezar es verraten hatte ... Sefraim hielt es für das Beste, wenn wir erst einmal untertauchen. Ich ..." Auf einmal wurde mir bewusst, dass wir nicht allein waren. Uns passierten immer wieder Leute, die sich neugierig den Hals verrenkten, um mich anstarren zu können.

„Komm mit", sagte ich kurzerhand und zog Lauren an seinem Handgelenk wahllos in eines der vielen Zelte. Zu meinem Glück stand es bis auf ein paar Feldbetten leer. Ich drehte mich wieder zu dem jungen Vampir um und bemerkte, wie er mich durchdringend musterte.

„Warum wurdest du so früh verwandelt? Hat Avalon das getan?" Sein Gesicht verhärtete sich, als ich peinlich berührt nickte.

„Aber es geschah aus der Not heraus. Er hat es nicht ganz freiwillig getan."

Lauren schüttelte nur den Kopf. „Das kann ich nur schwer glauben ..."

Ich sah ihn für einen Moment unschlüssig an. „Lauren ... Ich weiß nicht, wie viel ich dir erzählen darf ... Aber ..."

Er fasste plötzlich meine Hand. „Wir sind Freunde, Vida. Hast du das bereits vergessen? Und außerdem ... " Er brach ab und sah mich mit einem merkwürdigen Blick an. Ich schluckte währenddessen schwer, hin und hergerissen, wie ich nur anfangen sollte. *Er hat ein Recht darauf zu erfahren, was mit Marien geschehen ist,* riss ich mich zusammen. *Schließlich war auch er mit ihr befreundet.*

„Setzt dich", sagte ich schließlich und deutete auf eine der Liegen. „Bitte", setzte ich nach, als er meiner Aufforderung nicht folgte. Nach einem kurzen Zögern tat Lauren schließlich, was ich von ihm wollte, und ich gesellte mich zu ihm. Dann begann ich zu erzählen. Alles, was ich erlebt hatte, seit wir an dem Tag seiner Verwandlung getrennt worden waren. Manches jedoch weniger detailliert als anderes. Während ich sprach, sah ich verschiedenen Emotionen in dem Gesicht meines alten Freundes aufblitzen. Von Wut bis Unglauben, Trauer und Mitgefühl war alles dabei. Ich kam mir dabei vor, als hätte nicht ich all diese Dinge erlebt, sondern jemand anderes, mir vollkommen Fremdes. Als ich dann fast schon gefühllos vom Tod meiner Blutschwester berichtete, drehte sich Lauren kurz von mir ab und ich machte in meinen Ausführungen eine Pause. Als er sich mir wieder zuwandte, sah ich Tränen in seinen Augenwinkeln aufblitzen. Fast schon mit einem Anflug von Neid beobachtete ich ihn dabei, wie er sie sich mit dem Handrücken wegwischte. Ich wünschte mir in diesem Moment, dass ich ebenfalls weinen konnte, aber ich tat es nicht. Und vielleicht würde ich es überhaupt nie mehr tun können. Es fühlte sich merkwürdig an, wie eine Regenwolke war ich schwer von Wasser, aber kein Tropfen wollte aus mir herauskommen, ganz egal wie sehr um mich herum der Sturm tobte. Ich sprach weiter und als ich von dem kleinen Irvin erzählte, umspielten die Lippen des jungen Vampirs ein leichtes Lächeln.

„Kann ich ihn sehen, wenn das hier alles vorbei ist?"

„Natürlich!", erwiderte ich, ohne zu zögern. „Marien hätte sich sicher sehr gefreut." Eine Pause entstand zwischen uns, aber sie fühlte sich nicht mehr so unangenehm an wie zuvor. „Aber ich muss dich warnen, er riecht nicht besonders gut", setzte ich schließlich nach und Lauren musste kurz lachen.

„In unserem Fall ist das doch gar nicht so schlecht." Er blickte zu Boden und schüttelte ungläubig den Kopf. „Du warst also einmal ein Elementar? Tut mir leid, aber das kann ich mir nur schwer vorstellen."

Ich boxte ihn kurz beleidigt in die Seite und grinste neckisch. „Was soll das heißen? Ich bin mindestens genau so wild und schön wie eine der Ihren!", rief ich sarkastisch. Mein Lächeln verschwand schlagartig, als ich Laurens ernsten Gesichtsausdruck sah.

„Stimmt, das bist du", sprach er und blickte mir dabei tief in die Augen.

Verlegen strich ich mir eine Haarsträhne aus dem Gesicht. „Das meinst du nicht ernst", erwiderte ich unsicher. Der Vampir schüttelte den Kopf.

„Ich habe es noch nie so ernst gemeint wie jetzt."

Ich wich seinem Blick aus und starrte zu Boden, völlig ratlos, was ich jetzt tun sollte.

„Du weißt, dass ich in dich verliebt bin, oder?"

Ruckartig sah ich auf und starrte Lauren erschrocken an.

„Du wusstest es also", sagte er als wäre meine Reaktion Antwort genug. „Aber das war auch nicht schwer zu erraten. Schließlich habe ich vor meiner Verwandlung um einen Kuss von dir gebeten." Er lächelte gequält, was mir ein schlechtes Gewissen gab.

„Seitdem ist so viel geschehen … Ich kann nicht glauben, dass das alles noch überhaupt nicht so lange her ist."

Der Vampir nickte. „Und jetzt stehen wir vor einer Schlacht, die das gesamte Diesseits für immer verändern könnte. Vielleicht läuft alles gut und wir gewinnen. Und vielleicht werden wir uns niemals wieder sehen."

Ich erwiderte nichts drauf und stille kehrte ein, die nur von den dumpfen Geräuschen von draußen unterbrochen wurde.

„Ich weiß, dass du nicht so fühlst wie ich, Vida. Ich weiß es. Und trotzdem wünsche ich mir nichts Sehnlicheres, als dass du es doch tust. Und seit ich ein Vampir bin, ist dieses Gefühl noch stärker geworden."

Ich sah ihn traurig an. „Manch einer sagt, dass Liebe nichts für Vampire ist. Denn was sie lieben, zerstören sie früher oder später. Das ist ihre Natur."

„Glaubst du, das ist wahr?"

„Ich hoffe nicht", flüsterte ich.

„Ich auch nicht", flüsterte Lauren zurück.

Ich lächelte freudlos, dann beugte ich mich vor und küsste ihn. Als ich mich zurückzog, sah er mich überrascht an. „Was war das?", fragte er verwirrt.

„Ein schon längst überfälliges Geschenk." Ich lächelte freudlos. „Es ist einmalig und kann nicht zurückgegeben werden", setzte ich schnell nach.

„Danke", sagte Lauren schließlich, einen gequälten Ausdruck auf seinem Gesicht.

„Keine Ursache", erwiderte ich leise.

Kapitel 11: Kein Zurück mehr

Bei Sonnenuntergang traf ich Sho bei den Sanitätszelten, wo sie gerade mit einem Klemmbrett in der Hand eine Bestandsaufnahme der Verbandsmaterialien und Arzneien durchführte. Als sie mich sah, umarmten wir uns freudig, dann blickte mich Sho forschend an.

„Du siehst müde aus. Selbst für einen Vampir."

Ich lächelte sie beruhigend an. „Ich muss nur etwas Blut trinken, dann geht es mir wieder besser." Ich öffnete eine der vielen kleinen Taschen und zog eine längliches, aus Plastik gefertigtes Gefäß daraus hervor. Kurz beäugte ich die rote Flüssigkeit darin kritisch, dann setzte ich sie mir an die Lippen und kippte den Inhalt in einem Zug herunter. Sogleich fühlte ich mich deutlich wacher als noch vor wenigen Sekunden. Ich sah auf und blickte in Shos besorgtes Gesicht.

„Meiner Meinung nach sollte der Rat keine neugeborenen Vampire in den Kampf schicken. Und schon gar keine, die noch so jung sind wie du. Bist du überhaupt in der Lage richtig zu kämpfen?"

Ich sah sie tadelnd an. „Ich bin eine Vampirin. Natürlich kann ich kämpfen, auch wenn es mir an Erfahrung fehlt. Außerdem … Ich kann Avalon nicht allein in den Krieg ziehen lassen. Wer passt dann auf meinen Meister auf?"

Die junge Frau nickte verständnisvoll. „Ich weiß, was du meinst … Meine Großmutter zieht in den Krieg, aber ich kann nicht an ihrer Seite kämpfen. Was, wenn ihr etwas passiert?"

Nachdenklich legte ich Sho die Hand auf die Schulter. „Ich glaube, wenn eine sich zu verteidigen weiß, dann die Dame Orochi", sagte ich ehrlich. Die junge Frau nickte stumm. Auf meinen Lippen bildete sich ein zynisches Lächeln. „Und außerdem Sho, leistest du hier einen genauso wichtigen

Beitrag. Wenn nicht sogar noch wichtiger. Denn du bist hier, um Leben zu retten. Ich hingegen bin hier, um es auszulöschen."

Die Enkelin der Herrin von Tokyo erwiderte darauf nichts. Aber ich konnte sehen, dass sich ihr Blick bei meinen Worten veränderte. Statt Sorge strahlte er nun Mitleid aus. Und ein kleines bisschen Angst.

Als ich später in der Nacht vor dem Eingang des Zeltes stand, das Josh und die anderen bewohnten, zögerte ich einzutreten. Ich konnte spüren, dass sie dort bereits alle zusammensaßen. Selbst Avalons Aura konnte ich unter den Anwesenden spüren. Sie unterhielten sich angeregt miteinander und achteten nicht groß darauf, wer sich außerhalb ihres kleinen Kreises befand. Und selbst wenn, war es hier nicht ungewöhnlich, die Aura eines Vampirs oder anderen Wesens zu spüren, das sich in der Nähe befand. Das war wahrscheinlich auch der Grund, warum mich bisher keiner von ihnen bemerkt hatte. Die Stimmung war ausgelassen, aber aus irgendeinem Grund konnte ich mich in diesem Moment nicht überwinden, zu ihnen zu gehen. Stattdessen drehte ich mich nach einer Weile um und lief auf direktem Weg aus dem Lager heraus. Dank meiner guten Vampirsicht konnte ich am Nachthimmel Nimmer sehen, wie sie sich spielerisch von der warmen Luft tragen ließ. Ich grüßte den weißen Vogel kurz mit dem Wink meiner Gedanken und sie schickte mir stolz Bilder davon, wie sie im Licht der Abendsonne Eidechsen gejagt hatte. Jedoch hielt ich mich nicht lange mit ihr auf. Mein Ziel war nicht weit entfernt und als ich auf eine der Gesteinsformation in der Nähe sprang, konnte ich sie bereits sehen. Die Wunde, wie die Stellen in der Barriere der Grenze bezeichnet wurden, die besonders instabil waren, ging wie ein Riss durch die Wirklichkeit. Man konnte sehen, wie sie die Realität an diesem Punkt verzehrte und entstellte, wie ein zerbrochener Spiegel es tat. Zwei Wächter, beides Vampire, hielten die Anomalie nur wenige Meter entfernt genauer im Auge. Ich nickte ihnen von Weitem kurz zu, dann setzte ich mich auf den harten Boden und betrachte die fast zwei Meter große Wunde nachdenklich. Ich spürte selbst von dieser Position aus, ein schwaches Pochen davon ausgehen, das mich irgendwie an das Pulsieren eines Herzschlags erinnerte.

„Ein irritierender Anblick."

Sein Teleportionsnebel war noch nicht verflogen, als ich mich überrascht zu dem Vampir hinter mir umdrehte. Avalon stand da und schweifte mit seinen roten Augen von der Wunde kurz zu mir herüber. Dann setzte er sich in Bewegung und ließ sich neben mir auf dem Felsvorsprung nieder. Dann starrten wir beide schweigend auf die Anomalie vor uns. Lange Zeit sagte keiner ein Wort.

„Ich habe Lauren geküsste", plätscherte es plötzlich aus mir raus. Ich bemerkte, wie Avalons Kopf sich bei diesen Worten ruckartig zu mir drehte. Ich kam nicht umhin, kurz Freude über seine prompte Reaktion zu empfinden. Als ich mich ihm ebenfalls zuwandte, war seine Miene emotionslos und starr wie eine Maske.

„Und?", spie er schließlich zwischen zusammengebissenen Zähnen hervor. Erneut machte mein Herz einen Satz bei dem Gedanken, dass er so etwas wie Eifersucht empfinden könnte. Oder zumindest, dass er nicht erfreut darüber war, dass ich einen anderen geküsst hatte.

„Ich war es ihm noch schuldig gewesen", sagte ich ruhig. Der Vampir neben mir verengte missbilligend die Augen. Als er jedoch nichts sagte, fuhr ich weiter fort. „Lauren hat gesagt, dass er mich liebt. Aber das wusstest du ja bereits."

„Er denkt, er würde dich lieben", korrigierte er mich und ein kurzer Moment entstand erneut Stille zwischen uns. Dann sprach Avalon weiter. „Aber du erwiderst seine Gefühle nicht."

Ich wusste, dass das keine Frage, sondern mehr eine Feststellung war. Trotzdem antwortete ich ihm.

„Ja, das stimmt."

„Warum?", fragte er plötzlich.

Ich sah ihn überrascht an. „Hat dir mein Blut das damals nicht gezeigt?"

Avalon schüttelte leicht den Kopf. „Ich kenne den Grund, aber ich verstehe ihn nicht."

Ich biss mir auf die Lippen und starrte verlegen auf meine nackten Füße, die gleich neben Avalons über dem Abgrund baumelten. „Ich auch nicht", sagte ich knapp. Dann setzte ich erneut an und kratze dabei den letzten Rest an Mut zusammen, den ich im Angesicht der Schlacht noch aufbringen konnte. Oder vielleicht sogar genau deswegen. „Was ist mir dir? Welche Gefühle empfindest du für mich?" Ich sah an seinem Blick, dass ihn die Frage unvorbereitet traf. Es dauerte eine Weile, bis er antwortete und währenddessen spielte ich nervös alle seine Antwortmöglichkeiten im Kopf durch, die mir einfielen. Ich wollte vorbereitet auf das sein, was kam, damit es mich nicht zu tief verletzen würde. Aber was er schließlich sagte, traf mit keiner meiner ausgedachten Antworten überein.

„Keine die du verdienst", erwiderte er schließlich und ich kam nicht umhin, dass ich dabei einen tiefen Stich in meinem Herzen spürte. Wie bescheuert ich doch gewesen war zu denken, dass ich darauf vorbereitet sein würde.

„Warum sagst du das?", flüsterte ich und bemerkte, wie Avalons Blick sich bei diesen Worten verhärtete.

„Du hast es selbst gesagt, Vida. Du kannst nicht bei mir bleiben, wenn ich nicht das Blut mit dir teile. Und ich sehe das genauso. Die Gefahr, dass wir uns beim Aufeinandertreffen vernichten, ist zu groß. Es ist besser, wenn wir uns voneinander Fernhalten. Sicherer."

Die Worte trafen mich erneut tief in meinem Inneren. Aber ich wollte sie nicht glauben. Ich konnte nicht. Entschieden schüttelte ich den Kopf. „Wenn du willst, dass ich gehe, dann gehe ich. Aber wenn du willst, dass ich bleibe, dann bleibe ich, selbst wenn ich dafür bis in alle Ewigkeit brennen werde. Ich könnte es ertragen, weil du es bist, für den ich brenne."

Avalon sah mich daraufhin lange schweigend an. Ich hatte das Gefühl, dass er ein paar Mal etwas ansetzen wollte, aber es dann doch nicht tat. Schließlich erhob er die Stimme, die sich schwer und dunkel anhörte.

„Ich habe Irvin immer dafür gehasst, dass er mich begehrt hatte. Aber jetzt … Vielleicht hattest du recht, als du sagtest, dass ich insgeheim neidisch auf ihn bin." Verwirrt aufgrund seiner Aussage musterte ich ihn schweigend. Avalon fuhr derweil fort. „Ich kann dir als Vampirin mein Blut nicht geben, Vida, und noch weniger von dir verlangen deswegen in meiner Gegenwart darunter zu leiden."

„Ich verstehe", sagte ich traurig. Ich hätte gerne gesagt, dass ich sein Blut nicht trinken musste, wenn ich ihm nahe sein wollte, aber das stimmte leider nicht. Diese beiden Dinge waren, wenn ich Avalon ansah, so eng miteinander verflochten, dass es mir schier unmöglich vorkam, sie voneinander zu trennen. Sicher, ich konnte lernen, mich in seiner Gegenwart zurückzuhalten. Aber wenn er mir einmal zu nahe kommen sollte … Ich seufzte schwer und ließ meinen Kopf gegen seine Schulter sinken. Sofort wurde das Brennen in meiner Kehle stärker. Ich hieß es willkommen und verfluchte es zur gleichen Zeit.

„Falls wir das hier überleben sollten, willst du dann, dass ich dich verlasse?", fragte ich noch einmal. Ich brauchte eine klare Antwort darauf. Einen klaren Schlussstrich, der auch den letzten Rest Mensch in mir zerstören würde.

Ich spürte, wie der Vampir zu mir herübersah, aber ich hielt den Blick starr auf die große Mondsichel am Himmel gerichtet, die langsam verblasste, während am Horizont bereits die ersten Sonnenstrahlen zu sehen waren. Ich hatte nicht genug Mut übrig, ihn dabei anzusehen, denn alles, was ich diesbezüglich ihm gegenüber besessen hatte, war bereits restlos aufgebraucht. Dann spürte ich plötzlich, wie seine Hand sanft die meine umschloss und sah überrascht auf. Mein Blick traf sich mit seinem und das, was ich darin sah, raubte mir in diesem Moment fast den Atem.

„Vida, ich ...“

Plötzlich hörte ich ein lautes Knacken. Erschrocken sahen ich und Avalon gleichzeitig zu der Wunde vor uns herüber. Auf einmal begann die zersplitterte Realität dort, wie Eis zu zerplatzen und kleine Schockwellen breiteten sich von dem Punkt aus und gewannen mit jeder Sekunde, die verstrich, mehr an Intensität. Als wir beide vom Felsvorsprung sprangen und vorsichtig nähertraten, bemerkte ich, dass die beiden Wachen ebenfalls darauf aufmerksam geworden waren. Der Puls der Wunde beschleunigte sich währenddessen immer schneller und es war für mich unbestritten, dass dort etwas oder jemand gerade versuchte, auf unsere Seite zu gelangen.

„Weg da!“, rief ich den beiden Wächtern panisch zu. „Geht weg von der Wunde, sofort!“

Die beiden hörten mich und drehten sich mit überraschten Gesichtern zu mir um, als hätten sie den Ernst der Lage noch nicht erfasst, als plötzlich eine riesige Klaue aus dem Riss hervorschnellte. Sie packte auf einmal die beiden Wächter, die noch Zeit hatten, einen Laut der Überraschung auszustoßen, dann wurden sie mit einem Ruck hinter die Barriere gezogen und verschwanden aus unserem Sichtfeld.

Für einen kurzen Augenblick starrten ich und mein Meister perplex auf die Stelle, wo die beiden eben noch gestanden hatten, dann hörte ich plötzlich Avalons Stimme in meinem Kopf.

Sefraim?

Ja, Avalon?, antwortete der alte Vampir sofort.

Die Wächter an der Grenze wurden von einem Wesen aus der Dämonenwelt angegriffen und hineingezogen. Ich befürchte ...

Auf einmal ging ein neuer Impuls von der Wunde aus, der mir durch Mark und Knochen fuhr. Violette Blitze begannen sich aus dem Riss zu lösen und zuckten, wie Zungen aus einem Höllenschlund, wie wild umher. Der Donner, der daraufhin folgte, ließ auf meinem gesamten Körper eine Gänsehaut entstehen.

Die Wunde bricht auf!, rief ich dem Verwalter in Gedanken zu. *Und was auch immer versucht, zu uns zu gelangen, drängt sich nun mit Gewalt dort hindurch!*

Kommt sofort zum Kommandozelt. Ich alarmiere die anderen, sagte Sefraim bestimmt, dann brach die Verbindung zu ihm ab.

„Gehen wir", sprach Avalon und legte mir, ohne zu zögern, seine Hand auf die Schulter. Innerhalb einer Sekunde waren wir zurück im Lager und sahen uns plötzlich Hina gegenüberstehen, die so aussah, als hätte sie bereits auf uns gewartet. Von draußen hörte ich allerlei Lärm und wusste, dass alle Anwesenden nun in heller Aufregung waren. Die Vampirin grinste uns freudlos an.

„Bereit?", fragte sie nur.

Ich wollte gerade antworten, als auf einmal ein zerzauster Josh in das Zelt stolperte. Er trug ein zerknittertes Hemd mit bunten Bermudashorts und sah alles andere so aus, als würde er gleich in die Schlacht gegen die Dämonenkönigin ziehen.

Wäre die Situation nicht so ernst gewesen, hätte ich ihr durchaus etwas Komisches abfinden können, doch ich ignorierte den verschlafenen Aufzug des Werwolfs und sah wieder zu der kleinen Vampirin herüber.

„Gehen wir", sagte ich mit fester Stimme, obwohl ich mich gerade alles andere als tapfer fühlte. Gefolgt von den dreien verließ ich das Zelt und ging dem Strom an Soldaten in schwarzen Rüstungen nach, die sich eilig in Richtung Wunde aufmachten. Manche von ihnen trugen Waffen wie Schwerter und Pistolen mit sich, aber die meisten Kämpfer verließen sich auf ihre Klauen und Zähne. Ich war überrascht, wie schnell sich die Truppen versammelt hatten und schon bald standen sie, je nach Zuteilung zu ihrem jeweiligen Anführer, mit etwas Abstand vor der immer noch Blitze spuckenden Wunde. An ihrer Spitze befanden sich, mit Ausnahme von Hina, die jeweiligen Verbundratsmitglieder und betrachteten gebannt und entschlossen das elektrisierende Schauspiel vor ihren Augen. Ich, Avalon, Hina und Josh kamen neben Artemis und Seframs Gruppe zum Stehen. Es herrschte abwartendes Schweigen. Ich blickte nachdenklich zu dem selbst ernannten Kriegsherrn herüber, der wie jeder andere seine Aufmerksamkeit auf den Riss in der Barriere gerichtet hatte. Eigentlich hätte ich erwartet, das Sefraim vor den Truppen noch eine Rede halten würde, um die Moral der Soldaten des Zwielichts zu heben. Aber das tat er nicht. Seine Miene war ernst, der Blick seiner roten Vampiraugen konzentriert. Plötzlich fiel mir hinter ihm eine Nixe in Menschengestalt auf. Ihr violettes Haar, dass sie eindeutig als solche kennzeichnete, fiel ihr zu einem langen Zopf gebunden über die Schulter. Sie starrte erschrocken nach unten und als ich ihrem irritierten Blick folgte, erkannte ich, dass der alte Vampir ihre Hand genommen hatte. Dann drehte er sich zu der anderen Seite um und griff nach der Hand des Vampirs links von ihm. Er nickte den beiden kurz zu, dann schenkte er seine Aufmerksamkeit wieder der, von Blitzen umrahmten, Wunde. Als ich bemerkte, dass die beiden begannen, ebenfalls nach den Händen ihrer Umstehenden zu greifen, bildete sich plötzlich ein Kloß in meinem Hals. Ich konnte nicht anders, als dass ich von dem Bild der Verbundenheit dieser finsteren Kreaturen berührt wurde. Hier standen wir alle, egal ob Mitglied des Zwielichts oder nicht und machten uns bereit, zusammen für die Menschenwelt zu kämpfen. *Nein*, korrigierte ich mich in Gedanken. *Für unsere Welt. Denn sie ist zu einem Teil von uns geworden, genauso wie wir von ihr.*

Immer mehr der Anwesenden folgten diesem Beispiel und irgendwann war es an mir, Avalons und Artemis Hände zu greifen. Dabei spürte ich, wie die Vampirin neben mir zitterte. Besorgt blickte ich zu ihr hoch, merkte aber schnell, dass meine Gefühle völlig unnötig waren. Die Vampirin grinste dämonisch und entblößte dabei ihre messerscharfen Fangzähne. Mit Staunen bemerkte ich, dass von der sanften Waldläuferin in diesem Moment nichts mehr zu sehen war. An ihre Stelle war ein Wesen getreten, das den Kampf wie einen alten Freund begrüßte. Die Vampirin bekam mit, dass ich sie beobachtete und nickte mir zum Gruß kurz zu.

„Endlich wieder eine richtige Jagd!", rief sie begeistert, während sie ihren Blick wieder nach vorne auf die Wunde richtete. „Ich hatte schon geglaubt, nie wieder das Fieber der Wildnis spüren zu dürfen. Eine Jagd ist keine richtige Jagd, wenn von der Beute nicht die gleiche Gefahr ausgeht, wie vom Jäger selbst. Getötet oder getötet zu werden macht den Reiz daran erst aus."

Ich musterte die Vampirin neben mir mit einem Anflug von Neid. In ihren roten Augen spiegelten sich Vorfreude und Aufregung vor dem schaurigen und blutigen Gemetzel, dass uns allen in wenigen Minuten bevorstehen würde. Ich blickte nach rechts zu Avalon herüber, der hingegen zu Artemis eine fast schon eine beängstigende Ruhe ausstrahlte. *Anscheinend wird sein aufbrausendes Gemüt ruhiger, je größer die aufkommende Gefahr ist, die vor ihm liegt,* dachte ich kurz. Wenn ich ehrlich war, beneidete ich sie beide. Mein Kopf war nicht klar, sondern voller Sorgen über den Ausgang dieses Kampfes und darüber, wie viele von uns hier nun ihr Ende finden würde. Ich linste noch einmal zu Avalon herüber. *Ich hoffe, ich kann wenigstens ihn retten. Aber eigentlich will ich sie alle schützen.* Ich löste mich aus ihrem Griff und ballte frustriert die Hände zur Faust. *Aber ... Bin ich jetzt endlich stark genug dafür?*

Plötzlich erkannte ich, dass sich erneut etwas an der Barriere tat. Noch einmal schienen sich die großen Klauen einer monströsen Kreatur aus der Wunde zu schälen. Diesmal packten sie die Ränder des Spalts und begannen, ihn unter großer Anstrengung, weiter aufzureißen. Auf einmal sah ich, wie die Herrin von Venedig aus der erstarrten Menge hervortrat. Voller Anmut hob sie ihre blutende Hand an. Gebannt sah ich, wie sich aus ihrem Blut Pfeile formten und sich um sie herum in der Luft positionierten. Ich wusste, dass sie einmal Avalons Lehrmeisterin gewesen war und trotzdem traf mich der Anblick unvorbereitet. Voller staunen musste ich ihre Fähigkeit bewundern. Plötzlich ließ die Vampirin ihre Hand sinken und damit einen wahren Hagel aus Blutfeilen auf die Wunde niederprasseln. Sie trafen ihr Ziel mit unglaublicher Präzision und von einem Moment auf den anderen war ein lautes Brüllen durch den Spalt zu hören, dass mir bis in Mark und Bein drang. Doch die mit Pfeilen bespickten Klauen hielten nicht an und taten ungehindert weiter in ihrem Tun. Mit einem weiteren Ruck waren plötzlich der Kopf und der Oberkörper ihres Besitzers zu sehen. Gebannt hielt ich bei dem Anblick den Atem an. Ein fast schon menschliches Gesicht starrte aus dem Spalt hervor, nur war es stark missgestaltet und alles andere als schön anzusehen. Die Augen wahren zu klein für den riesigen Schädel, während Ohren und Nase so zerfetzt waren, dass man sie nur schwer als solche erkennen konnte. Spärliches, blondes Haar wuchs auf dem wulstigen Kopf. Der Riese war bestimmt an die zehn Meter groß und nutzte seinen massigen Leib, um die Barriere auseinander zu drücken. Dahinter kamen Halbteufel mit Knochenschwertern zum Vorschein, sowie vollblütige Teufel, die nun begannen, sich an den Füßen der riesigen Gestalt vorbeizudrücken. Die Ersten wurden von Donna Ferranas Pfeilhagel niedergestreckt, doch einige schafften es, ihnen auszuweichen und zwangen die Vampirin weiter zurückzuweichen. Neben mir lenkte mich eine Bewegung ab und ich drehte mich kurz zur Seite, auch wenn es mir schwer viel, den Blick von dem Riesen abzuwenden. Avalon stand neben mir, zwei Schwerter geformt aus Blut in seinen Händen.

„Bleib in meiner Nähe", war das Letzte, das ich von ihm hörte. Der Rest ging in dem Gebrüll der Truppen unter, die Sefraim zum Angriff aufgerufen hatte.

Die Wesen des Zwielichts stürmten an mir vorbei, während ich nicht in der Lage war auch nur einen Finger zu rühren. Ich war starr vor Angst und schämte mich gleichzeitig, nicht mutig genug zu sein, in den vordersten Reihen zu kämpfen. Doch dann wurde ich schließlich von dem Strom an Soldaten mitgezogen und verfiel in einen lockeren Dauerlauf. An meiner Seite sah ich Avalon, Josh und Hina auftauchen und ihre Anwesenheit ließ wieder etwas Stärke in meine weichen Knie zurückkehren. Mit meinen Gedanken versuchte ich meinen Meister zu erreichen.

Was ist das?, fragte ich ihn, ohne meinen Blick von der Wunde zu nehmen.

Eine neue Kreation der Dämonenkönigin nehme ich an, erwiderte Avalon. *Ursprünglich menschlich, aber mit der Kraft der Mutter der Nacht zu einem Wesen der Anderswelt mutiert. Sei wachsam, es könnte noch mehr unbekannte Kreationen von ihr geben.*

Ich sah, dass nun die ersten Soldaten auf die Teufelsbrut trafen. Die ersten Wächter vielen. Manche von ihnen raffte der giftige Speichel der Teufel dahin, die diese Wesen wie eine Pistole verschießen konnten, andere wurden von ihren Knochenschwertern abgeschlachtet. Das Loch in der Barriere war mittlerweile zu groß, um uns noch einen Vorteil zu verschaffen. Wir kamen den Kämpfenden immer näher. Plötzlich sah ich, wie etwas riesiges Schwarzes an mir vorbeizischte und sich auf einen annähernden Teufel stürzte. Der Werwolf schnappte nach der Kehle des Dämons, verfehlte sie aber nur knapp. Dafür zerfetzte er mit seinen scharfen Klauen den Brustkorb des Angreifers. Wie damals der Körper der Werwölfin in Avalons Schloss, war dieser mit dichtem, drahtigem Haar bewachsen und sein Körperbau erinnerte nur im Entferntesten noch an einen Menschen. Der Oberkörper war breit und in die Länge gezogen worden und er konnte sich sowohl auf den Hinterbeinen als auch auf allen vieren fortbewegen. Die lange Schnauze war mit scharfen Zähnen bestückt und die gelben Augen durchdringend und wild. Als ich die Überreste eines zerfetzten weißen T-Shirts und kakifarbenen Shorts an ihm sah, merkte ich überrascht, wer die Bestie war, die mit dem um einen ganzen Kopf größeren Teufel rang.

„Josh!", rief ich erstaunt, während ich dahinter gleichzeitig bemerkte, wie Hina sich gekonnt einem weiteren Schergen der Anderswelt in den Weg stellte. Der Teufel holte zu einem Schlag aus und für einen kurzen Moment dachte ich, er würde die kleine Vampirin unter seiner gewaltigen Faust einfach zerquetschen. Doch zu meiner Überraschung hielt er plötzlich mitten in der Bewegung inne. Die Verwalterin des Zwielichts grinste amüsiert, dann sah ich, wie sie auf seine Schulter sprang. Der Teufel drehte sich daraufhin um und griff nun nicht mehr uns, sondern seine eigene Truppe an, die zu lange zögerten, bis sie merkten, dass er unter Hinas Kontrolle stand. Avalon neben mir kämpfte ebenfalls und ließ seine Schwerter das blaue Blut des Feindes schmecken.

„Silberblut!", rief es plötzlich und ich spürte, wie eine Klinge seitlich auf mich zuhielt. Ich wich ihr instinktiv aus und sprang ein paar Meter zurück. Die drei Halbteufel, die mir daraufhin nachsetzten, sahen mich gierig an.

„Schnappt sie euch!", schrie einer von ihnen, während sie zusammen weiter auf mich zuhielten. *Der Moment ist also gekommen*, schoss es mir durch den Kopf und im selben Augenblick bemerkte ich, wie mich auf einmal eine unglaubliche Ruhe erfasste. Der erste Halbteufel, der mich erreichte, versuchtem mir seine Klinge direkt ins Herz zu stoßen. Blitzschnell wich ich nach oben aus, drehte mich in der Luft und donnerte ihn mit Schwung meinen Fußballen auf den Schädel. Die Menge an Blut, die mein Angreifer dadurch ausspuckte, ließ mich darauf schließen, dass er sich wohl einen Teil seiner Zunge abgebissen hatte. Ich wartete nicht lange und griff den nächststehenden Halbteufel an. Dieser duckte sich jedoch vor meiner Attacke und riss dabei sein Schwert in die Höhe, dass mir mit einem brennenden Schnitt die Augenbraue zerteilte. Die Wunde schloss sich schnell, doch mir lief genug Blut ins Auge, um ich für eine kurze Zeit abzulenken. Der Halbteufel sah seine Chance und griff noch einmal an. Ich wich erneut aus und konterte, zerschnitt dem Dämon dabei mit einem Schlag meiner, mit scharfen Fingernägeln besetzten Hand, die Kehle und trennte ihn mit der anderen den Kopf von den Schultern. Zeit, um mir dem Akt des Tötens bewusst zu werden, blieb mir nicht. Gleich darauf versuchte mir der Halbteufel ohne Zunge sein Schwert in den Rücken zu stoßen. Schnell rollte ich mich ab und schnappte mir eines der Knochenschwerter vom Boden. Noch in der Drehung stieß ich es meinen Angreifer in den blutenden Schlund. Dabei sah ich, dass etwas von seinem blauen Speichel auf meine Finger spritze. Das erwartete Brennen blieb zu meiner Verwunderung jedoch aus. *Bin ich etwa gegen das Gift der Teufel immun?*, kam es mir kurz in den Sinn, doch viel Zeit zum Nachdenken blieb mir nicht. Plötzlich packte mich eine kupferne Hand am Knöchel. Auf einmal spürte ich, wie mich kurz alle Kraft verließ und ich mit dem Bein einknickte. Als ich mich umdrehte, sah ich den Halbteufel mit der zerfetzten Kehle am Boden liegen, einen hässlichen Ausdruck in den Augen, während ich erkannte, wie meine Energie seine Wunden heilte. Schnell umfasste ich das Knochenschwert fester und rammte es ihm in den Schädel, bevor er mir auch den Rest meiner Kraft rauben konnte. Als das Leben aus ihm wich, bemerkte ich, wie zeitgleich auch der Energiesog stoppte. Müde richtete ich mich auf und sah mich nach neuen Gegnern um, doch für einen Moment konnte ich durchatmen. Mir vielen das Blut ein, das ich in den Taschen meiner Rüstung bei mir trug und nahm eines der Gefäße daraus hervor. Gerade wollte ich es mir an die Lippen setzen, als ich plötzlich einen Windhauch an der Wange spürte.

Vida!, hörte ich Avalons Stimme warnend in meinen Gedanken rufen. Ich konnte gerade noch so ausweichen, als eine geflügelte, hundsgroße Kreatur an mir vorbeirauschte und mir das Blutgefäß aus den Händen schlug. Ihre Klauen hinterließen einen tiefen Kratzer auf meiner Armschiene. Kreischend stieg das Geschöpf in den Himmel. Es hatte Ähnlichkeiten mit einem Hund, nur dass die vorderen Gliedmaßen keine Beine, sondern lange, mit dunkelblauen

Federn besetzte Flügel waren. Der eigentliche Körper war knochig und mit einer ledrigen, haarlosen Haut bedeckt. Ich sah, wie sie einen Bogen flog und erneut in meine Richtung zuhielt. Avalon trat an meine Seite und starrte, wie ich, für einen Moment in den goldenen Morgenhimmel hoch.

„Ich hätte nicht erwartet, dass sie uns tatsächlich bei Tageslicht angreifen. Ihnen setzt das Sonnenlicht genauso zu wie den meisten von uns. Aber wahrscheinlich geben sie uns lieber alle einen Nachteil, damit sie sicher sein können, uns keinen Vorteil zu schenken."

Auf einmal rauschte eine riesige Kreatur über uns hinweg. Während ich mich erschrocken wegduckte, erkannte ich verblüfft, dass es sich um einen achtköpfigen und achtschwänzigen Schlangendrachen handelte. Sein schuppiger, langer Körper war mit grünen Moosen bewachsen und bewegte sich flügellos am Himmel, als würde er durch Wasser schwimmen. Ich staunte nicht schlecht, als das Geschöpf blitzschnell mit einem ihrer Köpfe das geflügelte Hundewesen aus der Luft pflückte und es kreischend in dem rotrachigen Schlund verschwand.

„Die Dame Orochi ist mit Recht niemand, dem man sich zum Feind machen sollte", sagte ich mit tiefem Respekt und Ehrfurcht in der Stimme.

„In der Tat", erwiderte der Vampir neben mir trocken. Ich blickte zu ihm und sah die blauen Blutspritzer auf seiner Rüstung. Eines seiner Schwerter war durch den ätzenden Speichel der Teufel unbrauchbar gemacht worden und er ließ es nutzlose zur Erde fallen. Dann griff er sich in eine seiner Taschen und holte zu meiner Überraschung eine Blutphiole daraus hervor.

„Du musst jede freie Minute nutzen, um zu trinken," sagte er in einem strengen Tonfall, der keinen Widerspruch zuließ. Ich nahm sie dankend an und sah dabei, dass seine Hand an mehreren Stellen Verätzungen aufwies, die noch nicht verheilt waren.

„Hast du Schmerzen?", fragte ich ihn besorgt, während ich mir durstig das Blut an die Lippen setzte. Der Vampir zuckte nur mit den Schultern, dann drehte er sich um und sah zu dem Riesen herüber, den noch immer den Eingang zur Anderswelt offenhielt.

„Wir müssen etwas dagegen unternehmen. Wenn noch mehr von ihnen auf unsere Seite kommen, werden sie uns überrennen. Außerdem, wenn die Barriere noch instabiler wird, könnte sie in sich zusammenfallen."

„Wir haben noch keine Befehle von Sefraim erhalten", erinnerte ich ihn. „Außerdem ist es ein beschwerlicher Weg bis dorthin."

Avalon nickte. „Ja, aber nicht unmöglich."

Irgendwie überraschte es mich nicht, dass er Sefraims Befehle ignorierte. Im nächsten Augenblick hörte ich seine Stimme in meinen Gedanken. *Hina, Josh!*, rief er und es dauerte nicht lange, bis die beiden aus dem Schlachtgetümmel zu uns herangetreten waren. Das Fell des Werwolfs war über und über mit blauem Teufelsblut bedeckt, während die Verwalterin des Zwielichts nicht den geringsten Makel an ihrer schneeweißen Rüstung trug. Mein Meister deutete auf den Riesen.

„Wir müssen für Vida den Weg frei machen. Mit ihren Elementarfähigkeiten kann sie den Riesen auslöschen und so die Wunde wieder verkleinern."

Hina überkreuzte amüsiert die Arme vor der Brust. „Kein leichtes Unterfangen, aber ich bin dabei."

Ich sah, wie Josh mit seinem massiven Wolfskopf nickte. Ich selbst jedoch war alles andere als überzeugt, aber was hatte ich schon für eine Wahl? Plötzlich hörte ich ein bekanntes Krächzen und blickte nach oben. Nimmer kreiste über unseren Köpfen, wobei sie sich hoch genug hielt, um nicht in die Flugbahn der geflügelten Hundewesen zu geraten.

Nimmer!, rief ich ihr in Gedanken zu*, was tust du hier?*

Ich bemerkte, wie sie mir einmal sanft gegen den Geist drückte. Dabei spürte ich eine gewisse Art Sorge, aber auch Neugier von dem weißen Vogel zu mir herüberschwappen. Ich lächelte kurz, dann ließ ich meine Verbindung zu ihr stärker werden. Auf einmal sah ich nicht mehr durch meine Augen, sondern durch die eines Raben. Sie flog so hoch, dass ich die gesamte Schlacht überblicken konnte. Die Kämpfe waren hoch im Gange, aber die Armeen hatten sich so weit aufgelockert, dass man sich einen Weg durch sie hindurch bahnen konnte, um auf möglichst wenige Gegner zu stoßen. Ich teilte diese Eindrücke mit meinem Meister und nachdem er Nimmers Vogelperspektive für einen kurzen Moment betrachtet hatte, nickte er bestätigend. Dann deutete uns Avalon an ihm zu folgen und gemeinsam kämpften wir uns so schnell wie möglich nach vorne. Zum ersten Mal nutze ich hier die Kraft meines Silberbluts und löschte auf meinem Weg so viele Teufel aus, wie nur möglich. Es war ein äußerst merkwürdiges Gefühl, wenn die Bluttentakeln einen Gegner trafen, von denen am Ende nichts weiter übrig blieb als eine fast schon erschreckende Leere. Es fühlte sich fast so an, als würde ich nicht nur ihre Körper für immer von dieser Welt ausradieren, sondern auch ihre Seelen. Und je mehr und mehr Schergen der Dämonenkönigin ich tötete, desto stärker wurde in mir Frage laut, wie ich überhaupt so eine Kraft besitzen konnte. Ja, mein Blut konnte andere stärken, wie es vielleicht auch einem Elementar möglich ist, leben zu unterstützen. Aber die silbernen Adern, die aus meinen Händen wuchsen wie die Äste eines Baumes, waren alles andere als das. Diese Fähigkeit fühlte sich an, als sollte kein lebendes Wesen sie jemals besitzen. Doch ich hatte keine Zeit, mir weiter Gedanken darüber zu machen. Ich tötete weiter Teufel, Halbteufel oder jede andere dämonische Brut, die sich mir in den Weg stellte. Die anderen hielten mir währenddessen den Rücken frei, wobei ich bemerkte, wie sie darauf bedacht waren, einen angemessenen Abstand zu mir einzuhalten. Natürlich konnte ich es ihnen nicht verübeln, war diese Fähigkeit doch für alle Wesen der Dunkelheit in meiner Nähe äußerst gefährlich.

Wir waren fast an der Wunde angekommen, als sich mir plötzlich ein Teufel in den wegstellte, der deutlich größer und breiter war als all seine anderen Geschwister zuvor. Seine pupillenlosen, schwarzen Augen starrten mich feindselig an und sein breiter Mund war zu einem höhnischen Grinsen verzehrt.

„Ich habe auf dich gewartet Silberblut", spie er mir hasserfüllt entgegen. „Ich bin Mardok, der neue Champion der Mutter der Nacht und ich fordere dich zu einem Zweikampf heraus." Dabei nahm er das gewaltige Schild von seinem Rücken, dessen Außenseite ein merkwürdiges Muster aus geflochtenen, schwarzen Schnüren besaß. Ich kam nicht umhin, dass mir bei seinem Anblick etwas mulmig zu Mute wurde, aber ich wusste, dass ich mich einfach weiter auf meine Fähigkeiten verlassen musste. Mit einem Nicken willigte ich ein. „Du bist also ihr neuer General."

Als Antwort erhielt ich ein amüsiertes Lachen. „Glaube nicht, dass ich so schnell zu besiegen bin wie mein Vorgänger, Blutsauger. Ich werde dich zu unserer Königin bringen und das entweder tot oder lebendig. Je nachdem, was du bevorzugst."

„Wie freundlich!", rief ich ihm scharf entgegen, dann begab ich mich in Kampfstellung. Mardok zog sein breites Knochenschwert aus der Scheide an seiner Hüfte und griff mich ohne Umschweif an. Schnell wich ich zur Seite aus und streckte meine Arme in seine Richtung. Sofort schossen die silbernen Tentakel daraus hervor, genau auf den Teufel zu.

Dieser hob daraufhin sein massiges Schild an, fast so, als könnte er damit etwas gegen meine besonderen Kräfte ausrichten. Doch meiner Überraschung prallte mein Angriff davon ab, wie ein Gummiband, das gegen eine Steinmauer geschleudert wurde. Argwöhnisch betrachtete ich das merkwürdige, aus schwarzen Schnüren gefertigte Schild, von dem eine fast schon beunruhigende Aura ausging. Der General der Dämonenkönigin sah meine Verwirrung und grinste boshaft.

„Ein praktisches Ding, nicht wahr? Dieses Schild habe ich von der Mutter der Nacht persönlich erhalten. Es wurde aus ihrem Haar geflochten und zieht die Kräfte eines Elementars magisch an, nur um sie, wenn sie nah genug dran sind, wieder abzustoßen. Deine Zauberei ist damit vollkommen wirkungslos gegen mich."

Kurz starrte ich ihn erschrocken an, dann schüttelte ich den Kopf und fletschte aggressiv die Zähne.

„Die brauche ich auch nicht. Meine Vampirfähigkeiten werden für dich vollkommen ausreichen."

„Wir werden sehen", erwiderte er arrogant.

Ich knurrte ihn daraufhin kampfeslustig an und machte mich erneut bereit. Dieses Mal griff ich als Erste an und bewegte mich in Sekundenschnelle hinter den Teufel. In einer fließenden Bewegung fuhr meine Hand durch seinen unteren Rücken hindurch, tief in seine Eingeweide hinein. Doch kein Laut des Schmerzes drang dabei aus Mardoks Kehle. Stattdessen versuchte er, mich mit seinen riesigen Händen zu packen. Dummerweise brauchte ich ein paar Sekunden, um meinen Arm aus ihm herauszuziehen und er schaffte es währenddessen, meinen anderen Arm zu schnappen. Mit einem Ruck zog er mich aus sich heraus und hielt mich strampelnd vor sich. Ich wollte ihn mit meiner freien Hand seinen Unterarm abreißen, doch der Teufel drückte einmal fest zu und zerquetschte mir mit seiner Kraft meinen Arm. Ich schrie vor Schmerz laut auf und war kurz zu abgelenkt, um zu sehen, dass Mardok mit seinem Knochenschwert ausholte, um mir den Rest zu geben. Plötzlich schoss hinter ihm ein schwarzer Schatten hervor und die Zähne eines Werwolfs bissen sich in seinem Schwertarm fest. Der Teufel war gezwungen mich loszulassen und ich nutzte die Chance, um mich mit einem Satz aus seiner Reichweite zu bringen. Der Werwolf zehrte an dem Fleisch des Teufels, der daraufhin sein Schild vom Boden aufnahm und es seinem Angreifer unter das Kinn schmetterte.

„Josh!", rief ich angsterfüllt, als der Kiefer des Werwolfs auf einmal erschlaffte und Mardok ihn in hohen Bogen in den Staub der Wüste schmetterte. Doch zu meiner Erleichterung richtete Josh sich fast sofort wieder auf. Aber der Angriff des Teufels war nicht spurlos an ihm vorüber gegangen und ich konnte deutlich sehen, dass sein Kiefer gebrochen sein musste. Daraufhin betrachtete ich meine eigene Verletzung und bemerkte, dass mein Arm an mehreren Stellen gebrochen und meine Muskeln und Sehnen von dem Griff des Teufels zerquetscht worden waren. Doch sie begannen bereits zu heilen und in wenigen Augenblicken war von der Verletzung nichts mehr zu sehen. Besorgt blickte ich zu dem Werwolf herüber. Josh bleckte Mardok gegenüber aggressiv die Zähne, doch ich konnte sehen, dass der Schlag des Teufels seine Spuren bei ihm hinterlassen hatte.

Schützend stellte ich mich vor Josh und starrte Mardok herausfordernd an. Der Teufel grinste und wendete seine Aufmerksamkeit wieder mir zu. *Ich muss sie beschützen,* halte es in meinen Kopf wieder. *Was es auch kostet.*

„Ich bin deine Gegnerin", sagte ich ihm herausfordernd.

Der Teufel blickte kurz zu dem Werwolf hinter mir herüber. „Sag das nicht mir."

Zu meinem Missfallen musste ich zugeben, dass der Teufel recht hatte. Ich drehte mich zu Josh um. „Misch dich nicht ein", rief ich knapp und hörte, wie der Werwolf den Kopf schief legte und leise winselte.

Ich achtete nicht darauf und wendete mich wieder Mardok zu, der in diesem Moment einen gewaltigen Satz auf mich zu machte. Nur um Haaresbreite konnte ich seiner Klinge ausweichen, aber dadurch war ich auch nah genug an ihm dran, um ihn mit einem Tritt gegen sein Knie aus dem Gleichgewicht zu bringen. Er strauchelte. Ich nahm meine Chance wahr und stieß ihm meine Hand mit einem Ruck in den Bauch. Dann nahm ich, was ich zu fassen kriegte, und riss ihm mit einem schmatzenden Geräusch ein weiteres Mal einen Teil seine Gedärme heraus. Schon siegessicher wollte ich von ihm zurückweichen, als er mich plötzlich mit seinem Schild eng an sich drückte. Ich versuchte, mich freizustrampeln, musste mich jedoch verzweifelt damit abfinden, dass ich festsaß. Eigentlich hätte ich nun erwartet, dass er als Nächstes versuchen würde, mir meine Energie zu stehlen. Doch zu meiner Überraschung nahm der Teufel sein Schwert, spuckte einmal seinen grünen, ätzenden Speichel darauf und warf es mit letzter Kraft weit von sich weg. Sein Griff lockert sich schließlich und ich schälte mich mühselig aus seiner Umarmung hervor. Als ich mich ihm wieder, noch vor Anstrengung keuchend zuwandte, beobachtete ich plötzlich verwirrt, wie sein Körper auf einmal zusammenbrach und mit einem dumpfen Geräusch leblos zur Erde fiel. Während ich den toten Krieger erleichtert, aber auch mit einem Hauch bedauern betrachtete, tropfte von meiner schwarzen Rüstung sein blaues Blut in den Staub. Als ich mich schließlich dazu bringen konnte, mich von dem Anblick abzuwenden, erstarrte ich plötzlich. Nicht weit von mir entfernt stand Avalon. *Er ist wohl von Josh alarmiert worden mir zu Hilfe zu eilen*, dachte ich noch kurz, als mein Blick auf das riesige Knochenschwert fiel, dass aus seiner linken Brust hervorragte. In diesem Moment traten die Kampfgeräusche auf einen Schlag in den Hintergrund. Der Vampir starrte erst mich, dann das Schwert verblüfft an, dass ihm direkt im Herzen steckte. Mit schrecken sah ich, wie er seine Waffen fallen ließ und seine Hände wie in Zeitlupe um die Klinge des Teufels legte. Unfähig mich zu bewegen, musste ich zusehen, wie die Schneide dabei seine schönen Hände zerschnitt. Hände, von denen ich wusste, dass sie so viel mehr tun konnten, als zu töten. Er zog das Schwert mit einem Ruck heraus und ließ es achtlos zu Boden fallen. Dann sah er wieder zu mir herüber und in seinen Blick erkannte ich Bedauern und Verzweiflung aufblitzen. Erst als mein Meister kraftlos auf die Knie fiel, konnte ich mich wieder aus meiner Starre lösen. Ich fing ihn schnell auf, bevor er auf dem staubigen Boden der Schlacht aufschlagen konnte. Sein Blick flackerte bereits.

„Vida", murmelte er leise.

Ich starrte ihn nur an, unfähig irgendetwas zu sagen. Als Nächstes hörte ich, wie plötzlich sein Herzschlag aussetzte und nicht wiederkehrte. Stille folgte in seiner Brust, so grausam und endgültig, dass ich schmerzhaft aufschluchzte. Er hob die Hand und fuhr mir mit seinen blutigen Fingern zitternd über die Wange. Dabei hinterließ er zwei rote Schlieren auf meiner Haut. Ich umklammerte seine Hand mit meinen Fingern und schüttelte nur den Kopf.

„Nein", flüsterte ich. „Das kann nicht sein. Nein. Bitte nicht."

Avalon antwortete nichts mehr. Sein Blick war starr und ohne Leben. Langsam konnte ich sehen, wie seine Haut zersplitterte und auch der Rest seines Körpers in meinen Armen zu Staub zerfiel. Ungläubig starrte ich auf meine zitternden Hände, durch die die pulverisierten Überreste meines Meisters rannen und spürte den Wahnsinn in mir aufsteigen, der sonst immer nur in einem entfernten Winkel meines Bewusstseins geschlummert hatte. Avalon war Tod. In diesem Moment spürte ich einen gewaltigen Riss durch mein Innerstes gehen. Etwa zerbrach in mir. Ich hob den Kopf und brüllte meinen Schmerz und meine Trauer in die Welt hinaus. Dann schlug ich wütend mit der Faust auf den steinigen Wüstenboden. *Es ist schon wieder geschehen,* sprach eine dunkle Stimme plötzlich in mir. *Du hast deinen Meister getötet. Du warst nicht stark genug. Du kannst niemanden beschützen. Vor allem nicht die, die du liebst.*

Der Schmerz darüber raubte mir den Atem. *Das kann nicht sein. Es darf nicht sein!,* rief ich verzweifelt in Gedanken. *Ich kann das nicht zulassen. Ich ... Ich werde das nicht zulassen!,* ich spürte, wie eine unbändige Wut auf einen Schlag durch meine Adern strömte. Ich schloss die Augen und plötzlich, in der tiefen Finsternis meines zerfallenden Bewusstseins, spürte ich, wie sich in mir ein Fenster öffnete. Und als ich dort heraus sah, erkannte ich den Fluss der Raum-Zeit. Wunderschön strahlend, in einer Farbe, für die ich kein Wort finden konnte. Es kam mir vor, als hätte ich ihn vor langer Zeit schon einmal gesehen. Ein Gefühl des Wiedererkennens breitet sich in mir aus, von dem ich nicht wusste, woher es kam. Als ich die Augenlider wieder im Hier und Jetzt öffnete, sah ich plötzlich, wie schwarzer Nebel aus allen meinen Poren drang und sich um mich sammelte. Und ich wusste instinktiv, was ich zu tun hatte.

Ich teleportierte. Aber nicht nur durch den Raum, sondern auch durch die Zeit, an einen Punkt in der Vergangenheit, kurz bevor der General der Königin sein Schwert in der Brust des Vampirs versenkt hatte. Mit etwas Abstand sah ich auf einmal Avalon, der zu mir eilen wollte, um mir beizustehen und auch Josh, wie er von einem weiteren Angreifer abgelenkt wurde und nicht mitbekam, was gerade geschah. Hina war weiter vorne im

Schlachtgetümmel zu sehen, wie sie gerade einen ihrer Angreifer dazu brachte, sich selbst das Genick zu brechen. Und ich sah mich selbst, wie ich dem Teufel vor mir wild und fauchend die Gedärme aus dem Bauch riss. Ich wusste, dass ich keinen Augenblick mehr zögern durfte. Mit einem Satz sprang ich zwischen Mardok und Avalon und schlug dem verblüfften Teufel die Waffe aus der Hand. Selbst als ich sah, wie das Leben aus seinen schwarzen Augen wich, verschwand der Ausdruck der Überraschung darauf nicht.

„Vida?", hörte ich Avalons verblüffte Stimme hinter mir rufen. Ich sah ihn an, unglaublich erleichtert und abgekämpft. Ich war so froh ihn lebend vor mir zu sehen, dass ich fast vergessen hatte, dass ich noch etwas zu erledigen hatte. Ich drehte mich um und half meinem verwirrten Selbst dabei, unter den Überresten des Teufels hervorzukommen. Als ich mir in das verblüffte Gesicht starrte, musste ich unwillkürlich lächeln.

„Was zum ...", hörte ich mich selbst völlig entgeistert sagen. Dann blickte mein anderes ich zu Avalon herüber, der noch immer an der gleichen Stelle stand, mit dem gleichen erstaunten Ausdruck auf dem Gesicht. Ich schüttelte nur den Kopf.

„Du wirst es gleich verstehen," sagte ich meinem anderen ich, dann streckte ich ihm auffordernd die Hand aus.

„Wer bist du?", fragte Vida und sah mich forschend an. „Du ... Du bist ich?"

Ich nickte. „Aus der Zukunft. Wenn auch nur für ein paar Minuten. Aber mehr sollten es wohl auch nicht sein."

„Ich verstehe nicht ..."

Ich sah zu Avalon herüber. „Es war, um ihn zu retten", antwortete ich und beobachtete, wie mein anderes ich mit einem Ausdruck des Verstehens die Lippen aufeinanderpresste und zustimmend nickte.

„Was passiert jetzt?", fragte sie und ich musste erneut lächeln.

„Das hier", sagte ich nur und griff nach ihrer Hand. Ein helles Licht blitzte auf und von einem Moment auf den anderen war meine Doppelgängerin verschwunden. *Nein, nicht verschwunden*, korrigierte ich mich. *Sie ist mit mir verschmolzen. Und damit auch unsere Erinnerungen.*

„Vida?"

Avalon stand plötzlich vor mir und musterte mich verwirrt. „Was ...? Was war das gerade? Werde ich langsam verrückt? Ich könnte schwören, dass es gerade noch zwei von deiner Sorte gegeben hatte."

„Stimmt," antwortete ich zu seiner Verwunderung ohne Umschweif. „Das war mein ich aus der Zukunft. Sie, oder besser gesagt ich, bin endlich teleportiert, aber nicht nur durch den Raum, sondern auch durch die Zeit."

Der Vampir vor mir sah mich ehrfürchtig an. Ich erwartete schon, dass er mich mit Fragen löchern würde, aber stattdessen stellte er nur eine Einzige. Und natürlich war es diejenige, die ich ihm am wenigsten beantworten wollte.

„Warum bist du durch die Zeit gesprungen?", fragte er und ich biss mir unsicher auf die Lippen. *Sollte ich ihm davon erzählen? Davon, dass er eigentlich gestorben wäre, wenn ich nicht eingegriffen hätte?* Nur der Gedanke daran ließ erneut das furchtbare Gefühl in mir aufkommen, dass mich in Angesicht von Avalons Tod erfasst hatte. Die Scherben meiner selbst waren wieder zusammengesetzt worden, aber für einen kurzen Zeitraum hatten sie etwas in mir freigelegt, eine Art Macht, wie ich sie noch nie in mir gespürt hatte. *War das die Kraft eines Elementars? Aber ich habe nie gehört, dass diese Kreaturen dazu in der Lage gewesen wären in die Vergangenheit zu reisen. Aber meiner Vampirfähigkeit ist es ebenso wenig zuzuschreiben*

... Ich schüttelte nur den Kopf und sah zu Avalon auf. *Was ihr Ursprung auch sein mag, sie hat es mir ermöglicht, ihn zu retten.*

Ich hob die Hand und strich ihm sanft über die Wange. Der schöne Vampir vor mir wahr selbst in Blut und Staub gekleidet noch immer atemberaubend. Wären wir nicht auf einem Schlachtfeld, würde ich ihm jetzt in die Arme fallen, ganz egal, ob er sich hinterher beschweren sollte. Seine roten Augen starrten mich wissbegierig an. Ich erinnerte mich wieder an die Frage, die er mir gestellt hatte.

„Weil etwas korrigiert werden musste. Etwas Wichtiges", sagte ich nur. An seinem Gesichtsausdruck konnte ich sehen, dass ihm meine Antwort alles andere als befriedigte. Er musterte mich misstrauisch, wobei mir auffiel, wie sein Blick an meiner linken Wange hängen blieb. Ungläubig strich er darüber und ich spürte, wie er dabei das verkrustete Blut fortwischte, dass dort von einer anderen Zeit von ihm zurückgeblieben war. Avalon roch daran und sah mich erstaunt an. Schließlich leckte er ungläubig über seinen Finger. „Das ist ..." setzte er an, doch sein Satz ging mitten im Gebrüll des Riesens unter, der nicht mehr weit von uns entfernt stand und noch immer versuchte das Portal in die Anderswelt offen zu halten. Ruckartig drehten wir zeitgleich die Köpfe in seine Richtung. Mit Befriedigung stellte ich fest, wie die die Kreatur allmählich unter seiner schweren Last wankte. Der Moment war günstig. Wenn wir einen Angriff starten wollten, dann jetzt. Ich nickte dem Vampir neben mir auffordernd zu.

„Gib mir Rückendeckung", sagte ich, bevor ich losrannte und auf das riesige Ungetüm zuhielt. Ich spürte, wie Avalon mir folgte und zu zweit erreichten wir das Monstrum ohne weitere Zwischenfälle. Doch vor seinen Füßen erwartete uns bereits eine weitere Gruppe von Teufeln, die uns feindselig musterten. Avalon und ich wollten uns gerade auf die Truppe stürzen, als diese plötzlich, wie von Geisterhand, in die Höhe gehoben wurden. Dabei gaben die verwirrten und strampelnden Teufel den Blick frei auf eine große, geflügelte Gestalt, die nur ein paar Schritte entfernt von ihnen stand. Mit ausgestrecktem Arm hielt diese die offene Handfläche auf den Feind gerichtet. Die Teufel zappelten hilflos, als Sefraim die Hand zu einer Faust bildete und sie alle auf einmal von einer unsichtbaren Kraft zerquetscht wurden. Ihr Blut spritze aus ihren zertrümmerten Körpern und färbte die Erde darunter blau. Dann regnete es Knochen und Eingeweide. Der alte Vampir blickte daraufhin mit einem unschuldigen Lächeln zu uns herüber, bei dem es mir eiskalt den Rücken herunter lief. Dann bemerkte ich, wie er plötzlich seine Aufmerksamkeit dem Himmel zuwendete. Mir verschlug es die Sprache, als sich auf einmal riesige Wolken vor die Sonne schoben und ich auf einen Schlag spürte, wie das unangenehme Brennen auf meiner Haut verschwand. Der alte Vampir hatte tatsächlich die aufgehende Sonne verdunkelt. Doch viel Zeit, Sefraims Stärke in seinem verwandelten Zustand zu bewundern, blieb mir nicht.

„Vida! Jetzt!", rief Avalon und ich sah, wie sich eine weitere Gruppe Teufel näherte, um uns aufzuhalten. Ich überließ sie Sefraim und Avalon und wendete mich stattdessen dem Riesen zu. Schnell machte ich mich auf den Weg, sprang schließlich ab und rannte gekonnt seinen massigen Leib nach oben, bis ich auf einer seiner breiten Schultern zum Stehen kam. Das Monstrum brüllte nur, konnte sich aber nicht wehren, ohne zu riskieren, dass sich die Wunde schließen und ihn dabei in zwei Teile spalten würde. Ich verpasste ihm einen gezielten Schlag in den Nacken, wobei ich meine Arme tief in das Fleisch des Riesen schlugen. Dann ließ ich meine Elementarkräfte den Rest erledigen. Als die Kreatur das nächste Mal den Mund öffnete, drang ein leuchtend helles Licht aus seinem Schlund, seinen Augen und Nasenlöchern hervor. Da es sich um ein Mischwesen mit menschlichen Zellen handelte, löschte ihn mein Angriff nicht aus, aber als er zu wanken begann, wusste ich, dass meine Attacke nicht spurlos an dem Riesen vorübergegangen war. Dann bemerkte ich, wie Avalon ihm unten mit seinen Schwertern die Achillesferse durchtrennte. Aus einem Wanken wurde plötzlich ein Fallen. Angestrengt versuchte ich dabei nicht das Gleichgewicht zu verlieren und ich bedankte mich im Stillen bei meinen neuen Vampirfähigkeiten, ohne dich ich auf jeden Fall in die Tiefe gestürzt wäre. Mit dem Gesicht voraus landete der Riese Tod im Staub. Die Erde bebte bei seinem Aufschlag und einige Wesen, egal ob Freund der Feind, wurden durch die Wucht von den Füßen gefegt. Viele Kämpfenden waren gezwungen gewesen, dem Monster auszuweichen, damit sie nicht unter seinem massigen Leib zerquetscht werden würden. Ich sprang im letzten Moment ab, dann landete ich wie eine Katze auf den Füßen. Die Staubwolke um mich herum ließ mich für einen Moment nichts von meiner Umgebung erkennen. Doch mein Geruchssinn ließ mich alles andere als im Stich. Ich roch den Halbteufel mit dem Knochenschwert noch, bevor ich ihn sehen konnte. Kurz darauf wurde seine Silhouette vor mir im aufgewühlten Staub sichtbar, als ich auf einmal neben dem typischen Moschusgeruch der Teufel, den Duft von Meerwasser wahrnahm. Plötzlich tauchte ein Schatten hinter dem Mischwesen auf und streckte den Halbteufel mit einem Schlag nieder.

„Nicht schlecht, Silberblut. Du hast es dem Großen ja ziemlich gezeigt." Als die Luft wieder aufklärte, sah ich endlich die Quelle dieser bekannten Stimme. Zuerst bemerkte ich das blaue Haar, dann den mit blauem Blut verschmierten, goldenen Dreizack, den die Nixe in den Händen hielt. Sie trug jedoch keinen Fischschwanz, sondern menschliche Gliedmaßen, die statt mit Schuppen, von rosiger, menschlicher

Haut bedeckt waren. Der Körper der Meerfrau war in die schwarze Rüstung des Zwielichts gehüllt.

„Filli?", fragte ich überrascht.

Die Fischfrau lächelte mich grimmig an. Neben ihr erschien eine weitere Nixe und ich erkannte ihre Schülerin Lara, deren langes, grünes Haar sich stark von ihrer schwarzen Rüstung abhob. Sie nickte mir zum Gruß kurz zu.

„Ich habe doch gesagt, dass ich nicht vergessen werde, was du für uns getan hast."

Ich starrte die Nixen vor mir perplex an. Dabei verflog langsam der Staub und gab den Blick über das restliche Schlachtfeld frei. Filli ließ mit einem bedauernden Ausdruck ihren Blick darüber gleiten.

„Was für eine Schande, so viele Mitstreiter des Zwielichts zu verlieren. Die Dämonenkönigin hat sich wahrlich selbst mit ihren tödlichen Kreationen übertroffen."

Fillis Worte brachten mich dazu, mich ebenfalls einmal umzusehen. Ich erkannte mit Schrecken, wie viele Leichen die staubige Erde bedeckten. Schergen der Dämonenkönigin, aber auch Kämpfer des Zwielichts waren unter ihnen. Manche Kontrahenten hatten sich gegenseitig getötet und lagen nun Arm in Arm im Staub, als würden sie im Tod das tun, was sie zu Lebzeiten nicht konnten. Auf einmal umfasste eine tiefe Traurigkeit mein Herz. *Für seine Überzeugungen zu sterben, erschien mir immer wie ein guter Tod zu sein. Aber auch der Feind kämpft aus dem gleichen Grund. Sie sterben nicht weniger ehrenvoll und nicht weniger erbärmlich als wir. Jedoch ... Die Wesen des Zwielichts kämpfen nicht nur für ihre Überzeugungen, sondern auch um ihr Leben. Und die Teufel, um dieses zu nehmen. Für jemanden, der sie nur erschaffen hat, um uns zu beherrschen. Der Mutter der Nacht sind ihre Kinder völlig egal. Sie will nur eines: Ihren Willen durchsetzen. Es ist Zeit, sie daran zu hindern. Zeit, dass ich sie daran erinnere, was es heißt, sich selbst zu einer Göttin zu machen.*

Nachdenklich sah ich hinter mir zu der sich langsam wieder schließenden Wunde herüber. *Wenn ich versuchen will, die Barriere wiederherzustellen, muss ich jetzt handeln, solange der Riss noch offen ist. Aber falls ich es schaffen sollte, die Grenze zu stärken und die Anderswelt komplett vom Diesseits abzutrennen, würde ich selbst vielleicht ebenfalls nicht mehr zurückkommen können ...*

„Vida?", fragte mich die Fischfrau besorgt, als ich ihr nicht antwortete. Sie und Lara sahen sich kurz irritiert an. Ich schüttelte nur den Kopf.

„Tut mir leid, aber ich muss gehen."

Filli reckte ihren langen Hals und blickte ebenfalls zu der Wunde herüber. Dann nickte sie. „Ich verstehe. Ich wünsche dir alles Gute, Silberblut."

Filli und ihre Schülerin drehten ab und stürzten sich wieder in das anhaltende Kampfgetümmel. Ich schloss währenddessen die Augen und suchte in meinem Innersten ein weiteres Mal nach dem Fenster, oder dem dritten Auge, wie Avalon es genannte hatte. Durch Seframs detaillierte Wegbeschreibung wusste ich genau, wohin ich gehen musste. Und ich sollte alles daran setzen mich zu beeilen, denn mit jeder Sekunde, die verstrich, schloss sich der Durchgang zur Anderswelt ein Stück weit mehr.

„Warte!", hörte ich plötzlich Avalons Stimme nicht weit von mir entfernt rufen. Als ich mich umdrehte und seinen Gesichtsausdruck sah, ahnte ich, dass er genau wusste, was ich vorhatte. Und auch, dass er mich nicht allein ziehen lassen würde. Aber das konnte ich nicht zulassen. Nicht wenn ich ihn beschützen wollte. Gerne hätte ich mit ihm zusammen gegen die Dämonenkönigin gekämpft, aber die Umstände hatten sich verändert. Weder wollte ich ihm dieser Gefahr aussetzen, noch wollte ich, dass er es vielleicht nicht mehr rechtzeitig auf die andere Seite schaffen würde. Ich drängte mich dazu, mich im Stillen von ihm zu verabschieden. *Es kommt, wie es kommen musste,* dachte ich traurig, *der Unglücksrabe muss sich opfern. Aber wenigstens würde es diesmal geschehen, um jemand anderes zu retten.* Unsere Blicke trafen sich noch, dann löste ich mich schweren Herzens in schwarzen Nebel auf.

Nach einem kurzen Augenblick des Schwebens fand ich mich auf einem schwarzen Felsvorsprung wieder. Vor mir erstreckte sich eine gewaltige Höhle, in deren Mitte eine gigantische Kugel aus weißem Licht drehte. Ich hatte es also geschafft. Vor mir lag der Kern der Anderswelt. Und damit der Ursprung der Barriere.

Kapitel 12: Zwischen Leben und Tod

Fasziniert starrte ich auf die gewaltige Energie vor mir. Das Licht, das davon ausging, war sanft und brannte nicht auf meiner hellen Vampirhaut. Ganz im Gegenteil, denn ich spürte davon einen wohltuenden und vitalisierenden Glanz ausgehen, ähnlich, wie wenn ich als Vampir im Mondlicht badete. Zunächst war ich wie gebannt von dem Anblick der hellen Kugel, die auf mich wirkte wie ein vertrauter Freund, den ich schon lange nicht mehr gesehen hatte. Doch plötzlich unterbrach etwas dieses Gefühl des Erkennens unmittelbar. Rein instinktiv, noch bevor ich ahnte, was es sein könnte, drehte ich den Kopf in dessen Richtung. Erst dann bemerkte ich die Nähe einer Kreatur, dessen Präsenz so stark war, dass sie meine Aufmerksamkeit zu sich zog, wie ein schwarzes Loch die Sterne. Und ehe ich mich versah, bewegten sich die Schatten um mich herum und formten den Körper des unsichtbaren Wesens zu einer mir bekannten Gestalt. Die Dämonenkönigin starrte mich mit einem höhnischen Lächeln an.

„Ich habe dich erwartet, Vida", sprach sie unheilvoll.

„Was soll das heißen?" Verwirrt musterte ich die androgyne Gestalt, dessen nackter Körper dürftig und nur von einem lockeren Netz aus Schnüren bedeckt war. Erst jetzt erkannte ich, dass sie, wie das Schild des Generals, aus dem Haar der Dämonenkönigin selbst geformt worden waren.

Die Mutter der Nacht lachte und warf dabei ihr pechschwarzes, seidiges Haar über die Schulter. „Nun, ich musste einen Weg finden, dich erneut in meine Welt zu locken. Und mit meiner Armee habe ich dir keine Wahl gelassen, als zum Kern der Barriere vorzustoßen und die Wunden direkt zu schließen. Und um deine Pflicht zu tun, bist du mir direkt in die Falle getappt, Unwissende."

Fassungslos starrte ich sie an und ballte gleichzeitig wütend die Hände zu Fäusten. „Nur dafür habt Ihr Eure Kinder in den Krieg geschickt? Es geht Euch nur um Eure eigene Macht, die Ihr als sogenannte Freiheit verkauft! Andere sind Euch völlig egal!"

Sie verzog abschätzig die Lippen. „Natürlich! Freiheit ist das, was ich will. Und Freiheit ist das, was ich bekommen werde, wenn ich dich erst einmal verschlungen habe, mein kleiner Schlüssel. Ich kann so viele von meiner Brut in das Diesseits schicken, wie ich will, doch selbst wenn die Barriere durchlöchert sein sollte wie ein Schwamm, werde ich nicht hindurchkommen können." Sie wendete sich der großen Lichtkugel zu. „Nicht so lange das hier existiert." Die Mutter der Nacht drehte sich wieder mir zu und ihr Lächeln wurde noch breiter. „Aber du, Kind des Chaos, geboren aus dem Mondlicht, wirst mich aus diesem Käfig der Elementare befreien. Und der Tod dieser Welt wird der Beginn meiner Wiedergeburt sein. Der Beginn meiner Freiheit. Dann wird mich niemand mehr aufhalten können."

Fassungslos starrte ich die Dämonenkönigin an. „Das werde ich niemals zulassen", erwiderte ich mit fester Stimme.

„So?", fragte die Mutter der Nacht belustigt. „Nun, das werden wir sehen. Serezar!", rief sie zu meiner Überraschung und nur wenige Augenblicke später sah ich den Halbteufel hinter ihr hervortreten. Sein Knochenschwert *Stille* in einer Hand und ein Schild aus dem Haar der Mutter der Nacht in der anderen. Sein Gesicht war grimmig und er trug eine Rüstung die aus dem gleichen Material, wie sein Schwert gefertigt sein musste. Seine schwarzen, kleinen Teufelshörner waren unter einem Helm verborgen.

„Beweise mir, dass du es verdienst, ein vollblütiger Teufel zu werden, Serezar und vollende deinen Auftrag. Dann werde ich dich zu meiner neuen rechten Hand machen."

Der Halbteufel nickte gehorsam und fixierte mich dabei mit seinen rabenschwarzen Augen. „Diesmal, Silberblut, wird dich niemand retten. Wenn die Mutter der Nacht dich nicht noch brauchen würde, würde ich dir die Haut von den Knochen ätzen, wie ich es damals mit dem schwarzhaarigen Vampir gemacht habe! Von deinem Körper würde dann nicht mehr übrig bleiben als eine stinkende Pfütze voll Blut und geschmolzener Gedärme!"

Ich wollte gerade zu einer bissigen Bemerkung ansetzen, als ich plötzlich die Gegenwart einer mir wohlbekannten Aura spürte. Der Teleportationsnebel war noch nicht ganz um ihn verflogen, als Avalon zu meiner Überraschung neben mich trat und Serezar aggressiv musterte. Der Halbteufel verzog die Lippen zu einem hässlichen Grinsen.

„Wie schön, dass du dich daran erinnerst, dass wir noch eine Rechnung offen haben", sagte der Vampir ruhig, aber mit einem drohenden Unterton in seiner Stimme. Serezar kicherte nur und die Dämonenkönigin überkreuzte mit vorgestrecktem Kinn die Arme vor der Brust. „Du musst Seframs Enkelsohn sein. Das Erbe dieser Enttäuschung ist in dir unverkennbar. Nun, ich bin gespannt, was du versuchen willst, auszurichten. Aber von jemanden, durch den das Blut eines Verräters fließt, erwarte ich nicht viel."

Avalon erwiderte den Blick der Mutter der Nacht herausfordernd und falls ihn ihre Beleidigung getroffen haben sollte, ließ er es sich nicht anmerken. Ich starrte ihn währenddessen perplex an und schüttelte fassungslos den Kopf. „Was machst du hier?", fauchte ich ihn an und sein Lächeln verschwand.

„War das nicht der Grund warum du meine Schülerin wurdest Vida? Du wolltest, dass ich mit dir Irvins Mörder bestrafe. Hier bin ich nun. Und außerdem muss ich sicherstellen, dass du keinen Blödsinn machst. Und jetzt konzentrier dich auf den Kampf. Von ihm hängt das Schicksal des Zwielichts und der Menschenwelt ab!“

„Als würde ich das nicht wissen!“, erwiderte ich wütend. „Deswegen solltest du nicht hier sein!“

„Und dir den ganzen Spaß allein überlassen?“

Ich wollte noch etwas hinzufügen, aber Serezar schnitt mir das Wort ab. „Dann werde ich eben zuerst Avalon töten und mir das Silberblut für das große Finale aufsparen. Oder noch besser, ich töte euch beide zusammen!“

Mit diesem Wort griff er an. Avalon und ich wichen seinem Angriff großzügig aus und ließen damit einige Meter Abstand zwischen ihm und uns entstehen. Als wir wieder festen Boden unter unseren Füßen hatten, sah ich wütend zu meinem Meister herüber. Ich war nicht gerade begeistert, dass er sich dieser Gefahr aussetzte, hatte ihn doch schon einmal verloren. Und ich wusste genau, dass ich diesen Schmerz nicht ein weiteres Mal ertragen konnte. Aber insgeheim musste ich zugeben, dass ich froh war, der Dämonenkönigin und Serezar nicht allein entgegentreten zu müssen.

Avalon formte mit seinem Blut einen Speer und richtete ihn herausfordernd auf den Halbteufel. Als Nächstes vollführte der Vampir einen gewaltigen Satz. Der Halbteufel reagierte schnell. Er nahm die Angriffsenergie des Vampirs mit und schleuderte Avalon in die Felswand hinein. Das riesige Loch, das der Einschlag verursacht hatte, begann sehr schnell in sich zusammenzufallen und mein Meister wurde unter den Trümmern begraben. Serezar lächelte zufrieden. „Das wird ihn erst einmal beschäftigen“, sprach er und griff stattdessen mich an. Ich wich seinen Angriffen vorerst einmal aus, um seine

Bewegungen zu studieren, bemerkte aber dabei, dass er mich immer weiter weg von der Dämonenkönigin trieb. Gerade als ich zu einem Konter ansetzen wollte, zögerte er plötzlich und sah mich merkwürdig an.

„Wie geht es Marien?", fragte er so leise, dass ich es gerade so mit einem ausgezeichneten Vampirgehör wahrnehmen konnte. Die Frage verwirrte mich kurz und ich erstarrte.

„Mach weiter!", zischte der Halbteufel zornig. „Sonst wird die Königin noch misstrauisch."

Kurz musterte ich ihn skeptisch, dann entschloss ich mich, sein Spiel für ein paar Sekunden mitzuspielen. Ich wich weiter seinen Angriffen aus, die nicht so ernsthaft ausgeführt wurden, wie zuvor.

„Warum interessiert es dich wie es ihr geht?", zischte ich ihn zornig an.

Das Halbblut bleckte abwehrend die Zähne. „Nun sag schon!"

Kurz überlegte ich, was er mit der Frage bezwecken wollte. Aber dann zuckte ich mit den Achseln und sagte ihm einfach die Wahrheit. „Sie ist tot!", spie ich ihm hasserfüllt entgegen. „Deinen Bastard zur Welt zu bringen hat sie ihre letzten Kraftreserven gekostet. Und wegen dem Miasma in ihrem Blut konnten wir sie nicht heilen. Du hast sie umgebracht!"

Zu meiner Überraschung sah ich, wie Serezars Augen sich mit Trauer füllten. „Das wollte ich nicht", flüsterte er.

Ich lachte nur ungläubig. „Genauso wie du nicht das Herz meines Meisters fressen wolltest? Ich bin mir sicher, es hat dich deutlich stärker gemacht als den Rest deiner Geschwister, oder? War es das alles Wert?"

Meine Worte schienen zu dem Halbteufel nicht durchzudringen. Stattdessen sagte er. „Und was ist ... Mit dem Kind? Ist es etwa auch ...?"

So langsam wurde ich unsicher, ob Serezar nicht tatsächlich so etwas wie Reue empfand. Ich schüttelte den Kopf. „Er lebt", sagte ich knapp.

„Er?", erwiderte der Halbteufel perplex. „Ich habe ... Einen Sohn?"

In diesem Moment gab sich das Mischwesen eine Blöße. Ich nutzte den Moment, um die Distanz zwischen uns zu überbrücken und versetzte ihm mit meiner Faust einen harten Schlag ins Gesicht. Serezar wurde von den Füßen gerissen und landete hart auf dem schwarzen Felsgestein. Im nächsten Augenblick war ich schon über ihm und hob meine scharfe Klaue an, um sie ihm in den Brustkorb zu stoßen. Einem kurzen Impuls folgend wollte ich ihm bei lebendigem Leib das Herz herausreißen, wie er es bei Meister Irvin getan hatte. Doch der Ausdruck in Serezars Gesicht ließ mich kurz zögern. Plötzlich hörte ich das dunkle Lachen der Mutter der Nacht nicht weit von mir entfernt.

„Tu es, Vida. Für Schwächlinge ist kein Platz in dieser Welt. Zeig mir, dass du ein Kind der Mutter der Nacht bist, und töte ihn."

Ich starrte erst sie, dann wieder Serezar unschlüssig an. *Wenn es einer verdient hatte zu sterben, dann er. Endlich bin ich kurz davor Rache für meinen alten Meister zu nehmen und meinen Schwur einzulösen. Aber warum spüre ich dabei nicht die Befriedigung, die ich mir davon erhofft hatte? All die Schmerzen und Mühen, die ich dafür in Kauf genommen habe ... Sollen sie etwa alle ganz umsonst gewesen sein?* Ich ließ meine Hand sinken. *Vielleicht hat es mit meiner Rache begonnen aber mittlerweile ... Wann hat das alles wohl aufgehört dem Mittel zum Zweck zu dienen?* Langsam stand ich auf und machte einen Schritt von dem am Boden kauernden Halbteufel weg, dessen Gesicht bereits begann, durch meinen vorherigen Schlag furchtbar anzuschwellen.

„Nein,", sagte ich der Dämonenkönigin direkt in ihr Antlitz. Die Augen der Mutter der Nacht wurden hart wie Stein.

„Wie du willst, Vida." Sie schwebte zu mir herüber. „Das ändert nichts daran, dass ich dich jetzt verschlingen werde. Serezar hatte genug Zeit mir zu beweisen, dass er es nicht Wert ist an meiner Seite zu stehen. Jetzt werde ich mich selbst um dich kümmern."

Der Halbteufel hinter mir rappelte sich bei diesen Worten mit eingezogenem Kopf wieder auf. Plötzlich nahm ich ein Schatten hinter der Dämonenkönigin wahr und meine Mundwinkel zuckten nach oben, als ich Avalon bemerkte, der sich auf leisen Sohlen hinter sie geschlichen hatte. Die Anführerin der Dämonen musste etwas bemerkt haben, denn sie drehte sich auf einmal blitzschnell um. In diesem Moment rammte ihr Avalon sein Blutschwert in die Brust und für einen kurzen Augenblick war ich mir unseres Sieges sicher. Doch dann hallte ein düsteres, höhnisches Lachen durch die Höhle, dass mir das Blut in den Adern gefrieren ließ. Mit aufkommender Angst sah ich, wie Avalons Schwert in der dunklen Haut der Dämonenkönigin begann zu schmelzen und schließlich vollkommen in ihrem Körper verschwand. Auch auf dem Gesicht meines Meisters formte sich erst Unglaube, dann Schrecken.

„Habt ihr etwa geglaubt, etwas, erschaffen durch meine Macht, könnte mich verletzten? Sefraim hatte sie sich zwar zu eigen gemacht, aber sie ist immer noch ein Teil von mir. Genauso wie ihr es seid. Ihr könnt mich nicht töten. Niemand kann das. Ich bin wahrlich unsterblich."

Und plötzlich, mit einer unglaublichen Geschwindigkeit, war sie auf einmal hinter Avalon. Mit einer Hand fixierte sie seine Handgelenke und mit der anderen umfasste sie bedrohlich seine Kehle. Mir blieb bei dem Anblick das Herz stehen.

„Ich werde ihn töten", sprach die Dämonenkönigin mit kalter Stimme, „wenn du dich nicht freiwillig ergibst und dich von mir absorbieren lässt. Ein gefügiger Geist wird es mir deutlich leichter machen, dich vollkommen zu verschlingen."

Ich starrte sie an und konnte mich nicht rühren. Verzweifelt blickte ich zu Avalon, der daraufhin unmerklich den Kopf schüttelte. Ich wusste, was er mir damit sagen wollte. Lieber wollte er sterben, als den Untergang des Diesseits einzuleiten. Und wenn ich darüber nachdachte, war das die einzige Möglichkeit, diese Welt zu retten. Und wenn nicht, würde Avalon sowieso sterben.

„Wenn du tust, was ich sagen, werde ich sein Leben verschonen", setzte die Mutter der Nacht nach, als hätte sie meine Gedanken gelesen. Und wahrscheinlich konnte sie das auch.

Ich musterte sie unschlüssig. *Mir ist bewusst, dass ich Avalons Leben nicht über alle anderen Stellen darf. Und trotzdem … Nein, ich kann ihr nicht trauen! Sie lügt mich bestimmt an,* dachte ich aufgebracht. Nichtsdestotrotz konnte ich nicht verhindern, dass meine Gefühle für diesen Vampir mich in meiner Entscheidung wanken ließen. „Woher weiß ich, dass du dich daran halten wirst?", fragte ich sie schließlich, woraufhin Avalon Anstalten machte sich erneut gegen den Griff der Mutter der Nacht zu stemmen.

„Tu das nicht, Vida!", rief er fordernd, aber sowohl ich als auch die Dämonenkönigin ignorierten ihn einfach.

„Du hast mein Wort, Silberblut. Mehr kann ich dir nicht geben. Aber du hast die Seele eines Elementars. Du weißt, dass ich die Wahrheit spreche. Wir beide haben sogar einmal einander vertraut, damals, am Anbeginn des Lebens."

Aus irgendeinem Grund wusste ich, dass ihre Worte nicht gelogen waren. Sie würde Avalon tatsächlich am Leben lassen, aber dafür das gesamte Leben im Diesseits auslöschen. Und mit ihm auch das Zwielicht. Eigentlich sollte mir diese Entscheidung leichtfallen, aber das tat sie nicht. *Vertraue deinem Instinkt,* hatte Sefraim einmal zu mir gesagt. *Aber wie weiß ich, wann er es ist, der zu mir spricht und nicht mein verräterisches Herz, dass es niemals zulassen könnte, dass Avalon sterben würde?*

„Entscheide dich", drängte mich die Dämonenkönigin mit donnernder Stimme, dann Schnitt sie mit einem ihrer langen Fingernägel in Avalons Hals und leckte genüsslich das austretende Blut davon auf. „Ansonsten wird er meine Vorspeise sein."

Der Vampir blickte die Dämonenkönigin hasserfüllt an. „Worauf wartest du noch?" Spie er ihr stolz und mutig entgegen. Bei dem Anblick wusste ich auf einmal, was ich zu tun hatte.

„Also gut. Ich ergebe mich. Lass ihn frei."

Ein triumphierendes Lächeln bildete sich auf dem Gesicht der Mutter der Nacht. Avalon starrte mich nur ungläubig an, als könnte er nicht fassen, was ich gerade getan hatte. Dann, mit einer kurzen Bewegung ihrer Hand, ließ die Dämonenkönigin neben sich aus dem Schatten einen schwarzen Käfig auferstehen. Mit einem Ruck warf sie Avalon hinein und schloss mit einer weiteren Bewegung die Tür. Dann war sie auf einen Schlag neben mir.

„Warte!", rief ich noch. „Lass ihn wieder frei!"

Die Dämonenkönigin nickte lachend. „Das werde ich, sobald ich dich verschlungen habe. Er soll sich doch nicht einmischen, oder?"

Ich sah ein letztes Mal zu Avalon herüber, der mich so verzweifelt und vorwurfsvoll ansah, dass ich seinen stechenden Augen kaum standhalten konnte. Voller Bedauern erwiderte ich seinen Blick. So vieles wollte ich ihm noch sagen, aber alles, was aus meiner Kehle kam, war ein leises: „Tut mir leid."

Die Dämonenkönigin zögerte nicht lange. Sie öffnete ihren Brustkorb und gab, wie bei unserem letzten Treffen, den Blick auf einen schwarzen, unendlich scheinenden Strudel frei, der von ihren spitzen Reißzähnen wie eine Krone umrahmt wurde. Ich wendete schweren Herzens meine Augen von Avalon ab und ging langsam aber mit erhobenem Haupt meinem Untergang entgegen. Ich hatte unglaubliche Angst, aber wenn mein Selbst schon ausgelöscht werden sollte und damit jede Chance auf Wiedergeburt für immer ausgeschlossen war, wollte ich es wenigstens mit Würde tun. Noch ein weiterer Schritt, und es war aus mit mir. Ich schloss die zitternden Hände zu Fäusten, in dem Versuch, auch meine Angst damit zu bändigen, aber es war vergeblich. *Sie hätte mich sowieso bekommen,* kam mir der Gedanke. *Wie naiv ich doch war einem so mächtigen Geschöpf zu trotzen. Wäre ich doch nur auf der anderen Seite der Barriere geblieben. Aber nein, weil ich so dumm gewesen bin, mich unbedingt opfern zu müssen, bin ich nun hier. Weil nicht nur die anderen, sondern auch ich selbst mich immer als Opfer gesehen habe. Aber wenigsten ... Wird Avalon nicht sterben. Dafür wir er mich wahrscheinlich hassen ... Aber das ist mir egal, solange er nur lebt.*

Der Schlund der Dämonenkönigin schloss sich schließlich um mich herum und ich wurde hineingezogen in einen Strudel aus Finsternis. Zu meinem Erstaunen fürchtete ich mich in diesem Moment nicht mehr. Die Finsternis war ebenso ein Teil von mir gewesen wie ich von ihr und als ich mit ihr verschmolz, kam es mir vor, als würde ich zu meinem Ursprung zurückkehren. Ich ließ einfach los. Ich spürte, wie ich mich in ihr auflöste und verging, bis nur noch ein kleiner Funke von einem Bewusstsein darin übrig war. In diesem Moment vergaß ich völlig, wer ich einst war. All der Schmerz und die Reue, die ich empfunden hatte, wurden einfach davon gespült. Genauso wie meine Erinnerungen. Ich hatte weder Augen, mit denen ich sehen konnte, noch einen Mund zum Sprechen. Völlig schwerelos schwebte ich im Nichts und hatte jegliches Zeitgefühl verloren, als ich plötzlich eine Präsenz vor mir spürte. Langsam formte sich ein scharfes Bild von ihr in meinen Gedanken. Sie hatte langes lockiges Haar und rosenrote Augen. Die Wärme in ihrem Blick ließ mich auf einmal verharren. Der Klang ihrer Stimme, die ich nicht hörte, aber irgendwie doch auf eine andere Weise wahrnehmen konnte, fesselte mich und hinderte mich daran, mich komplett aufzulösen. Als meine Gedanken allmählich wieder klarer wurden, begannen sich Worte zu formen.

Wer ... Bist ... Du?

Ich spürte, wie das Wesen Belustigung über meine Frage empfand.

„Hast du mich etwa vergessen, Vida?"

Als ich dir Stimme erneut wahrnahm, kam mir plötzlich ein Gefühl von Sicherheit und Geborgenheit in den Sinn. Eine Hand, die sanft über meinen Kopf strich. Warme Worte, die an meine Ohren drangen.

„Irvin." Als ich auf einmal meine eigene Stimme hörte, erschrak ich kurz. Ich sah plötzlich wieder mit meinen eigenen Augen und erkannte das Wesen, das vor mir stand. Der Vampir lächelte und nickte mir aufmunternd zu.

„Stimmt."

„Aber ... Du bist doch tot."

„Wieder richtig."

„Was tust du hier?", fragte ich ihn überrascht.

„Ich bin hier, um dir zu helfen."

„Mir?"

„Ja."

„Aber ... Wie? Warum?"

Mein ehemaliger Meister sah mich an, wie ein Kind, dass eine unsinnige Frage gestellt hatte.

„Indem ich dir helfe, dich zu erinnern. An Avalon und all deine anderen Freunde, die auf dich angewiesen sind."

„Avalon?" Der Name echote in mir und die starken Gefühle, die er in mir auslöste, drohten mich fast zu überwältigen. Die Bilder, die daraufhin auf mich einströmten, ließen mich langsam wieder erkennen, wer ich eigentlich war. *Ich bin Vida. Ich bin ein Silberblut. Und ich bin eine Vampirin. Die Dämonenkönigin hat mich verschlungen.* Langsam spürte ich, wie das Gefühl für meinen Körper zurückkehrte. Meine silbernen Augen blitzten auf einmal in der Dunkelheit. Ich war wieder ich selbst. Und ich wusste, was meine Aufgabe war.

„Ich bin bereit", sagte ich zu Meister Irvin, der mich stolz musterte.

„Ich weiß", erwiderte er.

Kapitel 13: Auferstehung

„Es gibt hier jemanden, der deine Hilfe braucht, so wie ich dir geholfen habe."

„Wer ist es?", fragte ich Irvin neugierig.

Daraufhin tauchte plötzlich etwas neben mir auf. Als ich genauer hinsah, konnte ich in der Dunkelheit eine menschenähnliche Gestalt erkennen. Scharf sog ich die Luft ein, als ich auf einmal wusste, um was es sich dabei handelte. Es war ein Elementar. Er schwebte dort, die Arme und Beine eng an dem Körper angezogen, der in einem schwachen, gelben Licht leuchtete. Sein schulterlanges Haar schwebte um ihn herum wie Sonnenstrahlen. Ich ahnte schon, wen ich da vor mir hatte.

„Der Lichtkönig."

Irvin nickte. „Er ist genauso wie du hier gefangen. Einzig und allein seinem starken Willen ist es zu verdanken, dass er sich noch nicht vollständig aufgelöst hat. Aber er wird immer schwächer. Schon bald wird es zu spät für ihn sein."

Ich musterte das androgyne Wesen sorgenvoll. „Was muss ich tun?"

„Wecke ihn auf."

„Aber wie?"

„Es ist ganz einfach. Der Mond hilft der Sonne, ihr Leuchten wiederzufinden."

Ich sah meinen ehemaligen Meister aufgrund dieser kryptischen Antwort fragend an und wusste nicht so recht, was ich jetzt tun sollte. Aus einem einfachen Impuls heraus, hob ich den Arm und berührte den König der Lichten vorsichtig an der Schulter. Plötzlich öffnete der Elementar seine goldenen Augen. Er sagte etwas zu mir, einen Namen, den ich nicht mit den Ohren, sondern mit meinem gesamten Wesen hörte. Und ich wusste, dass es mein Name war. Damals, vor einer langen, langen Zeit.

„Ich bin es," sprach ich mit Tränen in den Augen. Der König des Lichts nickte. Dann spürte ich, wie meine Elementarkräfte sich mit ihm verbanden und von einem Schlag auf den anderen kehrte das Leuchten in ihn zurück. So hell, dass es mich vollkommen blendete. Und als ich wieder etwas sehen konnte, fand ich mich auf einmal zurück in der unterirdischen Höhle der Anderswelt. Der leuchtende Kern schwebte nicht weit von mir entfernt und als ich zur Seite blickte, erkannte ich Avalon, der mich mit sorgenvollem Blick musterte. Erst jetzt bemerkte ich, dass ich in seinen Armen lag. Er kniete am Boden und legte sie schützend um mich.

„Was ... Was ist passiert?", fragte ich ihn, noch immer etwas durcheinander. Der Vampir verzog den Mund und starrte mich wütend an.

„Wieso hast du das getan, Vida? Wolltest du von Anfang an den Lichtkönig retten? War das alles geplant?"

Ich blickte ihn unverwandt an und schüttelte zu Avalons Enttäuschung langsam den Kopf. „Nein ... Ich habe es nicht gewusst. Ich habe dem Gefühl in mir vertraut, dass mir gesagt hatte, dass du unbedingt leben musst."

Seine Augen strahlten Fassungslosigkeit aus. „Dann war das alles nur Glück?"

„Vielleicht. Vielleicht auch nicht. Aber was auch immer es war, ich bin wieder hier, oder?"

Ein sarkastisches Lächeln formte sich auf Avalons Lippen. „Darüber reden wir noch," erwiderte er drohend, dann sah er auf. Ich folgte seinem Blick und erkannte die Dämonenkönigin, die nicht weit von uns entfernt stand. Ihr Gesicht glich einer Grimasse aus Zorn. Vor ihr stand, in einem strahlenden Licht gekleidet, der Elementar der Sonne.

„Nicht lange, nachdem dich die Dämonenkönigin verschlungen hatte, begann plötzlich Licht aus ihrem Innersten zu strahlen. Kurz darauf hatte sie dich und den Lichtkönig ausgespuckt," erklärte mir der Vampir grimmig. Ich nickte und machte Anstalten wieder aufzustehen. Mir war jedoch noch etwas schwindelig zu Mute und Avalon musste mich kurz stützen.

„Ich habe Irvin gesehen", sagte ich daraufhin. Avalon musterte mich ungläubig. Er kam jedoch nicht dazu, mir zu antworten.

Wie ist das möglich?", schrie die Dämonenkönigin schrill. „Ich habe dich verschlungen!"

„Nicht ganz", entgegnete das Lichtwesen. „Vida hat mich gefunden und mich aus meiner Ohnmacht befreit. Hättest du sie nicht in dich aufgenommen, wäre ich sicherlich früher oder später verloren gewesen. Aber so konnte ich dir endlich entkommen. Deine eigene Gier war es, die dich letzten Endes zum Scheitern gebracht hat."

Sie sah ihn feindselig an. „Das ändert überhaupt nichts. Du weißt, dass du mich nicht dran hindern kannst, sie erneut zu fressen."

Der Lichtkönig schüttelte den Kopf. „Ich weiß", antwortete er nur und ich sah angsterfüllt zu Avalon herüber. Der Vampir blickte mich ernst an und ich spürte plötzlich, dass er meine Hand nahm und sie einmal fest drückte. Diese Geste half mir augenblicklich, wieder etwas zur Ruhe zu kommen.

„Du bist vielleicht unsterblich, Dunkle, aber du bist nicht unbesiegbar. Es gibt einen Weg, dich aufzuhalten."

„Ach ja?", erwiderte die Mutter der Nacht argwöhnisch.

Bei diesen Worten fasste ich wieder Hoffnung. Währenddessen fuhr der Lichtkönig fort: „Du selbst besitzt zwar noch die Macht eines Elementars, aber eigentlich bist du schon lange keiner mehr. Zumindest kein reiner, denn mit deinem Verlangen danach, Leben zu erschaffen, musstest du selbst ein Teil dieses Lebens werden. Genauso wie ich. Deswegen kann uns diese Barriere gefangen halten."

Die Augen der Dämonenkönigin verengten sich feindselig. „Auf was willst du hinaus?"

Der Lichtkönig drehte sich mit einem Lächeln auf den Lippen zu mir und Avalon herüber. „Erneuere die Barriere, Vida."

„Aber wie?", entgegnete ich unsicher.

„Das wirst du schon sehen", antwortete er aufmunternd. „Vertraue deinem Instinkt. Er wird dich leiten. Aber du solltest es sofort tun, denn der Riss ist noch immer groß genug, um zu zulassen, dass die Schergen der Dämonenkönigin in das Diesseits gelangen."

Ich nickte nur und löste mich aus Avalons Armen. So schnell ich konnte, machte ich mich auf dem Weg zu Abgrund, über dem die weiße Lichtkugel schwebte.

„Nein!", hörte ich die Mutter der Nacht schreien und sah, wie sie sich ebenfalls in Bewegung setzte, um mich aufzuhalten. Doch der Lichtkönig umklammerte sie von hinten und hinderte sie so daran, zu mir zu gelangen. Ich stand vor dem Kern der Barriere und hob daraufhin unschlüssig die Arme an. Als ich meine Elementarfähigkeit aktivierte, wuchsen die silbernen Adern hinauf zu der Lichtkugel. Etwas Besseres als das fiel mir nicht ein, aber ich war mir sicher, dass es die einzige Möglichkeit war, wie ich mit ihr in Kontakt treten konnte. Als ich sie schließlich berührte, spürte ich, wie auf einmal eine unglaubliche Energie in mich hineinströmte. Mir wurde auf einen Schlag unglaublich heiß.

„Es wird mich verbrennen!", rief ich panisch.

„Wehre dich nicht dagegen!", rief mir der Lichtkönig zu, während er versuchte, die sich wehrende Mutter der Nacht unter Kontrolle zu halten. „Lass die Verbindung zu."

„Ich …" setzte ich an, während ich merkte, wie ich immer heißer wurde. Ich hatte Angst, mich davon komplett einnehmen zu lassen, aber ich hatte keine Wahl. Ich musste dem Lichtwesen vertrauen. Also senkte ich meinen Widerstand. Mit einem Schlag umhüllte mich das Licht. Aber es tat nicht weh. Ganz im Gegenteil. Und plötzlich war ich eins mit der Barriere. Ich konnte sie spüren, genauso wie ich meinen rechten Arm, oder mein linkes Bein spüren konnte. Außerdem nahm ich die vielen Risse und Instabilitäten in ihr war. Mit der Kraft meiner Gedanken schloss ich jeden Einzelnen von ihnen und verstärkte sie anschließend.

„Nein!"

Ich sah zu der Dämonenkönigin herüber, die, noch immer von dem Lichtkönig fixiert, plötzlich, mit ihrer freien Hand, einen schwarzen Klumpen Dunkelheit auf mich schleuderte. Ich wollte ausweichen, aber aufgrund meiner Verbindung zur Barriere konnte ich mich nicht rühren. Plötzlich war Avalon neben mir und wehrte den Angriff mit seinem Körper ab. Ich konnte nicht genau sehen, wo die Kugel aus Dunkelheit ihn getroffen hatte. Der Vampir wankte daraufhin plötzlich und drehte sich schließlich quälend langsam zu mir um. Für einen kurzen Augenblick kam es mir vor, als würde ich in seinen Augen etwas dunkles Aufblitzen sehen, doch von einer Sekunde auf die andere war es auch schon verschwunden.

„Avalon! Ist alles in Ordnung?", rief ich besorgt.

Mein Meister schüttelte zu meiner Erleichterung den Kopf. „Mir geht es gut", erwiderte er knapp.

Die Dämonenkönigin brüllte frustriert. „Du kannst mich nicht töten, Lichtkönig. Also was hast du mit mir vor?"

Dieser lächelte sanft. „Einen Neuanfang", erwiderte er geheimnisvoll.

Die Mutter der Nacht schüttelte verwirrt den Kopf. „Wenn ich falle, wirst du das auch tun!"

„Ich weiß", sagte er, „aber auch so könnte ich niemals ohne dich sein." Fast schon liebevoll strich er bei diesen Worten über ihre Wange. Die Dämonenkönigin musterte ihn verwirrt. Dann, plötzlich, verfestigte er seinen Griff um sie und er sprang mit ihr in den Kern der Barriere. Die runde Kugel begann daraufhin Blasen zu schlagen, als würde sie kochen. Als sich auf einmal ein gewaltiger Energiestoß aus ihr ergoss, wurde ich plötzlich ein ganzes Stück weg gegen die Felswand geschleudert. Dabei riss der Kontakt mit der Lichtkugel ab. Völlig entkräftet sank ich schließlich zu Boden. Avalon war sofort bei mir und musterte mich besorgt.

„Es geht schon", beruhigte ich ihn. „Ich bin nur etwas erschöpft."

„Hast du es geschafft?", fragte er mich, nachdem er sichergestellt hatte, dass ich unverletzt war.

„Ja. Aber was ist mit den beiden passiert?"

Der Vampir zuckte mit den Schultern. „Ich weiß es nicht. Aber ihre Energie ist nicht mehr zu spüren. Sie sind fort."

Ich nickte seufzend. „Die Grenze ist durch mein Eingreifen nun unpassierbar geworden. Für beide Seiten. Ich fürchte, dass wir nicht mehr zurückkommen können."

Avalon presste die Lippen aufeinander, dann setzte er sich zu mir an die Felswand. Er seufzte schwer. „Ich bezweifle, dass es hier eine anständige Bibliothek geben wird."

Ich lachte kurz auf, obwohl mir eigentlich überhaupt nicht zu lachen zu Mute war. „Nein, das bezweifle ich. Zumindest nicht mit Büchern aus dem Diesseits. Aber vielleicht gibt es bei den Elfen welche?" Erschöpft ließ ich meinen Kopf auf seine Schulter sinken. Avalon lehnte sich daraufhin an mich. Zu zweit saßen wir da und starrten stumm auf die leuchtende Kugel vor uns, als ich auf einmal ein merkwürdiges Kribbeln auf meiner Brust spürte. Verwirrt griff ich unter die Brustplatte meiner Rüstung und holte den Hühnergott darunter hervor.

Und noch verblüffter war ich, als ich in seinem Loch ein gelbes Katzenauge sah, dass mich direkt anblickte. Avalon erging es bei dem Anblick nicht anders.

Noch gibt es eine Möglichkeit zurückzukehren, hörte ich plötzlich Sturms Stimme daraus hervorkommen.

„Was? Aber … Aber wie?", fragte ich ihn und versuchte die anderen Fragen, die sein plötzliches Erscheinen in mir auslösten, erst einmal hinten anzustellen.

„Der Stein!," rief Avalon neben mir verblüfft. „Ist er etwa ein Portal?"

Richtig, antwortete der Elementar. *Ein Dimensionsportal. Mit ihm könnt ihr in eure Welt zurück, ohne die Barriere erneut zu verletzten.*

„Aber wie setzen wir ihn ein?"

Zerbrecht ihn. Dann wird das Portal freigesetzt.

Argwöhnisch betrachtete ich das Katzenauge. „Warum sagst du mir das erst jetzt? Und woher hat ein Elementar solch ein machtvolles Relikt?"

Ich hörte ein amüsiertes Kichern. *Es hat einmal einem sehr mächtigen Magier gehört. Und jetzt wartet nicht länger. Die Schergen der Dämonenkönigin sind auf dem Weg hierher. Sie wollen Rache für ihre Königin nehmen.*

Ich sah Avalon ernst an und er nickte unmerklich.

„Danke", sagte ich zu dem Elementar.

Nichts zu danken, Silberblut. Und nun leb wohl. Das Auge verschwand und ich sah wieder das rote Innere des Steins. Ich zögerte nicht lange und nahm den Hühnergott in beide Hände. Mit einem knirschenden Geräusch zerbrach ich ihn in zwei Teile. Für eine Sekunde passierte nichts, doch dann öffnete sich vor uns ein schwarzer, runder Kreis. Avalon half mir aufzustehen und gemeinsam tauchten wir ein in die Dunkelheit.

Das Portal spuckte uns dort aus, wo wir die Anderswelt betreten hatten, am anderen Ende des Schlachtfelds. Geräuschlos schloss es sich hinter uns, während wir noch immer den Anblick verdauen mussten, der sich vor uns erstreckte. Der Kampf gegen die Teufel war beendet worden. Tote Krieger der Dämonenkönigin und des Zwielichts bedeckten den Boden und ihr verschiedenfarbiges Blut vermischte sich auf dem staubigen Untergrund. Überall sah ich einzelne Gestalten durch das Schlachtfeld taumeln, verwundet oder auf der Suche nach Überlebenden. Als ich in der Ferne eine mir bekannte Silhouette wahrnahm, lief ich auf wackeligen Beinen zu ihr herüber. Avalon folgte mir stumm. Dabei vielen mir noch die verbliebenen Blutbehälter in meiner Uniform ein und ich tastete vorsichtig danach. Fast alle waren zerplatzt, doch einen fand ich noch, der in Takt war. Als ich endlich etwas Blut im Magen hatte, fühlte ich mich gleich um ein Vielfaches besser. Während ich näherkam, erkannte ich Kira, die über einem Haufen Asche kauerte. Daneben lag Josh, immer noch in seiner Wolfsgestalt und starrte mich winselnd an. Helle Tränenspuren liefen über Kiras mit Staub bedecktem Gesicht. Als sie meine Schritte hörte, sah die Formwandlerin auf. Trauer und Schmerz sah ich in ihren Augen.

„Ihr habt überlebt", krächzte sie angestrengt.

„So wie du", erwiderte ich knapp. Dann wanderten meine Augen wieder zu dem Haufen Asche herüber. Ich hatte Angst, die Frage zu stellen, die mir auf der Zunge lag. Schließlich stellte sie Avalon für mich.

„Diese Überreste ... Sie gehören einem Vampir, oder?"

Kira nickte. Ich bemerkte, dass sich ihre Augen erneut mit Tränen füllten. „Leonore ..." hörte ich sie flüstern, bevor sie begann zu schluchzen. Eine unendliche Trauer erfüllte auf einen Schlag mein Herz und ich ließ mich ebenfalls neben der Gestaltwanderin auf die Knie fallen. Ohne zu zögern, umarmte ich die kleine Frau, die währenddessen nicht aufhören konnte zu weinen. Ich hingegen, fühlte mich dumpf und abgestumpft. Als ich zu Avalon hochblickte, sah ich einen stummen Schmerz in seinen Augen. Josh legte den Kopf auf seine Pfoten und aus seine Wolfsaugen liefen dicke Tränen.

„Haben wir wenigstens gewonnen?", fragte die Metamorphin in meinen Armen.

„Ja", sagte ich mit belegter Stimme. Auch wenn es sich nicht danach anfühlt."

Das Flattern von Flügel ließ mich wieder aufblicken und ich sah, wie sich Nimmer fast lautlos auf Avalons Schulter niederließ. Auch sie hatte die Schlacht unbeschadet überstanden. Ich war froh, sie zu sehen und auch, dass sie intelligent genug war, sich nicht an dem Toten zu laben, wie es ihre nächststehenden Verwandten normalerweise getan hätten. Stattdessen meinte ich sogar so etwas wie Mitleid in ihren kleinen Augen zu sehen.

Plötzlich bemerkte ich, wie jemand seinen Geist gegen meinen drückte. Vorsichtig öffnete ich ihn.

Vida. Du hast es tatsächlich geschafft.

Es war Sefraim. Ich sah zu Avalon hoch, der mir bestätigend zunickte. Auch er hatte die Gedanken des alten Vampirs gehört.

Ja, antwortete ich freudlos, *aber zu einem großen Preis.*

Das kann ich nicht bestreiten. Jeder einzelne Verlust schmerzt mich zutiefst, aber es gibt hier etwas, dass deine Anwesenheit erfordert. So leid es mir tut.

Ich hörte Avalon neben mit abschätzig schnauben. *Kann das Zwielicht ihr nicht kurz Zeit geben, um zu verschnaufen? Was gibt es so Dringendes?*

Leider Nein, erwiderte der alte Vampir seufzend. *Wie haben einen Gefangenen. Jemand, der sich freiwillig ergeben hat.*

Verwundert wartete ich, dass der Verwalter des Zwielichts weitersprach. *Wer ist es?,* setzte ich ungeduldig nach.

Ein alter Bekannter von dir. Er nennt sich Serezar.

Kapitel 14: Die dunkle Saat

Avalon und ich traten in das kleine Zelt ein, zu dem uns Sefraim geschickt hatte. Der alte Vampir stand dort mit den restlichen Mitgliedern des Verbundsrats zusammen, die alle angeregt miteinander diskutierten. Anscheinend hatten jeder von Ihnen die Schlacht unbeschadet überstanden. Ein paar von ihnen hatten sogar genug Zeit gehabt, sich frische Kleidung anzuziehen.

In ihrer Mitte stand Serezar. Dem Halbteufel waren Fuß und Armfesseln angelegt worden, jedoch war ich mir sicher, dass er nicht einmal atmen konnte, ohne dass die Verwalter des Zwielichts es bemerken würden. Artemis, noch immer in ihrer Rüstung, kam als Erstes auf mich zu und streckte mir den Arm zum Kriegergruß hin. Nach einem kurzen Zögern schlug ich schließlich ein.

„Wir haben gesiegt! Dank dir, Vida, konnten wir die Grenzen wieder verstärken. Jetzt werden wir erst einmal eine Weile Ruhe vor den Teufeln haben. Fast schon Schade, dass die Wächter jetzt nichts mehr mit ihnen zu tun haben werden."

Ich sagte nichts, sondern starrte sie nur perplex an. *Hatte sie noch nicht genug von dem ganzen Blutvergießen gehabt?* Avalon hinter mir knurrte leise. Anscheinend dachte er ähnlich wie ich.

„Nun", sagte er, „sollten uns erst einmal auf das Wesentliche konzentrieren. Wisst ihr, wie viele Kämpfer gefallen sind?"

Sefraim seufzte. „Fast die Hälfte unserer Truppen wurde ausgelöscht. Aber immerhin konnten wir alle Angreifer töten."

Bei den Worten des alten Vampirs schüttelte ich schockiert den Kopf. „So viele? Und wie sieht es mit Gefangenen aus?"

Hina lachte freudlos. „Keiner der Schergen der Dämonenkönigin hat sich freiwillig ergeben. Alle bis auf einen."

Damit sahen alle Augen wieder auf Serezar, der sich in seiner neuen Rolle sichtlich unwohl fühlte.

„Mit gefällt das nicht," kommentierte Badrik. „Woher wissen wir, dass das nicht irgendein Trick der Dämonenkönigin ist?"

„Die Dämonenkönigin stürzte zusammen mit dem König des Lichts in die Quelle der Barriere, nachdem ich sie erneuert hatte. Ich kann mir nur schwer vorstellen, dass sie das überlebt haben soll", erwiderte ich.

„Wie wir von Sefraim erfahren haben," wandte Donna Ferrana ein, „handelt es sich bei ihnen ursprünglich um Elementare. Diese Wesen können nicht sterben. Zumindest nicht in der Form wie wir es kennen. Ich bin mir sicher, dass sie und der König der Lichten irgendwann zurückkehren werden. Aber sicher nicht jetzt und sicher auch nicht in den nächsten tausend Jahren. Und dann wird sie bestimmt erneut versuchen, uns zu Fall zu bringen. Und erneut scheitern."

„Ihr solltet sie nicht unterschätzen", hörte ich Serezar mit fester Stimme reden.

„So?", fragte Hina und trat näher an ihn heran. „Mal sehen, ob du das immer noch sagts, wenn wir uns beide einmal etwas intensiver miteinander unterhalten haben, Halbblut." Sie lächelte grausam und ich sah, dass Serezar bei ihrem Anblick nicht mehr ganz so selbstsicher wirkte, wie noch vor ein paar Augenblicken.

Ich musterte den Halbteufel nachdenklich. „Warum bist du hier, Serezar?"

Ein paar Sekunden herrschte Stille, dann schließlich antwortete mir das Mischwesen. „Mein Sohn", sagte er knapp und ich schüttelte ungläubig den Kopf.

„Willst du mir sagen, du hast plötzlich so etwas wie Gefühle entwickelt? Du?"

Der Halbteufel zuckte mit den Achseln. „Warum ist das so unwahrscheinlich? Ich bin zur Hälfte ein Mensch."

„Du wolltest vor Kurzem noch ein vollwertiger Teufel werden!"

Serezar zog den Kopf ein. „Jetzt nicht mehr. Ich verstehe es ja selbst nicht so ganz, aber ..."

„Ich bin dafür, dass wir ihn töten", mischte sich Hina ein und Badrik pflichtete ihr bei. „Ich bin der gleichen Meinung. Wir können ihm nicht trauen."

Ich sah, wie die Herrin von Venedig nachdenklich den Kopf schief legte. „Er ist in der Tat ein Risiko. Wenn wir wenigsten sein Blut lesen könnten. Aber das Gift in seinen Venen verhindert es."

Bei diesen Worten seufzte ich schwer. „Ich könnte es tun. Mir macht das Gift der Teufel nichts aus."

Alle Augen waren wieder auf mich gerichtet. Sefraim sah mich verblüfft an. „Du würdest sein Blut trinken, um seine guten Absichten zu beweisen?"

Nachdenklich musterte ich daraufhin Serezar, der mich hoffnungsvoll anstarrte. *Konnte ich das wirklich tun? Serezar hat mir so viel Leid gebracht ... Er hat Meister Irvin getötet und indirekt auch Marien. Er hat mich entführt und misshandelt. Und jemandem wie ihn soll ich helfen? Wenn jemand den Tod verdient hat, dann er. Niemand der Anwesenden würde mich dafür verurteilen. Aber ... Vielleicht hat er sich wirklich verändert. Wer bin ich, dass ich darüber entschieden darf, ob jemand stirbt oder leben soll? Nur weil ich die Macht dazu habe?* Ich nickte zögerlich. „Wir alle haben bereits genug Blut an unseren Händen. So viele sind gestorben für die Ideale anderer. Ich bin dem allem so überdrüssig ..." Ich war selbst überrascht, dass meine Rachegedanken dem Halbteufel gegenüber einfach verpufft waren. Aber so war es. Ich hatte genug vom Kämpfen und Töten. „Ich mache es", sprach ich schließlich.

Avalon verzog den Mund und musterte mich nachdenklich. „Ich beneide dich nicht darum", war alles, was er dazu sagte.

Der Halbteufel sah mich für einen kurzen Moment misstrauisch an, doch dann nickt er schließlich. Ich ging ohne umschweif zu ihm herüber, denn ich wollte es so schnell hinter mich bringen, wie nur möglich. Die Verwalter machten mir Platz, wobei mir auffiel, dass Hina und Badrik mich nicht gerade erfreut musterten. Serezar legte währenddessen den Kopf schief und starrte grimmig ins Leere. Ich nahm noch einmal tief Luft, als müsste ich untertauchen, dann fletschte ich meine Zähne und ließ sie tief in seinen Hals hineingleiten. Als sein Blut meine Zunge berührte, wäre ich fast zurückgewichen. Der Geschmack war wirklich scheußlich. Tapfer trank ich weiter und schon bald sah ich mehrere Bilder und Emotionen in meinem Geist auftauchen. Ich sah Marien durch die Augen Serezars. Sie hatte Angst vor ihm, aber er war gerne in ihrer Gegenwart gewesen. Als ich die fast schon zärtlichen Gefühle von ihm für meine Blutschwester wahrnahm, wich ich verwirrt von dem Hals des Halbteufels zurück. Während ich ihn finster musterte, wischte ich mir sein blaues Blut aus den Mundwinkeln fort.

„Er spricht die Wahrheit", sagte ich knapp, dann machte ich auf der Stelle kehrt und ließ aus dem Zelt heraus. Draußen spuckte ich den Rest des Blutes aus und verzog angewidert den Mund. Hinter mir hörte ich die Stimmen der Ratsmitglieder.

„Es scheint, als müsse das Teufelsblut wirklich widerlich schmecken", hörte ich Artemis sagen.

„Was hast du erwartet?", erwiderter Hina. „Kein Wunder, dass sie erst einmal an die frische Luft muss."

Frische Luft? Dachte ich höhnisch und sog den Geruch von Tod und Verwesung ein, der durch das Lager schwebte. Auch der süßliche Geruch von Blut war darunter und ich musste mich konzentrieren, ihm nicht zu viel Aufmerksamkeit zu schenken.

Auf einmal hörte ich Avalons Schritte hinter mir.

„Alles in Ordnung?"

„Nein", antwortete ich gereizt. „Aber wie sollte es auch anders sein?"

Der Vampir neben mir nickte stumm. Ich sah unsicher zu ihm herüber. „Habe ich die richtige Entscheidung getroffen, Serezars Leben zu verschonen? Er hätte den Tod am allermeisten verdient."

Er hob die Hand und strich mir eine verkrustete Haarsträhne aus dem Gesicht. Mein Geist wurde durch seine Nähe auf einen Schlag besänftigt. „Ich kann dir nicht sagen, ob deine Entscheidung richtig oder falsch war. Aber es war diejenige, die am meisten Courage benötigt hatte. Ich an deiner Stelle hätte ihm wahrscheinlich die Kehle zerfetzt. Deine Selbstbeherrschung ist wirklich erstaunlich."

Ich schüttelte nur den Kopf. „Es hat nichts mit Selbstbeherrschung zu tun, wenn das eigene Selbst viel zu abgestumpft ist, um beherrscht werden zu müssen."

Avalon erwiderter daraufhin nichts und ich seufzte schwer. „Was wird nun mit ihm geschehen?"

Der Vampir zuckte die Achseln. „Sie werden ihn erst einmal wegsperren und unter Beobachtung stellen. Irgendwann wird er mehr Freiheiten bekommen und schließlich werden sie ihn auf freien Fuß setzten."

„Sie werden ihn frei lassen?"

„Wenn sein Blut gezeigt hat, dass er keine schlechten Absichten hegt? Das Zwielicht bestraft vielleicht gerne und vorschnell, aber es hält niemanden auf Ewigkeiten oder bis zum Tod fest. Besonders nicht, wenn er die Blutprobe besteht.“

Nachdenklich blickte ich bei diesen Worten zwischen die Zeltreihen auf die untergehende Sonne. Doch schon bald gab ich es auf mir Gedanken über den Halbteufel zu machen. Im Moment gab es Wichtigeres zu tun. Schließlich wendete ich mich wieder Avalon zu, der geduldig auf mich gewartet hatte.

„Ich werde nach Sho und Lauren sehen. Treffen wir uns später?“

Der Vampir nickte stumm. Ich verließ ungern Avalons Nähe, aber ich brauchte Zeit um all die Dinge, die passiert waren, verdauen zu können. Wenige Sekunden später machte ich mich auf den Weg. Dabei war ich froh, Serezar und die Verbundsratsmitglieder erst einmal hinter mir lassen zu können. Die ersten Schritte lief ich nur ziellos umher und bemerkte dabei, wie ausgestorben das Lager nun schien. Ich traf nur wenige Soldaten auf meinem Weg, die entweder jauchzend vor Freude über unseren Sieg waren oder eine Miene voll Trauer mit sich trugen. Schließlich machte ich mich daran nach Laurens Aura zu suchen. Als ich schließlich vor einem grauen Zelt zum Stehen kam, begegnete ich Mina, die gerade daraus hervorgetreten kam. Ihr langes blondes Haar war zu einem langen Zopf geflochten. Sie trug bequeme Kleidung, eine Jogginghose und ein einfaches T-Shirt. Von dem Seifenduft auszugehen, vermutete ich, dass sie sich gewaschen hatte.

Für einen kurzen Moment blickten wir uns schweigend an, dann nickte sie mir zur Begrüßung knapp zu.

„Wenn du zu Lauren willst … Es geht ihm gut. Er schläft jetzt, um sich von den Strapazen zu erholen.“

Ich nickte verständnisvoll. „Dann bin ich erleichtert. Und wie geht es dir?“

„Ich habe gehört, dass sie den Halbteufel gefangen haben, der Irvin getötet hatte."

Kurz war ich überrascht, wie schnell sich die Nachricht verbreitet hatte. Aber dann nickte ich bestätigend. „Das stimmt. Ich war bereits bei ihm."

„Und er ist immer noch am Leben?", fragte die schöne Vampirin ernst.

„Ich ... Ich habe sein Blut geprüft. Er hat keine bösen Absichten mehr gegen uns. Er muss nicht sterben."

Sie sah mich wütend an. „Ich wünschte, du hättest das nicht getan und ihn stattdessen gefoltert, bis er dich darum angefleht hätte, dass du ihn tötest."

Ich war überrascht solche Worte aus dem Mund der sonst so sanftmütigen Vampirin zu hören. Als sie meinen Gesichtsausdruck sah, lächelte sie entschuldigend. „Tut mir leid ... Es war ein anstrengender Tag gewesen."

„Schon gut", sagte ich nur. „Das verstehe ich."

„Ich akzeptiere deine Entscheidung, auch wenn ich sie nicht gutheiße. Aber ich bin mir sicher, dass Irvin sich genauso entschieden hätte. Seine Werte leben in dir weiter und das tröstet mich."

Ich spürte, wie sich bei diesen Worten ein Kloß in meinem Hals bildete.

„Danke", erwiderte ich verlegen.

Mina nickte, dann drehte sie sich um und verschwand wieder im Zelt. Ich stand noch ein paar Sekunden da und starrte ins Nichts, dann lief ich schließlich weiter.

Sho erblickte mich schon von Weitem. „Vida!", rief sie laut und brachte somit die wenigen Wesen in Hörweite dazu, sich ebenfalls nach mir umzudrehen. Ich ignorierte ihr ehrfürchtiges Gemurmel und lief der Enkelin der Dame Orochi weiter entgegen. Diese fiel mir zu meiner Überraschung sofort um den Hals.

„Ich bin so froh, dass es dir gut geht. Hat es Avalon ebenfalls geschafft?"

Ich nickte. „Und die Herrin von Tokyo?"

Sho ließ von mir ab und überkreuzte zynisch lächelnd die Arme vor der Brust. „Der alte Drache? Sie reinigt sich gerade den Magen mit Sake, um den Geschmack der Teufel loszuwerden, der ihr immer wieder unangenehm aufstößt. Sie ist nicht totzukriegen."

Ich lächelte belustigt. „Natürlich, ich hätte es mir denken können." Als ich plötzlich das Stöhnen und den Geruch von Blut wahrnahm, sah ich besorgt über ihre Schulter zum Sanitäterzelt herüber.

„Ich will dich nicht von deiner Arbeit abhalten."

Sho schüttelte nur den Kopf. „Schon gut, keiner befindet sich mehr in ernsthafter Gefahr."

„Was? Wie kommt das?"

„Vampirblut", antwortete sie knapp. „Ein paar Freiwillige haben sich bereit erklärt zu helfen. Dagegen sind meine Heilkräfte natürlich überflüssig. Aber so ist es besser. Von den Verwundeten haben wir dadurch keinen Weiteren mehr verloren. Auch wenn das nur ein schwacher Trost ist für diejenige, die gerade ihre Liebsten betrauern müssen."

Ich nickte traurig. Die Enkelin der Dame Orochi musterte mich dabei nachdenklich. „Allerdings wundert es mich, dass du hier bist. Wirst du nicht zur Feier der Ehre der Toten erwartet?"

„Was?", fragte ich verwirrt.

„Sefraim hat die Oberhäupter der verschiedenen Clans zusammengerufen, um mit ihnen gemeinsam zu trauern. Großmutter hat es mir erzählt. Du wirst doch sicherlich auch dort erscheinen, oder? Schließlich bist du der Ehrengast."

Die Feier zu Ehren der Toten und unserem Sieg über die Dämonenkönigin fand in einem großen Zelt mitten im Lager statt. Noch immer lag der bittere Geschmack von Serezars Blut mir auf der Zunge und ich war insgeheim froh, ihn endlich mit etwas Menschenblut herunterzuspülen. Jedoch hatte ich gerade alles andere als Lust auf Gesellschaft. Zu meinem weiteren Unbehagen bemerkte ich, sobald ich in diesem Moment eingetreten war, wie die Gespräche verstummten und sich alle Aufmerksamkeit plötzlich auf mich richtete. Ich versuchte, nicht darauf zu achten und richtete meinen Blick stattdessen stur nach vorne. Dabei erkannte ich am anderen Ende des Raums die Verwalter des Zwielichts, den Verbundsrat, an einem Tisch sitzen und auch die Dame Orochi war zugegen. Sefraim und mein Blick trafen sich und ich sah Zuneigung und Mitleid in den Augen des alten Vampirs für mich aufblitzen. Ich wollte ihm gerade verlegen ausweichen, als ich sah, wie er auf einmal den Kelch von seinem Tisch hob, aufstand und mir damit stumm zuprostete. Die Herrin von Venedig folgte seinem Beispiel und auch die anderen Ratsmitglieder hoben ihre Gläser. Schon bald war jeder im Saal aufgestanden und hielt sein Getränk weit von sich gestreckt. So viel Aufmerksamkeit war mir unangenehm, aber ich sah Anerkennung und die Hoffnung in den Augen jedes Anwesenden aufblitzen. Die Vertreter der verschiedenen Wesen des Zwielichts und der Rat zollten mir ihren Respekt. Mein Herz wurde mir bei diesem Anblick schwer. Doch dann schüttelte ich den Kopf, ging zu einer Karaffe mit Blut herüber und schüttete mir etwas davon in einen danebenstehenden Kelch. Ich hob ihn ebenfalls an und ließ noch einmal meinen Blick über die Runde schweifen.

„Ich danke Euch, aber nicht für mich sollten wir heute das Glas erheben. Ohne euch alle und unseren gefallenen Brüdern und Schwestern hätte ich das niemals geschafft. Erheben wir das Glas auf sie und erweisen ihnen hiermit die letzte Ehre."

Ich konnte sehen, wie manche von ihnen zustimmend nickten, während andere ihren Tränen freien Lauf ließen. Zwischen den Wesen bemerkte ich Kira, die zu mir herübersah. Ihr Kinn war trotzig vorgestreckt, aber ich konnte an ihren geröteten Augen erkennen, dass sie geweint hatte. Ich nickte ihr von Weitem zu und sie erwiderte meine Geste. Als ich schließlich meinen Kelch an die Lippen setzte, taten es mir die anderen nach. Ich trank das Blut bis auf den letzten Tropfen aus und stellte es dann zurück auf den Tisch. Dabei dachte ich still an Leonore und wie gerne ich sie hier um mich gehabt hätte. Und an Marien und Meister Irvin. Leise begannen hinter mir wieder gedämpftes Gemurmel auszubrechen.

„Eine schöne Ansprache."

Ich sah auf und erkannte Avalon, der an einer massiven Zeltstange gelehnt stand und mich die ganze Zeit beobachtet haben musste. Die Art, wie er mich musterte, ließ es mir auf der Stelle eiskalt den Rücken herunterlaufen. Irgendwie hatte der Ausdruck darin etwas Kaltes und Erbarmungsloses, wie ich es noch nie bei ihm gesehen hatte. Ich bemerkte, wie sein Blick zu meinem Hals wanderte. Er trank den letzten Schluck aus seinem Kelch und ließ diesen achtlos zu Boden fallen. Irritiert sah ich ihn an.

„Avalon? Ist irgendetwas?"

Der Vampir vor mir schüttelte merkwürdig lächelnd den Kopf und kam langsam auf mich zugelaufen. „Wenn ich an dein köstliches Blut denke, schmeckt dieses hier im Gegensatz dazu so fad wie Wasser. Es kann nicht im Geringsten mein Verlangen befriedigen."

Perplex starrte ich ihn an. *Wieso bringt er so etwas jetzt zur Sprache? Und ausgerechnet hier?*

Dann bemerkte ich, wie sich seine Augen bedrohlich verdunkelten und von da an wusste ich, dass etwas überhaupt nicht in Ordnung war. Ich machte vorsichtig einen Schritt zurück, da griff er mich plötzlich an. Avalon stürzte sich mit aufgerissenem Schlund auf mich und wir beide fielen nach hinten auf den Holztisch hinter uns. Dieser zersplitterte aufgrund des Aufpralles und wir fielen zu Boden. Noch im Fallen drückte ich meinen Meister von mir weg, um seinem zuschnappenden Kiefer auszuweichen. Dann verschwand sein Gewicht von mir plötzlich und als ich aufblickte, beobachtete ich, wie Lauren einen tobenden Vampir unter den Armen von mir wegzerrte. Erschüttert sah ich, wie Avalon sich dagegen wehrte und seine hasserfüllten, gierigen Augen, sich dabei tief in mein Innerstes einbrannten. Lauren hatte ziemlich Probleme, den aggressiven Vampir unter Kontrolle zu halten und fluchte laut. Ich bemerkte, wie ich bei dem Anblick unbewusst den Atem angehalten hatte und ließ nun langsam wieder Luft in meine Lunge strömen. Ich konnte noch nicht recht begreifen, was soeben geschehen war, als die Dame Orochi meinem alten Freund zu Hilfe eilte. Wobei „eilte" nicht ganz richtig war. Sie lief in aller Ruhe zu ihm herüber, zog aus ihren weiten Ärmeln ein Papier, auf dem sich mit schwarzer Tusche geschriebene Schriftzeichen befanden und platzierte es auf Avalons Brust. Von einem Augenblick auf den anderen erschlaffte plötzlich dessen Körper und Lauren konnte Avalon zu Boden drücken.

„Lauren?", fragte ich mit zitternder Stimme, überrascht, wo mein alter Freund so schnell hergekommen war.

Der Vampir hob den Blick und sah mich erschrocken an. „Was zum Teufel ...? Was ist passiert? Ich bin gerade erst eingetreten, da sah ich, wie er dich angegriffen hat. Und das vor allen Anwesenden! Ist er etwa verrückt geworden?"

Bei diesen Worten fiel mir wieder ein, dass wir nicht allein waren. Viele der Umstehenden waren aufgesprungen und sahen nun verwirrt und sprachlos zu uns herüber. Dann spürte ich plötzlich eine Hand auf meiner Schulter und sah auf. Es war Sefraim. Neben ihm stand die Herrin von Tokyo und musterte den am Boden liegenden Avalon skeptisch.

„Was ist mit ihm?", flüsterte ich mehr, als ich sagte.

Der alte Vampir schüttelte den Kopf. „Ich hatte gehofft, dass du mir vielleicht Aufschluss darüber geben könntest. Ist irgendetwas im Kampf mit der Dämonenkönigin passiert, dass ihn so verändert haben könnte?"

Ich blickte auf meinen bewusstlosen Meister herunter und konnte es kaum ertragen, ihn so zu sehen. Angestrengt dachte ich nach. Plötzlich fiel mir wieder etwas ein. Ich nickte besorgt.

„Kurz vor ihrem Ende … Hat die Dämonenkönigin Avalon mit einer Kugel aus Dunkelheit getroffen, die eigentlich für mich bestimmt gewesen war. Für einen Augenblick meinte ich, Dunkelheit in seinen Augen zu sehen, wie ich sie auch bemerkt habe, kurz bevor er mich angegriffen hatte."

Die Herrin von Tokyo rieb sich nachdenklich das Kinn. „Die Mutter der Nacht könnte ihn mit etwas infiziert haben. Eine Art Abschiedsgeschenk von ihr, damit man sie gut in Erinnerung behält. Wenn der Samen der Dunkelheit sich erst einmal in ihm festgesetzt hat und anfängt zu keimen dann …"

Sefraim unterbrach sie mit einer Handbewegung. „Das hier ist nicht der richtige Ort für solch eine Diskussion. Heute wollen wir den Toten gedenken." Er drehte sich um und ich bemerkte Onishi die plötzlich hinter ihm stand. „Hilf den jungen Lauren hier Avalon angemessen zu verwahren. Am besten bringt ihr ihn nach Bagdad. Ich werde mich mit ihm beschäftigen, sobald ich kann."

„Ich werde mit ihnen gehen", sagte ich mit zitternder Stimme und der alte Vampir sah mich fragend an.

„Meinst du, dass das so eine gute Idee ist? Du solltest hierbleiben und den Schock erst einmal verdauen. Er wird eine Weile sowieso nicht zu sich kommen."

Als ich zögerte, hörte ich die Dame Orochi neben mir laut seufzen. „Er hat recht, Vida. Bleib hier und komm später nach. Ich werde mit ihnen gehen und sehen, was sich machen lässt. Schließlich ist das mein Fachgebiet."

Erst wollte ich darauf bestehen, sie zu begleiten, aber dann nickte ich widerwillig. „Also gut, wenn ihr meint …"

„Eine weiße Entscheidung." Sefraim nickte Onishi zu und gemeinsam mit der Dame Orochi gingen sie zu Lauren herüber, der sich den bewusstlosen Avalon auf die Schultern geladen hatte.

„Wohin?", fragte mein alter Freund, während die Leibwächterin der alten Dame die Hand auf die Schultern legte.

„Folge einfach meiner Teleportationsspur", war alles, was sie sagte, dann löste sie sich in schwarzen Nebel auf. Lauren folgte ihr wenig später. Dabei sah er mich mitleidig und gleichzeitig wissend an, so als hätten sich seine Vermutungen über Avalon nun bestätigt. Ich bemerkte, wie ich bei diesem Blick abwehrend das Gesicht verzog.

Währenddessen hatte sich eine Totenstille über die Gesellschaft gelegt und als ich mich schließlich durchringen konnte, mich neben Kira niederzulassen, fühlte ich mich wie in Watte gepackt. Alles erschien dumpf und abgeschwächt. Auch wenn wir gewonnen hatten, fühlte sich der Sieg nicht so glorreich und erleichternd an, wie ich gedacht hatte. *Das Ende eines Krieges macht einen erst bewusst, was man am Anfang nicht sehen wollte. Im Krieg gibt es keinen Sieger, sondern nur Verlierer. Nur verlieren manche mehr als andere.* Die Gestaltwandlerin sagte etwas zu mir und ich konnte Wärme und Mitleid in ihrer Stimme hören, aber ihre Worte gingen in mir unter, wie ein Schiff, dass von stürmischen Wellen in die

Tiefen des Meeres gezogen wurde und nicht mehr davon auftauchte.

Kapitel 15: Blutrausch

Nachdem die Andacht geendet hatte, musste ich mich zurückhalten, mich nicht sofort aus dem Zelt heraus zu teleportieren. Ich wollte mich schon mit den anderen Gästen auf den Weg nach draußen machen, als Sefraim mich noch einmal zu sich winkte. Er und die anderen Ratsmitglieder musterten mich neugierig.

„Avalons Zustand ist mehr als besorgniserregend", setzte der alte Vampir an. „Ich würde gerne von dir wissen, Vida, was genau sich auf der anderen Seite der Barriere zwischen dir und der Dämonenkönigin abgespielt hatte." Er überkreuzte beim Sprechen die Arme vor der Brust und sein Blick wurde ernst. „Außerdem muss ich sagen, dass es töricht von euch war, einfach aus eigener Sache zu handeln. Nun, wir haben gesiegt und ich will nicht weiter darauf herumreiten, aber als ein zukünftiges Mitglied des Zwielichts erwarte ich von dir, dass du den Befehlen des Rates folge leistest."

Hina verzog bei diesen Worten belustigt den Mund. „Wahrscheinlich darfst du dich bei Avalon dafür bedanken. Er wird sich und das Silberblut auf die andere Seite teleportiert haben. Geschieht ihm ganz recht, dass er dafür nun die Quittung erhält."

Ich konnte nicht verhindern, dass mir bei diesen Worten der Zorn durch die Adern schloss. „Ich selbst bin es gewesen, die sich durch den Riss in die Anderswelt teleportiert hatte! Avalon war mir nur gefolgt, um euren Befehlen zu folgen, mich zu unterstützen. Er hat es weder verdient, noch war es seine Schuld gewesen, dass sein Geist von der Dämonenkönigin verdreht wurde!"

Bei dem letzten Satz funkelte ich Hina wütend an. Die Verwalterin zuckte nur hochnäsig mit den Schultern, worauf ich mich anhalten musste, dass mir nicht die Sicherung durchbrannte und ich mich auf sie stürzte. Sefraim bemerkte wohl meinen heiklen Gemütszustand und trat kurzerhand zwischen mich und die kleine Vampirin. „Du kannst also endlich teleportieren?"

Ich beantwortete seine Frage mit einem Nicken. Dass ich es sogar geschafft hatte, durch die Zeit zu teleportieren, verschwieg ich jedoch lieber. Wer weiß, was der Verbundsrat dann von mir verlangen würde. Außerdem wusste ich selbst nicht so recht, wie ich es überhaupt angestellt hatte. Aber selbst, wenn ich es noch einmal versuchen sollte, flüsterte eine Stimme in meinem Inneren mir zu, dass ich vorsichtig mit dieser neuen Kraft umgehen sollte. Wer weiß, was passieren würde oder was für Auswirkungen es hätte, die Vergangenheit zu verändern, die noch deutlich weiter zurückliegt als die paar Minuten, die ich damals zurückgesprungen bin. Es könnten Dinge in Gang gesetzt werden, dessen Auswirkungen wir niemals in der Lage wären, vorherzusehen.

„Das freut mich, Vida. Und natürlich wissen wir, dass Avalon selbst keine Schuld an seinem Zustand trifft. Wir alle sind bestürzt aufgrund des Verhaltens meines Enkels, das kannst du uns glauben."

Ich bezweifelte, dass Hina auch nur ansatzweise so etwas wie Mitleid für meinen Meister empfand, aber ich wollte die ganze Sache auch nicht noch komplizierte machen. Widerwillig nickte ich schließlich.

Die Herrin von Venedig seufzte daraufhin angestrengt. „Wenn du uns nun genauer erzählen könntest, was dort in den Eingeweiden der Anderswelt passiert ist? Es würde auch zu Avalons Vorteil sein. Vielleicht ergibt sich daraus eine Lösung für seinen untypisches Verhalten."

Ich verengte misstrauisch die Augen. Vielleicht lag es nun daran, dass ich eine Vampirin war, aber irgendwie kam es mir so vor, als würde Donna Ferrana sich weniger um Avalon kümmern als um die Informationen, die sie von mir haben wollte. Aber was hatte ich schon für eine Wahl? Wenn sie Avalon dadurch vielleicht helfen konnten, musste ich ihnen auch jenes ach so kleinste Detail meiner Begegnung mit der Mutter der Nacht erzählen. Und so begann ich schließlich. Die Verbundratsmitglieder hörten mir schweigend zu, während ich ihnen berichtete. Ich endete schließlich damit wie ich und Avalon durch den Hühnergott wieder in die Menschenwelt gelangt sind. Einen kurzen Moment danach herrschte Stille, dann bemerkte ich, wie Artemis ehrfürchtig das Haupt schüttelte. „Ich wünschte, ich wäre dort gewesen. Die Dämonenkönigin muss eine starke Gegnerin sein, wenn sie die Macht hatte, unsere Angriffe zu absorbieren."

Ich hörte neben mir, wie Badrik belustigt auflachte. „Tut mir leid, meine Liebe, aber du hättest diese Begegnung mit Sicherheit nicht überlebt. Wenn der Sonnenkönig nicht auf unserer Seite gewesen wäre, würden wir alle jetzt wahrscheinlich nicht mehr hier sitzen. Nur Vida war dazu in der Lage gewesen, ihn zu befreien. Wir sollten uns bewusst machen, wie knapp wir einer Auslöschung entkommen sind. Auch wenn die Grenze nun nicht mehr passierbar ist, sollten wir uns nicht in Sicherheit wiegen. Ich wette, dass durch den Riss nicht nur die Soldaten der Dämonenkönigin ins Diesseits gekommen sind. Schatten haben sich unbemerkt eingeschlichen, die nur darauf warten, Menschen und andere schwache Wesen zu befallen. Und diese werden sich nicht von den Gesetzen des Zwielichts in die Schranken weisen lassen. Die Wächter werden erst einmal noch alle Hände voll zu tun haben, die Nachwehen dieser Schlacht zu behandeln. Das wird ziemlich viel Papierkram geben."

Ich hörte dem schmächtigen Vampir nur auf einem Ohr zu. Ungeduldig blickte ich zu Sefraim herüber. „Kann ich jetzt gehen?"

Der alte Vampir nickte verständnisvoll. „Natürlich. Geh nur. Ich werde bald nachkommen. In Bagdad werden wir noch Zeit genug haben, um uns zu unterhalten."

Ohne mich zu fragen, was Sefraim noch mit mir bereden wollte, machte ich eilig kehrt und lief aus dem Zelt heraus. Nachdem ich die Container wiedergefunden hatte, in denen ich und Avalon unsere Rüstungen angezogen hatten, wusch ich mir dort den Staub und das getrocknete Blut ab und zog mich hastig um. Als ich fertig war, teleportierte ich mich ohne Umschweif in Sefraims Palast nach Bagdad. Ich musste nicht lange warten. Kaum ein Augenblick verging, als ich in dem riesigen Audienzsaal von der Leibwächterin meines Großvaters abgeholt wurde. Das ungewöhnlich stille Verhalten der Vampirin und ihr mitleidiger Blick ließen meine Sorge um meinen Meister dabei stetig anwachsen. Onishi brachte mich schließlich zu einer grimmig aussehenden Dame Orochi, die mich mit einem kurzen Grunzen begrüßte und dann in den Ritualraum unter Sefraims Schloss führte. Die vielen Kerzen in der großen Höhle erleuchteten die hohen Decken und warfen gespenstische Schatten und die kargen Wände. Ich hatte keine guten Erinnerungen an diesen Ort, sollte ich doch das letzte Mal, als ich hier gewesen war, von Sefraim zu einer Vampirin gemacht werden, da Avalon mich verlassen hatte. Doch dann wurde ich von Serezar in die Anderswelt entführt, was zwar die Zeremonie der Neugeburt unterbrach, mich jedoch auch in die sadistischen Hände des Halbteufels geraten ließ. Meine Gedanken an diese Zeit wurden jedoch auf einen Schlag unterbrochen, als ich kurz darauf im Schein der tanzenden Flammen das Ziel meines Besuchs hier erkannte. Erschrocken keuchte ich auf. Avalon stand dort auf der runden mit

Schriftzeichen verzierten Steinplatte. Wie das letzte Mal standen fünf Obelisken kreisförmig darum, verziert mit den fremdartigen, alten Runen einer alten Kultur. Der Vampir trug nur eine schwarze, zerrissene Hose und sein seidiges Haar war völlig zerzaust. Die Arme hielt er ausgestreckt, umwickelt von feinen Drahtseilen, die auch den Rest seines Körpers an Ort und Stelle fixierten. Das Ende der Fesseln war um die riesigen Steine am Rande der Plattform gewickelt worden. Eine Vielzahl an Bannzettel hing an den Drahtseilen und es sah aus, als hätte der Vampir sich in einem riesigen Spinnennetz davon verfangen. An seinem Hals und an seinem Armen hatten sich die feinen Seile tief in sein Fleisch geschnitten und mir wurde bewusst, dass es sich hier um magische Fesseln handeln musste, wenn sie es schafften, die widerstandsfähige Haut eines Vampirs zu durchdringen. Avalons Blut war im gesamten Raum zu riechen und schmerzte brennend in meiner ausgetrockneten Kehle. Mit starrem Blick sah er zu uns herüber und folgte, ohne zu blinzeln, jeder unserer Bewegungen. Wir gingen langsam näher.

„Hat er Schmerzen?", fragte ich die Herrin von Tokyo besorgt. Doch diese schüttelte den Kopf.

„Ich weiß es nicht. Eigentlich sollten die Bannzettel seine Vampirkräfte unterdrücken. Genau genommen sollte er nicht einmal den kleinen Zehen bewegen können. Aber seine Macht, genährt durch dein Silberblut, ist zu stark. Er kämpft dagegen an."

Als wir am Rand des Steinkreises ankamen, regte der Vampir sich plötzlich. Ich konnte sehen, wie er mit einem emotionslosen, starren Ausdruck auf seinem Gesicht versuchte, sich gegen die Fesseln aufzubäumen. Auf einmal fing einer der Bannzettel Feuer und verbrannte zu Staub. Entsetzt sah ich zu Avalon herüber, während die Dame Orochi schnell einen weiteren Bannzetteln aus ihrem weiten Ärmel holte und ihn mit einer gezielten Bewegung dorthin warf, wo der andere gerade verbrannt war. Durch ihre Zauberei blieb das Stück Papier, beschriftet mit japanischen Schriftzeichen aus Tusche, wie von Geisterhand dort hängen. Die alte Frau seufzte.

„Wenn das so weitergeht, wird er sich noch irgendwann losreißen. Ich weiß nicht, was ich noch tun kann. Es ist kein Fluch, der ihn befallen hat. Die Dämonenkönigin hat ihn manipuliert. Vielleicht hat sie seine Erinnerungen verdreht. Aber solange wir nicht in seinen Kopf kommen, sehe ich keine Chance, mehr zu erfahren. Ich schätze, er wird nicht eher Ruhe geben, bis er dich getötet hat."

Ihre Worte hinterließen in meinem Mund einen bitteren Nachgeschmack. Frustriert ballte ich die Hände zur Faust. Die Ohnmacht, die ich gerade empfand, ließ mich keinen klaren Gedanken fassen. Stattdessen ließ ich meine Gefühle die Oberhand gewinnen und setzte einen Fuß auf die Steinplatte. Avalon begann daraufhin leise zu knurren, bewegte sich jedoch nicht mehr.

„Vida? Was tust du da?", fragte die Herrin von Tokyo besorgt. Doch ich antwortete ihr nicht. Stattdessen bahnte ich mir meinen Weg durch die Drahtseile, bis ich direkt vor ihm stand. Avalons kalter Blick durchbohrte mich, als könnte er mich allein dadurch umbringen.

„Sei vorsichtig!", hörte ich die Herrin von Tokyo hinter mir rufen, aber ich ignorierte sie einfach. Mein Herz war im Angesicht des Vampirs vor mir so gefüllt von Reue und Verzweiflung, dass es schwer, wie ein Stein, in meiner Brust hing.

„Es tut mir so leid", flüsterte ich seiner steinernen Maske entgegen. Dann stellte ich mich auf die Zehenspitzen und küsste Avalon. Seine Lippen fühlten sich hart an, als stünden sie unter großer Anspannung. Aber auch hier gab es keine

Reaktion. Seine Augen blieben leer und ohne Regung. Dann bäumte er sich plötzlich erneut gegen seine Fesseln und ich ging vorsichtig einen Schritt zurück. Konzentriert schloss ich die Augen und versuchte, zu seinem Geist durchzudringen, aber es war unmöglich. Eine Wand aus dichtem Nebel umgab ihn, der drohte mich zu verschlingen, wenn ich zu lange blieb. Plötzlich kam mir eine Idee. Ich sah wieder zu dem Vampir vor mir auf. „Es gibt einen Weg zu ihm durchzudringen und herauszufinden was mit ihm los ist."

„Und was für einen?", hörte ich die Stimme der Dame Orochi hinter mir fragen.

Mit einem freundlosen Lächeln drehte ich mich zu ihr um. „Blut lügt nicht, oder?"

Kurz starrte sie mich entgeistert an, dann schüttelte sie entschieden den Kopf. „Du kannst nicht von ihm trinken, Vida. Ausgeschlossen. Was die Dämonenkönigin auch mit ihm gemacht hat, es blockiert sein wahres Ich. Sein Geist ist zu weit entfernt. Du kannst nicht zu ihm vordringen. Im schlimmsten Fall wirst du selbst von dem Nebel befallen."

„Ich weiß", erwiderte ich traurig. „Deswegen werde ich ihn einladen, zu mir zu kommen."

„Nein!", rief die Dame Orochi aufgebracht. „Er könnte dich verschlingen, Vida. Er wird versuchen, deinen Geist zu übernehmen. Tu das nicht! Das Risiko ist zu hoch."

„Es tut mir leid, aber ich kann nicht anders", sagte ich nur, dann legte ich den Kopf zur Seite und schnitt mir mit dem Fingernagel der linken Hand in den Hals. Sobald mein silbernes Blut hervortrat, sah ich plötzlich etwas Leben in Avalons toten Augen aufleuchten. Er bleckte die Zähne. Ich wusste nicht, was mich erwarten würde, aber ich wusste auch, dass es sonst keine andere Möglichkeit gab, den Vampir zu erreichen.

„Sefraim würde das niemals gutheißen", erinnerte mich die Schlangenfrau.

„Ich weiß. Aber er wird es verstehen."

Ich trat näher zu ihm heran. Der Vampir in ihm hatte Hunger und so zögerte er keinen Augenblick, als ich ihm meine Halsbeuge präsentierte. Seine Zähne gruben sich in tief in meinen Hals und ich schloss schmerzverzerrt die Augen.

„Ich finde dich", flüsterte ich und legte meine Arme zärtlich um ihn. Als ich die Augen schloss, spürte ich, wie sich etwas in mein Bewusstsein drängte. Der Schatten, der sich Avalon bemächtigt hatte, hatte meine Einladung angenommen. Und er musste noch nicht einmal warten, bis ich ihn hineinließ. Mein Blut war der Schlüssel zu meinem Geist und der Vampir, der es trank, konnte sich ihm mit Leichtigkeit bedienen. Ich schloss die Augen und spürte, wie sich etwas über mich hinwegsetzte wie ein Vogel, der seine Schwingen ausbreitete und seinen Schatten über mein Gesicht gleiten ließ. Meine Knie gaben nach, aber ich kam nicht auf dem Gesteinsboden hinter mir auf. Stattdessen fiel ich immer weiter. Dann, es könnten mittlerweile Stunden oder Jahre vergangen sein, setzte ich plötzlich auf. Der Aufprall war sanft und alles andere als unangenehm. Erst sah ich nichts um mich herum als Dunkelheit, dann konnte ich langsam einzelne Schemen ausmachen. Als ich erkannte, wo ich war, sog ich scharf die Luft ein. Es war das alte Herrenhaus, das ich damals mit Meister Irvin und Marien bewohnt hatte. Natürlich wusste ich, dass ich mich nicht wirklich davor befand. Es waren meine Erinnerungen, wie es damals ausgesehen hatte, bevor ich gezwungen wurde, es zu verlassen. Das Haus vor mir wurde von der untergehenden Sonne in ein sanftes Licht gehüllt. Die Rosen vor den Fenstern blühten in voller Pracht und das Gras war saftig und grün. Die Temperatur war angenehm warm. Es kam mir vor, als würde jeden Augenblick

Marien die Haustür öffnen und mich tadeln, warum ich so lange mit den Einkäufen gebraucht hatte. Für einen Augenblick formte mir die bloße Vorstellung daran ein Lächeln auf das Gesicht, bis mir auf einmal einfiel, dass sie tot war und ich sie nie wieder sehen würde. Der Gedanke schmerzte mich tief und als sich dann tatsächlich plötzlich die schwere Tür vor mir öffnete, glaubte ich für einen kurzen Moment, Mariens langes braunes Haar zu sehen, das im Schein der Sonne fast schon kupfern glitzerte. Doch die Erinnerung verschwand und Avalon stand auf einmal an ihrer Stelle, oder besser gesagt das, was von ihm Besitz ergriffen hatte. Die Augen des Vampirs waren voller Schwärze und erinnerten mich an die Augen eines Teufels. Ein schiefes Lachen war auf seinem Gesicht zu sehen, als er zur Seite trat und mir mit einer Handbewegung zu verstehen gab, einzutreten. Dann verschwand er im Inneren. Für eine Sekunde zögerte ich, unschlüssig, ob ich ihm folgen sollte, doch meine Entscheidung wurde mir sogleich abgenommen. Das Haus und der Eingang kamen plötzlich auf mich zu und verschluckten mich einfach. Ehe ich es mich versah, raste der Flur, dann das Esszimmer blitzschnell an mir vorbei. Dann, auf einen Schlag, stoppte alles. Als ich den ersten Schock überwunden hatte, blickte ich mich vorsichtig um. Ich befand mich in Meister Irvins Bibliothek, die noch genauso aussah, wie vor dem Tod des Vampirs. Gerade als ich mich fragte, warum Avalon sich gerade diesen Ort aus meinen Erinnerungen ausgesucht hatte, trat etwas aus dem Schatten heraus. Die Gestalt meines Meisters schälte sich vor mir aus der Dunkelheit und grinste mich mit dem gleichen schiefen Lächeln an, wie zuvor. Ich wusste sofort, dass die Aura, die ihn umgab, nichts mit dem Vampir, den ich kannte, gemeinsam hatte.

„Wer bist du? Was hast du mit meinem Meister gemacht?", fragte ich ihn geradeaus.

Das Phantom lachte nur. „Was ist los Vida? Erkennst du mich denn nicht?"

Misstrauisch verengte ich die Augen. Dann streckte ich vorsichtig meinen Geist nach dem Wesen aus. Was ich spürte, kam mir erschreckenderweise sehr bekannt vor. Ich fühlte mich, als würde ich vor einem tiefen Abgrund ohne Boden zu stehen, während ich gegen den Sog kämpfte, der mich in den Tod stürzen lassen wollte.

„Du bist … Die Dämonenkönigin?"

Die Mutter der Nacht nickte, immer noch mit dem gleichen breiten Grinsen. „So schnell sehen wir uns wieder, Vida. Vampirin, Silberblut, Dämonenschlächterin und Tochter des Chaos. Du trägst wahrlich viele Namen. Ich hoffe, du hast mich vermisst?"

Ungläubig machte ich einen Schritt zurück. „Aber … Ich habe gesehen, wie du zusammen mit dem König der Lichten in den Kern gestürzt bist! Deine Energie wurde dir genommen. Du wurdest ausgelöscht!"

Die Anführerin der Dämonen wurde auf einen Schlag ernst. „Ausgelöscht? Niemand kann mich auslöschen, Vida. Die Dunkelheit hört nicht auf zu existieren, also tue ich es auch nicht. Auch wenn es wieder einige Zeit gedauert hätte, einen Körper zu formen. Aber zum Glück musste ich das überhaupt nicht. Mit meinem letzten Angriff habe ich einen Teil von mir auf deinen Vampirfreund übertragen, für den Fall, dass ihr es mithilfe des Lichtkönigs schaffen würdet, mich aufzuhalten. Auch wenn ich zugeben muss, dass ich es eigentlich auf dich abgesehen hatte. Aber letztendlich war es egal. Jetzt habe ich dich schließlich ebenfalls in meiner Macht. Avalons Vampirkräfte machen es mir fast schon zu leicht."

Fassungslos starrte ich sie bei diesen Worten an. „Und was hast du jetzt vor? Willst du noch immer das Diesseits einnehmen? Allein?"

Die Dämonenkönigin lachte boshaft. Es war verwirrend sie durch Avalons Körper und mit seiner Stimme sprechen zu hören. „Ich bin hier. Das Wie ist dabei völlig egal. Auch wenn ich es anders geplant hatte, kann ich durch euch beide weitere Wesen des Zwielichts und der Menschenwelt befallen. Schon bald wird der Geist eines jeden Geschöpfes hier von mir beherrscht werden. Keiner kann mir entfliehen. Und wenn ich erst einmal Sefraim in meiner Gewalt habe, werde ich genug meiner alten Macht besitzen, um die Barriere wieder zu öffnen. Und dann wird meine Welt, die eure endgültig verschlingen."

„Wer sagt, dass ich dich so einfach gehen lasse?", fragte ich sie herausfordernd, obwohl ich nicht genau wusste, wie ich das überhaupt anstellen sollte. „Ich ..."

„Ach bitte", fiel mir die Dämonenkönigin ins Wort. „Das hatten wir doch schon. Selbst wenn du so stark wärst mich aus deinem Geist zu verbannen, was, nebenbei gesagt, die Tatsache, dass der Vampirkörper, den ich besetze, von deinem Blut getrunken hat, unmöglich macht, wirst du Avalon nicht töten können. Denn um mich aufzuhalten, müsstest du genau das tun."

Ich wusste nicht, was ich ihr bei diesen Worten antworten sollte. Wenn ich darüber nachdachte, sah es tatsächlich nicht gerade rosig für uns aus.

„Ich weiß nun alles über dich. Jedes noch so kleine Geheimnis liegt für mich offen da. Macht dir das keine Angst?", setzte sie weiter nach.

„Wo ist er?", fragte ich erneut. Die Mutter der Nacht schüttelte grinsend den Kopf.

„An einem Ort, tief in seinem Bewusstsein. Er hat dagegen angekämpft, aber letztendlich musste er mir Platz machen. Und je weiter ich wachse, desto mehr werde ich von ihm verschlingen. Und ich muss schon sagen ... Das, was ich bisher gesehen habe, wahr wahrlich köstlich anzusehen."

„Was soll das heißen?"

„Ach ja, er hat es dir ja nie erzählt. Avalons kleines Geheimnis." Sie kicherte amüsiert. „Wie häufig seine Schülerin ihn an die Grenze seiner Willenskraft getrieben hat, ist fast schon genauso lächerlich wie erstaunlich. So oft wie er kurz davor war, dir dein Leben zu nehmen, grenzt es fast an ein Wunder, dass du noch hier bist. Dein Silberblut hat ihn langsam immer weiter eingenommen, zunächst ohne, dass er es gemerkt hatte. Seine Arroganz ließ es nicht zu. Er dachte, alles unter Kontrolle zu haben, doch er unterschätzte dein Silberblut, wie so viele vor ihm." Die Gestalt vor mir kicherte amüsiert. „Als du in der Anderswelt gefangen warst und der Einfluss des Silberbluts auf ihn schwand, wurde es ihm vollkommen bewusst. Er ist wie all die anderen vor ihm auf dich hereingefallen. Wie in deinen früheren Leben auch, kommst du in einer hübschen Verpackung und siehst ganz unschuldig aus. Aber in Wirklichkeit willst du die Wesen der Dunkelheit damit in die Falle locken. Du gabst deine ganze Energie als Elementar auf, um mich aufzuhalten. Uns so ist es noch immer. Als Mensch hattest du die Gier meiner Kinder ausgenutzt, um sie von innen heraus zu zerstören. Und als die Zeit reif war, konnte sich deine wahre Macht entfalten und du hast meine Kinder einen nach dem anderen ausgelöscht. Avalon wurde dieser Tatsache bewusst, als der Elementar Sturm euch deine Geschichte erzählt hat. Es war ihm klar, dass du ihn früher oder später dazu treiben wirst, sich selbst zu vergessen und ihn damit zu einer nach Blut geifernden Bestie mutieren lassen würdest. Aber gleichzeitig konnte er seine eigene Schwäche dir gegenüber nicht zu geben. Wie unglaublich töricht von ihm. Und dann riskiert er es auch noch, dich zu einer Vampirin zu machen und erneut von dir zu trinken – ein letztes Mal. Aber hoch zu Pokern liegt wohl in seiner Natur."

Geschockt starrte ich sie für einen Moment nur an. „Das … das ist nicht wahr … Du lügst! Ich würde nie …"

„Verstehst du nicht? Dein Bewusstsein spielt hier keine Rolle. Es ist der Wille mich aufzuhalten, der Wunsch nach natürlicher Balance, nach Chaos, der sich verselbstständigt hat. Du weißt, dass ich die Wahrheit spreche. Du hast es doch eigentlich immer gewusst, Vida, oder?

Sie hat recht, schoss es mir durch den Kopf. Es macht alles Sinn … Und das war auch der Grund, warum Avalon mich nicht von ihm trinken lassen wollte. Er hatte Angst, dass ihn mein Blut von innen heraus verschlingt. Weil er wusste, dass meine Nähe zu ihm eine zu große Versuchung für ihn sein würde. Und ich habe es nicht bemerkt. Nichts davon. Mehr noch, ich habe mich noch daran ergötzt, dass es ihm so schwerfiel, nicht von mir zu trinken. Ich bin der Wolf im Schafspelz. Selbst jetzt noch als Vampir.

Die Nachtkönigin grinste hämisch. „Es war so leicht ihn dazu zu bringen, dich anzugreifen, dass es fast schon langweilig war. Und dieses Mal war es fast noch einfacher, als du ihn sogar freiwillig deinen Hals angeboten hattest. Hätte ich ihn nicht besessen, hätte er wohl in dem Moment, in dem dein Blut seine Kehle hinunterrann, endgültig den Verstand verloren. Das wäre dein sicheres Ende gewesen. Aber das konnte ich nicht zulassen. Denn dein Körper und deine Seele sind viel zu wertvoll, um sie derart zu verschwenden. Nur dein Bewusstsein brauche ich nicht."

Sprachlos beobachtete ich, wie die Anführerin der Dämonen nach diesen Worten in aller Ruhe zu einem Spiegel in der Ecke herüberlief, während sie einmal tief seufzte, als würde sie etwas betrachten, dass ihr missfiel. Dann streckte sie die Arme seitlich von sich. Plötzlich lösten sich aus den Schatten um uns herum runde Blasen heraus und sammelten sich um die Dämonenkönigin. Im nächsten Augenblick flogen sie auf den Körper meines Meisters zu und färbten ihn in ein tiefes Schwarz. Als sein ganzer Körper bedeckt war, sah ich, dass sein Äußeres sich veränderte. Vor mir stand nicht mehr die Gestalt Avalons, sondern die der Mutter der Nacht.

„Ah, so ist es gleich viel besser."

Ich folgte dem Geschehen nur mit halber Aufmerksamkeit. Die Worte der Dämonenkönigin waren in mir erst auf Unglauben gestoßen, dann jedoch langsam zur Gewissheit geworden. Denn sie würden Avalons Verhalten mir gegenüber in den letzten Wochen erklären. Mein Silberblut hatte ihn zu einem Süchtigen werden lassen. Oder zumindest war er kurz davor gewesen, zu einem zu werden. Ich schluckte schwer. *Und ich habe ihn jetzt auch noch von mir trinken lassen! Was habe ich nur angerichtet?*

Plötzlich spürte ich, wie lange Finger sich um mein Kinn schlossen. Die Dämonenkönigin stand vor mir, mit ihrem langen, öligen Haar und ihren gelben, leuchtenden Katzenaugen und zwang mich, ihr direkt in das Gesicht zu blicken.

„Du hast verloren, Vida. Sieh es endlich ein. Du kannst ihn genauso wenig retten, wie den Rest des Zwielichts. Ich werde dich verschlingen. Das ist dein Schicksal. Und weder der Lichtelementar noch Sefraim können dir jetzt noch helfen."

Eine tiefe Verzweiflung macht sich in mir breit. Hatte sie etwa recht? War alles verloren? Unsere Bemühungen und all das Leid völlig umsonst gewesen? Hatte ich gegen ein unausweichliches Schicksal gekämpft? Mich zu sehr auf die Kraft von anderen verlassen? Was könnte ich jetzt noch tun? Selbst wenn ich mit meiner Kraft in die Vergangenheit springen würde, würde es das Unausweichliche doch nur weiter hinauszögern? Der Wunsch, der in mir schlummert, würde all die Wesen, die nicht durch das Chaos erschaffen wurden, für alle Zeiten heimsuchen. Bin ich deswegen so weit gekommen?

War es überhaupt mein eigener Wunsch gewesen, dem Zwielicht anzugehören, oder war es das Chaos in meinen Adern, dass die Entscheidungen für mich getroffen hat? Irvin selbst hätte mich nach seinen Forschungen nicht aufgenommen, wenn ich nicht...

Nein!, schrie es plötzlich in mir auf. *Es gibt kein Schicksal! Keine Vorherbestimmung! Nur Entscheidungen. Und wenn ich mich hier und jetzt entscheiden würde aufzugeben, dann hört meine Geschichte hier auf. Aber wenn ich mich stattdessen entscheide, weiterzumachen, und mit meinem Willen die Wirklichkeit zu formen, dann wird genau das geschehen. Das hier bin ich. Sie ist der Eindringling. Mein ich ist stärker als ihres. All der Schmerz und das Leid, die mich durch jedes meiner Leben begleitet haben, haben etwas geschaffen, das noch stärker ist als die Dämonenkönigin oder das Chaos. Einen unbändigen Willen zu existieren, was es auch kostet.*

Plötzlich bildete sich ein Lächeln auf meinen Lippen. Die Mutter der Nacht sah mich kurz verwirrt an.

„Was ist los? Verlierst du langsam deinen Verstand?"

„Nein", antwortete ich mit fester Stimme. „Aber du solltest dich darauf vorbereiten gleich deinen zu verlieren."

„Was?"

„Wenn du in den Traum eines Vampirs eindringst, solltest du dir sicher sein, dass du ihn auch beherrschen kannst."

An ihren Augen sah ich, dass sie mich nicht verstand. Aber das würde sich bald ändern. Denn nun wusste ich, was ich zu tun hatte. Mein Wille, mein Bewusstsein war stärker als ihres und deswegen würde ich es schaffen, über sie zu triumphieren. Egal was oder wer ich war, oder was ich einst gewesen bin, es spielt nur eine Rolle, wenn ich es möchte. Hier in der Welt des Geistes zählte keine körperliche Kraft, keine physikalischen Gesetze. Die Regeln legte derjenige fest, dessen Geist der Überlegenere war. Auf einmal spürte ich, wie sich mein Körper veränderte. Tausende weiße Federn drangen plötzlich durch meine Haut. Die Realität folgte meinem Willen und ich verwandelte mich in Hunderte von weißen Krähen, die kreischend den Raum durchflogen. Die Mutter der Nacht fletschte aggressiv die Zähne, während sie verzweifelt versuchte, die Lage zu erfassen. Mein ich füllte den gesamten Raum um sie herum aus. Dann, langsam formte sich aus den Krähen eine neue Gestalt. Ein Wesen, ein Teil meines Ichs, der tief in mir verborgen war. Sie hatte eine helle, silberne Gestalt, wie das Licht des Mondes. Ihr langes Haar fiel wie ein Schleier um ihren Kopf. Ihre Augen waren von gelber Farbe und ihre Pupille zu einem schmalen Schlitz verengt.

„Du … Du hast deine Elementargestalt angenommen? Glaubst du etwa, damit könntest du irgendetwas ausrichten?"

Die Gestalt schüttelte den Kopf und grinste amüsiert. Sie entblößte dabei ihre spitzen Fangzähne.

„Ich bin kein Elementar mehr", antwortete ich gelassen. „Denn wie es seine Natur ist, hat der Vampir in mir alles verschlungen. Aber er hat dadurch etwas Neues erschaffen. Etwas viel Gefährlicheres."

Es kam mir vor, als würde ich mich selbst von außen sehen. Wie ich mich drohend über die Dämonenkönigin beugte, und meine Gestalt noch einmal transformierte. Sie wurde immer größer und ihre Züge immer dämonischer. Als ich den Blick der Mutter der Nacht sah, meinte ich blanke Angst in ihren Augen zu erkennen. Die Fänge der monströsen Gestalt fuhren blitzschnell hinab und packten die Mutter der Nacht. Ein dünnes Kreischen war zu hören, als die Dämonenkönigin zwischen den gewaltigen Kiefern meines anderen Ichs zermahlen wurde. Als ich sie herunterschluckte und ihre Überreste ihren Weg in meinen Magen fanden, spürte ich, wie sie sich in meinem innersten auflösten, bis nur noch ein kleiner Teil ihres Ichs übrig blieb. Sie hatte recht gehabt, völlig zerstören konnte ich sie nicht. Aber ich hatte die Macht diesen Teil in mir zu versiegeln, auf das er nie wieder an Stärke erlangen würde.

Erleichtert aber auch erschöpft verwandelte ich mich zurück zu meinem alten Ich und blickte mich wehmütig noch einmal in Irvins altem Arbeitszimmer um. Während ich begann in alten Erinnerungen zu schwelgen, spürte ich plötzlich, wie sich jemand anderes näherte. Diese Tatsache lenkte mich so sehr ab, dass das Traumkonstrukt um ich herum begann zu wanken und schließlich in sich zusammenbrach. Ein anderes Bewusstsein drängte sich in meinen Geist und ich wusste sofort, um wen es sich handelte. Avalon war erwacht. Und er würde nicht erfreut von dem sein, was er vorfinden würde.

Was für eine Ironie, dachte ich noch, während ich spürte, wie sich mein Bewusstsein darauf vorbereitete wieder in der Realität zu erwachen. *Die Dämonenkönigin ist nun endlich besiegt, aber was ich auch versucht habe, ich konnte Avalon nicht vor mir selbst retten. So gesehen scheine ich wirklich verflucht zu sein.*

Ich tauchte aus den vielen Schichten meines Traums auf und öffnete angestrengt die Augen. Zu meiner Überraschung blickte ich direkt in Avalons Gesicht. Es sah aus, als wäre es zu Stein erstarrte. Frei von jeglichen Fesseln und Bannzetteln starrte er zu mir herunter. Die Arme, auf denen ich ruhte, hielt er von sich ausgestreckt, als wüssten diese nicht, ob sie mich auffangen oder lieber vor mir zurückschrecken sollten. Mein Körper fühlte sich schwer und kraftlos an. Der Vampir, oder besser gesagt die Dämonenkönigin, musste mir recht viel von meinem Blut genommen haben, dass ich derart geschwächt war. Von meiner ursprünglichen Position an seiner Schulter war ich ein ganzes Stück nach unten gerutscht. Mein Kopf lehnte schwer an Avalons Bauch. Die Augen des Vampirs leuchteten in einem stechenden Rot und von seinen

Mundwinkeln rann ein Tropfen von meinem Silberschimmernden Blut herunter. Ungläubig starrte er mich an, als könnte er nicht begreifen, was soeben geschehen war.

„Was hast du getan?", flüsterte er fast schon anklagend.

Ich lächelte schwach. „Ich hatte keine andere Wahl. Sonst hätte die Dämonenkönigin weiterhin von dir Besitz ergriffen", antwortete ich leise.

„Närrin!", hörte ich ihn aufgebracht erwidern, dann sank er plötzlich auf die Knie und drückt mich enger an sich. „Du weißt nicht, was du getan hast", flüsterte er mir ins Ohr. Eigentlich hätte ich bei diesen Worten Besorgtheit verspüren müssen, doch das tat ich nicht. Stattdessen genoss ich für einen Moment die Nähe zwischen uns und sog begierig seinen köstlichen Duft ein. Dann fiel mir auf einmal auf, wie sein Atem immer schwerer wurde. Als ich Avalon in die Augen blickte, erkannte ich in ihnen, wie das Verlangen drohte, die Oberhand zu gewinnen. Ich wusste, dass er gerade dagegen ankämpfte, sich nicht im Blutrausch zu verlieren. Und es war ein Kampf, den er früher oder später verlieren würde. Die Sucht nach meinem Blut hatte nun eine gefährliche Grenze überschritten. Ab jetzt würde er ihr immer schneller verfallen, bis es ihn letztendlich vollkommen verzehren würde. Und auf dem Höhepunkt seines Wahns würde er mich töten.

Ich beobachtete, wie er näherkam und langsam seine schmalen Lippen öffnete. Avalons heißer Atem ließ mich erschaudern, aber nicht vor Angst, nein, ich verspürte bei den Gedanken daran, wie er von mir trinken würde, eine süße Sehnsucht an die Tage aufsteigen, als ich noch ein Mensch gewesen war. Seine Zunge strich dabei hungrig über meine Halsbeuge. Mein Körper war schwach und wie gelähmt. Wenn ich es nicht bald schaffen würde, einen gehörigen Abstand zwischen mir und Avalon zu bringen, würde das mein Ende bedeuten. Doch mein Körper gehorchte mir nicht. Ich spürte den verzweifelten inneren Kampf, den Avalon gerade in sich austrug und wünschte, dass ich ihm irgendwie helfen könnte. Aber gleichzeitig wusste ich, dass ich ihn letzten Endes sowieso nicht hätte verlassen können. Ich konnte nur hoffen, dass Avalon mir meine Selbstsucht irgendwann verzeihen würde. Aber immerhin würde ich so zu einem Teil von ihm werden. Und es war ein passendes Ende für ein Silberblut. Tragisch und viel zu früh. Ich schloss die Augen und spürte, wie Avalons Zähne sich unerbittlich in meine Kehle gruben. Ich sah mein Ende schon vor mir, als der Vampir plötzlich mit einem Ruck von mir weggezogen wurde. Sein Körper prallte mit einem so lauten Krachen gegen die gegenüberliegende Gesteinswand, dass der Boden unter mir erbebte. Meine Sicht trübte langsam ein, aber ich meinte Sefraim zu erkennen, wie er mit erhobener Hand vor meinem Meister zum Stehen kam und ihn mit seinen telekinetischen Fähigkeiten weiter an der Wand fixiert hielt. Der Vampir wehrte sich nicht gegen die grobe Behandlung. Dann spürte ich plötzlich, wie mir jemand ein Glas mit Blut an die Lippen setzte. Benommen sah ich auf. Ich erkannte Onishi, wie sie über mich gebeugt kniete und mich besorgt musterte. Gierig trank ich die rote Flüssigkeit und bemerkte, wie augenblicklich die Kraft in meine Glieder wiederkehrte. Meine zerfetzte Kehle begann sich zu schließen und schon bald spannt sich rosige, frische Haut über meinen Hals. Als ich alles ausgetrunken hatte, konnte ich mich schon wieder ohne Hilfe aufrichten. Die Leibwächterin nickte zufrieden. Im selben Moment trat die Dame Orochi zu mir heran. Ihre alten Augen musterten mich streng an.

„Gib mir dein Blut", sagte sie scharf. Als ich sie für einen kurzen Moment verwirrt anstarrte, setzte sie erneut an.

„Ein kleiner Schnitt wird reichen." Die Herrin von Tokyo wedelte auffordernd mit ihrer Hand.

Gehorsam, wenn auch immer noch verwirrt darüber, was sie vorhatte, schnitt ich mir mit meinem Fingernagel in den Unterarm. Da mein Körper fast leergesaugt war, trat nur wenig Blut aus der Wunde hervor.

„Reicht das?"

Ohne mir zu antworten, legte die Herrin von Tokyo ihren Zeigefinger auf die Wunde. In der anderen hielt sie ein weißes, rechteckiges Blatt Papier. Schließlich kniete sie auf dem Boden und schrieb mit meinem Blut japanische Schriftzeichen auf die weiße Oberfläche. Als sie fertig war, richtete sie sich stöhnend wieder auf und hielt sich dabei fluchend den Rücken. Dann näherte sie sich Sefraim und Avalon und warf mit Schwung den Bannzettel auf den an der Wand fixierten Vampir. Dieser traf Avalon am Hals. Auf einmal brach im Ritualraum wie aus dem Nichts ein Sturm los, der erbarmungslos an uns zehrte. Ich sah, wie sich plötzlich die Haarnadel der Dame Orochi löste und ihr langes schwarzes mit grauen Strähnen durchzogenes Haar im Wind umher peitschte. Schwarze Blitze gingen von dem Bannzettel aus und ich sah, wie Avalon schmerzverzerrt den Mund verzog. Ich wollte schon zu ihm laufen, als mich Onishi mit einem Kopfschütteln zurückhielt.

„Lass mich los!", schrie ich gegen den Sturm an, doch die Leibwächterin lockerte ihren Griff um keinen Millimeter. Hilflos musste ich zusehen, wie Avalon still litt. Dann erhob die Herrin von Tokyo die ersten drei Finger ihrer rechten Hand und rief: „Cho no jumon!"

Der Bannzettel fing an, in Flammen aufzugehen, und zu Staub zu zerfallen. Doch die schwarzen Schriftzeichen darauf brannten sich schmerzhaft in der Haut des Vampirs ein. Dann, von einem Schlag auf den anderen, verflog der Sturm. Sefraim ließ seine Hand sinken und Avalon rutschte an der Wand entlang zu Boden. Dort blieb er sitzen und fasste sich vorsichtig an die Stelle an seinem Hals, an der sich die schwarzen Schriftzeichen in seine Haut gefressen hatten. Die Dame Orochi drehte sich mit vor Wut funkelnden Augen zum mir um. Ihr langes Haar war völlig zerzaust und die Brille saß schief auf ihrer breiten Nase. Als sie sich mit herrischen Schritten in Bewegung setzte und schließlich vor mir zum Stehen kam, wurde mir unter ihrem furchtbaren Blick kurz mulmig zumute. Auf einmal spürte ich, wie ihre Handfläche auf meiner Wange aufschlug. Der Klang hallte noch ein paar Sekunden durch den großen Raum. Es tat nicht sehr weh, es war eher der Schock, der mich dazu veranlasste, ein Stück vor ihr zurückzuweichen.

„Dummkopf!", schrie sie mich an. „Du hast mich dazu gezwungen, verbotene Blutmagie einzusetzen! Ich hoffe, du bist jetzt glücklich, deinen Willen bekommen zu haben!", rief sie noch, dann rauschte sie aufgebracht an mir vorbei zum Ausgang hinüber.

Plötzlich hörte ich neben mir ein leises Kichern. Ich sah zu Onishi, die sich die Hand vor den Mund presste, um nicht gleich loszulachen. Verdutzt sah ich sie an.

„Was ist so komisch?", fragte ich sie verwirrt.

Die Leibwächterin versuchte verzweifelt, sich zurückzuhalten. „Hast du nicht gesehen, wie ihr die Haare zu Berge standen, während sie sich aufgeregt hat? Einfach zum Totlachen."

Ich blickte die tätowierte Vampirin alles andere als amüsiert an.

„Onishi ...", hörte ich Sefraim neben mir tadelnd sagen. „Reiß dich zusammen."

Sofort wurde die Leibwächterin wieder ernst. „Ja, Master", antwortete sie gehorsam, konnte sich aber ein leichtes Zucken ihrer Mundwinkel nicht verkneifen. Ich blickte zu Avalon herüber, der sich noch immer keinen Millimeter bewegt hatte und mich stattdessen mit seinen funkelnden Augen stumm anstarrte.

„Was ist mit ihm?", fragte ich den Verwalter des Zwielichts besorgt. Dieser seufzte nur.

„Das Ofuko der Dame Orochi hat ihn fürs Erste besänftigt. Außerdem hat sie dir ein sehr machtvolles Geschenk gemacht."

„Machtvolles Geschenk?"

Onishi nickte. „Durch den Blutbann, der mit deinem Blut erzeugt wurde, kann Avalon durch deinen Willen gebändigt werden. Sollte er noch einmal in einen Blutrausch verfallen, kannst du ihn so wieder zur Besinnung bringen." Sie tippte mit dem Zeigefinger an ihren Hals und ich erkannte eine ähnliche Tätowierung darauf, wie Avalon sie nun trug, nur war diese durch andere so versteckt, dass sie kaum auffiel.

Irritiert sah ich Sefraim an. „Also hat die Dame Orochi Euch ebenfalls geholfen, Onishi zu konditionieren, dem Blutdurst zu widerstehen? Aber Blutmagie ist doch verboten?" Mir fiel wieder der Nekromant Melanzar ein und wie viel Ärger ich und Avalon uns durch ihn eingehandelt hatten.

„Das stimmt. Daher würde ich dich bitten, niemanden über den Hintergrund dieser Schriftzeichen zu informieren. Und auch nicht, dass sie von der Dame Orochi stammen."

Ich musterte den alten Vampir skeptisch. „Und was ist mit Euch? Könnt ihr als Verbundratsmitglied denn so einfach wegsehen?"

„Ich bin heute als Avalons Großvater hier. Also mache ich eine Ausnahme." Er zwinkerte mir verschwörerisch zu und ich konnte nichts anderes tun, als seinem Wort zu vertrauen. Als ich ein abschätziges Zischen hörte, schweifte mein Blick zu meinem Meister herüber, der noch immer mit dem Rücken zur Wand auf dem Boden kauerte. Kaum hatte sich unsere Augen getroffen, wich er mir aus und starrte wütend zur Seite. Auch

Sefraim hatte die Reaktion seines Enkels bemerkt und lächelte nachsichtig. Dann wendete er sich wieder mir zu.

„Würdest du uns allein lassen, Vida? Ich habe etwas mit meinem Enkelsohn zu besprechen."

Da ich erkannte, dass es Avalon bereits besser ging, nickte ich, wenn auch widerwillig. Als ich den Ritualraum verließ, sah ich noch einmal über meine Schulter zu ihnen herüber, aber der Blick meines Meister war immer noch starr auf einen Punkt an der gegenüberliegenden Wand fixiert. Verwirrt von seinem Verhalten ließ ich schließlich die schwere Holztür des Ritualraums hinter mir zufallen. Dann lehnte ich mich schwer atmend mit dem Rücken dagegen und fasst mir an die Stelle, an der mich Avalon gebissen hatte. Die Wunde war bereits verheilt, aber ich konnte noch immer fühlen, wie sich seine Zähne in meine Haut versenkt hatten. Ich hatte sie so lange nicht mehr gespürt, dass mir bei dem Gedanken daran augenblicklich die Kehle in Flammen stand. Wie sehr ich es vermisst hatte. Und wie sehr es mich traf, dass er mir nicht in die Augen sehen konnte, nachdem er von meinem Blut getrunken hatte. Nun wusste er alles über mich. Alles, was ich je über ihn gedacht hatte. Und je öfter er von mir trinken würde, desto mehr würde er meinen Geist beeinflussen können. Dann würde er es auch irgendwann nichts mehr nützen, wenn ich seine Sucht unterdrücken konnte. Außer er würde mich von ihm trinken lassen. Nur damit würde seine Macht über mich neutralisiert werden.

„Vida."

Die Stimme riss mich aus meinen Gedanken. Vor mir stand Onishi. Die Vampirin musterte mich von Kopf bis Fuß und schüttelte dann den Kopf.

„Avalon ist dir sehr wichtig, nicht wahr?"

Ich wusste nicht so recht, was ich auf die Frage antworten sollte. Zu sagen, dass er mir „wichtig" war, kam nicht im

Geringsten dem gerecht, was ich für ihn empfand. Aber Onishi schien auch keine Antwort von mir zu erwarten. Stattdessen redete sie einfach weiter.

„Ich kann dich verstehen", seufzte sie nur. „Aber das weißt du sicher, oder?" Sie lächelte freudlos. „Auch wenn dein Silberblut alles natürlich deutlich schwerer macht."

Ich wusste, dass sie als Vampirin Sefraim von ihrem Blut trinken ließ, ohne dafür das seine einzufordern. Allerdings war der Grund dafür verständlich. Als Verwalter des Zwielichts hatte er schließlich eine gewisse Verantwortung. Seine Position ließ es nicht anders zu. Als Mitglied des Verbundrats durfte niemand anders einfach so Zugang zu seinem Geist besitzen. Aber Avalon wollte es wahrscheinlich die ganze Zeit nur nicht, weil ich nicht erfahren sollte, dass ihn mein Blut letztlich doch in den Wahnsinn trieb. Wie schon so viele andere zuvor.

„Der Master will auch noch mit dir sprechen. Würdest du in seinem Büro auf ihn warten?"

Widerwillig nickte ich, auch wenn ich gerade alles andere als in Stimmung dafür war. Als die Sicherheitschefin sich daraufhin wieder in schwarzen Nebel auflöste, machte ich mich auch sogleich auf den Weg. Dabei schossen mir alle möglichen Gedanken durch den Kopf. *Ob Avalon wütend auf mich ist? Aber ich hatte doch keine andere Wahl gehabt. Wäre es ihm vielleicht lieber gewesen, wenn ich ihn noch weiter in der Gewalt der Dämonenkönigin gelassen hätte? Sicherlich nicht. Aber warum konnte er mir dann nicht mehr in die Augen sehen? Hat er etwas in meinem Geist entdeckt, dass ihm missfiel? Oder … Schämt er sich etwa? Jemand wie er?*

Als ich vor Sefraims Büro angekommen war, öffnete ich die schweren schwarzen Flügeltüren und trat hinein. Der Raum war düster. Nur etwas Mondlicht fiel durch die hohen Fenster hinein, aber für meine Vampiraugen war es kein Problem sich zurechtzufinden. Ich lief um den Schreibtisch aus massivem Eichenholz herum und starrte gedankenverloren aus dem Fenster. Dabei fiel mir die dunkle Rauchwolke am Horizont auf und das Geräusch nach weiteren Explosionen trat an mein Ohr. Als ich plötzlich ein lautes Seufzen hinter mir hörte, drehte ich mich erschrocken um. Hinter mir stand Sefraim. Ich hatte weder gehört, dass er hinter mir aufgetaucht war, noch seine Aura gespürt. Der Vampir verstand sich äußerst gut darin, sein selbst vor anderen zu verbergen.

„Furchtbar, nicht wahr?"

Ich brauchte einen kurzen Moment, bevor ich wusste, wovon er sprach. Der alte Vampir trat neben mich und blickte hinaus auf die dunkle Staubwolke am Himmel.

„Weißt du Vida, die Menschen und die Vampire sind sich eigentlich gar nicht so unähnlich. Sie sind beide dazu geboren ihre Welt zu verschlingen. Die Menschen vergessen jedoch, dass diese Welt ohne sie leben kann, sie aber nicht ohne die Welt."

Ich nickte zustimmend. „Da habt ihr sicherlich recht." Für einen kurzen Moment sagte niemand etwas, dann ergriff der alte Vampir wieder das Wort.

„Du bist ein hohes Risiko eingegangen, als du Avalon von deinem Blut gegeben hast. Und anscheinend ist dein Silberblut als Vampirin noch eine gefährlichere Versuchung für unsere Artgenossen geworden, als es ohnehin schon war. Es sah so aus, als wäre er kurz davor gewesen, dich zu töten." Sefraim wendete den Blick vom Fenster wieder zu mir herüber. „Als ich das sah, glaubte ich schon, ich hätte euch beide verloren. Nach den Gesetzen des Zwielichts wäre der Mord an dir Avalons Todesurteil geworden. Nicht einmal ich hätte ihm dann noch helfen können."

Beschämt senkte ich den Kopf. „Tut mir leid, wenn ich euch erschreckt habe, Großvater. Aber ich hatte keine andere Möglichkeit gesehen, um zu Avalons Geist durchzudringen." Es war mir äußerst unangenehm, dem Verwalter so große Sorgen gemacht zu haben. Unter seinem tadelnden Blick bekam ich ein schlechtes Gewissen.

„Nun, letztendlich hast du es geschafft. Aber, was genau war überhaupt mit ihm geschehen? Dich einfach so vor allen Anwesenden anzugreifen, passt nicht zu meinem Enkelsohn, selbst wenn sein Verstand von der Gier noch deinem Blut vernebelt war. Wurde er also in irgendeiner Form manipuliert?"

Ich wollte ihm gerade antworten, da hörte ich auf einmal ein leises Flüstern.

Sag es ihm nicht. Wenn er weiß, wie mächtig du bist, wird er dich töten. Verwirrt blickte ich mich kurz um, bis mir bewusste wurde, dass ich die Stimme in meinem Kopf gehört hatte. Und auch, von wem sie stammte. *Du!,* antwortete ich aufgebracht. *Mit was für Worten willst du versuchen, mir meinen Geist zu vernebeln, Dämonenkönigin? Du solltest eigentlich nicht einmal mehr die Kraft haben, ein Bewusstsein zu formen.*

Ich sage die Wahrheit. Du weißt, dass ich recht habe. DU fürchtest dich davor, dass sie dich irgendwann als zu große Last betrachten, als zu großes Risiko, dass sie nicht auf gewohnte Art manipulieren können. Deswegen hast du den Verbundratsmitgliedern auch nicht erzählt, dass du es geschafft hast, durch die Zeit zu springen.

Das reicht!, rief ich in meinen Gedanken und entzog der Mutter der Nacht auch noch den letzten Funken an Energie. Ich spürte, wie ihr Bewusstsein schwand und der Rest von ihr immer tiefer in meinem Ich unterging.

„Vida?"

Erschrocken merkte ich, wie Sefraim mich merkwürdig musterte. Fast automatisch prüfte ich die Mauer um meinen Geist, fragte mich aber sogleich, ob an den Worten der Dämonenkönigin vielleicht wirklich etwas dran sein konnte.

Nein, eigentlich konnte ich mir bei Sefraim nicht vorstellen, dass er mich hintergehen würde. Aber wer weiß, ob die anderen Verwalter des Zwielichts seine Meinung über mich teilen würden?

„Nun, Avalons Geist wurde von der Mutter der Dämonen beeinflusst. Aber ich habe geschafft, ihn daraus zu befreien und ihn wieder zurückzuholen." *Das ist zwar nur die halbe Wahrheit, aber immerhin nicht ganz gelogen. Dass ich den Teil der Dämonenkönigin, der Avalon besessen hatte, verschlungen habe, ist auch eigentlich gar nicht so wichtig. Das Einzige, das zählt, ist, dass mein Meister wieder bei Verstand ist. Nun ja, so bei Verstand wie man sein kann, wenn man langsam zu einem süchtigen Vampir mutiert.*

Ich bemerkte, wie Sefraim mich immer noch nachdenklich musterte. „Du bist wirklich eine Vampirin mit erstaunlichen Fähigkeiten. Und das bereits jetzt als Neugeborene. Normalerweise muss ein Vampir Jahrzehnte lang üben und ziemlich viel Blut trinken, um eine derartige Macht zu erhalten."

Verlegen zuckte ich mit den Achseln. „Wenn Ihr meint …"

Der alte Vampir grinste leicht. Mir drängte sich derweil eine andere Frage auf.

„Was ist nun mit ihm? Können wir irgendetwas tun, um Avalon zu helfen?"

Sefraim seufzte. „Ich muss zugeben, dass ich Avalon immer dafür bewundert habe, wie lange er deinem Blut widerstehen konnte. Aber auch er ist letztlich nicht unbeeinflusst davon geblieben."

„Ich weiß", murmelte ich leise. Der alte Vampir nickte ernst.

„Es gibt zwei Möglichkeiten."

„Und die wären?"

„Die Erste: Du fliehst, und zwar so schnell wie möglich. Avalon wird dir früher oder später folgen, aber wenn wir ihn stattdessen einsperren, könnten wir versuchen, ihn auf trockenen Entzug zu setzten."

„Und das würde ihn wieder normal werden lassen?"

„Entweder das oder er würde verrückt werde. So oder so solltest du ihm nie wieder begegnen, um keinen Rückfall auszulösen."

Nachdenklich starrte ich zu Boden. *Avalon verlassen? Ich dachte, ich würde lieber sterben, als das zu tun. Aber wenn es darum ging sein Leben zu schützen? Dann blieb mir nichts anderes übrig, oder?*

„Und die zweite Möglichkeit?", fragte ich hoffnungsvoll.

„Avalon lernt, seine Sucht zu bekämpfen. Für einen Vampir eine äußerst schwierige Aufgabe. Eigentlich würde ich davon abraten, aber mit dem Blutsiegel haben wir die Chance, ihn aufzuhalten, wann immer er die Kontrolle verliert. Es wäre einen Versuch wert."

Ich lehnte mich gegen Sefraims Schreibtisch und führte mir die Möglichkeiten noch einmal geistig vor Augen. Dann schüttelte ich den Kopf und sah den Verwalter mit festem Blick an.

„Ich werde irgendwie einen Weg finden, Avalons Sucht zu bekämpfen ... Wann können wir damit anfangen?", fragte ich nur und beobachte zeitgleich, wie das Lächeln auf dem Gesicht des alten Vampirs noch breiter wurde.

Kapitel 16: Verlangen

Als ich Avalons Zimmer im obersten Stockwerk des Schlosses betrat, staunte ich nicht schlecht, als ich die vielen leeren Thermoskannen und Blutbeutel sah, die auf dem gesamten Boden verteilt lagen. Der Vampir musste den Durst einer wilden Bestie besessen haben, um sich so viel Blut einverleiben zu können. Avalon hatte mir den Rücken zugewandt und ich konnte einen Blick auf seinen nackten, vernarbten Oberkörper erhaschen. Ich schluckte schwer, während ich so leise wie möglich versuchte, den vielen Gegenständen auf dem Boden auszuweichen, um ihn nicht zu wecken. Vorsichtig setzte ich mich neben ihn auf die Matratze. Als ich die schwarzen Narben betrachtete, die sich wie ein Spinnennetz auf seinem Rücken ausbreiteten, erschauderte ich plötzlich. Sie erinnerten mich daran, wie Avalon mich damals vor Serezars Angriff gerettet hatte, als ich mir nicht selbst helfen konnte. Es schmerzte mich, dass meine Existenz dem Vampir solch ein Leid zugefügt hatte. Gleichzeitig dachte ich, dass, diese makellose, weiße Haut zu verletzen ein Verbrechen an der Schönheit selbst war. Mein Blick wanderte weiter nach oben und ich konnte an seinem Hals das Tattoo mit den japanischen Schriftzeichen sehen, mit dem ich laut Onishi, Avalons Blutsucht unter Kontrolle halten konnte. Vorsichtig streckte ich die Hand danach aus. *Warum läuft es immer nur darauf hinaus, dass ich ihn verletzte?*

„Was willst du hier, Vida?"

Erschrocken zuckte meine Hand zurück. Avalon bewegte sich nicht, doch musste er gespürt haben, dass ich es bin.

„Ich, Ähm ...", stammelte ich verlegen und sagte schließlich überhaupt nichts.

„Du weißt, dass ich deine Gedanken nun wieder wie ein offenes Buch lesen kann?"

Wenn ich gekonnt hätte, wäre ich nun rot geworden. Stattdessen nickte ich und sagte: „Ich könnte das Mal auf deinem Rücken entfernen, wenn du möchtest. Meine Elementarfähigkeiten neutralisieren das Gift."

Im gleichen Moment fiel mir überrascht ein, dass ich, seit ich die Dämonenkönigin verschlungen hatte, meine Kräfte nicht mehr spüren konnte. Wahrscheinlich hatte ich sie damals zu sehr strapaziert und wer wusste, ob ich sie überhaupt jemals zurückkommen würde?

Ich sah, mit einer schamhaften Erleichterung, wie er den Kopf schüttelte. „Nein, schon gut. Ich behalte es als Erinnerungsstück."

Dann herrschte für ein paar Minuten nur Schweigen zwischen uns. Schließlich hielt ich es nicht mehr aus und sagte erneut etwas.

„Du hast ja einen ziemlichen Durst gehabt. Ich könnte niemals so viel trinken, ohne danach zu platzen. Hat dich das Aufbringen des Bannzettels so geschwächt?"

Überrascht merkte ich, wie er sich bei diesen Worten umdrehte und mich wütend anstarrte. „Nein", knurrte er. „Ich habe es getan, um den Drang zu unterdrücken, dir erneut meine Zähne in den Hals zu rammen, sobald ich dich sehe. Schließlich wusste ich, dass du früher oder später hier vor mir auftauchen würdest. Ganz egal, was für einer Gefahr du dich damit aussetzt."

Ich wich peinlich berührt seinem Blick aus und nickte. „Tut mir leid", antwortete ich nur.

Wieder sagte niemand etwas, aber ich spürte, wie Avalon mich aus den Augenwinkeln musterte.

„Warum hast du mir nichts davon erzählt?", platzte ich auf einmal heraus. „Wenn ich gewusst hätte, dass meine

Gegenwart dich derart quält, dann …", ich brach ab, weil ich, um ehrlich zu sein, nicht wusste, was ich dann getan hätte. Stattdessen seufzte ich schwer. „Wolltest du deswegen nicht, dass ich von deinem Blut trinke? Damit ich nicht erfahre, wie süchtig dich mein Silberblut gemacht hat?"

„Hat dir das die Dämonenkönigin verraten?", fragte er wütend.

Ich senkte den Blick. „Du weißt es also."

Er drehte sich erneut zu mir um. „Dein Blut hat es mir gesagt. Ich weiß, dass es die Dämonenkönigin war, die sich meiner bemächtigt hatte und dass du es warst, der sie verschlungen hat. Mir ist durchaus bewusst, dass du damit erneut verhindert hast, dass wir alle untergehen. Ich im Gegensatz dazu, konnte überhaupt nichts tun. Außer dabei zu zusehen, wie ich meinem Untergang entgegensteuere."

„Es ist nicht deine Schuld gewesen", sagte ich nur. Ein abschätziges Schnauben ließ mich wissen, was Avalon von meinem Einwand hielt.

„Du verstehst das nicht. Ich habe dir versprochen, dass ich nicht deinem Silberblut verfallen würde, wie sehr es mich auch reizen würde. Doch das war eine Lüge. Wäre ich nicht so von mir überzeugt gewesen, hätte ich es vielleicht schon früher bemerkt. Aber ich wollte nicht sehen, wie dein Blut sich immer mehr in meinen Verstand gestohlen hat."

„Denkst du etwa, du hättest mich enttäuscht?"

Avalon drehte sich zu mir um. Seine Augen musterten mich aufgebracht. „Darum geht es jetzt nicht. Ist dir überhaupt klar, welcher Gefahr du dich hier gerade aussetzt?"

Ich musterte ihn nachdenklich. „Durch den Blutbann kann ich …"

Der Vampir richtete sich auf und starrte mich kopfschüttelnd an. Dann legte er seine Hand über meine linke

Brust. Die Stelle, die er berührte, wurde auf einen Schlag heiß. Ich bekam eine Gänsehaut.

„Glaubst du, dass du mich schneller dem Blutbann unterwerfen, als ich dir das Herz herausreißen kann? Willst du das Risiko wirklich eingehen?"

Ich verengte genervt die Augen. „Du sprichst, als wärst du bereits zu einer Blutbestie mutiert. Aber wir können hier zusammen in einen Raum sein, ohne dass du dich gleich auf mich stürzt."

Der Vampir kicherte mürrisch. „Im Moment vielleicht noch. Aber je mehr ich von deinem Silberblut trinke, desto schlimmer wird es werden. Und ich weiß, dass ich früher oder später an dem Punkt angelangt sein werde, an dem ich erneut meine Zähne in deine Hals graben werde. Besonders, wenn du mich auf so direkte Weise herausforderst, wie jetzt."

Avalons Blick wurde düster und ich spürte, wie ich kurz erschauderte. Die körperliche Anziehung zwischen uns war fast schon mit den Händen zu greifen.

„Wir werden einen Weg finden, wie wir den Verfall deines Verstandes aufhalten können."

Der Vampir lachte nur freudlos. „Je mehr ich von dir trinke, desto mehr Macht werde ich über dich besitzen. Dann werde ich verhindern, dass du den Blutbann wirken kannst. Du wirst nicht einmal von mir weglaufen können, ohne dass ich es will. Du wärst mir auf Gedeih und Verderb ausgeliefert."

„Es gibt eine Möglichkeit, das zu verhindern."

Ein kurzer Moment der Stille entstand. Avalon seufzte und erhob sich schließlich. Als mir bewusst wurde, was ich da eigentlich verlangte, setzte ich schnell noch etwas nach. „Verstehe mich nicht falsch ... Ich will dein Blut nicht, weil du dazu gezwungen wirst, sondern dass du es mir aus freiem Willen schenkst. Aber wenn es hilft, dass wir etwas mehr Zeit bekommen, um uns zu überlegen wie ..."

Der Vampir fiel mir barsch ins Wort. „Das würde das Unvermeidliche nur länger hinauszögern."

Ich erhob mich ebenfalls und lief um das Bett zu Avalon hinüber. Ich sah ihm fest in die Augen. „Was ist es nur, das du nicht willst, dass ich es erfahre? Was willst du so sehr verheimlichen, dass du dafür sogar lieber dem Wahnsinn verfällst?"

Er musterte mich mit ausdrucksloser Miene. Die Lippen hatte er fest aufeinandergepresst. Während ich ihn so musterte, fiel mir wieder auf, wie sehr mich der Anblick des Vampirs in den Bann zog. Wie sollte ich mich jemals von ihm fernhalten können? Diese edlen Gesichtszüge und die brennenden Augen, die mich voller Sehnsucht anstarrten? Oder das lange schwarze seidige Haar, von dem ein geradezu betörender Duft ausging? Wie in Trance hob ich langsam den Arm an. Meine Kehle brannte allein schon bei der Vorstellung daran, ihn zu berühren. Schließlich fuhren meine Finger wie gebannt über seine Stirn, hinab zu seinem Hals, als er plötzlich meine Hand packte. Vorwurfsvoll sah er mich an.

„Tut mir leid. Ich … Ich wollte nicht …"

„Doch … Du wolltest."

Er richtete sich auf und sah mir tief in die Augen. Ich schmolz unter seinem düsteren Blick dahin, wie Eis, das zu lange in der Sonne lag. Was ich mir wünsche mit ihm zu tun, war in dieser Situation falsch und gefährlich, das wusste ich. Aber dennoch, konnte ich nicht aufhören, mir vorzustellen, was ich alles mit dem Vampir vor mir gerne anstellen wollte. Doch Avalons aufgebrachte Stimme holten mich wieder aus meiner Fantasie zurück.

„Was soll das, Vida? Willst du es mir absichtlich schwer machen?"

Mit einem schlechten Gewissen schüttelte ich den Kopf. „Nein … Ich dachte …"

„Du hast keine Ahnung, wie das ist! Was du aus mir machst. Und wie ich es hasse, die Kontrolle zu verlieren."

„Nein", hauchte ich leise. Der Vampir vor mir knurrte dumpf. Ich konnte nicht verhindern, dass meine Lippen langsam begannen vor Verlangen zu zittern. Avalon kam näher. Langsam, aber stetig. Mein Atem ging nun stoßweise. Plötzlich drückte er grob seine Lippen auf meine und seine Zunge fand den Weg in meinen Mund. Sein Geschmack raubte mir dabei fast den Verstand. Dann zog er sich auf einmal von mir zurück und musterte mich mit wildem Blick.

„Ist das eine gute Idee?", flüsterte ich, während ich merkte, wie auch der letzte Widerstand in mir bröckelte.

„Was soll ich machen?", fragte er mit dunkler Stimme. „Nach all deinen unanständigen Gedanken über mich, wie soll ich mich da zurückhalten?" Er begann, meinen Hals zu küssen und ich verfluchte ihn dafür, dass ich nicht von ihm trinken durfte. Wir sanken hinunter auf die durchgelegene Matratze und Avalon beugte sich tief zu mir herunter.

„Du wirst mich vielleicht aufhalten müssen", flüsterte er mir ins Ohr und im gleichen Augenblick erschauderte ich vor Lust. Ich fragte mich, ob ich als Vampirin diese gefährliche Situation gerade deshalb so genoss. Mit einem Ruck riss er mir das Shirt entzwei und begann mit seinen heißen Lippen weiter meinen Körper zu erkunden. Irgendwann hielt ich es nicht mehr aus nur die Passive zu spielen und mit einem Ruck saß ich rittlings auf Avalon. Fasziniert ließ ich meine Hände über seinen Körper gleiten. Als ich ihm mit den Fingerspitzen über den Hals und die Tätowierung fuhr, sagte ich: „Vielleicht wirst du mich auch aufhalten müssen."

Seine Augen blitzen bei diesen Worten begehrlich auf. Als er sich aufrichtete und mich erneut küsste, musste ich alle Kontrolle in mir aufbringen, ihn nicht in die sinnlichen Lippen zu beißen. Ich brannte unter seinen Berührungen und er unter meinen. Und zusammen ließen wir uns von den Flammen verzehren, bis ich merkte, wie Avalon mir plötzlich seine Zähne in den Hals rammte. In diesem Moment explodierten Tausende von Sternen vor meinen Augen. Keuchend genoss ich, wie mein Körper von einer süßen Welle nach der anderen überrollt wurde. Doch als ich langsam wieder her über meine Sinne wurde, merkte ich, dass etwas nicht stimmte. Denn anstatt von mir abzulassen, trank Avalon weiter und weiter von mir. Ich durfte nicht länger zögern. *Avalon!, r*ief ich in Gedanken. *Genug, das reicht!*

Auf einmal spürte ich, wie sein ganzer Körper zuckte, als hätte er einen elektrischen Schlag verpasst bekommen. Das Mal auf seinem Hals leuchtete auf und von einem Moment auf dem anderen verlor er das Bewusstsein. Ich fing ihn auf und bettete seinen Kopf vorsichtig auf meine Schenkel. Dann begann ich ihm besorgt über den Kopf zu streicheln. Irgendwann fuhren meine Finger weiter hinunter zu seinem Hals und ich spürte, wie seine Halsschlagader in einem langsamen Rhythmus pochte. Meine Kehle brannte furchtbar. Wie sehr ich doch gerne ebenfalls meine Zähne darin vergraben hätte.

Das geht nicht, hörte ich plötzlich seine Stimme in meinen Gedanken. Ich schreckte auf und sah, dass Avalon mich düster anstarrte. An seinem Kinn und den Lippen klebte mein silbern schimmerndes Blut.

„Wieso?", flüsterte ich.

„Weil ich recht habe. Vampire zerstören was sie Lieben, Vida. Und um dich vor meiner zu retten, geht es nicht anders."

„Was?" Verständnislos sah ich ihn an. Währenddessen merkte ich plötzlich, wie von seinen Augen ein schwaches Glühen ausging, dass mich langsam immer mehr in den Bann zog. „Avalon? Was ... Was tust du da?", flüsterte ich, ohne den Blick von ihnen lassen zu können.

„Das, was du verdienst. Einen Neuanfang."

Mich beschlich bei diesen Worten ein äußerst ungutes Gefühl. „Nein", erwiderte ich leise, doch da bemerkte ich bereits, wie Avalon mein Bewusstsein übernahm. Auf einmal wurde alles schwarz um ich herum und ich verlor mich in einem Strudel aus Angst und einem betäubenden Schmerz.

Kapitel 17: Ein Neuanfang

Mit einem Gefühl von Leere starrte ich hinunter in den gepflegten und aufwendig gestalteten venezianischen Garten, der sich hinter dem Fenster unter mir erstreckte. Es war dunkel und die Blumen draußen begannen, wie jede Nacht, in einem blauen und grünen Licht zu fluoreszieren. Während ich sie gelangweilt betrachtete, kam ein schwerer Seufzer über meine Lippen. Ich fühlte mich, als wäre ich aus einem Raum voller lauter Musik herausgetreten und die Töne um ich herum erschienen nun leise und dumpf. Dieser Eindruck verschwand jedoch nicht langsam, sondern begleitete mich sogar schon seit mehreren Wochen, seit ich nach der großen Schlacht der Dämonen zu der Herrin von Venedig gezogen bin. Ein drängendes Klopfen unterbrach als Nächstes meine Gedanken, auch wenn es mich nicht überraschte, wusste ich doch bereits, dass es Donna Ferrana war, die fragen wollte, wo ich so lange blieb. Als ich mich zu der schönen Vampirin umdrehte, sah ich, wie sie mit einem riesigen Strauß roter Rosen in das Zimmer kam.

„Noch ein Strauß Blumen?", fragte ich weniger überrascht als genervt, während ich mich in dem stilvoll eingerichteten Raum umsah. Überall, wo Platz war, befanden sich bereits allerhand unterschiedlich arrangierte Blumensträuße und verströmten ihren wohlriechenden Duft. Alles quoll nur so über vor Lilien, Rosen, Ranulken und alle andere Art von Blüten.

„Bei so vielen bekomme ich langsam ein schlechtes Gewissen um all die Pflanzen, die ihr Leben dafür lassen mussten."

Die Herrin von Venedig lächelte amüsiert. „Nun, anscheinend hat es sich eindeutig herumgesprochen, dass die Silberblutvampirin bei mir wohnt. Was glaubst du wie viele

Bewunderer heute dort unten wieder auf dich warten und darauf insistiert haben, dir ihre Geschenke persönlich zu überreichen? Und wie lange willst du sie noch alle warten lassen?"

Ich beobachtete, wie Donna Ferrana die Blumen in eine mit Wasser befüllte Vase steckte.

„Muss ich wirklich?"

Die Verwalterin des Zwielichts sah mich schief an. „Es wäre schließlich äußerst unhöflich, oder? Außerdem ist es nicht schlecht sich ein paar Freund zu machen. Einige dieser Vampire besitzen Macht und Ressourcen, die für dich in Zukunft nützlich sein könnten. Und wenn du es nicht für dich tun willst, dann tue es für die Organisation. Dein Auftrag als Wächterin beinhaltet nicht nur, abtrünnige Dämonen zu jagen, sondern auch weitere Geschöpfe der Nacht für das Zwielicht zu gewinnen."

Ich musterte die schöne Vampirin erst überrascht, dann zuckte ich nur resigniert mit den Schultern.

„Es ist Zeit." Donna Ferrana machte eine auffordernde Bewegung zur Tür und ihr Blick ließ keine weitere Ausrede mehr zu. Schließlich raffte ich widerwillig das lange, silberne Kleid, das ich trug und folgte ihr nach draußen. Während wir die vielen Stufen hinabschritten, starrten meine Augen die ganze Zeit konzentriert auf Donna Ferranas tiefen Rückenausschnitt ihres Kleides, nur um den intensiven Blicken der Anwesenden Vampiren auszuweichen, die jede meiner Bewegungen mit ihren roten Augen genau zu folgen schienen. Ich sah erst wieder auf, als wir unten ankamen. Wenn ich vorhin in meinem Zimmer noch leises Gemurmel gehört hatte, war es nun ziemlich still unter den Anwesenden geworden. Nur noch die leise, italienische Musik, die aus einem Lautsprecher in einer Ecke des großen Raums erscholl, war noch zu hören.

Endlich traute ich mich, den Blick schweifen zu lassen und erkannte, dass der in einem edlen weißen Marmor gehaltenen Saal voller Blutsauger war. Ich konnte sehen, wie manche von ihnen schamlos die Nasenlöcher blähten, um meinen Geruch in sich aufzunehmen. Einer von ihnen traute sich auch gleich, den ersten Schritt zu machen. Es war eine Frau.

„Vida, wie schön Ihr doch ausseht! Und was für eine Freude, Euch endlich zu begegnen! Bitte nehmt dieses Geschenk von mir an."

Die Frau verbeugte sich und streckte mir ein flaches, pralinenschachtelgroßes Paket entgegen. Unsicher schielte ich daraufhin zu der Herrin von Venedig herüber. Diese nickte bedeutungsvoll und ich wusste, was sie mir damit sagen wollte. Widerwillig streckte ich meine Hand vor.

„Vielen Dank, meine Liebe. Würdet Ihr mir Euren Namen verraten, damit ich auch weiß, wem ich dieses Geschenk zu verdanken habe?"

Die Vampirin nahm gierig meine Hand in ihre und hauchte einen Kuss darauf. Sie ließ mich dabei keinen Augenblick aus den Augen.

„Gräfin Refeld, süße Vida. Ihr seid wahrlich ein äußerst reizvolles Geschöpf."

Bei diesen Worten bekam ich eine Gänsehaut. Als wäre dadurch ein unsichtbarer Damm gebrochen worden, strömten auf einen Schlag weitere Bewunderer an mich heran. Bald waren meine Hände und Arme mit Geschenken so voll beladen, dass ich beim besten Willen keine Weiteren mehr tragen konnte. Zu meiner Erleichterung trat Donna Ferrana nun dem nächsten der Vampire in den Weg.

„Bedauerlicherweise kann Vida nicht mehr eurer wohlgemeinten Gaben für heute annehmen. Ich bitte euch, Geduld zu üben und ein andermal hier zu erscheinen. In ihrem

Namen bedanke ich mich bei allen Besuchern für ihre Mühen. Aber bitte versteht, dass es für heute genug der Bewunderung ist."

Zu meiner Überraschung gingen die Gäste ohne Murren. Aber vielleicht lag es auch an ihrem Respekt der Herrin von Venedig gegenüber, dass sie sich nicht im Geringsten beschwerten. Doch auch wenn sie sich ihrer Verärgerung in keiner Weise Luft machten, konnte ich doch in manchen Gesichtern den Hunger nach etwas sehen, dass mir einen kalten Schauder über den Rücken gleiten ließ.

„Sie sind alle nur hier, um etwas von meinem Blut zu bekommen." Ich übergab einem der Vampirdiener die Geschenke und blickte vorwurfsvoll zu Donna Ferrana herüber. Diese schüttelte zu meiner Überraschung den Kopf.

„Nicht alle. Einige von ihnen sind hier, weil es ihr tiefstes Verlangen ist, dass du ihr eigenes Blut trinkst."

Verwundert starrte ich sie an. „Was? Aber warum?"

Die Vampirin kicherte. „Du bist ein mächtiges Wesen, Vida. Manche träumen, diese Macht zu beherrschen, andere von ihr beherrscht zu werden. Das ist nichts, worüber man sich schämen muss."

Ihr letzter Satz galt meinem ausweichenden Blick, der mein Unbehagen bei diesen Worten noch zu verdeutlichen schien.

„Wenn Ihr meint, Meisterin", erwiderte ich nur und ging dann durch die geöffnete Flügeltür hinaus in den Garten. Dabei öffnete ich den Reißverschluss meines Kleides und ließ es achtlos an meinem Körper hinab zu Boden gleiten. Nur noch mit einem kurzen, einfachen Unterkleid bedeckt, zog ich meine Schuhe aus und lief ins Gras. Die Erde unter meinen Füßen zu spüren, beruhigte mich auf einen Schlag. Am Horizont konnte ich die Lichter der Stadt Venedig funkeln sehen.

„Ich glaube, ich werde Venedig bald einmal besuchen."

Sogleich hörte ich, wie Donna Ferranas leise Schritte hinter mir zum Stehen kamen.

„So? Wenn du willst, mach ruhig, ich halte dich nicht auf. Aber ich an deiner Stelle würde lieber Orte bereisen, die ich nicht schon einmal gesehen habe. Venedig läuft dir schließlich nicht weg. Und es gibt noch weitaus beeindruckendere Orte zu entdecken."

Ich wusste nicht warum, aber bei ihren Worten umfasste mich plötzlich eine tiefe Traurigkeit.

„Vielleicht habt ihr recht. Ich weiß nicht warum, aber irgendetwas zieht mich dorthin. Ich spüre es."

Als ich hörte, wie Donna Ferrana seufzte, drehte ich mich überrascht zu ihr um.

„Du bist jetzt schon einige Wochen hier, Vida. Aber, anstatt dein Leben als neugeborene Vampirin zu genießen, verlässt du kaum das Haus. Sind das noch die Nachwehen der Schlacht, die dein Gemüt so betrüben? Ich weiß, du hast dort ein paar Freunde von dir verloren, aber …"

„Das ist es nicht. Glaube ich zumindest. Ich …" Als ich in der Ferne plötzlich ein bekanntes Flügelflattern hörte, sah ich zum Himmel hinauf. Helle Schwingen hielten auf mich zu und Nimmer ließ sich flatternd auf meiner Schulter wieder.

„Vida!", kreischte sie, während ich sie zur Begrüßung am Hals kraulte. In diesem Moment kam einer von Donna Ferranas Dienern herbeigelaufen. In dem Armen hielt er ein quengelndes, kleines Kind. Irvin, mit seinen blonden Haaren, der kupfernen Haut und grünen Augen sah bereits jetzt schon seinen beiden Elternteilen unglaublich ähnlich. Der Bedienstete blickte hilfesuchend zwischen mir und der Herrin von Venedig hin und her. „Tut mir leid, Donna Ferrana und Herrin Vida, aber er lässt sich einfach nicht beruhigen. Das Ganze geht schon über eine Stunde."

Bevor ich reagierte, trat schon die Herrin von Venedig an ihn heran und streckte auffordernd die Arme aus. „Schon in Ordnung, ich werde ihn nehmen. Bis jetzt habe ich noch kein Kind nicht zum Schweigen gebracht."

Mit einem zufriedenen Lächeln nahm sie den Jungen und lief mit ihm wieder in die protzige Villa hinein. Mit meinem Blick folgte ich ihnen eine Weile, dann wendete ich mich wieder dem Raben auf meiner Schulter zu. „Wie sollte Irvin ihr auch widerstehen können? Sie braucht ihn nur mir ihrer starken Vampiraura einzulullen und er ist das bravste Kind überhaupt."

Der Vogel krächzte leicht, wie um mir zuzustimmen. Ich lächelte und lief mit ihr zu einer der vielen Marmorstatuen herüber, die überall im Garten verteilt standen. Diese hier mochte ich besonders. Sie stellte den Gott Mars als jungen Mann dar. Die Figur sah selbst für meine Vampiraugen so lebensecht aus, dass ich dachte, er würde jeden Moment von seinem Sockel zu mir herunterspringen.

„Ava!", krächzte Nimmer plötzlich und ich erstarrte auf einmal. Als sie sich von meiner Schulter erhob, nur um sich im nächsten Moment auf der der Götterstatue niederzulassen, bekam mich ein merkwürdiges Gefühl von Bedauern.

„Ava? Was meinst du damit, Nimmer?"

Der Rabe legte den Kopf schief und sah mich an, als wäre ich diejenige mit dem Vogelhirn.

„Ava!", schrie sie erneut und flatterte aufgebracht mit den Flügeln. Als ich verwirrt den Kopf schüttelte, spürte ich plötzlich, wie sie versuchte mit mir gedanklich Kontakt aufzunehmen. Verwundert ließ ich es zu und ihr Geist zeigte mir plötzlich das Bild eines großgewachsenen Mannes. Sein schwarzes, glattes Haar fiel ihm über die Schulter und seine roten Augen starrten mich mit einem Hauch von Sehnsucht an. Ich wusste sofort, dass es sich bei so einem schönen Mann um ein Geschöpf meiner eigenen Art handeln musste. Es war jedoch nicht sein Aussehen, dass mich so sehr in den Bann zog. Es war die dunkle und getriebene Ausstrahlung, die ihn umgab. Das plötzliche Gefühl des Verlangens, seine weiße Haut zu berühren, stieg in mir auf und wurde so stark, dass es mich fast zerriss. Der Schmerz, der sich in dieses Gefühl plötzlich hineinmischte, erschütterte mich so tief, dass ich von ihm vollkommen überwältigt wurde. In den letzten Wochen war ich innerlich so stumpf gewesen, dass ich so starke Emotionen überhaupt nicht mehr für möglich gehalten hatte. Auf einmal spürte ich ein Kribbeln auf meinen Wangen und als ich die Hand hob und diese berührte, bemerkte ich, dass sie feucht vor Tränen waren.

Irgendwann hast du alle Tränen vergossen Vida, dann bist du frei.

Die Worte echoten in meinen Geist und ich fragte mich, wer diese einmal zu mir gesagt hatte. Sie waren so voller Schmerz gewesen, dass ich merkte, wie mir erneut Tränen über die Wange liefen. *Ob er es war?*, fragte ich mich, während ich das Bild des Vampirs in Nimmers Erinnerungen betrachtete. *Aber warum kann ich mich dann nicht daran erinnern? An was kann ich mich überhaupt erinnern? Alles vor der Schlacht ist in einem merkwürdigen Nebel eingehüllt und wenn ich mich versuche daran zu erinnern, dann ...*

Plötzlich spürte ich einen stechenden Schmerz in meinem Kopf. „Autsch ..." Ich rieb mir verwirrt die Schläfe. *Dieses Gefühl kenne ich doch ... Ich habe es schon einmal gespürt, als ich versucht habe, mich an die gelöschten Erinnerungen von Meister Irvin zu erinnern. Aber das würde bedeuten ...*

„Vida? Ist alles in Ordnung?"

Ich hörte Donna Ferranas Stimme hinter mir und schreckte plötzlich auf. Im gleichen Moment flatterte Nimmer auf meinen ausgestreckten Arm und ihre schwarzen Augen starrten mich besorgt an. Ich ließ meine Finger über ihr weißes Federkleid streichen. Irgendetwas daran ließ mich stutzig werden. Mir war bewusst, dass die untypische Farbe von Vampirblut stammte, aber ich war mir ziemlich sicher, dass es nicht mein Blut gewesen war, das das verursacht hatte ...

„Warum weinst du?"

Ich sah zu der Herrin von Venedig auf und schüttelte den Kopf. „Ich weiß es nicht. Aber irgendetwas ... Ist nicht richtig. Es fühlt sich ... Falsch an."

Die violetten Augen der Vampirin musterten mich streng. Als ich dann sah, wie sich auf einmal ein hässliches Lächeln auf ihrem Gesicht bildete, wich ich unmerklich einen Schritt zurück.

„Was ist hier los?", rief ich ihr verwirrt zu. „Meine Erinnerungen ... Wurden sie etwa?"

Donna Ferrana kam auf mich zugelaufen und schüttelte den Kopf. „Ich habe ihm gesagt, dass das keine gute Idee war. Bei deinen Fähigkeiten war es klar, dass du dich nicht so einfach manipulieren lässt. Aber wer weiß, vielleicht hat er es auch nur schlampig gemacht, weil du ihm so den Kopf verdreht hast. So oder so haben wir nun ein kleines Problem."

Fassungslos starrte ich die Vampirin an. „Ich wurde also manipuliert? Man hat mir meine Erinnerungen gestohlen, nach all dem, was ich für das Zwielicht getan habe?"

Die Herrin von Venedig schüttelte erneut den Kopf. „Die Organisation hat damit nichts zu tun. Das ist etwas zwischen dir und ihm."

„Wen meinst du?"

Ihr lächeln wurde breiter. „Ach, an den Schlüssel kannst du dich also immer noch nicht erinnern?"

„Den Schlüssel?" Nachdenklich blickte ich zu Nimmer herüber. „Der Mann mit den schwarzen Haaren ... Du meinst ihn, nicht wahr?"

Als sie nickte, fasste ich die Hände der Vampirin und sah sie flehend an. „Bitte, Donna Ferrana! Verratet ihn mir! Ich … Ich glaube sonst zerplatzt mir noch mein Kopf …"

Die Herrin von Venedig wurde auf einen Schlag wieder ernst. „Ich soll dir also eine Abkürzung geben? Dir unnötiges Leid ersparen? Ich habe mein Wort gegeben, als ich dich in meine Obhut genommen habe. Und es zu brechen würde bedeuten, dass der Preis höher sein muss als der, der bereits gezahlt wurde."

Ich starrte sie nur unschlüssig an und wusste nicht, was ich dazu sagen sollte. „Aber was kann ich Euch schon geben? Jemandem wie Euch der …" Plötzlich wusste ich, was sie wollte. Natürlich. Es war das, was sie alle von mit verlangten.

Ich machte einen Schritt zurück und sah sie mit festem Blick an. „Ich gebe euch mein Blut."

Ich sah, wie sich die Augen der Vampirin bei diesen Worten kurz weiteten. Sie musterte mich kühl. „So? Nun, dein kostbares Silberblut würde wahrlich genug der Bezahlung sein. Und die Erinnerungen, die ich dabei noch erhaschen dürfte, wären sicherlich unterhaltsam."

Der Blick ihrer düsteren Augen wurde fast hypnotisch. Mir wurde wieder bewusst, dass die Vampirin Sefraim in ihrer Stärke nur in wenigen Dingen nachstand. Sie kam näher zu mir herüber und ich bemerkte, wie Nimmer auf meiner Schulter zu flattern begann und dann schließlich das Weite suchte. Ich nahm es ihr im Angesicht dieser bedrohlichen Frau nicht übel, musste ich mich doch selbst zusammenreißen, nicht nach hinten zu weichen. Ihre Hände zuckten blitzschnell nach vorne und strichen dann überraschend sanft über meinen Hals.

„Ein wirklich schwer zu widerstehendes Angebot", hauchte sie und ich merkte, wie ich mich unter ihren Berührungen versteifte. Meine Instinkte schlugen alle Alarmglocken und ich musste meine ganze Konzentration aufbringen, nicht zu fliehen.

„Wenn ihr mir gebt, was ich will, könnt ihr es haben."

Ich beobachtete, wie ihre Augen begierig aufleuchteten und sie begann, ihre Fangzähne zu entblößen. Als Donna Ferrana langsam ihren Kopf zu mir herunter neigte, glaubte ich schon, gleich ihre Zähne in meinem Hals zu spüren. Doch zu meiner Verwunderung tat ich das nicht. Stattdessen hörte ich ein aggressives Fauchen und die Vampirin macht auf einmal einen weiten Satz von mir weg. Ihr zorniges Gesicht dabei überraschte und verwirrte mich.

„Nein!", rief sie wütend. „Ich werde nicht …" Kurz sah ich, wie sie um Fassung rang. Ich musste zugeben, dass ich ihre Selbstbeherrschung in diesem Moment bewunderte. Im nächsten Augenblick räusperte sie sich und ihr Gesicht war wieder so glatt und kühl wie zuvor. „Ich muss ablehnen", sagte sie nur und ich begann bei diesen Worten langsam selbst die Fassung zu verlieren.

„Was? Aber warum? Ich …"

„Um nicht so zu enden, wie er. Dein Blut ist eine zu große Versuchung. Besser man hält sich davon fern, wenn man auch nur etwas Verstand in sich trägt. Nicht auszudenken, was passieren könnte, wenn …"

Sie brach ab und schüttelte den Kopf. „Es geht nicht."

Aufgebracht ballte ich die Hand zur Faust. „Aber ich habe nichts anderes. Das ist alles, was ich Euch geben kann."

„Ich weiß." Sagte die schöne Vampirin und lächelte traurig. Ihr Blick ging nach oben zu dem Gesicht der Statue, das mir auf wundersame Weise so bekannt vorkam. „Dieses Blut macht mir schon seit Wochen Ärger. Ich frage mich, wie Irvin es damals geschafft hat, dich zu manipulieren. Seine geistigen Kräfte muss er vorher wohl durch dein Blut deutlich weiterentwickelt haben. Er war ohnehin schon recht gut darin."

Ich starrte die Vampirin vor mir verwirrt an. „Was? Ich verstehe nicht …"

Donna Ferrana seufzte. „Ich habe eingewilligt den Aufpasser zu spielen, aber damit ist jetzt Schluss." Sie beugte sich zu mir herunter und strich mir über die Wange. „Ich werde dich selbst vergessen lassen, wenn Avalon zu unfähig dazu ist, dir deine Erinnerungen zu nehmen. Oder noch besser, ich verwandle Vertrauen in Misstrauen und Liebe in Hass. So wird es deutlich einfacher sein euch voneinander fernzuhalten, falls du ihm wieder begegnen solltest."

„Avalon?", hauchte ich leise. Die Herrin von Venedig nickte ernst. In diesem Moment wurde ich von einer Flut von Bildern überrannt. Im Schnelldurchlauf sah ich noch einmal alles, was ich je mit dem Vampir erlebt hatte. Überwältigt fiel ich auf die Knie und musste mich im feuchten Gras abstützen, um nicht den Halt zu verlieren. Keuchend vor Anstrengung atmete ich hektisch und unkontrolliert. Mein Kopf fühlte sich an, als würde er gleich zerspringen. Als ich Donna Ferranas Schuhe in meinem Sichtfenster sah, hob ich erschöpft den schweren Kopf.

„Ein Nachteil ist natürlich, dass du dich erst wieder an alles erinnern musst. Ich hätte dir das gerne erspart, Vida, aber Avalons verkorkste Magie muss erst seine Wirkung verlieren, bevor ich deinen Geist erneut manipulieren kann."

„Nein", flüsterte ich angestrengt, während ich vor Schmerzen fast das Bewusstsein verlor. Ich wollte aufstehen und weglaufen oder mich teleportieren, ganz egal. Aber ich schaffte es nicht einmal, mich auf die Füße zu stellen.

„Liebe ist Macht, Vida. Aber wenn du dich selbst in ihr verlierst, verlierst du den Blick für das Wesentliche. Dann ist sie nutzlos."

Während ich kraftlos zu Seite viel, spürte ich, wie Ferranas Finger meine Schläfe berührten. „Gleich ist es vorbei.

Ich nehme dir deine Schmerzen und all deine Gefühle, die dich mit Avalon verbinden. Dann werde ich sie durch andere ersetzten, hier und da ein paar Erinnerungen löschen und hinzufügen, sodass alles stimmig und nachzuvollziehen bleibt. Avalon wird es nicht erfreuen, wenn ich seine Privatsphäre damit verletzte, indem ich in deinem Geist lese, aber dann hätte er es von vorneherein richtig machen sollen. Gefühlsduseleien sind bei so etwas fehl am Platz."

Ich hörte die Stimme der Herrin von Venedig nur noch aus weiter Ferne. Das Einzige das blieb, war ein heller durchdringender Ton, der alles Weitere einfach überlagerte. Selbst mein Bewusstsein schwand und löste sich irgendwann auf. Und damit auch meine wahren Gefühle für Avalon.

Kapitel 18: Vatergefühle

An einem warmen Frühlingsabend saß ich mit Gronna und dem kleinen Irvin auf einer Picknickdecke neben Mariens Grab. Nimmer ruhte auf meiner Schulter und betrachtete den kleinen Menschen vor ihr neugierig. Der Sohn eines Menschen und eines Halbteufels saß bereits aufrecht und lutschte geschäftig an einer Brotkruste herum. Bei genauerem Hinsehen konnte ich schon die kleinen Ansätze von Zähnen sehen, die sich langsam aus seinem Kiefer schieben würden. Es wunderte mich nicht, dass das Kind meiner Blutschwester so schnell wuchs. Schließlich trug er zu einem Viertel Teufelsblut in sich und das konnte man auch an seiner kupfernen Haut und seinen hellblonden Haaren sehen. Jedoch hatte er bis jetzt weder einen Schwanz noch Hörner ausgebildet und insgeheim hoffte ich, dass das auch so blieb. Mehr Ähnlichkeit mit seinem Vater musste er wirklich nicht bekommen.

Plötzlich spürte ich eine Präsenz, nicht weit von uns entfernt, auftauchen. Sofort wusste ich, dass das nur eines bedeuten konnte: Ein Vampir hatte sich hierher teleportiert. Sofort streckte ich meinen Geist aus und spürte ein weiteres bekanntes Bewusstsein. Es waren zwei Personen, und eine davon war ein Vampir. Die andere war ein Halbteufel. Sofort sprang ich auf die Beine.

„Was ist?", hörte ich Gronna überrascht fragen.

„Wir bekommen Besuch", sagte ich knapp, den Blick starr in Richtung Einfahrt gerichtet, die gleich um die Ecke von Avalons Schloss lag.

„Freund oder Feind?", fragte die Gnomin, während sie den kleinen Irvin schützend an sich drückte. Mein Eindruck von ihr hatte sich nicht getäuscht. Gronna hatte für den Säugling tatsächlich so etwas wie Muttergefühle entwickelt. Dabei waren sie nicht einmal von der gleichen Art und wenn er so weiterwuchs, würde er sie schon bald überragen. Doch ich hatte keine Zeit, mir weiter darüber Gedanken zu machen. Die Personen, die in diesem Moment in mein Sichtfeld traten, raubten mir all meine Aufmerksamkeit. Es war in der Tat Serezar, um dessen Hand und Fußgelenke massive Fesseln aus Eisen gelegt worden waren. Neben ihm lief eine Vampirin, die mir ihrem schwarzen Hosenanzug aussah, wie eine Wächterin des Zwielichts. Das Erste, dass sie tat, war auch gleich, mir ihre Marke zu zeigen.

„Es ist mir eine Ehre, Euch zu treffen, Silberblut. Ich hoffe, wir kommen nicht ungelegen."

Ich schüttelte ungelenk ihre ausgestreckte Hand, aber mein Blick war weiter auf den Halbteufel gerichtet, dessen Augen sich derweil auf etwas hinter mir fokussiert hatten.

„Warum ist er hier?", fragte ich die Vampirin direkt, ohne nach ihrem Namen zu fragen.

„Der Rat hat ihm eine Besuchszeit eingeräumt. Hat Sefraim Euch nichts davon erzählt?"

Verwirrt schüttelte ich den Kopf.

„Ist er das?", hörte ich die Stimme des Halbteufels flüstern. Als er einen Schritt auf Gronna und Irvin zumachte, wollte ich ihm schon in den Weg treten, als mir plötzlich bewusst wurde, dass ich eigentlich keinen dazu Grund hatte, ihm nicht zu vertrauen. Schließlich hatte ich von seinem Blut getrunken und zumindest damals hatte ich keinen Hass gegenüber seinem Sohn und Marien finden können. Viel mehr noch, etwas in dem Halbteufel hatte sich verändert, was ihn von seinen anderen Geschwistern deutlich unterschied: Er hatte einmal so etwas wie Liebe empfunden. Zwar war sie verdreht und unsicher gewesen, aber nichtsdestotrotz vorhanden. Und jetzt sah ich sie in seinen Augen für das kleine

Wesen aufleuchten, dass er gerade das erste Mal zu Gesicht bekam. Also fällte ich meine Entscheidung und ließ ihn, trotz meiner Bedenken, gewähren. Ich drehte mich zu Gronna um, die alles andere als begeistert aussah. Aber als ich ihr auffordernd zunickte, rückte sie, wenn auch ungern, ein paar Zentimeter von Irvin zurück. Serezar hatte den Jungen fast erreicht, als ich auf einmal einen Windhauch an mir vorbeihuschen spürte. Von einem Augenblick auf den anderen stand plötzlich Avalon neben mir. In seinen Armen gluckste der kleine Irvin fröhlich vor sich hin.

„Was soll das?" Seine Augen funkelten erst Serezar, dann mich aufgebracht an. „Du lässt das so einfach zu, Vida?" Während der Vampir sprach, hatte das Baby begonnen fasziniert mit Avalons Haaren zu spielen.

Zorn stieg bei seinem Anblick in mir auf und mein Gesicht drückte gleichzeitig Abscheu wie Ablehnung aus. Eigentlich sollte mein ehemaliger Meister weit fort von hier sein. Nach alldem, was er mir während meiner Zeit als seiner Schülerin angetan hatte, wäre es das Mindeste gewesen, mich jetzt, als eigenständige Vampirin, endlich in Frieden zu lassen. Donna Ferrana hatte mir versichert, dass er sich von mir fernhalten würde, wenn ich Gronna und Mariens Grab besuchen gehen wollte. Aber da war sowohl sie als auch ich deutlich falschgelegen. „Er wir ihm nichts tun, Avalon. Ich habe es damals in seinem Blut gesehen", entgegnete ich genervt.

Der Vampir schüttelte den Kopf. „Damals vielleicht. Aber was lässt dich wissen, dass er mittlerweile nicht seine Ansichten geändert hat? Er ist immerhin zur Hälfte ein Teufel."

Serezar sah ihn feindselig an. „Ich will einfach einmal meinen Sohn in den Armen halten, mehr verlange ich nicht. Wenn du mir nicht glaubst, Avalon, dann trinke von meinem Blut. Du wirst sehen, dass ich ihm nichts tun werde."

Mein Meister schüttelte angewidert den Kopf. „Das hättest du wohl gerne. Aber nichts wird mich dazu bringen, von deinem giftigen Blut zu trinken!"

„Avalon ..." Ich schüttelte den Kopf, wobei ich, um Beherrschung ringend, die Hände zu Fäusten schloss. „Wenn du darauf bestehst, werde ich es noch einmal tun. Aber auch so bin ich mir sicher, dass Irvin nichts geschehen wird."

Der Vampir starrte mich ungläubig an. „Wie kannst du dir da so sicher sein? Er hat unseren ehemaligen Meister getötet. Er verdient unser Vertrauen nicht."

„Das Wesen kann sich verändern. Er ist nicht mehr der Halbteufel, der er vorher war. Glaub mir, ich wünschte genauso wie du, dass er mir einen Grund liefern würde, ihm den Kopf von den Schultern zu trennen. Aber diesen Drang einfach so nachzugehen wäre nicht richtig. Die folgenden Worte gingen nicht leicht über meine Lippen, aber ich wusste, dass mein ehemaliger Meister eher nachgab, wenn man ihm vorspielte, ihm die Entscheidung zu überlassen. „Bitte, Avalon. Irvin hat das Recht, seinen Vater zu begegnen. Wir sollten es ihm nicht vorenthalten."

Mein ehemaliger Meister musterte mich mit kaltem Blick, doch ich konnte sehen, dass sein Widerstand langsam begann Risse zu bekommen. Knurrend übergab er mir schließlich Irvin. Nimmer auf meiner Schulter pickte dem Jungen dabei vorsichtig an die Stirn, wie um ihn zu begrüßen. „Meinetwegen, aber wenn er auch nur irgendeine falsche Bewegung macht, dann werde ich ihm genauso das Herz herausreißen, wie er es bei Meister Irvin getan hatte."

Ich nickte und übergab das Baby anschließend Serezar, der es so vorsichtig entgegennahm, als wäre es aus Glas. Irvin musterte seinen Vater neugierig mit seinen grünen Kulleraugen. Die Vampirin, die wohl für den Halbteufel als Aufpasser fungierte, nickte zufrieden. Als Serezar den Blick hob, sah ich einen verwirrten Ausdruck darin. Es kam mir vor, als wäre er von seinen eigenen Gefühlen überrascht.

„Danke," sagte er zu mir, dann fiel sein Blick auf Avalon, der ihm bedrohlich anstarrte. „Auch wenn es nichts verändern wird, tut es mir leid. Ich lerne gerade so viel dazu und auch, was es bedeutet, Mitgefühl zu zeigen. Fast mein ganzes Leben lang habe ich nichts weiter gekannt als Schmerz und Hunger. Bis ich sie traf." Sein Blick schwenkte herüber zu Mariens Grabstein, auf dem allerlei bunte Blumen blühten. Als er mit Irvin im Arm zu ihm herüber schritt, schüttelte ich überrascht den Kopf. „Woher wusstest du es? Dass das hier Mariens Grab ist."

Er sah mich an und lächelte leicht. „Es war nicht schwer zu erraten. Es ist das Einzige hier, dass derart geschmückt ist. Außerdem lerne ich, die Buchstaben zu lesen. Mariens Name steht auf dem Stein."

Ich nickte überrascht, dann machte ich ein paar Schritte nach hinten, um ihnen ein bisschen Privatsphäre zu verschaffen. Avalon folgte mir, auch wenn er einen großen Abstand zu mir einhielt.

„Das gefällt mir nicht", hörte ich Gronna, die sich ebenfalls zu uns gesellt hatte, missmutig grummeln.

„Ich weiß. Mir auch nicht."

Avalon schnaubte verächtlich. „Ich kann den Anblick nur schwer ertragen. Und ich verstehe nicht, wie du ihm trotzdem so vertrauen kannst."

Ich blickte überrascht zu ihm hoch und lächelte leicht. „Ich wusste gar nicht, dass du den kleinen Irvin so in dein Herz geschlossen hast. Du machst dir ja richtig Sorgen um ihn." Er gab mir einen giftigen Seitenblick, was meinem Grinsen jedoch keinen Abbruch tat. „Aber Sefraim hätte zumindest einem von uns wirklich kurz Bescheid geben können, dass er kommt." Ich beobachtete, wie Serezar sich mit dem Jungen auf die Picknickdecke setzte.

„Das hatte er. Und ich habe abgelehnt. Dass er sie trotzdem geschickt hat, zeigt einmal wieder, wie eigenwillig der alte Blutsauger ist. Warum fragt er überhaupt, wenn er sowie macht, was er will?"

Ich schnaubte abschätzig. „Ach ja? Und warum denkst du, dass das allein deine Entscheidung wäre?"

„Ich dachte, du wärst meiner Meinung gewesen."

„Das dachtest du? Weil du meine Gedanken lesen kannst?", fragte ich verstimmt. „Nur weil du von meinem Blut getrunken hast, heißt das nicht, dass ich dir automatisch alle Entscheidungsgewalt über mich zur Verfügung gestellt habe. Außerdem habe ich es nur getan, um die Dämonenkönigin, die sich deiner bemächtigt hatte, zu töten. Es wäre mir selbst nie im Leben eingefallen, dir freiwillig mein Blut zu geben." Genervt starrte ich ihn an.

Avalon zuckte mit den Schultern. „Ich weiß, Vida. Aber meine Selbstbeherrschung ist eh schon recht überstrapaziert, da wollte ich sie nicht noch mit einem verdammten Halbteufel weiter ausreizen", knurrte er leise. Ich sah, wie die Wächterin des Zwielichts uns einen kurzen besorgten Seitenhieb schenkte.

„Was tust du überhaupt hier? Du solltest eigentlich nicht hier sein. Wie hatten die Abmachung, wenn ich hierherkomme, dass du dich von mir fernhältst. Du warst damit einverstanden", beharrte ich weiter.

„Ich war bereits weit genug entfernt, als ich die Präsenz des Halbteufels gespürt hatte. Sonst wäre ich nicht zurückgekommen."

„Nun, jetzt da alles geklärt ist, was hält dich davon ab, das Weite zu suchen?"

Der Vampir sah mich für einen Augenblick stumm an und in seinen Augen bemerkte ich einen merkwürdigen Ausdruck. Verlangen und Scham lag darin und sogleich eine gewisse Zärtlichkeit, dich mich für einen kurzen Moment verunsicherte. *Ich muss mich irren,* dachte ich kurz darauf. *Avalon und ich haben niemals etwas anderes füreinander empfunden als Abneigung. Natürlich, er hatte mir geholfen, Irvins Mörder zu finden, und ich ihm, ein noch mächtiger Vampir zu werden. Nur deshalb hatte ich es überhaupt so lange mit ihm ausgehalten. Und jetzt, da ich ihn nicht mehr brauche, versuchten wir uns eigentlich so gut aus dem Weg zu gehen, wie es ging. Seit der Schlacht gegen die Dämonen aus der Anderswelt, habe ich ihn nicht mehr zu Gesicht bekommen.*

Avalon fauchte aufgebracht, dann drehte er sich um und lief einfach davon. Ich seufzte genervt, während ich zeitgleich den kleinen Irvin lachen hörte, der mittlerweile Gefallen daran gefunden hatte, mit Serezars Handfesseln zu spielen. Währenddessen sprang Nimmer von meiner Schulter und flatterte laut krächzend gen Himmel. Ich blieb zurück und sah ihr nachdenklich hinterher. Dabei spürte ich, wie der schwelende Hass in meiner Brust allmählich verging, der mich überkam, wann immer ich an meinen ehemaligen Meister dachte oder ihn persönlich sah. Aber nun war ich nicht mehr an Avalon gebunden und ich endlich frei. Mein Leben als Unsterbliche konnte nun beginnen.

Ingram Content Group UK Ltd.
Milton Keynes UK
UKHW040750030723
424469UK00001B/72